詩誌『詩学』の世界

復刻版　初期『詩学』

解説　宮崎真素美

琥珀書房

・本復刻版は、愛知県立大学図書館（2、3、4号）、日本近代文学館（1号）ご所蔵の原誌をもとに作成いたしました。記して感謝を申し上げます。

・原本の状態により印字が不鮮明あるいは判読が困難な箇所がございます。

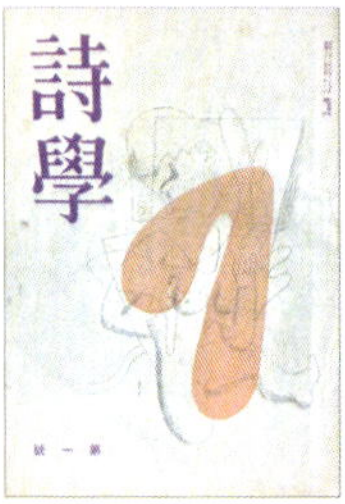

目次

『詩学』の世界

宮崎真素美

『詩学』は、敗戦後から平成に至る六〇年（昭22・8〜平19・9）の長きにわたって月刊詩誌として刊行された。編集人のひとり城左門は、創刊号の「編輯後記」において「『詩学』の目的」を、「詩壇の公器的存在たらしめようとする」、「広く文学的総合誌たらんとする野心抱負」、「詩精神を以て貫かれた総合誌」、「他面の導入に依つて詩それ自体を培はうとする」と述べた。これらは、前身誌である城らの詩誌『ゆうとぴあ』（昭21・9〜22・5）においても共有されていた志であった。このうち、特に「詩壇の公器」を軸に戦時下の詩誌との関係性に着目した杉浦静「概説・〈詩壇の公器〉の再生――「戦後詩」誌の初発――」[1]によれば、『詩学』が「詩壇の公器」を目指す背景には、「戦中の公器的存在に対する否定」があり、それは、敗戦前年、昭和一九年六月に詩誌の統合によって生まれた『日本詩』と『詩研究』[2]が、「国策遂行への翼賛雑誌」として担った役割への批判的な意識化を意味している。また、『詩学』と同様の意味合いで「詩壇の公器」を目指した敗戦後創刊の詩誌（『現代詩』『蝋人形』）もありながら、『詩学』が残った要因として、杉浦による次のような分析もなされている。

その要因は、既成詩人のみではなく、荒地グループを始めとする戦後意識を明確に自覚する詩人たちをも擁し、詩学研究会による新人の発掘のシステムをもったことなど、複合的であったが、今一つ、初期においては、

「宝石」で成功していた岩谷書店の資金力が背後にあったことも忘れてはならないだろう。この時期、いくつもの詩誌が、経済的理由で立ちゆかなくなっていったのであるから。恵まれた外的要因も味方に付けて、『詩学』は影響力を持つ詩誌として受け入れられてゆく。

1　近代詩史との接続

一巻一号（昭22・8）の扉写真は、島崎藤村の詩集三冊（『若菜集』『夏草』『落梅集』）の書影ではじまる。近代詩の曙と一般的に位置付けられる藤村の詩業とそれにまつわる解説を創刊の扉に置いたところに、正統的な詩史における連続性や「学」としての啓蒙的な側面を受けとることができる。以降、『詩と詩論』などを挟みながら、五巻六号（昭25・7）の『日夏耿之介定本詩集』（大15）に至るまで、明治以来の詩集書影と解説が扉に置かれており、その後、それらは「編輯室」や地方詩壇の集い、出版記念会の写真などへと代えられてゆく。

詩史における連続性や接続は、そうした作品を生み出した「人」とのつながりでもある。この点を創刊号を例に捉えてみると、佐佐木信綱「故人抄」がそれに照応している。「詩は人なり」、「新体詩抄の作者三人のうち、二人を知つてをる」、「作者のはつかな面影をうつさうと思ふ」として、「外山正一先生」「井上哲次郎先生」「湯浅半月翁」「山田美妙君」の「面影」を順に述べてゆくあり方に愕くのは、ここで取りあげられている人物の実像を佐佐木が身近なものとして語り得ていることである。明治一五年に出版され、わが国近代詩の草創期に位置付けられる『新体詩抄』が、漢詩を意味していた従来の「詩」に対し、行わけの日本語による詩（大半は翻訳詩）を「新体の詩」と名付けてあらわしたことは、一四〇年が経過した今日においてはもはや文学史のなかの出来事であるが、『詩学』創刊時からは六五年前、この時七五歳の佐佐木には語り得ることだったのである。ましてや、扉写真に登場している藤村の『若菜集』は『新体詩抄』から一五年ののち、明治三〇年に出版されているのだから、その折二五歳の佐佐木にとっては同時代的な青春の詩集そのものとなる。この文章の時点ではみな物故者であり、なかでも山田美妙は四〇代で亡くなってしまったために錯覚しやすいが、ひとり「君」付けで記されているとおり、実は佐佐木より四年長であるだけの同世代である。佐佐木その人を考えてみても、白秋や芥川らに影響を与えた『梁塵秘抄』を明治四四年に発見した人物だったのだから、そう考えてみると合点のゆくことではある。

『詩学』を考えてゆくとき、こうした視点は留意すべきことと思われる。近代詩草創期は、『詩学』創刊時から実感を伴った連続性を持って捉えることが、「人」をとおしてまだ可能であったのだった。そして、それが可能な内に意識化しておくといった姿勢が、扉写真にもあらわれていたのだろうと推測できる。中桐雅夫「マチネ・ポエチック批判」（2巻4号　昭22・11）においても、押韻の例として『新体詩抄』からの流れが冒頭からすらりとあげられており、吉田精一「草創期の詩人たち」（3巻5号　昭23・6）もそのひとつにあげられる。

また、この期の『詩学』誌上に登場する詩人たちを試みにあげてみると（以下、括弧内は生年）、明治期半ば以降から後期に生まれた村野四郎（明34）、西脇順三郎（明27）、北園克衛（明35）、金子光晴（明28）、大正一〇年前後の中村真一郎（大7）、鮎川信夫（大9）、中桐雅夫（大8）、木原孝一（大11）、そして昭和初年代の白石かずこ（昭6）、谷川俊太郎（昭6）、茨木のり子（大15）、友竹辰（昭6）、川崎洋（昭5）、吉野弘（大15）、大岡信（昭6）といったように、およそ三層にわたる幅広い年代が参加している。このことが、後述するように『詩学』の果たした役割のひとつとして知られる「詩学研究会」での新人育成につながっているのであり、「史」を内包した「人」を介してさまざまな「接続」のおこなわれているさまが見て取れる。

2　マチネ・ポエティク

戦時下からの接続という側面からは、押韻定型詩の創作発表を、昭和一七年に朗読会の形式ではじめた「マチネ・ポエティク」参加詩人たちの作品が創刊号から掲載されている点も注目される。ソネット形式の加藤周一「別れの歌 第三」、窪田啓作「SONET Op.1」がそれに当たり、いずれにおいても作品末尾に「(一九四二年)」、「――マチネエ・ポエティーク作品――」が付記されている。次号（1巻2号 昭22・9）にも同様に、原條あき子・枝野和夫のマチネ・ポエティク作品が掲載され、中桐雅夫「マチネ・ポエチック批判」（2巻4号 昭22・11）、「特輯 日本詩の韻律の問題」（3巻4号 昭23・5）を呼び、『マチネ・ポエティク詩集』（昭23・7 真善美社）発刊をあいだにおいて、瀬沼茂樹「果して「詩の革命」か？――マチネ・ポエティク批判――」（3巻10号 昭23・12）、中村真一郎「マチネ・ポエチックその後」（5巻3号 昭25・4）、鮎川信夫「中村真一郎の「詩集」について」（5巻10号 昭25・12）へと至っている。

マチネ・ポエティク作品の掲載を受けた中桐雅夫「マチネ・ポエチック批判」では、前節でふれたとおり、『新体詩抄』をはじめとする明治期新体詩における押韻を例示ののち、掲載されたマチネ・ポエティクの作品などを実際に取りあげながら、形式先行のために不自然さが生じ、その詩が有する本来の良さを損なう可能性を指摘、ソネットの必然性が理解できないと結論している。

一方、マチネ・ポエティク参加詩人らをふくんだ座談会「日本詩の韻律の問題（加藤周一・中桐雅夫・窪田啓作・鮎川信夫・相良守次・湯山清・城左門・岩谷満）」（3巻4号 昭23・5）において、城左門がマチネ・ポエティクの活動について「古臭い」と述べたのに対し、鮎川信夫は「詩そのものに対しては古臭い」と思うが、「運動として見ると非常に面白いし、色々な意味で注目」していると述べている。鮎川のこの捉え方は、二年後の「中村真一郎の「詩集」について」においても、マチネ・ポエティクの詩人たちが仲間を持っていることは幸いであり、共通した経験を持っていることは重要であると述べ、当時において意識せざるを得ない党派制に関しては、個性や年齢だけを尺度にしていないところを評価する一方で、実作に関しては、その思想性において相容れないとする点も変化がない。理論を先行させた作るための詩であることを、「美という観念を持つてゐるために、美を発見することが出来ないように思われる」と言い、中村の『詩集』に収録されている戦時下の詩篇と戦後の詩篇とに、その内容においてまったく異なりがないと指摘、三好豊一郎の『囚人』にながれる思想性との「相異」が、「荒地」とマチネ・ポエティクとの「相異というものを象徴的に物語つていて面白い」と結んでいる。田口麻奈[3]は、こうした鮎川信夫のマチネ・ポエティクの捉え方について、「文学的経験をグループの紐帯とする点」が、「鮎川にとっての深い共感の対象」であったとし、マチネ・ポエティクと「荒地」とが、「方法論の上で対立しながらも同じ問題系（論者注・「特権的な共同性への批判」と作品の「現代性」への「疑念」）に囲繞されていた」という見立てにおいて接続され得ると整理している。

また、マチネ・ポエティクは当時において、「マチネ・ポエチックを見たまへ。結局、あれはハシカに過ぎなかつたのだ、それも舶来のハシカだ。あの熱ぐらゐでは現代詩の沈滞した悪血を潔める何のたすけにもならぬ。さらにチブスでもわづらつて幸にも生きのびて居られたら、マチネ・ポエチック氏も一人前になれるであらう。」（「詩壇時評」4巻2号　昭24・2）といったような悪態をつかれる対象でもあった。中村真一郎「マチネ・ポエチックその後」は、こうしたところを経過して、「一九四〇年から一九四五年までの文学グループ「マチネ・ポエチック」は、戦争終結後、戦時中の実験的作品を大部分発表して、社会の批判を仰ぐと共に解散し、戦後の現実の中で、同人夫々が別個の方向へ活動の圏を拡げて行つた」、「方法そのものは可能性がある」、「戦争中の筆者の心の閉鎖的な姿勢と余りに調和してゐたその詩法は、戦後に至つて、心を外に向つて開かうとした時、自己を束縛するものと感じられて来た」、「詩作が第二芸術の段階に堕ちた」、「現代日本語の貧しさと荒さとは、具体的には、第一に概念の混乱、第二に音感の不快さ、である」と、内省的かつ他罰的な吐露に至った。『詩学』は創刊からの三年間をとおして、マチネ・ポエティクとともに、その結着を見届けたと言える。

3　同時代詩人評

近代詩史への接続、同時代的なトピックであるマチネ・ポエティクへの批評的関与に加えて注目したいのは、同時代詩人を積極的に批評の俎上にあげ、批評する側の魅力とともに照らした点である。昭和二〇年代前半においては、木原孝一「移動する座標の観測 北園克衛の詩に関するノオト」（3巻1号 昭23・1）、中桐雅夫「菱山修三論」（3巻5号 昭23・6）、黒田三郎「春山行夫論――新しい詩人――」（3巻10号 昭23・12）、鮎川信夫「三好豊一郎論「荒地」の精神的風土」（4巻3号 昭24・4）、田村隆一「「囚人」の成立條件について」（4巻3号 昭24・4）といったラインナップで、「北園克衛研究」（6巻6号 昭26・7）として特集も組まれ、「作品」村野四郎、「人間」岩本修蔵、「詩論」黒田三郎といった論者を擁し、安藤一郎・壺井繁治・中桐雅夫・高橋宗近・嵯峨信之・木原孝一による「座談会 北園克衛を分析する」もおこなわれている。この北園特集号の木原孝一による「編輯後記」は、こうした同時代詩人の特集を組む意義を次のように述べ、この試みの新しさを自負している。

この頃、わが邦の詩史的な研究が多く現はれてゐる。吉田精一氏を初め、各出版社が注釈的な詩解説書に努めてゐる。この傾向は、徒らに新奇に趨ることよりも現在の必然性を確認する上には甚だ有意義な企画であると思ふ。だが、現存の、それも現役的な立場に居る詩人の史的評価は実に大いに困難なことなのだ。その困難を押し切つて、最初に着手したのが本号の北園克衛研究である。村野岩本、黒田三氏の論説と、安藤、壺井氏に依る座談会である。これで縦横に、詩人北園克衛を同時代人に依つて、流行語で云へばツルシ上げにするわけで、逆に、研究としては略々完璧に近いものなのではなからうか。ご精読を得たい。今後も、この意味で、詩人個人を研究して行きたいと思ふ。

すでに見てきたように、『詩学』自体も詩史的接続には意識的であるなかで、同時代詩人を対象とすることが、さらに新しい「研究」に結びつくという視点が内外に対して動態的である。『詩学』における「研究」という語彙の新鮮さは、次節で取りあげる「詩学研究会」とも響き合うようで目を引く。

この後もやや年長の詩人をふくみつつ、中西浩「高村光太郎論」（6巻11号　昭26・12）、鶴岡冬一「北川冬彦論」（6巻11号　昭26・12）、高橋宗近「金子光晴論」（7巻2号　昭27・2）、服部嘉香「蒲原有明論」（7巻3号　昭27・3）、平林敏彦「小野十三郎論」（7巻7号　昭27・7）、神保光太郎「三好達治論」（8巻5号　昭28・5）、大岡信「戦後詩人論──鮎川信夫ノート──」（9巻5号　昭29・5）、関根弘「伊藤信吉論──孤独な批評家──」（9巻11号　昭29・11）と続いた。

これらのちょうど中ごろにあたる、「北園克衛特集」の翌号で組まれた注目の特集が、「物故詩人追悼特輯　死んだ仲間の詩──作品と回想──」（6巻7号　昭26・8）である。副題どおり、一七人の詩人の作品と回想で構成されているのだが、詩人と回想の書き手との組み合わせもふくめて興味深い特輯と思われるので、以下掲載順にあげてみる。

立原道造／中村稔、野村英夫／鈴木亨、逸見猶吉／緒方昇、津村信夫／杉山平一、加藤千春／井上長雄、森川義信／鮎川信夫、西崎晋／岩本修蔵、川島豊敏／上林猷夫、楠田一郎／岡田芳彦、宮西鉦吉／扇谷義男、石渡喜八／長島三芳、左川ちか／北園克衛、饒正太郎／小林善雄、永田助太郎／近藤東、牧野虚太郎／中桐雅夫、澁江周堂／池田克己、岡本彌太／島崎曙海。

戦時下、『新領土』や『文芸汎論』等に作品が掲載されていた若き詩人たちの名が見られるなか、中村稔による立原道造が「死んだ仲間」の冒頭に置かれているのも、『詩学』特有の接続の意識が垣間見られるように思われる。また、鮎川信夫による「森川義信について」は、鮎川が記した森川に対する文章のなかでもっとも哀切な思いを響かせて作品の強度を照らしているもので、この特輯にかなった名文である。

彼はただ生きていて、僕達のそばに居てくれさえしたら、それだけで平安と慰めを与えるような男であつた。詩なんか書いてくれなくたつていい、ただ生きていてくれたら……しかし残念なことに、そんな僕の嘆きを、彼の詩は男々しく拒絶している。僕達は今更ながら〈完成〉の底に死があることを思わずにはいられない。

前号の「編輯後記」で木原は同時代の「詩人個人を研究」する動態的な視点を記していたが、同時代詩人であったはずの「死んだ仲間」を、仲間の批評で特輯することによって、その作品を生かし続けてゆく接続の意識も注目に値する。

4　詩学研究会

谷川俊太郎、茨木のり子ら「櫂」の詩人たちを育てていった「詩学研究会」は、『詩学』の貢献を語るものとしてよく知られている。ここでは、その内実をつぶさに見てみたい。三巻五号（昭23・6）に掲載された、詩学研究会の創設を知らせる「詩学研究会について」は、次のようなものであった。

詩壇は常に新しき詩人を待望してゐる。しかしながら真に新しき詩人は偶然に出現するものではない。その時代を背景とした歴史的な必然のなかに生まれる。本誌は茲に詩壇の公器たる自負と光栄との上に詩学研究会を組織し、新しき詩人の培養基たらんとする。／一、詩学研究会は詩文学誌〈詩学〉を中心とする詩の研究機関であり、本部を東京に、支部を各府県に置く。／二、会員資格は詩文学誌〈詩学〉の購読者であれば良く、特別の規定はない。／三、会員の研究作品は編輯部にて銓衡の上詩文学誌〈詩学〉誌上に発表する。／四、支部には委員若干名を置き、研究会の事務を委任する。／五、研究会は毎月一回支部毎に開き、希望に依り、毎年二回程度本誌編輯部主催の講演会又は研究会を開くことが出来る。／六、研究作品は毎月二十日締切とし、送稿及び通信はすべて東京都港区芝西久保巴町十二　岩谷書店編輯部　詩学研究会宛に送られたい。／右の外種々会員諸氏の便宜を計るべく随時計画を立案する予定である。ついては購読者各位の中で熱意ある諸氏に、研究会支部の委員としてご活躍を願ひたいと思ふので、御希望の向きは至急当編輯部へ連絡をとられたい。

「詩壇の公器」、「新しき詩人の培養基」、「詩の研究機関」といった役割の自認があり、さらに、「支部を各府県に置く」とする組織化が当初より構想されている点が目を引く。

そして、この三号あとから「詩学研究作品」コーナー（3巻8号　昭23・10）が登場する。礒永秀雄「遍路」以下八篇が選ばれ、以降はほぼ毎号にわたっていろいろな詩人が入れ替わり立ち替わりあらわれている。村野四郎は翌号の投稿時評「夏日覚書」（3巻9号　昭23・11）で、『詩学』投稿詩篇は「他の新聞や雑誌の投稿詩に比較すると、数等たかい水準にあるように感じた」としながらも、それらは「こじんまりしたユニフォムを一様に身につけていた」「秀才型」だとし、「つつましいユニフォムにはおさめ切れぬような異常骨格の詩精神には遂に遭遇できなかつた」と述べている。また、同号「編輯後記」では木原が、「研究作品も順次その熱意を加へつつあり多くの佳篇を得ることが出来て幸ひである。僕らは此の研究作品に依つて、ひとつのドアが開かれることを多くの期待をもつてみつめてゐる」としており、初発の段階から「詩学研究作品」には、比較的高水準の作品が寄せられていたことがうかがえる。

折々掲載される「詩学研究会通信」からは、「東京詩学研究会」をはじめ群馬、神奈川といった東京近郊にはじまり、全国に拡がって行くさまを見てとることができる。その内容を四巻一号(昭24・1)の「通信」に見てみると、東京研究会の例会では、西脇順三郎による「シュルレアリスム文学論に関する講話があり、続いて質問討議を行つた」といった報告がなされており、充実の様子が知られる。また、「地方在住の会員申込が一県で十名に達した場合には編輯部より会員各位の相互連絡を計るために住所録を送附」するので、これによって「研究会の組織を作つて戴きたい」とあり、こうした簡易かつ確実な形式が、それぞれの地方の研究会形成に効果的であったのではないかと推測される。さらには、編輯部が「鋭意立案中」とする「詩学研究会の行動計画」について、会員からの「良いプラン」「希望」によって「更に活発な運動を展開したい」と、計画立案への参加を促してもおり、相互的で近距離にある『詩学』というイメジが、この研究会の発足によって形成されようとしていたことがわかる。こうしたことは、「編輯後記」(4巻6号 昭24・8)にもあらわれており、「「詩壇の公器」としての位置は次第に築かれてゆきつゝある」が、「新人発掘の仕事はまだ始められたばかり」、「詩学研究会」や「投稿」の作品は村野四郎らによる選を経て「程度は相当高く」あるものの、「まだまだ読者諸氏の積極的な協力なくしては成績を上げる事は出来ない」、「恐れたり、遠慮したりせずにどんどん作品を送つて頂きたい」と呼びかけている。

こうしたなかで、白石かずこが詩篇「時……」で「詩学研究作品」(4巻3号 昭24・4)に登場する。

死んだやうに/海はしづかで/その夜あなたの唇は/はなのやうにひらひらと舞いてき/そこには果樹園など

の／かをりがたゞよひ／しづかに待ちうけてゐる／哀しいいのちがありました／手にいだくと／そこはかとなくきえいり／胸によせると／なみだほどにざわめき／ふりすてると／かたりとおとし／興ざめた時計の針の／音でした。

秘めやかでリズミカルなやわらかい世界観を持つ白石の作風は目を引く。選者の村野四郎は、その評（「鉱脈をさがす――投稿詩短評――」）の冒頭で白石作品を取りあげ、「一応抒情詩にはまとまっているが、言葉の使用法がぎりぎりの合目的性をかいているので、イメエヂがぼやけ、エスプリもふやけて見える」とするものの、〈ふりすてると〉以下の最終四行が「この詩にやや形象的な明確さを与えて甦らせている」と評価する。

白石登場の一年後、「詩学研究作品」（5巻8号　昭25・9）に、谷川俊太郎（「秘密とレントゲン」「五月の無智な街で」のちに『二十億光年の孤独』収録）、茨木のり子（「いさましい歌」）が揃って登場する。ここには友竹辰比古の作品も掲載されており、同号は次世代のはじまりを胚胎する象徴的な誌面を有していると言える。選者村野は同号の「テクニックの方法――研究会作品評――」で、谷川作品に新鮮さを見るものの、「五月の無智な街で」における末尾近くのフレーズ、〈天上からの街頭録音のために僕はたくさんの質問を用意している／しかし地獄からの脅迫のために僕は武器を持たぬ〉について、「おもしろいメタフォアだが、それならどうするという最もシイリアスな質問に対して、結局この作品では充分にオリジナルな回答が得られていないという点が気にかかる」と指摘している。だが、谷川本人は本作品を『二十億光年の孤独』（昭27・6　創元社）に収録する際にも、手を加えることはしていない。一方の茨木作品については、「このファンタシイには相当にはげしい精神の喘ぎが感じられる。その原色的な感情の表出は見事である」と評価されるものの、本作品を単行詩集に収めることはなかった。このあたりのズレも、詩人たちの受けとめ方を考える上で興味深い。

5　谷川俊太郎という存在

谷川の登場を見た数ヶ月後、「詩壇時評」（6巻1号 昭26・1）は、谷川に対して実に複雑なもの言いをしていて目を引く。先の「詩学研究作品」に二作品が掲載されてほどなく、『文学界』（4巻12号 昭25・12）に「ネロ・他五篇」が三好達治の「蛇足言」とともに掲載されたことを受けての内容であるが、二誌に掲載された詩風の異なりを前にとまどう様子があからさまである。それは、皮肉たっぷりにはじめられる。

　ところで、「文学界」が三好達治のあとがきをつけて谷川少年の詩を紹介したのは、何かの気紛れかもしれぬが、一応興味のあることだ。この少年は、親父（谷川徹三）ゆづりかもしれないが、ともかく有望な秀才と見えた。

そして、『詩学』『文学界』両誌への掲載作品について、「まるで関係のないやうな別の風格をそれぞれあらはしてゐる」ことについて、次のように訴えてみせる。

　いかに才文にめぐまれた少年とは言へ、こんな変貌がさうたやすくありえていいのだらうか。それとも、そんなことが気掛りになると言ふのがもともと無意味なことでもあるのだらうか。ただ一人の少年のこと、それほど気にすることはないと言つてしまへばそれ迄だが、ともかくもきいてくれたまへ。これは、日本に本当の「詩の伝統」がないからなのだと言ひたいのだ。

ヨーロッパ詩の伝統にもふれながら、日本には「外から制約する」「伝統」が欠如しているために、「谷川少年」は「軽々と自己をたやすく変化」させ得たのだと言う。若き詩人の変幻自在な詩風にとまどい、それを「伝統の欠如」へと返そうとする意気込みが、「ただ一人の少年」に留まり得ない谷川俊太郎という新しい存在を、かえって強く刻印している。(5)この翌号(6巻2号　昭26・2)に「詩学審査委員会推薦作品」が掲載され、白石かずこらの作品とともに、谷川の作品(「山荘だより」)もふくまれた。これに自筆の「詩学審査委員会推薦詩人略歴」が付されており、ここで谷川は自身について次のように記している。

一九三一年東京に生まれ、都立豊多摩高校卒業。約一年前より友人に刺激されて作詩し始めた。谷川徹三氏に認められたのに気をよくし、詩学研究会等に投稿をした。その後三好達治氏のご好意で「文学界」に数篇が載つた。

前号の「詩壇時評」の内容に対応させ、父谷川徹三に「認められた」、三好達治の「ご好意」と、恵まれた経緯を他人事のようにすらりと記述してみせている。こうした背景をみずから明かしてゆくところには、それらのみに拠るのでない自作に対する自負を読み取ることができる。それが自他ともに認めるものであったことは、同号の嵯峨信之・木原孝一・森道之輔・黒田三郎・中桐雅夫・鳥見迅彦・岩本修蔵による「審査委員会推薦詩合評会」において、「生まれつきのうまさ」(中桐)、「生地が良い」(木原)、「相当素質がいゝ」(岩本)といった指摘が繰り返されているところからも明らかである。恵まれた資質、それを誰もが感得していたのが谷川俊太郎という新しい存在だったのである。この後、「詩学研究作品」に先行して登場していた友竹辰、白石かずこの作品が一般の「作品」コーナーに掲載されはじめる(6巻4号　昭26・5)のと同じく、谷川の作品(「(想う人と動く人についてのノート)」)も同様に「作品」コーナーに掲載（7巻1号　昭27・1）されはじめ、白石の『卵のふる街』（昭26・9　協立書店）、続いて谷川の『二十億光年の孤独』（昭27・6　創元社）と、「詩学研究会」に投稿していた新詩人たちの第一詩集が上梓されてゆく。それぞれ「詩学研究作品」登場から二年で詩集出版を迎えている。

高橋宗近による「「書評」谷川俊太郎『二十億光年の孤独』」（7巻8号　昭27・8）[6]では、詩風の「素直さ」を指摘するとともに、「感能とか情緒とかいふ点」に特色はないが、「ザッハリッヒなものの見方の新鮮さは、時々読者に軽快なショックを与えるだけのものを持っている」としながら、「読者の思考の内部にまで浸透して、思考の回転そのものを変代させるような深さも力も乏しい」と指摘、「才気に比べて、またいろ〳〵な経験が足らないのかも知れぬ」、「「年少者の文学」の領域からそれほど出ていないとすら見られる点もある」、そして、「人間的な孤独を宇宙的に定着」させようとする「宇宙的なもの」が「初歩の天文学的宇宙像に仮託」されている向きを述べつつ、今後の期待を好意的に込めて結んでいる。

この二年後、これまで批評の対象とされてきた谷川ら二十代の詩人たちによる座談会「二十代の発言――座談会――」（飯島耕一・高橋宗近・谷川俊太郎・大岡信・中村稔・川崎洋・山本太郎・嵯峨信之・木原孝一）（9巻1号　昭29・1）が催され、そこで谷川自身は「モラル」と「宇宙的なもの」とをあわせて、「ぼくのモラルというのは社会的というのではない」、「もっと自分では宇宙的なものという感じがする」、「人間に対する自分の位置よりも宇宙に対する自分の位置、そういう意味のモラル」であると述べる。中村稔がそれに対して「理解できない」、「神様が出て来る」というこことかと問うたのを受けて、「自分を超えた力を感じている」、「空とか何とかは全部非常に非人間的なもの」としながら、「非常に遠いことにかかずらわっていながら、反面自分の身近なものに日常生活的と言えるくらいに愛情を感じたりする」とも応えている。それは、先行世代（三十代）が戦争を「肉体的に感じている」のに比して、「観念的に感じるようなところがある」としているところとも関わっていそうであるが、同じ二十代詩人ではあっても、中村が「高橋君とかぼくはむしろ三十代の方に近い」と言えば、先の書評者高橋も「ぼくもちょっとそういう気がするな」と反応しており、谷川より四年年長である彼らと谷川との戦争に対する経験の差が、作品創作や感受の仕方に「差」を生み出しているようであることも、谷川俊太郎という存在をとおして浮き上がっている。

6　鮎川信夫の先見性

村野四郎の「詩学研究作品」選者引退が告げられる（「編輯後記」6巻11号 昭26・12）と、翌号（7巻1号 昭27・1）から、長江道太郎、鮎川信夫、小林善雄が選者となり、編輯部から嵯峨信之、木原孝一が加わって「作品合評」をすることが報告（「選者の言葉」）され、五名による「第一回研究会作品合評」が掲載された。すると、鮎川信夫の新人発掘における先見性が際立って見えてくるようになる。茨木のり子、吉野弘に関わっての発言を例にとってみたい。

「第七回研究会作品合評」（7巻7号 昭27・7）における茨木のり子「民衆」をめぐってのやりとりでは、長江や嵯峨が「態度」や「思想性」を取りあげようとすると、鮎川は、「詩によつてのみ表現されうるようなムードとか感情、あるいは論理、直観、そういうものが表出されている」ところに「感心」しているのであり、「思考の線と情緒の線とが、ほかの詩に見られないような、うまいぐあいに、屈折をしているところは、ちよつと珍しい」と評価する。さらに長江が、「一番おもしろいことは、女でありながら男のやうな、ある意味では男女といふ性別を考えさせない作品」であるとした点に対して、鮎川は「その言い方に対してむしろ疑問がある」として、次のように指摘する。

これはむしろ今まで見てきた中で、女の人の詩の持つている一つのいい特長を持つていると思うのです。つまりイマージュとか印象とか、そういうものが、非常に通俗的な知性とか論理というものとコントラストをなしておるということなんです。たとえば今までの詩を見て飽きてしまうとかつまらないとか思うのは、展開がわかってしまうのだ。それがここでは何が出るかわからない。ひょっとして、十行はつまらなくても一行ぐらいおもしろいものが出て来るという期待を持たせると思うのですよ。

男性論理や既成の思想性に絡め取られない独自性を評価するこの指摘は、茨木作品の個性をいち早く見出し、詩人の伸びてゆく方向性を示し得た評と言える。

「第十回研究会作品合評」（7巻11号 昭27・11）では、吉野弘の代表作ともなる「I was born」について、鮎川が熱弁をふるう。この詩があらわれた時点では、意外なことに形式論が持ち出されて評価が分かれている。小林が「非常に散文的すぎる」と述べ、木原が「コントになるだろうと思う」と続けると、鮎川はその反応を予想していたとしながら、そうした形式のなかで「この方がずっといい」と評価して次のように中身にふれる。

上手ですよ。これは……。「I was born」から始まってかげろうを出すところなんか、子どもの位置にもなり、子どもが親にもなるというように入り組んでいます。

さらに、「ジャンルの問題はこの場合どうでもいい」、「おもしろいか、つまらないか」を問題とすべきであると繰り返し、「そうした形を度外視して、これには感心した」と、さらに終盤で形式論に楔を打ち込んでいる。他の評者が形式にこだわるなか、作品の世界観を評価軸に孤軍奮闘の感があるが、先の茨木作品に対したのと同様に、のちの評価につながる中心的なところを押さえた先見的な評が、ここでも鮎川によって強く示されているのは印象的である。

鮎川ら「荒地」と茨木ら「櫂」の詩人たちは、現代詩史のなかで、思想性と感受性をそれぞれの特質として理解されてきたとおり、その作風において異なっているが、鮎川信夫の「評」をとおして見えてくるのは、自身の描く世界観とは異なった後続世代の作品の個性、伸ばすべき心棒にあたると思われるところを深部で捉えて的確に評価してゆく真摯な姿勢である。優れた詩人の直観に支えられた作品に対する謙虚な向き合い方が、まちがいなく続く詩人たちを育てていたのだと知られる。また、「合評会」では評価の分かれた吉野の作品ではあるが、それはきわめて高質な次元でのことがらであり、『詩学』としては次のような取りあげ方をしていることが前提にある。

研究会作品として頭角を表し、多くの注目を惹いてゐた川崎洋、船岡遊治郎、吉野弘、三氏の作品をその力量の点からも詩界に紹介するに充分なものと思ひ、敢へて各位の承認を得て推選作品とした。新しき詩精神の発掘は本誌の義務である。

（木原孝一「編輯後記」同号）

この後も「研究会作品」については、評者を入れ替え、「合評」において各作品に対する得点を表にするなどの試みをしてみたりと、新人育成について心を砕いている様子が随所にうかがえる。この一年後、「茨木のり子氏は最近川崎洋氏と共に詩誌櫂を発刊、新鮮な詩精神を燃やしている」（木原孝一「編輯後記」8巻8号 昭28・8）として、いよいよ『櫂』が創刊（昭28・5）され、翌年には「われらの仲間」のコーナーに川崎洋が「ある日の例会〈櫂〉」（9巻4号 昭29・4）を一頁にわたってユーモラスに執筆しており、活躍めざましい。

ここまで近代詩史との接続、戦時下との接続、同時代との接続、そして後進との接続をとおして『詩学』におけるはじまりの一〇年を概観してきた。これらを体現するのが「人」であるのは述べたとおりであり、「櫂」の詩人たちをはじめとする新人育成はその最たるあらわれと受けとめることができる。このはじまりに続く昭和三〇年代には、当初に掲げた「公器性」に対する捉え返し、「櫂」の解散など、またあらたな展開があらわれてくる。

7　昭和三〇年の入り口

まず、昭和三〇年の皮切りとなる同年一月号（10巻1号）を見てみたい。特集「現代日本詩集」には、各年代の詩人たち四三名の作品が並ぶ。そして、「詩壇の動き」では、安藤一郎がベルギーで開かれた「国際詩学会議」に出席した様子が報告されている。西欧の小国が力を入れていて、イギリスは代表不在、アメリカも主要詩人は来ず、主要言語はフランス語といったなかで、安藤は短歌俳句でない日本の現代詩の発展状況を、「詩人三千、詩誌一千」と語り存在感を示したとされている。国際会議という名の「詩人の祭典」に出席し、その後イギリスに赴きスペンダーらと面会、「育つか、枯れるかわからない」、「困難で徒労に終わるかもしれない種まきをして来た」安藤に対し、「心からの拍手を送ろうではないか」と結ぶ様子からは、国際交流におけるはじめの一歩の感覚が伝わってくる。

そして、本号で目を引くのは、金子光晴、壺井繁治、村野四郎、北園克衛による「五十代の発言――座談会――」である。これは、ちょうど一年前の昭和二九年一月号（9巻1号）で、これまで批評の対象とされてきた谷川俊太郎ら二十代の詩人たちによっておこなわれた座談会「二十代の発言――座談会――」（飯島耕一・高橋宗近・谷川俊太郎・大岡信・中村稔・川崎洋・山本太郎・嵯峨信之・木原孝一）と対をなす格好となっている。前述のとおり、「二十代の発言」では、谷川が「宇宙」と「モラル」を接続させたり、戦争経験に対する観念性を述べたのに対し、同じ二十代であっても少し年長の詩人たちは、戦争経験を肉体的に捉える先行世代と近しい感覚を持っているといった差異が明かされ、興味深いものだった。「五十代の発言」では、谷川への応答さながら金子が次のように述べる。

たとえば谷川俊太郎の詩を読むでしょう。宇宙に対する考え方とか、地球に対する考え方とかそういうものは（笑声）われわれもピンと来ないくらい観念的なものだがね。

ここで注目されるのは、先の「二十代の発言」にも出席していた谷川、大岡、川崎、山本といった詩人たちに先行世代から継承するものがなく、断絶の不満が生じていると指摘された、その「断絶」の捉え方にある。金子らは谷川の詩を「古めかしい」と述べ、北園は「第一次大戦後に現われて来た新しい芸術というものと関係がない」とする。村野は自身において問われると、民衆派に対しての断絶感はあったが象徴派に対しては踏み台にしようとは思ったが断絶はない、北園はそれを受けて断絶する必要がなかったと断言する。北園らが新しさにおいて第一義におくモダニズム詩と象徴詩との親和性が、谷川ら二十代の詩人たちの作風を批評することで明確に言表されている。

一方、話題の谷川が特集「現代日本詩集」に寄せた「舌切雀」は、言葉と愛の本質とをシニカルな散文詩で象っている。〈もう何も云えなくなつた　もうおじいさんと呼べない　もうおばあさんの悪口も言えない〉とリズミカルにはじめられる詩篇の世界は、〈おばあさん〉によって舌を切られた雀〈ぼく〉に、〈おじいさん〉の呪縛的な〈愛〉や〈言葉〉からの解放の物語を語らせる。〈熱くて重い言葉　どんな意味も負わずただ僕の意味だけにみちあふれた言葉〉、〈それが今ぼくの歌だ〉、〈おばあさん　あなたは正しい　おじいさんの愛からあなたはぼくを解き放つてくれた　おじいさんの言葉からぼくの歌をよみがえらせた　ぼくを一羽の雀にもどしてくれた　あなたの憎しみの力で〉、〈おじいさん　あなたはぼくを愛した　けれどもぼくは人間にはなれなかつた　決してあなたたちの言葉は解らなかつた〉、〈言葉はいらない　ぼくらには歌だけがある〉と、〈ぼく〉は勢いづくが、最後には、〈家へ帰るのがいや〉な〈じいさん〉が舌切雀を探し続ける〈哀れな声〉を背景に、〈くちばしには赤い汚れを残したまま　歌はもう息んでしまつた〉、〈今は舌の痛みだけが彼をいら立たせる〉、〈疲れたように舌切雀はつづらの蓋でくちばしを二三度こすつてみたりする……〉と、語り手による傷んだ倦怠感で幕を閉じられる。

誰もが知る昔話を独特な愛の物語として変奏したこの詩篇は、同年出版の谷川の詩集『愛について』（昭30・10東京創元社）に収録される。舌を切られたにもかかわらず、リズミカルでポジティブな〈ぼく〉の独白による前半と、そうした〈ぼく〉を寂しい倦怠感で相対化する語り手による後半といった劇仕立ての構成のなかで、〈言葉はいらない　ぼくらには歌だけがある〉と舌切雀に語らせるところに、谷川は、後述するような詩劇に対する音韻の意識を響かせているのかも知れない。

「詩壇時評１９５４」（署名X）では、「一九五四年は詩集の刊行が戦後最も多量であつたのではないか、と十二月号の編集後記で城氏が書いている」、「良い詩を生むということはこれとは全く別の事柄」とあり、詩の活況と質の問題が問われはじめている。このように総括された前年を受けて、昭和三〇年の扉は開かれていった。

8　詩劇の流行

この時期の特徴的なことがらとして、「詩劇」創作の流行があげられる。[7] その理由を、「詩壇時評１９５６」（無署名）（11巻9号　昭31・8）は、エリオット以下西欧詩人の影響もさることながら、新しい表現形式を以て表現しなければならないものが彼等を突き動かしたと分析、みずからも詩劇を創作する木原孝一は、「言葉を本当に生かす意味では、詩人と劇作家の協力によつてしか、この達成は考えられない」とし、「日本語」とその「リズム」の問題であり、「大きく言うと日本文化の問題」であると位置付ける（茨木憲・木原孝一・小宮曠三・菱山修三・遠藤慎吾「座

談会 詩劇の可能性について」『悲劇喜劇』昭31・7)。時評子の言う「エリオット以下西欧詩人」に即せば、中桐雅夫がすでに、「W・H・オウデン&C・イシャウッド　犬になつた男――詩劇論の一部――」(7巻4号 昭27・4)、「W・H・オウデン&C・イシャウッド　国境にて――詩劇論の一部――」(7巻6号 昭27・6)、「W・H・オウデン&C・イシャウッド　国境にて――詩劇論最終篇――」(7巻7号 昭27・7)を連載、また、「七〇歳をむかえたT・S・エリオット」(13巻13号 昭33・11)として、同年発表の新作詩劇「老いたる政治家」にリアルタイムで言及があるなど、関心の高さがうかがえる。

そうした影響を受けながら、意識化され追究されてゆくのが、日本語における「音韻」の問題である。押韻定型詩の創作発表を、昭和一七年に朗読会の形式ではじめた「マチネ・ポエティク」の作品を創刊号から掲載した『詩学』は、そのひとり中村真一郎が自身らの試みに対する内省的かつ他罰的な吐露(「マチネ・ポエチックその後」5巻3号 昭25・4)に至るまでの三年間を共にし、その結着を見届けたのだった。中村はそこで、「現代日本語の貧しさと荒さとは、具体的には、第一に概念の混乱、第二に音感の不快さ、である」と述べたのだったが、先にあげたように、木原が詩劇創作を「日本語」とその「リズム」の問題であり、「大きく言うと日本文化の問題」としたことは、マチネ・ポエティクの試みとその終焉との二重映しを、読む者に引き起こしもしただろう。

鮎川信夫、茨木のり子、川崎洋、北園克衛ら一二名が登場する「コレスポンダンス/現在の私の仕事」(10巻2号 昭30・2)において、茨木のり子は、「いま、詩劇「埴輪」を櫂に書いています。詩劇と銘打てるものかどうかわかりませんが、私の詩劇に対する考えを、ひとつの作品としてまとめることができたら……と思つています。」[8]と詩劇創作に意欲を見せ、その一方で北園克衛は、「昨年のはじめから「稀薄なるポエジーの展開」」をテーマとして継続していると意味深長な報告をしている。翌月の安西冬衛、上田敏雄、谷川俊太郎、中桐雅夫ら一二名による「コレスポンダンス/私の詩的実験」(10巻3号 昭30・3)では、谷川俊太郎が、「1、日本語の音韻をもう一度丹念に試み、その方向から、詩劇の可能性を探究すること。2、詩以外の方法を実験すること。」と明瞭に述べ、〈私は倦いた／私は倦いた　我が肉に／私は倦いた　茶碗に旗に歩道に鳩に〉と、全行頭で〈私は倦いた〉をリフレインする「無題」（10巻7号　昭30・6）を直近で発表、翌年には〈＊カンタータ台本＊〉と副題し、各連を、〈prelude〉〈ballads〉〈blues〉〈waltz〉〈serenade〉〈air〉〈march〉として書き分けた「幽霊の歌」（11巻1号　昭31・1）、その翌々月には「唄二つ」（11巻4号　昭31・3）と題し、次のような「口上」付きで二篇（「ただこれだけの唄」「七つの四月」）を掲載した。

日本の新しいうたを目指して、友人の若い作曲家、俳優たちと、グループをつくりました。まだ大変未熟なものですが、近作を二つお目にかけます。詞だけでは勿論不完全なものですが、前者はギターの弾き語りによるスロウバラード、後者はにぎやかなサンバです。いずれお耳に入る機会の参りますまで、音楽の方はよろしく御想像いただければ幸甚です。

先の「コレスポンダンス／私の詩的実験」で述べていることがらの実践であり、谷川のジャンル横断的な活動の端緒が、この時期の「詩劇」をきっかけとした新しい表現形式の追究によって開かれていったことが知られる。谷川らが「詩的実験」について述べた「コレスポンダンス」と同号（10巻3号　昭30・3）の「詩壇時評１９５５」では、詩劇のあり方について実例をあげながら具体的な言及がなされており、当時の様態がよくわかる。上演に際しては、劇団員による「誇張朗読」について、「詩の美しさ」や「詩のモラル」は「抑制」にあるとし、「エリオットの言う「第三の声」（論者注「詩人自身から完全に独立した人物を通じて語られる声」）を持つて欲しい」と戒め、創作については、「ある一つの観念を執拗に造形し追求するという生き方が主要」であり、「抽象精神」や「批評的」であることの重要性を指摘している。翌月の「コレスポンダンス／詩劇・抱負と実験」（10巻4号　昭30・4）では、木原孝一が詩劇実作で「自己の声」しか出せなかったことから、「言葉と詩人の声」を「立体的にドラマとしての対立を詩に於ける必然として発見することが先決問題」とし、ここにおいてすでに、「詩人と劇作家の完全な協力」のために「研究と実験のための意見の交換」が必要であると述べている。木原においては、「「詩劇」が問題になつてから、そろそろ五年」という認識である。

　このあと、本節冒頭でふれた「詩劇」流行の理由を分析した「詩壇時評１９５６」（無署名）（11巻9号　昭31・8）をはさみ、「詩壇時評１９５７」（12巻8号　昭32・7）では、「今年」に入ってから「考える詩から歌う詩へ」というスローガンが多く言われるようになったとある。言うまでもなく「荒地」の詩人たちが標榜した「歌う詩から考える詩へ」の裏返しであり、「「荒地」にたいする批判はここ数年来持続的にあらわれている」（「評論」唐川富夫『詩学年鑑１９５８年版』13巻2号　昭33・2）といったながれとも一致する。「外部的にはシャンソンの試作」、「内部的には日本の風土的な抒情派の擡頭」がそのあらわれとされ、理由については、イマジズムの行き詰まり、「考える詩」の全盛による反動、民衆にアピールするための「歌う詩」があげられている。しかし、「考える詩」は必要であり二者択一ではないこと、「「歌う詩」が喧伝されはじめたのが原因でもあるまいが」、「今年になつて見るべき詩論が殆どない」、「詩人と社会の底の浅さを痛感する」と指摘は続く。ここで興味深いのは、「詩劇」への言及がないことである。そして、それによって気づかされることがある。「詩劇」は見てきたように、「音韻」や「リズム」といった音楽的要素を通じて、谷川の実践のように「うた」へ連繋されながらも、一方で、「観念」、「抽象」、「批判」（「詩壇時評１９５５」）といった思考的要素も求められてきた。つまり、「歌う詩」と「考える詩」という観点からすれば、この両要素を併せ持つ高度で困難なジャンルとして措定されたのが「詩劇」だったのではないか。木原の詩劇創作への執心もそうしたところに起因しているのではないか[9]。これら二項対立があらためて取り上げられたこと、そして、その対立のなかに「詩劇」が取り込まれていないことによって、「詩劇」に求められていた「新しい表現形式」の内実が照らされているようにも思われる。

詩劇創作に取り組んでいた茨木のり子は、「詩と演劇のあいだ」（12巻11号 昭32・9）で次のような心持ちを明かしている。「敗戦という激動期」がなかったら、自分は絶対に物書きにはならなかった、「劇」を書きたかったけれど台詞に引っかかってうまくゆかなかった、そうして、人々への呼びかけであり、訴えであり、なぐさめであり、憤激である「詩」を書いていると、「口の悪い仲間」から、「そんな詩を書くぐらいなら、女の代議士になればよかったんだ」と言われたりして、「なれるものならなつてみたい気がする」、しかし、そうなったときの失望も想像できる、と言う。茨木にとって「劇」は抑制的なものであったと知られる。そして、ここで述べられている「女の代議士」をめぐることがらが、詩篇「大学を出た奥さん」（『現代詩』昭33・6、『見えない配達夫』昭33・11 飯塚書店 収録）の最終連、〈大学を出たかかさま／麦畑のなかを自転車で行く／だいぶ貫禄ついたのう／村会議員にどうだろうか悪くないぞ／ピイピイ〉を形成した気配をふくんでいるのも、おもしろい。

9 『死の灰詩集』論争

昭和二九年三月一日、静岡県焼津市のマグロ漁船第五福竜丸が、ビキニ沖でおこなわれたアメリカの水爆実験による「死の灰」を浴びた事件によって、原水爆禁止を求める市民運動をはじめ、さまざまな動きの起こるなか、同年一〇月に「現代詩人会」によって、アンソロジー『死の灰詩集』（宝文館）が編まれ、『詩学』に登場する詩人らも多くふくまれた。同年七月の九巻七号（昭29・7）でも、この事件に関する言及が随所に見られ、翌三〇年の一〇巻四号（昭30・4）には、前年一二月、S・スペンダーがBritain To-Dayに発表した“WAR, PEACE AND POETRY”が、「戦争・平和・詩」として堀越秀夫訳で掲載された。スペンダーはここで、「一人の人間の平和の宣伝は他の人間の戦争の宣伝である」とし、『死の灰詩集』に感銘を受けたとしながらも、「私たちの側の作家」が「確信をもつまでは発言を抑制しているように見受けられるのを嬉しく思っている」と述べる。

これを受けて、黒田三郎は翌号の「詩論批評」（10巻5号 昭30・5）で、「自分にとってそれが最も重大なことだからといって、そのすべてを詩にあらわすことができるとは限らないのである」と同意する。そしてさらに翌号、鮎川信夫が「戦後詩人論」（臨時増刊『現代詩戦後十年』10巻6号 昭30・6）で、スペンダーの述べる「確信」と響かせるように内部と外部との関係を、「確実な内部を持たないかぎり、確実な外部というものはありえない」、「「確実な」とは自分自身の価値体系を持つこと」、「内部と外部は相関関係」、「内部とはさまざまな外部が意識化したものであり、外部とはさまざまな内部が物質化したものに他ならない」、「対立関係にあるものではない」、「個人の「意味」を育てること」、「詩人の内部の創造的、発展的な力が、たえまなく保持されてゆくことが問題」であると説く。

同月の「「詩壇の動き」／「死の灰詩集」論争」（10巻7号 昭30・6）では、スペンダーの意見に向かう「詩人の態度」の相違をまとめている。伊藤信吉、北川冬彦、深尾須磨子らは、それぞれスペンダーの態度を傍観的だとして批判、対して鮎川が「常識的で穏健」と評価し、『死の灰詩集』作品の多くが、水爆を招来した文明の背景を捉え得ずに浅薄な抗議や叫喚の声をあげていると批評したことを紹介している。そして翌号の「詩壇時評１９５５」（10巻8号 昭30・7）は、スペンダーの言う「確信をもつまでは発言を抑制」することについての賛意を示している。さらに、同号の黒田三郎「詩論批評」（10巻8号 昭30・7）は、鮎川の「『死の灰詩集』の本質」（『東京新聞』昭30・5）と、前々号の「戦後詩人論」とを取り上げて高く評価する。黒田は「原水爆の問題が持っている意味と「死の灰詩集」自体との間にあるズレ」を指摘、「問題自身(A)」、「それぞれの詩人がそれについて「書かねばならぬ」としているもの(B)」、「実際に書かれたもの(C)」、この三者間の食い違いが論争の重要な原因と捉え、「詩人の態度」は「書かれたもの」が一切であるとする。そして、鮎川の「『死の灰詩集』の本質」で展開されている論理が、黒田の示す

（C）（B）（A）の順でおこなわれ、作品から問題自身の持つ認識を問うている点に共感を示している。つまり、「詩人がすぐれた詩を書こうとする前に、集団的な示威運動に走ること」は「詩人の社会的責任」に値しない、とするのである。それは、戦時中に「戦争賛美の詩」を書き、戦後に「水爆反対の詩」を書く「詩人の社会的責任」を明らかにすべきとする鮎川の「戦後詩人論」への強い支持の表明である。[10]

翌号の嵯峨信之による「編集後記」（10巻9号 昭30・8）が、スペンダーの考えにふれて、「詩の社会性、政治性」は観念的な問題としてでなく、具体的な「日常感覚」として「解決の見透しすら情緒化され、一つの詩的美に高められているような詩こそ今日の詩ではないかと思われた」こと、「「詩の政治性、社会性」という文学は、西欧では二十年前に終ってしまった文学だろう」と認識されたと述べていることが印象的である。そして、鮎川は「「死の灰」詩集論争の背景――その成立・過程・終結」（10巻11号 昭30・10）で総括をおこなう。

こうした『死の灰詩集』をめぐるさまざまは、関わった多くの「詩人の態度」をそれぞれに際立たせる役割を果たした。なかでも、鮎川の集団と個に対するぶれない論調は独創性を発揮したと言えるだろう。しばらくののち、鮎川らよりひと世代若い中村稔も、「現代詩のエッセイスト――鮎川信夫、関根弘、大岡信、安東次男――」（12巻13号 昭32・11）において、鮎川のエッセーは多くの場合相対的であり、否定的発言（『死の灰詩集』など）において最も説得力を持っていると評価する。ちなみに、他の論客たちに対しては、関根弘は敵を定めてものを言うが本人が思っているほど相手は傷つかず、そのエッセーのつまらなさもその辺りに由来している、大岡信は良い意味での啓蒙家であり、自身の体験に根ざしてきわめて整理された形で提示をする、安東次男は啓蒙的でなくわかりにくい文章である、とそれぞれに媚びない体で評している。

『死の灰詩集』論争は、遡っては戦時下の『辻詩集』、下っては湾岸戦争詩論争との連なりにおいて重要であり、スペンダーの俯瞰的見解とともに、社会的な出来事に対する際の「如何に」は、何時においても参照されるべき褪せない問題である。こうしたことがらに関する向き合い方や提供の仕方は、「詩壇の公器」としての自負を持って出発した『詩学』のあり方を反照することにもなっただろう。

10　戦後一〇年と「詩壇の公器」

編集人のひとり城左門は、冒頭でもふれたとおり、『詩学』創刊号（昭22・8）の「編輯後記」において、「『詩学』の目的」を「詩壇の公器的存在たらしめようとする」、「広く文学的総合誌たらんとする野心抱負」、「詩精神を以て貫かれた総合誌」、「他面の導入に依つて詩それ自体を培はうとする」と述べた。昭和三〇年代に入り、『詩学』は「戦後十年」（臨時増刊『現代詩戦後十年』昭30・6）と、その翌年に創刊「一〇〇号」（11巻4号　昭31・3）を眼差す機会を設けた。ここでは特に、自誌に対する相対化を試みた後者における座談会「100号記念座談会　詩学の功罪」（村野四郎／北川冬彦／壺井繁治／草野心平〔出席者〕城左門／嵯峨信之／木原孝一〔編集部〕）を取り上げたい。七名は愉快な批評性を以て忌憚なく『詩学』を照らしている。

まず、「公器性」に関わるところとして、一時「荒地」の出店みたいだった（北川）、流行っている人に書いてもらう（嵯峨）といった内側の事情はさらに、五十代の詩人たちが『詩学』に書かなくなった原因が原稿料の問題にあったこと、それがために若い詩人たちに集中したのは結果的に良かったが物足らないところもあり、公器としての面目はなくなった（北川）という分析にも及んでいる。同じく懐事情に言及される「海外詩の紹介」については、一番努力して資金を投入したのが海外英米詩選だった（嵯峨）ことが明かされている。そして、資料が全部は揃わず、仏独は全然入っていない（木原）、エリオット以降に限定した（木原）が、『詩学』が先んじておこなったのは功だった（草野）という評価に繋がっている。

そして何より自他共に認められるのが「新人」育成だろう。いい若い新人を出したのは『詩学』の功績だ（村野）、『詩学』で一番感ずるのはそれで、今でも一番面白いのは研究会の作品欄だ（草野）、いいと思ったらこっちから頼んでいっしょにやってもらいたいという気持ちが出る。みんな『詩学』がなくても出てきた詩人たちだろうとは思うが、チャンスを与え、足場を持てたのは良かった（草野）と、草野は「新人欄」を絶賛している。木原や嵯峨は戦前との異なりや彼ら自身の経験から、「戦前に書いていた詩人との間にエアポケットができると思った。僕らが少年の頃には若草とか、割合プールがあったんですよ。けれど詩学以外のそういうプールを作るという場所がなかったもんですから、若草だったら推薦という形で堀口先生みたいな形でやるのを、あれをやるのは嫌だという一応の目安をつけようというわけではじめた」（木原）、「投稿という匂いをどうして消すかということを考えた。それで研究会として毎月継続的にやって行くということで匂いを消そうとした」（嵯峨）と、その新しい戦略性を語った。

さらに、その上の世代が引き受けた新人作品の選評について、村野は五年くらいやってくれた（城）、村野はとても一生懸命にやっていて感心した、自分は頼まれたがとてもかなわないと思って受けなかった（草野）と述べ、当の村野は、とても楽しみだった（村野）と言い、そのあと金子が一生懸命やった（草野）、実直だね（壺井）と選評者の大変さと真摯に向き合ったことを讃え、その後の複数選評者による合評形式への移行についても、みんなでやる方法になったのはなかなかいい（草野）、読者の方から合評にしてほしいという希望が非常にあった（嵯峨）、『詩学』が和歌や俳句の宗匠になりたくない（城）、公平でなくなれば雑誌が売れなくなる（嵯峨）と、肯定的にふり返る。

その一方で、北川や壺井からは、公器という点で若い詩人にとっては役割が果たせているが、年配の自分たちは原稿料など関係なく書こうと思うと、匿名で自分の悪口などが書いてあって書く気をなくすといった生身の述懐もあり、それに対して村野は、「古い詩人と新しい詩人が合流する場所だから悪口も出るだろう」と冷静である。また、『文学界』などがやっている匿名批評をやってみたかった（嵯峨）となると、「あれは、わさびで……僕なんかつまりああいう詩学みたいな雑誌の性格としてはそうしたわさびみたいなゴチャゴチャしたのはいいような気がするけれども」（草野）、「わさびならいいが、そんなピリッとした気の利いたものじゃない」（北川）と混ぜ返されてもいる。「詩人賞」に関わって草野から出た発言には、『詩学』は公器という看板を下ろした方が良く、新しい詩のジャーナリズムを作るといい、もっと楽にやればいい、「荒地」の連中がウンと書いているということも問題になったが、それも一つのジャーナリズムでいいと思う（草野）と、骨太な見解が見える。また、戦後詩人たちにおいて重要な「翻訳」については、戦後は研究者と詩人の見方が近づいてきて、質の悪い翻訳で良しとはならなくなってきた（木原）、源氏のような散文はともかく、芭蕉英訳など滑稽で見ていられない（草野）、それで英米詩選が売れなかったのだ（村野）といった現実的な見方が共通している。

こうした多角的なやりとりを経た今後のあり方としては、鳥瞰図的な仕事は辞める（草野）、オーソドックスが大事（村野）、勝手にジャーナリズムを作ってほしい（草野）、『日本詩人』にはなりたくない（木原）と言い、硬直化しない動態的な方向が求められており、あわせて、ＮＨＫの放送詩集の聴取者が八万人（村野）で、『詩学』は七千人、一万人になれば、いろいろ編集部のプランどおり原稿料も払えるから良いと思うが、そうならない原因を考えている（木原）と、印象のみに陥らない具体的な数字をあげての今後も示されている。三年後には『現代詩手帖』が創刊（昭34）され、伊達得夫の急逝による『ユリイカ』廃刊（昭36）、その三年後には『現代詩』の休刊（昭39）といった変化のなかで、『詩学』もますますそのあり方を模索する時期を迎えることになる。

11　吉本隆明と大岡信

『詩学』における吉本隆明の登場は、詩篇「異数の世界へおりてゆく」（10巻7号　昭30・6）であり、翌月の「作品月評」（10巻8号 昭30・7）で、鮎川信夫がさっそく取り上げている。鮎川は、「思想的にも肉体的にも、現実の経験によってずいぶんいためつけられた人間の詩である」とし、すでに発表されている「固有時との対話」や「転位のための十篇」との異なりを、「思想的なためらい」に見ている。「今まで全面に押したてていた思想的なもの、倫理的なものをいくぶん後退させ、人間を確実にデッサンすることに立ちもどっている」とし、「強い論理的性格と執拗な追求的精神が充分にうかがわれる」と評価している。そして吉本は論客としての才も発揮しはじめる。壺井繁治、岡本潤の愛国詩と戦後詩にふれた「前世代の詩人たち——壺井・岡本の評価について——」（10巻13号 昭30・11）は、黒田三郎が翌号の「詩論批評」（10巻14号 昭30・12）において、「単に時代とともにながれてゆく一個の庶民の姿勢があるだけだ、と言い切っている。擬ファシズム的煽動の詩から、擬民主主義情緒の詩へ、である」とまとめたごとくであり、さらに、論じ手である吉本と岡本とが列島出版記念会で顔を合わせた折の模様を、その翌月の「詩壇の動き／動静」（11巻1号 昭31・1）が次のように伝え、吉本の論評をめぐるドラマが誌上で形成されている趣がある。

列島出版記念会席上で岡本潤、吉本隆明の二人が顔を合せた。いろいろ前世代詩人として攻撃されている岡本氏、指名されるや立ち上つて吉本氏の「前世代詩人論」の妥当であることを率直に認めこれは個人の問題としてではなく、もつと早く起るべき批判であつたとして、みずからもアポロジイではなくひとつの批判として書きたいと述べて多大の感銘を与えた。

そして翌月、岡本潤「詩人の対立」（11巻3号 昭31・2）が掲載される。岡本はここで、「プロクルーステースのベッド」（Procrustean bed／無理矢理、基準に一致させる）を多用しながら、「政策的に「海ゆかば」をうたわせる支配階級と、実感をもってうたう被支配階級との隔絶を見ることのできない、あるいは見ようとしない」「インテリゲンチャ」として吉本や鮎川を位置付け、「明確なリアリズムの立場によって頽廃の根源を追及することを、ぼくの課題にしたい」、明確なリアリズムを「まだ、それを体系的に明示できるまでにはいたっていない」としている。

対する吉本は、「プロフィル／吉本隆明」（11巻8号 昭31・7）において、戦争責任論は戦後責任であり、「戦争中の生き方で現在を批判しているのでもなく、ただ「表現の責任」として書かれたものだけを論じているのである」と述べ、同号掲載の「戦後詩人論」では、「荒地」「列島」「第三期の詩人」を取り上げ、「荒地」グループによる内面性の拡大にふれている。こうした吉本の取り上げられ方は、まさに「登場」である。

同じく詩論家としての大岡信も「登場」してくる。「現代詩試論」（8巻8号 昭28・8）、「戦後詩人論――鮎川信夫ノート――」（9巻5号 昭29・5）、「詩人の死――エリュアールの追憶のために――」（9巻7号 昭29・7）、「詩の條件」（9巻12号 昭29・12）など、続々詩論が掲載され、鮎川信夫にも挑みかかる。黒田三郎「詩論批評」（10巻3号 昭30・3）はそうした大岡と鮎川の相似性を、「感動」をめぐる両者の姿勢（「感動というものが、計算して読者に与えられるものではない」（大岡）、「感動に原理はない」（鮎川））の「照応」や「デイアレクテイクに似たものがある」と指摘しており、大岡の論理に鮎川の影像が色濃く映し出されているようであることは注目される。(11)

先に吉本が論評で取り上げた壺井繁治は、「Corner／若い二人のエッセイスト」（10巻4号 昭30・4）において、鮎川ら並み居る「詩人や詩論家よりもあとから登場してきた詩人で、エッセイストとしても日本文壇の知名な評論家にくらべて決してひけをとらぬばかりか、群を抜いている詩人が二人思いだされる」として、清岡卓行とともに大岡の名をあげ、彼らによる日本のシュルレアリスム批判を絶賛に近く高く評価している。そして、いよいよ大岡の「戦後詩論の焦点」（臨時増刊『現代詩戦後十年』10巻6号 昭30・6）が、鮎川の「戦後詩人論」と並んで掲載され、翌年からは新人作品の登竜門である「研究作品合評」（11巻3号 昭31・2）の評者に谷川俊太郎とともに加わって一年担当、そのあとは「詩論批評」（12巻4号　昭32・3）を担当し、精緻な論評を重ねてゆく。さらに、鮎川が委員長を務め、関根弘が編集長を務める「現代詩の会」の編集委員として、吉本や谷川とともに役員に名を連ねるようにもなる。その後も長く論客として活躍する吉本隆明と大岡信は、こうして昭和三〇年代初頭に勢いよく登場してきたのだった。

12　「櫂」の解散

吉本と大岡の活躍同様、谷川俊太郎、大岡らと「櫂」で活動する茨木のり子への注目も衰えることがない。長江道太郎「戦後詩人研究　6　茨木のり子論」（10巻11号　昭30・10）は、頭のいい話し方が女のひとには珍しく、適当に賢く適当にウィットがあり、その精神の成長が「櫂」のなかでは一番にまた大人でもあるようだとし、茨木が金子光晴論を書いていることに対しては、「外から型で締めあげて作品を結晶さす」方法を採る三好達治や草野心平とは異なり、「内からのほとばしり流れる向きに流れせしめる内が外を支える金子光晴的な形式」が茨木にふさわしいと、人生への実感の強さとともにその必然性を指摘している。また、女性らしからぬ風情のエロティシズムをあっけらかんと表出する詩篇があることや、女性科学者に通ずるようなものが見えるとの印象を語り出してもいる。総じて、女性らしからぬ女性詩人とする内実が確と捉えられているとは言いがたい論ではあるが、特異な存在であることが印象づけられた筆致である。

また、「詩壇時評１９５６」（無署名）（11巻7号　昭31・6）では、茨木の詩篇「行動について」に「決意の美しさ」を見、詩集『対話』の詩篇について、「こんなに単純素朴な形で詩をかくためには、なみなみならぬ勇気と、知的でリアルな精神がいる」、「こういう詩こそ本当に知的なのだということを、改めて言つておきたい」と、詩篇を支える知性の強調がなされ、同年の「プロフィル」（11巻11号 昭31・9）においても、人となりや来歴とともに、「聡明という言葉がこれほどよく似合う女性も少い、そして詩人も少い」、「彼女の切れ長の澄んだ眼ははつきりと未来を見究めているよう」、「そのファイトはわれわれの現代詩に大きなものを加えることになるだろう」と、聡明さの刻印によって閉じられている。

茨木と川崎洋とで昭和二八年にはじめた「櫂」には、その一挙手一投足が取り上げられる谷川俊太郎をはじめ、大岡信、吉野弘ら、『詩学』誌上で名を連ねる詩人たちが集ったが、昭和三二年、解散をした。一二巻一四号（昭32・12）に掲載された解散の「公告」は次のようなものだった。

　私達は、櫂の会が解散をするのを最も適した時期に来た事をお互い確め合うことが出来たので、ここに櫂の会の解散を公告します。解散の理由は、私たちの一人一人が既に十分影響し合うものを影響し合い、その仕事が櫂という集団に基礎を置いたものから、独立した個人の仕事に変つてきたのでこれ以上会を存続させて、例えばグループを単位としてその仕事を云々されることなどによつて独立した個人の仕事が誤り伝えられるようなことがないようにしたいと思うのです。

　詩学研究会出身者の有志によつて櫂の会が発足して以来今まで各方面から寄せられた御好意に報いるには各人が、それぞれの仕事を押し進める他にはないと思います。どうぞ今後共御鞭撻下さいます様お願い申上げます。

一九五七年十一月十日　櫂の会同人

これを受けた同号の「詩壇時評１９５７」は、「三〇代と二〇代との間に最初に橋を架けた「櫂」の解散が、この一〇月に行われたということは、なにか今年の詩壇の沈滞気分の象徴のようにも思われる」、「おそらく、集団で行動し、制作する意味を感じなくなつたのだろう」、「個人個人で道を拓いてゆくより仕方がない」、「それに気付いていさぎよく解散するということは立派である」、「まつたく次元の異つた場所から新人を探し出してこない限り、この沈滞を破れないかも知れない」、「単なる流行や、同じプロセスの繰り返えしはタクサンである」として、「詩壇の沈滞気分」の反映を見ている。述べてきたような個々人の活躍が、一様に見られがちな集団から自身を解きたいと望むことは理解しやすい。一方、『詩学』にとっての彼らは「詩学研究会」の良き象徴だったのだが、当然のことながらいつまでも新人に留まってはいず、個々の自立とともに「詩学研究会」の痕跡は薄れてゆく。そのことは「立派」とされながらも、「まつたく次元の異つた場所から新人を探し出して」とあることから、彼らに匹敵する『詩学』発の新人の登場に恵まれていないことも、「沈滞気分」の一隅を占めているのであろうと想像される。

次に見る「H氏賞事件」は、そうした気分の象徴であったのか、あるいはまったく別次元に由来するものであったのか、鮎川信夫をして、「今年はH賞事件が半分くらい占めちやつたでしよう。そんなことだけでわいわいいつてたからね。殆ど何にもない年だね」(「1960年代の詩を探る」(吉野弘・清岡卓行・岩田宏・飯島耕一・鮎川信夫)15巻3号 昭35・2)と言わしめたこの出来事は、ここから一年半後に起きたのだった。

13　H氏賞事件

「H氏賞」は、新人の詩を奨励するために、自身も詩人であった実業家平澤貞二郎が匿名で基金提供をし、昭和二五年に「日本現代詩人会」が主宰創設、現在まで続く詩人賞として知られている。昭和三四年四月、この第九回の銓衡をめぐって怪文書騒動が起こり、幹事長であった西脇順三郎をはじめとする幹事会が総辞職するに至ったのが「H氏賞事件」である。この折の受賞は吉岡実『僧侶』であったが、ことは吉岡の詩集の質に関わってはいない。

『詩学』誌上ではさらに昭和三六年初頭から、北川冬彦の発言を元に関わった詩人たちの疑心暗鬼と潔白証明が再燃し、その年の終わりまで続いている。北川冬彦は、これがために自身が創設に関わり、初代幹事長を務めた「現代詩人会」を同年退会するに及んでいる。

吉岡の受賞翌月には、「時の詩人／H賞をもらった吉岡実」[12]（14巻6号　昭34・5）で吉岡の人となりを伝える記事、そして、同号「詩壇時評1959」（14巻6号　昭34・5）では、最近の「詩壇の噂」は「バカバカしいほどケチくさい」が、その「第一」がこの一件だとして、わずか十数人の銓衡関係者であるにかかわらず、銓衡方法に関する不満や疑問を対面で意見せずに、「村会議員の選挙みたいに、あつちこつち手を廻したり、匿名の怪文書を飛ばしたりは、まつたく醜態」、現代詩人会の「末も見えたり」と落胆はなはだしい心持ちを憤懣とともに表明している。また、こうしたことを受けてか、同号には「第9回現代詩人会H賞銓衡」と題し、「銓衡経過」と「銓衡委員感想」が掲載された。その趣旨は冒頭で次のようにあげられている。

　現代詩人会H賞については、従来その銓衡経過が公表されたことはなかつたが、既に九人の受賞詩人を数える詩壇唯一の詩人賞としての意義を考え、本紙は特に乞うて事務当局の銓衡経過と、銓衡委員の感想をここに掲げることとした。

安藤一郎、緒方昇、上林猷夫、北川冬彦、高橋新吉、土橋治重、村野四郎、長島三芳が、推した詩集や感想、銓衡経緯などをそれぞれの視点から、なかには今般の経緯におけるみずからの心的負担の述懐や非難を織り交ぜながら、文の長短も自由に述べている。

特筆すべきは村野四郎であり、「一つの作品集が、常識によつて点をかせいだのではなくて、オリジナリテイの強さによって受賞したということは、選考に当った一人としても、実に後味のいいものであった」とし、「一見難解で、一般の読者の耳には負えないかもしれないが、常識的な詩にあきた人々や十分にシュルレアリズムを消化した人々にとっては、非常に興味深い詩集」、「すべての作品の主題が、汚辱と悪意にみちた廿世紀の醜聞に発している」、「イメージの審美的衝撃力も又すばらしい」、「このような衝撃力は一つの作品が、文学として一番危険な状態におかれてはじめて獲得されるところのものであることを思わせた」と分析、吉岡の『僧侶』をシュルレアリスムの系譜から丁寧に位置付け、受賞の意義を明確にし、銓衡の結果を作品の質から保証している点において際立っている。特異な経緯を孕んだ銓衡において、この「感想」は受賞者にとっても読者にとっても意義深いものであったに違いない。

「詩壇時評1959」（14巻10号 昭34・8）によれば、同年七月には現代詩人会の臨時総会が開かれ、前述のとおり幹事会の総辞職となったが、高橋新吉はそれに反対して匿名投書の主を追究すべきと主張、これに対して、先の村野四郎が、幹事会のなかにはこの追究を好まない節があり、このまま推移すればいっそうのスキャンダルと醜聞を生みかねないとして、総辞職と新しい幹事会への委託を意見したとある。時評子は、「臨時総会の出席者十九名、委任状二十九通合計四十八という議決権は、かろうじてこの会を支えている数字」と述べ、「会員以外の若い詩人たちは、匿名事件以来ますますこの会を問題にしなくなる傾向にある」と指摘、現代詩人会再建のためには、「再び権勢欲に憑かれたカゲの声などに絶対に操られることなく、ガラス張りで会の運営をはかってもらいたい」と要望している。そして、同年末（「詩壇の動き」14巻14号 昭34・12）には、「現代詩人会新幹事挨拶状」が掲載され、改革を伴った新たな運営への約束が新幹事会によってなされるに至る。しかしながら、本節冒頭でも述べたとおり、この禍根は深く、一年後に再燃することになるのである。

「H氏賞事件」の前年、「新しい詩の條件」（13巻8号 昭33・7）と題して明治三〇年前後に生まれた金子光晴、壺井繁治から、昭和初年代生まれの大岡信、谷川俊太郎らに至る各世代総勢一四名による大座談会が掲載され、いわゆる「六〇年代詩」手前の「詩」に関する捉え方を広い年代層でさまざまに浮き彫りにしている。これについては、すでに論じた[13]ので詳細は譲るが、こうした大座談会を形成できるのは、さまざまな年代を書き手として参加させている『詩学』ならではの企画と受けとめられる。このあと、昭和三五年には十代の詩人藤森安和の登場に誌上が揺らぎ、詩論家としての吉本隆明、大岡信の活躍が注目されるなか、学際的で重厚な特集も組まれてゆくようになるが、傍らでは伊達得夫の急逝による『ユリイカ』廃刊、『現代詩』の休刊を迎え、『現代詩手帖』の急進がはじまる。

14　「六〇年代」の幕開け

昭和三五年一月号（15巻1号）は、例年と同じく「現代日本詩集」として、詩壇の現況を映すべく各年代の詩人たち四二篇の作品の掲載からはじめられている。この期の世情を映す誌面として目を引くのは、「河井酔茗翁の寿賀を祝ぐ会」と、草野心平を代表とする「歴程」同人七一名による「安保改定反対声明」（「詩壇の動き」）とが並んで掲載されている点である。『詩学』は折にふれて年長の詩人たちへの敬意を誌面であらわしてきた。例えば、昭和三〇年七月号（10巻8号）では「敬老精神」（「詩壇の動き」）と銘打ち、これも同じく河井酔茗に対して、「H賞発表記念講演会」（当年の受賞は黒田三郎『ひとりの女に』）で花束と記念品を贈呈したという「なかなかの美談」を取り上げ、新しさだけでなく、これまで活躍してきた老詩人に敬意を示すことが歴史の意味の再認識につながるのだとしていた。このたびの「寿賀を祝ぐ会」の記事は、七〇年にわたって現役詩人であり続けている「現詩界の最長老」河井の米寿を三年後に控え、国の芸術院会員としての報賞ばかりでなく、実作者たちによる敬意を表すべく、河井宅の庭に「詩碑」を建立するための寄付呼びかけをおこなうもので、「日本詩人クラブ」「現代詩人会」「塔影詩会」と並んで

「詩学社」もその発起人に名を連ねている。こうした記事の横に、述べたとおり、「歴程」同人による「安保改定反対声明」が並べられている。ただし、『詩学』の安保闘争関連記事は、ここで言えば「歴程」同人による声明の転載、また、同年一〇月号（15巻11号）の「樺美智子さん追悼詩集発行の訴え」（「詩壇の動き」）も「全京都学生・出版委員会」による文言の転載であり、誌面掲載で賛意の姿勢を示してはいるもののみずから発信してはいない。『詩学』の安保闘争に対するスタンスとして解することができる。

同じく「詩壇の動き」において取り上げられているのが「昭森社25周年記念会」。「百余人の詩・文壇・美術関係者」が集まり、それぞれが社主森谷均にまつわる「インネン語をひとくさり」、「余興」のひとかたならぬ盛り上がりも伝えられ、詩人をはじめとする創作家たちにとっての昭森社、森谷がどれほど重要で親しい存在であるのかが認識される。出版社との良き関係を捉えた記事だが、後述のとおり、この一年後に同じく詩人たちに刺激を与えていた書肆ユリイカの伊達得夫が急逝、大きなショックを与えることになる。そしてさらにその翌年には、詩学社みずから詩書出版をはじめるようにもなるのである。

この年一気に注目を集めた一九才の詩人、藤森安和の登場に「詩壇時評」（無署名）も穏やかでない。先年末の『現代詩』（6巻12号　昭34・12）誌上で藤森の詩「十五才の異常者」の新人賞入選が発表されたのを受け、その詩篇批評とともに現代詩壇の分析に及んでいる。「いたずらに女の腿を切る痴漢のような詩」、「佳作にあげられている詩のなかにもエロチツクな詩が多い」と評し、これらに何ら「異常な感覚」、「異常な想像力」は無く、「少しイカレていて、肉体だけが発達した少年たちの妄想に過ぎない」と裁断。続いて、「『詩学』の作品に見られる平穏さと、『現代詩』の作品に見られる妄想癖とのあいだに、いまの日本の詩の弱点があらわれている」と分析、「三十代以上」の詩人たちは「平穏無事に詩的フレームのなかで怠惰な日を送つて」おり、「十才代と見られる新人」たちは「カミナリ族のようにどこかへ身体をぶつつけたがつている」とし、これらをつなぐものは何もないと言う。そして、賛成四票、反対三票で入選させた選考委員の意見を、次のように捉えている。

関根弘は「自己批判の材料として」この作品を認め谷川俊太郎は「非常に強烈な問いみたいなもの」としてその存在感にシャッポを脱いでいるが、鮎川信夫は「存在感というか、強い衝撃が来ないんですよ、ほかの詩は」というわけで、仕方なくこれを入選としている。ほかの委員、菅原克己と木島始は全然これを認めないし、司会をやった長谷川龍生は「じやしようがない。それが入選だ」と云っている始末である。

これまでの詩人が「魂のことばかりに気をとられ」て「からだのことを忘れていた」とする関根の見方に対して、「「からだ」のこと、セックスのことを書いているとは、ほんとうは云えないし、日本のビートニックと呼ぶにはあまりに貧弱」、「詩における「カミナリ族」のようなもの、無法者のようなもの」と言い、「ビートニックの一面」や「アンチ・ポエムのようなもの」を持ちうるかも知れないが、「アングリー・ヤング・メンでないことはたしか」であり、「自己自身をふくめたなにものにも怒っていない」と、当時の若者たちに対する形容を総動員して藤森の詩に対している。こうした「時評」を書かせた藤森は、後述のとおり、同年のうちに『詩学』誌上に登場することになる。

そして、嵯峨信之と木原孝一による「編集後記」は、ある転回点を迎えた感触をそれぞれに伝えている。嵯峨は、「戦後もすでに十五年目」、「深い感懐をこめてふりかえるのは三十五六才以上の人たち」、「それ以下の人々にとっては、戦争はもはや夢まぼろしのように単に記憶の周辺を通過するだけ」、「廿才前後の人々には、戦争はちちははから聞いたとおい昔ばなしで、すでに時間の中にすら存在しなくなつたようです」と、戦後という時の感受の仕方に変化のあらわれていることを述べ、動き出したあらたな時について次のように続ける。

現代詩は戦争から帰つてきた者の血まみれの手で書かれた詩に始まり、戦後の飢餓と絶望の詩を経過して、昨年の後半あたりからようやく人間の根源的な性理《ママ》を掘り下げようとする詩があらわれはじめたようです。ユリイカ、現代詩に選ばれた新人の性の合歓の歌は、まだ詩法を《ママ》技術の確立もない未熟なものでしたが、ともあれ人類の未来に展ろがろうとする本能から発しられた声であることは、まちがいのないじじつです。「未来は始まつた」のです。

また、木原は、「最近、本誌の詩が無気力だ、と何人かの人に云われた。この一年が、ほとんどの詩人にとつて混迷の一年だつたから、そうした影が感じられるのかも知れない。」として、前年四月に端を発し年末まで尾を引いた「H氏賞事件」による動揺をほのめかしている。そして残念ながらこの禍根は深く、一年後に再燃することになるのである。

同年二月号（15巻3号）の座談会「１９６０年代の詩を探る」（吉野弘・清岡卓行・岩田宏・飯島耕一・鮎川信夫）冒頭でも、鮎川信夫が、「今年（論者注・前年の昭和三四年）はH賞事件が半分くらい占めちやつた」、「そんなことだけでわいわいいつてたから」「殆ど何にもない年だね」と切り出しているように、H氏賞事件によって多くが翻弄され、停滞した年であったことが、前掲の木原による述懐と同様に伝わってくる。「現代詩人会」は幹事の総辞職、新幹事による立て直しの挨拶状を同年末に公にし収束をはかったのだったが、事はそう簡単に運ばなかったようである。鮎川らの座談会掲載と同月の『詩学年鑑』（15巻2号　昭35・2）では、「クロニクル１９６０」において同事件も年表のなかの出来事に収まったかに見えたのだったが、この一年後の昭和三六年一月号（16巻1号）の記事「MERRY GO ROUND／草野心平「あきれたること裁《ママ》」／安西均「北川さんへご注意」／脇田保「談話」」を皮切りに、向こう一年間にわたる再燃の様相を呈することになる。それは、北川冬彦が当該事件を蒸し返したことに端を発したもので、北川の発言を元に関わった詩人たちの疑心暗鬼と潔白証明がその年の終わりまで続出、北川は、これがために自身が創設に関わり、初代幹事長を務めた「現代詩人会」を同年退会するに及んでいる。

続く記事をあげてみると、投稿文もふくみながらの悶着の様子が伝わってくる。「MERRY GO ROUND／北川冬彦「草野心平、安西均二君に答えるの文」」（16巻2号 昭36・2）、「MERRY GO ROUND／草野心平「いよいよもつてあきれたること哉　北川発言への再度の答え」／安西均「理由書一礼」／村田耕作「詩人の姿に還れ！」（投稿）」（16巻3号 昭36・3）、「MERRY GO ROUND／北川冬彦「草野心平君へ——無頼の酒徒相手では」／投書「臭いものには蓋をするな」山田寂雀／「H賞事件について」木下博子」（16巻6号 昭36・5）、「MERRY GO ROUND／安西均「ぶれい者」」（16巻11号 昭36・9）、「MERRY GO ROUND／三好豊一郎「ちよつと一言」」（16巻13号 昭36・11）。

15　藤森安和らの登場

見てきたような年長者たちのくすぶりをよそに登場してきたのが、十代の藤森らである。先の座談会でH氏賞事件によって何もない年だったと切り出した鮎川は、話題にできるのは「「ユリイカ」と「現代詩」の新人賞くらいしかないんじゃないですか」と続け、「セクシーな詩」が入選した（編集部）という指摘に対して、「他にいい詩がないため」、「ナンセンスな文学」、「文学以前のもの」と批評、「詩人も芸能家なみになつてきた」といった感想とともに、「選者の責任として、選んだものが評判になるということは必要」であると、その戦略性を述べ、「こつちもちよつと汚いものでも摑むような」感じがあるとする。そして、藤森らの作品が「ビート・ゼネレーション」や「アングリー・ヤング・メン」であるとは思わないが、「ヒヨツとしたらそういうものがでてくる可能性のある共通の地盤みたいなものを、一遍みたかつた」とも明かしている。また、詩人と社会との対立関係において、「あくまで違つた生き方が可能であるという、ビジョンを提出すること」の必要性とあわせて、座談のなかで吉野弘が述べた「肯定的なイメージ」の重要性に同意し、「否定しつ放し」は「日本の進歩主義文学の非常な弱さ」だと明示している。

　この座談会をふくめ鮎川の述べるとおり、藤森の詩は賛否取り混ぜ「評判」になった。『詩学』においてもちろん例外ではなく、同号の小海永二による「詩論批評」は、藤森らの詩は「現実が現実の現象形態にすぎず、時代の皮相を映す」に過ぎないとして、その受賞に「疑問」を呈する。一方、翌号（15巻4号 昭35・3）では、「現代詩の曲がりかど 特集 現実派の方向」として、藤森と同じく前年に『ユリイカ』新人賞に十五才で当選し「評判」となっている間宮舜二郎の「道」を掲載。特集題の「曲がりかど」、「方向」と皮肉に響き合っているようでもあるが、〈長靴をはいて泥道を歩くがいい〉とはじめられる〈道〉を、〈俺〉は終わりがあることを知りながら〈てくてく〉と歩き、きれいな林の道から乾いた風景へ、そして遭遇する〈前歯の欠けた男〉の言葉を〈理解できなかつた〉と閉じられる詩篇の世界はシュルレアリスティックで虚無的である。新人賞当選作の「現代の快感」におけるグロテスクで湿潤な肉体を描出した世界観とは対照的であり、肩透かしの感さえある。そして、同号巻末には入選作を表題とした藤森の詩集『十五才の異常者』（昭35・3 荒地出版社）の一頁広告が、「現代詩の概念を根底から覆えす新人の出現！」とラディカルなカットで掲載されている。当詩集に関して同年六月号の「詩学図書室」（15巻8号）では、未完成ながらロカビリーのような気迫が感じられるとしつつ「現代というものの断片化」を象徴していると結ぶ。そして翌号（15巻9号 昭35・8）、藤森の詩篇「政治家のためにフラレタ僕——敦子への日記」を掲載、決して行儀が良いとは言えない恋人〈敦子〉と同じくらいに品のない〈総理大臣さま〉であるのに、その〈総理大臣さま〉と〈ボク〉とが似ているからと言って、〈敦子〉にフラれてしまう不条理を描いている。藤森はここにおいても、先の間宮のようにはおとなしくない。

二月号の「詩論批評」で藤森らの受賞に疑問を呈していた小海は、一二月号の同コーナー（15巻12号）で、『現代詩手帖』に掲載された原崎孝の分析を借り、藤森らに対する方法論の欠如とファナティックなイメジの根源を照らすべきだと指摘する。いっぽう藤森は、翌昭和三六年一月号（16巻1号）の「一九六一年の詩壇にのぞむ」（「A Hope for Poetry」）において、現実を「空虚な日常の墓」と形容、自分たちを「棺の中で、空虚な日常を意識し、目が覚めた世代」と捉え、求められた「詩壇」への「望み」については、「絶望と倦怠の、痙攣詩人たる、私たち若い世代の書く詩の持つ意味の声」に、「素直に耳を傾けて」ほしいとしている。また、同コーナーの吉田精一「詩壇へ」は、蒲原有明の詩は難解と言われるが自身にとってそうではなく、「すぐれた詩は、難解であるのが、むしろ常態なのかも知れない。底までわかるような作品は、むしろ歌謡とか、民謡とか、その方に近いのだともいえる」、「難解を恐れる必要はない。むしろ難解であれ」と述べたうえで、「詩のソノリテ」（音楽性）への意識喚起をおこなっている。このように、各世代、各人、重要視する観点はさまざまであり、「一九六一年の詩壇」への望みは多角的であるが、そのなかで藤森がみずからの詩作への理解を促している点は、「評判」への応答として注目される。

応答という観点からは、実作品における藤森への応答もなされている。加藤邦彦[14]が紹介するとおり、谷川俊太郎による自作への詩句引用、寺山修司による自編アンソロジーへの詩篇収録、そして、『十五才の異常者』出版翌年に、大江健三郎が発表した話題作「政治少年死す（「セヴンティーン」第二部）」（昭36・2『文学界』、「セヴンティーン」『文学界』昭36・1）のなかで、詩篇「あら。かわいらしい顔。——イヤラシイ子ダヨ——」を引用していることはよく知られている。さらにこの翌年、今度は藤森から大江に対する応答が、『詩学』掲載詩篇「日常の暗殺者」（17巻5号　昭37・6）にふくまれているようであることも紹介しておきたい。詩篇の世界は、先年の「一九六一年の詩壇にのぞむ」における「空虚な日常」と共鳴しており、〈快楽に酔つた〉〈セヴンテインの少年〉の〈炎えた肉体〉と、〈まじめに列車を動かす〉ばかりで〈無関係は男のこと〉と繰り返される〈空虚な男の目〉が、列車に飛びこむ人間を〈ひき殺す時〉に〈炎え〉あがるさまとが対置されている。〈革命〉、〈社会主義〉、安保闘争を象徴する〈一九六〇年六月十五日〉がちりばめられ、〈男〉と〈少年〉と世界は次のように交差する。

無関係は男のことなのだ。／列車の自分に／右翼の十七才が乗っていて。／議員の保守派が乗っていて。／進歩派議員を叫ぶ条約反対が乗っていて。／数日後に／日米安保条約が自然成立し／右翼の十七才が／委員長を刺し殺し／近代的なブタ箱で自殺し／セヴンティンの英雄に消えようと／無関係は男のことなのだ

関口篤はこの前年、「詩壇展望一九六〇年」（16巻3号 昭36・2）における「詩集」の項で、『十五才の異常者』について、「方法論的にはむしろ古い」、「草野心平から山本太郎へとたどることのできる日本的フォービスムのひとつの開花」とする興味深い捉え方をしており、加えて、「彼が詩を書き続けることを前提としてその真の開花は今後のこととみておこう」と結んでいるのが、意味深長かつ予言的で目を引く。週刊誌や新聞にまで取り上げられ、藤森の詩に対するキャッチフレーズの煽り合いの体すら見せていたマスコミの騒擾が、「現代詩の閉鎖的状況」を詩そのもので「打開した」（関根弘「編集ノート」『現代詩』7巻5号 昭35・5）との評価を導きもしたが、それらをつぶさに追った加藤邦彦[15]が指摘するとおり、藤森の詩は、「マスコミにもてはやされながらも「現代詩の閉鎖的な壁」を破ることができなかった」のであり、その後詩を書き続けることはなかったのだった。

16　二十代、三十代、そして先達たち

先にその登場についてふれた大岡信、吉本隆明は存在感をますます発揮、松田幸雄「詩論批評」（16巻2号 昭36・

2）では、大岡「戦争前夜のモダニズム・『新領土』を中心に」、吉本「『四季』派との関係」（特集「戦争の前夜」『ユリイカ』昭和35・12）をとりあげ、辛口の批評をふくみながらそれぞれの特質（大岡の資料博捜、吉本の切り口）を照らしており、現代の詩研究においても看過できないこれら評論の生み出された臨場感を受けとることができる。また、同時期の「詩壇ダイジェスト」（『臨時増刊1961年版　詩学年鑑』16巻3号　昭36・2）に掲載されているとおり、吉本は前年六月に「近代文学賞」を受賞するも、同月一五日の安保闘争で逮捕され、釈放が授賞式に間に合ったので「かろうじて」「出席することができた」といった状態で、別の臨場感も放たれている。

吉本よりもひとまわり若い世代、安保闘争の渦のなかから「六〇年代詩人」たちがその名のとおりここで登場してくる。渡辺武信による短文「天沢君のこと」とともに掲載された天沢退二郎「さむい空の部屋」（16巻2号　昭36・2）は、次の最終連が象徴するように、彼らの傷みをともなった透明な浮遊感、それによって描かれる自他へのレクイエムが特徴的にあらわれている詩篇と言える。

きみは帰らず悪いひだに噛み下された空／の方へとぼくはかぎりなくうすく／なつて遂には青ざめた水の／うすい膂のひときれになつて／吹きとばされるまで／だからいまきみには見えるきみの顔に／突きささり肉を濡らしはじめる風のなかの／ぼくたちの刃たちが

そして、先達たちへの敬意も並ぶ。先掲の「詩壇の動き／河井酔茗翁の寿賀を祝ぐ会」（15巻1号　昭35・1）をはじめ、西脇順三郎と西條八十が芸術院会員に選ばれたことを受けて、「芸術院新会員記念　西脇順三郎・特集」、「芸術院新会員記念　西条八十・特集」（17巻3号　昭37・3）が組まれ、西脇の詩篇「最終講義」、大岡信「西脇順三郎氏への敬意　西脇順三郎論」、鍵谷幸信「西脇順三郎氏の周囲　西脇先生の食欲・その他」、西条八十作品集、安西均

「西条八十氏への敬意　遠くのほうからの祝辞」、三井ふたばこ「西条八十氏の周囲　父・西条八十のこと」を掲載、続く号では、「詩壇時評」（無署名）（17巻4号　昭37・4）が次のような状況を照らす。西脇の芸術院会員は「昭和詩の現役的詩人に最初に与えられた栄誉」であり「芸術院は養老院ではなくなつた」が、その西脇の全詩集を出そうという本屋が無いのは、「売れそうもないからだ」とする。その一方で、高価な限定豪華版で出された室生犀星と三好達治それぞれの全詩集は「とにかく売れて」おり、「現代詩は引きさかれている」。さらに、「ノーベル文学賞の当て馬」が取り沙汰された折に、「新聞」では「谷崎潤一郎、川端康成、西脇順三郎」が「あちらの考える候補者」としてあげられていたのに、「週刊誌」になると西脇が外されて「三島由紀夫、芹沢光治良」に変わるのは、「詩と詩人というものをバカにした日本特有の常識的？判断がそうさせたのだろう」と、憤りを隠さない。ここには、詩と先達詩人をめぐって幾重にも「引きさかれている」ありさまが浮き彫りにされている。豪華版全集が売れているという三好達治については、この翌年、西脇らと同じく「芸術院新会員記念　読売文学賞受賞記念　三好達治近作抄」（18巻3号　昭38・3）が特集される。

しかしながら、室生は昭和三七年、三好も三九年に他界する。室生については、「室生犀星追悼」として堀口大学の追悼詩篇「犀星詩人昇天の日に」（17巻5号　昭37・6）を掲載（同号は、先掲の藤森安和「日常の暗殺者」掲載号でもある）、三好については、「三好達治追悼」（19巻5号　昭39・5）として、杉山平一、萩原葉子、国武三雄、安西均が文を寄せている。先に、西脇とは対照的な存在として引き合いに出された両詩人だったが、その追悼号は決して大きな取り上げられ方とは言えない。三好の追悼号における「詩壇時評」（無署名）では、その死をめぐって、「三好達治が萩原朔太郎について語つたように、三好達治について語る詩人が果していたであろうか」という胸のつかえが、「三好達治という詩人の生涯が簡単な新聞記事で終つてしまつたこと」とともに述べられ、同号の「編集後記」では、三好と同時期に急逝した佐藤春夫について城左門が、「先生のような文人は、向後、もう新しく生まれることはないだろう」と悼み、嵯峨信之は三好と佐藤の死を、「現代詩のために、秀れた惜しい詩人を失った」、「芸術家の最後の孤独な姿を見る思いがする」と、その「やるせなさ」を吐露している。

先達への敬意を折々表現してきた『詩学』ならではの捉え方である一方、自誌の追悼号においても、もはやそれを十全にあらわしきれていない感があり、述べてきたような各世代の交差と交替の様相が見てとれる。

17　伊達得夫の急逝と詩学社の詩書出版

昭和三六年初頭に書肆ユリイカの社主、伊達得夫が急逝した。昭和三〇年に詩誌『ユリイカ』を創刊、多くの詩書を刊行したことで知られる伊達の早世に誌面が揺れる。翌月の「詩壇時評」（16巻2号　昭36・2）では、伊達の来歴が、そして、同号「詩壇時評」では「戦前の第一書房、戦後のユリイカとならべても良いほどの仕事をしている」と評価、さらに翌月の「詩壇時評」（16巻4号　昭36・3）では、「とうとう社は解散、雑誌『ユリイカ』は二月号で終刊」、「伊達の遺言には「ユリイカを残すな！」とあった由だが、なんとしてもこのままツブしてしまうのは残念」、「なんとも心細いのは訳詩集の刊行所」、「誰か詩書専門の出版社を新しくつくってくれる人はいないものか」といった窮状もあからさまとなる。同号ではまた、「伊達得夫追悼」が組まれ、茨木のり子による印象深い追悼詩「本の街にて――伊達得夫氏に――」、那珂太郎「伊達得夫のこと」が並び、どちらもその人となりを独自の視点で伝えて余すところがない。那珂は名編集者の面差しを含羞をもって描出し、書肆ユリイカの造本センス、詩誌『ユリイカ』の特集、多くの詩人を自身の余白にたくわえながら育てていったありようが伝わってくる。茨木は伊達の内側外側をみごとな詩句で切り出している。〈派手なマフラー　首にまきつけ／十三階段あるという急なはしごを昇り下りした／長髪　痩身　皮肉な伊達さん！〉、〈黒いベレーは残っても／その下で明滅した贅沢なひとつの精神は消えました〉、〈聴聞僧というまたの名もお持ちだつたあなた／多くのひとの歎きや秘密　相談ごと／それらは密封された箱のなかで／どんなひしめきかたをしています／どこに電話してみても　もうあなたの声はきかれない／憂鬱で　やさしく　とらえどころのないような声〉。のちに詩集『鎮魂歌』（昭40・1 思潮社）に収められる一篇は、温かなユーモアで伊達をくるんで送り出している。

同号「編集後記」の嵯峨信之は「伊達得夫の急逝は痛ましい」と、自身のパートを伊達追悼に割いており、その見開き左頁の巻末広告には、「社主伊達得夫死去のため、本年四月末日限り閉店します。」として、「書肆ユリイカ在庫目録」が掲載されている。

同年一月号（16巻1号）に掲載されている「全国詩誌名簿」「詩人団体」「主要詩書出版社」を見ると、「全国詩誌」では、誌面三四頁にわたる夥しい数の「同人詩誌」が北海道から沖縄に至る全国で発行されていることがわかり、「非同人誌」として『詩学』『現代詩』『現代詩手帖』『ユリイカ』が並ぶ。「詩人団体」は、「日本現代詩人会」「日本詩人クラブ」にはじまり、「現代詩の会」「前衛詩人協会」「国鉄詩人連盟」「早稲田詩人クラブ」などをふくみながら、札幌、名寄、盛岡、会津、浦和、横浜、川崎、静岡、名古屋、広島、長野、岡山、福岡、佐賀にわたる詩人会あわせて二〇団体、「主要詩書出版社」は岩波、角川といった大手出版社をふくむ在京の二三社が掲載されている。誌面三四頁を割くほどの全国的な詩誌隆盛に対して、詩書出版社は総合出版を手がける大手を除けば思潮社、昭森社、ユリイカをはじめごくわずかであり、「誰か詩書専門の出版社を新しくつくってくれる人はいないものか」という先掲の時評子の言とも相俟って、伊達の急逝による書肆ユリイカの消滅が詩人たちに与えた欠落感の大きさが想像される。

こうしたなか、翌昭和三七年九月号（17巻8号）裏表紙一面に、当誌を発行する詩学社による詩書出版広告が、佐藤憲詩集『鳶色のペンテル』をその第一号として掲載される。「詩学社の詩書第1号が成完《ママ》しました。／装幀、造本とも、詩人のセンスをフルに生かした作品です。／装幀、造本、解説などは、著者の意志を尊重し、それをますますレファインするような方向に、常に努力しています。」と出版の姿勢が示され、「詩学社の詩書出版　あくまでも良心的におつくりします」の文言がそれを囲む。続く「近刊・進行中」として、『谷村博武詩集』『宗昇詩集たまふりの歌』があげられている。翌号（17巻9号　昭37・10）には、「詩学社の詩書出版・良心的に・スマートに」の文言に囲まれて、「新刊『鳶色のペンテル』佐藤憲詩集／近刊『南国の市民』谷村博武詩集／『たまふりのうた』宗昇詩集／続刊『井奥行彦詩集』／沖縄琉大グループの新鋭『清田政信詩集』」と、出版状況の進捗も知られ、加えて、「詩学社の実費精算方式」として、「現在Ｂ６判１００頁程度で¥６０，０００／それに、編集雑費の2割をかけて¥７２，０００／これが標準の費用です」と、具体的な制作費用も告知されるようになる。ちなみに、広告されている新刊近刊の詩集価格は、三五〇円から五〇〇円に設定されている。見てきたような状況において、『詩学』の詩学社が出版をはじめたことは、詩人たちにとって朗報であったろう。この年から同社が廃業する平成一九年までの四五年間、詩学社による出版事業は継続された。

18　放送詩劇

戦前からの「放送朗読詩」や「ラヂオドラマ」が継承されつつ、昭和二〇年代半ばから活発になった「詩劇」創作がそれに加わり、詩人、演出家、役者、音楽家らの主張が交錯するなか、詩人たちはエリオットの詩劇論で言われる「第三の声」（「第一の声は詩人自らに話しかける声」、「第二の声は聴衆に話しかける声」、「第三は詩人が韻文でものを言う一人の劇中人物を創造しようとするときの声」（「座談会　詩劇の可能性について」『悲劇喜劇』昭31・7）中の木原孝一発言による）を目指して難渋する。おそらく詩人たちの内側では、詩句の現出とそれを響かす声とがともに生じているのであり、他者をとおしてそれをあらわすのが「第三の声」となるのだろうが、あらかじめ他者の声を想定して描出される科白とのあいだには、すんなりと跨ぎきれない困難が生じているように見える。そして、昭和三〇年代初頭の『詩学』からは、詩劇が、「音韻」や「リズム」といった音楽的要素を通じて「うた」へ連繋されながらも、一方で、「観念」、「抽象」、「批判」といった思考的要素も求められ、「歌う詩」と「考える詩」の両要素を併せ持つ高度で困難なジャンルとして措定されていたようであることはすでにふれた。ここでは、それに続く「放送詩劇」について見てみたい。

　先掲の伊達得夫追悼と同号（16巻4号 昭36・3）に「特集・放送詩劇」が組まれており、作品として川崎洋「川が」、大岡信「宇宙船ユニヴエール号」、評論として遠藤利男「放送詩・放送詩劇私論――マスコミ芸術についての傍白的メモ――」、アンケート「その意図」「その可能性」に寺山修司以下八名が執筆している。

　評論の書き手遠藤利男は、この前年からＮＨＫラジオ「放送詩集」のディレクターを務めていた人物である。「放送詩集」という名称を好まないという遠藤は、それを「先人の功績」としながらも、「やがてマンネリとなり、容易に大衆的皮膚感覚を撫で廻す、一夜のムードに堕してしまつた」と分析、「詩」という「メディア」の強い力を「小さなムードの枠に閉込めてしまつた」のだと言う。そして、「放送詩劇」については、「一体、いつ頃出来上つたのか。いつのまにか、言葉が存在し、従つて、その内在《ママ》が実在するかのような錯覚をもつようになつた」と述べ、「現在までのラジオ・テレビドラマのほとんどは舞台芸術――年老いた日本的自然主義・心理主義演劇の植民地とその形骸にすぎない」と断言する。そしてその原因を、「マスメディア」としての「放送」批評によって次のような三点に見ている。一点目は「媒介性」であり、それを論理とする機構に必然的に起こるとされる「ビューロクラシー」（官僚制）を支え、支えられることで「すべてを平均化する凶暴な力」が発揮されてしまうこと。二点目は、「制作者たちの主体的弱さ」であり、ビューロクラシーに対抗して「放送と自己の独自性を主張する力をもちえなかつた」こと。三点目は、「受け手との交流が出来ないこと」を「本質的欠陥」とし、「受け手」を「受動者」にし、「送り手」にとって「漠然と存在する、大衆」にするうえ、「送り手」の側も「機構の論理」においては「単なる受動者」に過ぎず、「マス・コミュニケイション」は、そのまま、ディス・コミュニケイション」であることが、「現代マスコミの矛盾」、「マスメディアとしての頽廃の兆し」であると指摘する。組織論をふくむ放送制作者としての実感をともなった分析的な言辞は興味深い。そして、こうした状況にあるメディアのなかで「ラジオ」を「独自の表現体」と捉え、「制作者の主体的意識」をもって「本質的に捉え直そう」とした要因は、「テレビの発展」とその相対性においてであり、若い世代の舞台芸術に対するコンプレックスの皆無と、「ラジオを独自の思想表現の場とするエネルギー」に支えられていると、その潮流を伝えている。ラジオとテレビの相対によって、ラジオの独自性があらたに発揮されるようになったという同時代的言表は重要だろう。

実作者の側からは、同号で「アンケート／その意図」に応えている寺山修司が「地下室と芽」と題するなかで、遠藤の言辞を裏打ちするように独創的な発想を述べている。

　ラジオというマス・メディアの世界では行為と言語が分離していることに意味があるように思われる。ここでは言語は肉体と一応べつの「もの」として扱われる。したがつてラジオ・ドラマの言語はどんなにリアルに演じられても本質的には不具であり、それだけに特殊性をもつている。もし「詩劇」が言語主体のドラマ、ということでパントマイムの反対の極にあると考えるならばラジオ作品のほとんどは詩劇であると言わざるを得ない。／しかし、最近僕にとつて興味のあるのはこうした言語至上の、いわばシーニュでない言語の城のような詩劇よりも、ドキュメンタリイとしての機能をもつていた言語をモチーフとしたものである。なまなましい一つの現実の中から行為を剝奪し、言語だけのこし取捨して構成してゆく。そしてそれとメカニックな物質言語を対立させて一つのエネルギーを組成させる。

行為から生み出された言葉を自立させ、メカニックな言葉と対位させるという発想は、肉体と物質という直截的で見慣れた対位からはズラされたところで「何か」が成立する予感をはらんでおり、ラジオにおける視覚の閉鎖に対して、この方法はむしろ視覚の残像を意識させ、ダイナミックな転位を現出させることになるのではないかと予感させる。

また、同号「詩壇時評」では「放送詩集」について、NHK第二放送で毎週水曜の夜に書き下ろしの詩を一五分で朗読、同年に入ってからは、清岡卓行、谷川俊太郎、岸田衿子、黒田三郎らの作品が放送されていると伝えている。ところが、以前は実験的なものもあったのに、これらについては、「なんのことはない。活字で読んでも同じような詩が、ただ声になるだけ。詩のソノラマだ」と批評、もっとアイデアを出すべきだと叱咤している。そして、「放送詩劇」については、「たびたびオミミにかかるが、どれもこれも小味な鯛のブイヤベースみたいに、きれいごとが多い」とし、こちらはアイデアも大切だが、それ以上に大切なのは「精神、気魄」であり、「抒情ムード」はいけない、「抒事詩」である、「一本スジのとおつた豪華ケンランたる大抒事詩をお聞かせ願いたい」と、その大作化を奨励しており、ここではまた詩劇に対する別の期待が披瀝されている。さらに、先の遠藤論をとりあげた松田幸雄「詩論批評」（16巻6号 昭36・5）は、遠藤が俳優たちの自然主義的で主情主義的な感情移入の方法が、言語の新しいエネルギーを発見しようとする際の障碍になると指摘したことを受けて、「俳優の演技力の不足やマンネリズム」への批判を加えている。俳優の言い回しについては、詩劇出発当初から問題視されていた点であり、この段階に及んでも根本的な解決に至っていないことが知られる。

この時期流行の放送詩劇についても、やはり期待は大きく、さまざまな試みや心持ちを見てとることができる。先の藤森安和の登場の折に寄せられた閉塞的な現代詩打開の期待は、詩劇においてもまた同様だったのである。

19　特集と「荒地」

一九六〇年代の幕開けとともに、現代詩における転回点の自覚を嵯峨信之と木原孝一が「編集後記」で吐露していたことはすでにふれたが、その感覚は誌面特集に反映されている。藤森と並んで注目を浴びた間宮舜二郎の作品が掲載されていた特集「現代詩の曲がりかど・現実派の方向」（15巻4号 昭35・3）に続いて翌号、翌々号と同特集はそれぞれ、「社会派の方向」（15巻5号 昭35・4）、「芸術派」（15巻6号 昭35・5）といったように組まれ、『6月増刊号』（15巻7号 昭35・5）では「世界詩論体系」、そして、金時鐘による短文「反逆者からの反逆へ」を付して、「ガリオン（大阪朝鮮詩人集団）特集」（15巻9号 昭35・8）も組まれるようになる。

また、詩論への傾注も見られ、「現代詩7人論集」（15巻12号 昭35・11）では、嶋岡晨「詩学不在論」を筆頭に飯島耕一、清岡卓行らが並び、「新現代詩読本・特集1」（16巻9号 昭36・8）の詩論では、多田富雄「メタフイジック詩の展開」など五篇が並ぶ。この翌号には大がかりな特集として「詩壇一〇〇年史」（16巻10号 昭36・9）なるものが組まれ、一八六〇年から一九六〇年までを四期に分けて「概説」と「作品」とで見せ、さらに、「1860年から1960年のあいだに発表されたおもな作品・詩書・詩誌・詩人などを、社会的事件と海外関係から見得るように編集した独自の現代詩発生から今日までの100年間の年表」として作成された「現代詩年表」が付されている。こうしたある種学究的な特集は、那珂太郎、牟礼慶子といった詩人たち一〇人が、記紀歌謡から近松までを論ずる「日本の詩の発見1」（16巻11号 昭36・9）、地方性の詩、働く女性の詩、農民の詩、ロマンチシズム、都会性の詩といった視角による「日本の詩の発見 2」（16巻12号 昭36・10）へとつながる。同号では、三好豊一郎らが「詩人はこう考える・国語問題」について論じてもいる。現代的な切り口として、「詩誌・グループの焦点」(17巻7号 昭37・8)が、「バッテン」、「赤と黒」、「王様の耳」など当代の詩誌一五誌を、作品と論考(「問題提起」「批評」)で取り上げる。

続く「シュルレアリスム特集」(17巻8号 昭37・9)は、飯島耕一、上田敏雄、服部伸六らをはじめとする論考に、トリスタン・ツアラら国外のシュルレアリストらの詩篇と北園克衛、左川ちから国内の詩人たちの詩篇、ダリやエルンストの絵画を織り交ぜて国外と国内を対照させた「シュルレアリスム年表1916〜1960」をあわせており、本号は独創的で本格的なシュルレアリスム研究文献となっている。「世界現代詩選1960〜1962」(17巻10号 昭37・11)も、詩人たちによる国ごとの「詩壇展望」と詩篇翻訳によって英米独仏に「ソヴエト」「中国」を加えた当代の動向紹介となっている。「プロレタリア詩再検討」(18巻4号 昭38・4)もおこなわれ、中野重治らの詩人論、回想と記録、作品選、年表をそなえている。「新日本詩人」、「詩人会議」の主張や「列島」批判、大島博光「社会主義リアリズムを進めよう」など同時代への接続をふくみはするが、壺井繁治らによる回想と記録が物語るように、総体としてプロレタリア詩の相対化、歴史化の相貌が濃い。次号では一転、「具象詩と抽象詩の問題」(18巻5号 昭38・5)が論じられ、高橋新吉が「日本のダダイズム運動」を経験的に論じているのは貴重である。

さらに翌号では「現代詩・地方性」(18巻6号 昭38・6)が組まれ、先にふれた二年前の特集「日本の詩の発見2」とも響く。特集の筆頭に置かれた書簡体評論「故郷の山は僕を熟睡させる」を執筆した斉藤庸一は、草野心平の題字を持つ詩集『ゲンの馬鹿』(昭森社)が、プロレタリア詩の特集を組んだ前々号(18巻4号 昭38・4)の裏表紙広告に大きく掲載されている。「まぎれもなく百姓の子」、「血を三代四代に遡っても、嫁いできた母性はすべて百姓の娘」(「後記」)という来歴の強調される詩風であることが、プロレタリア詩にも、そして、地方性にも跨がる存在としてあるのだろう。

述べたように、学究的な趣を以前に増して宿しながら組まれてきた特集のながれのなかで、「荒地」の特集も登場する。同年八月号（18巻8号）の「特集・〈荒地〉」では、評論や詩集と並んで掲載された座談会「荒地の遺産」（清岡卓行・黒田三郎・中村稔・関根弘・嵯峨信之・木原孝一）が目を引く。木原や黒田がしっかりと語っている。

木原「戦争中はモダニズムににげやすかったわけです。そいつでなにかをつくっていれば自己防衛はできた。ぼくらには防衛しながら不満があったんです。（中略）モダニズムは防空壕だった。弾が当たらないという感じがあるわけです。完全に美学でしょう。」

木原「「囚人」が問題になったのは、三好が兵隊にもならず、外地へもいかなかったから三好の内部では詩が継続されていたということです。ぼくは外地へ行ってかえってきて、なにをしていいかわからなかった。そのとき「囚人」を書いてもってきた。三好はサンボリズムの直系みたいな男だから、内地にいて、モダニズムの影響はうすれていった。青山鶏一とか、もっと人生派に近いような詩人たちとつきあっていて、そのなかから「囚人」という詩がでてきた。ぼくらが生きのこって、最初にかえってきたとき、そこに杭が立っていたという感じがした。澄んだ詩というようなものよりも、杭のような感じがしたんです。」

黒田「やはり戦争中にいい詩を書けたのは彼だけという印象が強いですね。」

木原「こっちがこわされている間に、三好はつくっていた、という感じがする。」

黒田「たとえば、硫黄島の詩は硫黄島でしか通用しない、という批判があったわけです。そういう意味では、戦争体験でしか通用しないというのが仲間うちにある。詩というもんじゃいけない、という考え方がある。だから、戦争体験を書きつくしたから、役割が終ったというのは、いい方がおかしい、ぼくら結局そっちの方にゆがんで詩で、自分の居あわせたところでしか書けないわけだけれども、それが普遍的な形をもたないというか、ちがう体験をもつた人には同感してもらえないということですからね。まあ、嵯峨さんがそういう発言をなさつたからいうんですけれども、死の灰の問題があれば、現象的に死の灰を問題にするという態度では詩を書けないわけです。それもいいとおもうんです。すぐ、その場で詩をかける人は、応援歌の必要なときはすぐ書ける人は書いた方がいいとおもいますけれども……。」

関根「ぼくは、センチメンタリズムだと思うんだな。それがトラジックな要素ばかりを強調した。体質的に反発を感じたというか……。」

黒田「それはわかるな。」

嵯峨「それがなかつたのは黒田君なんかですね。」

清岡「中桐雅夫の生活を対象とした詩は観念的な高さはあるが……黒田さんは異質だとおもつた。」

黒田「ぼくは横において論ずるわけですよ。」

「荒地」における三好豊一郎の位置付けや、詩と体験についての慎重な姿勢、悲劇的要素に対する批評的反応など、「考える詩」の作り手たちであることをあらためて印象づけている。

「荒地」は「戦後詩」を捉える上で検証され続ける存在であり、そのことは『詩学』の初期から変わらないが、この期においても同様である。右の座談に先立つ松田幸雄「詩論批評」（16巻11号 昭36・9）では、「荒地」をめぐる種々論評を取り上げており、沢村光博「戦後詩の探求」（『湾』11号）からは、「時代の気分が生んだ浮動的な精神を免れていて理性的であつた」ことを汲み取り、新鋭の詩人と評論家による討論「美学者の末路――鮎川信夫と田村隆一」（『現代詩手帖』8月号）については、論者たちの美と倫理、あるいは美学的観点の未消化を指摘している。「詩人会議62 危機に立つ詩人の場からメタフォア論にいたるシリアスな発言」（木下常太郎・村野四郎・原崎孝・中川敏・江森国友・嶋岡晨・安西均）（17巻4号 昭37・4）は、影響力のある批評を必要と感じながら、それをなし得ない理由を「荒地」との時代的差異に還元し、かつては戦後意識という強い連帯感や共通性が存在したが、現今においてはそうしたものがないために、インパクトのある批評は生み出せないとする。批評の不発の要因を所与の条件の異なりに求めている論理そのものが、行き詰まりと危機を感じさせる座談である。この一年後に、先の座談「荒地の遺産」をふくむ特集（18巻8号 昭38・8）が組まれ、さらに一年後の匿名批評「S・Kライン　現代詩と伝統の問題」（19巻6号 昭39・6）では、田村隆一を中核に置いたエリオットと「荒地」との比較伝統論が展開されている。戦後詩における「荒地」のインパクトは、やはり強烈である。

ほか特集では、「鎮魂歌」（19巻4号 昭39・4）が組まれ、実在の人物を対象とするものの一方で、谷川俊太郎「詩三篇　静物／追分／木の壁」による世界と〈私〉との異和、ズレ、喪失といった抽象度の高いレクイエム、さらに、独仏米の詩篇が並ぶ。翌々号（19巻6号 昭39・6）の「韓国現代詩」特集（ガルシア・ロルカと二本立て）は、現代詩人九名の訳詩篇と李沂東「韓国詩壇の現状――詩人と作品――」によって目を引く。李は、北朝鮮の詩篇がよく紹介されるのに対して韓国の詩篇はそうした機会に恵まれず、思想政治と関わらない文学として取り上げたいと述べており、当時の意外な扱われ方が知られる。

20　オリンピック、そして、詩学

昭和三九年は東京オリンピックの年だった。一〇月開幕。『詩学』はその特集を組むでもなく、静かである。オリンピックを目前に控えた城左門の「編集後記」（19巻9号 昭39・9）がそれをよく物語っている。

……やっと夏が過ぎた。暑かつた。この秋は、オリンピックで大変だろうから、邪魔にならないように隅の方に居よう。そつと虫の音でも聞いていよう。

木原孝一の「オリンピック日記」（19巻10号 昭39・10）はシニカルである。開会式を「テレビで眺め」たという木原は、新聞に書く約束のオリンピック詩のネタ探しのためだと言い、選手団の入場時に「カシラーミギ」の敬礼は誰に向かってするのか、「私は旧神宮外苑競技場で、師団動員のときに軍装検査を受けたときのことを思い出した。戦中派はシッツコイ。」（10月10日）と開会式の日を締めくくる。陸上競技一万メートルで「すばらしいこと」と賛ずるのは、セイロンのガルナナンダ選手が無人のトラックを完走したことで、「現代の象徴的ドラマ」、「人間の存在そのもの」と言い、この選手が東京で仏陀の寺院を参詣したただひとりの選手であることを「このことも象徴的。多次元的象徴。」（10月14日）と意味深長に結ぶ。観戦切符の日が雨に見舞われた不運な木原は、フィールド競技も「雨でよくわからない」、「どうしてスケジュールを変えないのだろう。寒いのでだんだんイライラしてくる」。喘息もあるのであわてて帰宅し、開会式同様「テレビ」でバレーボールと水泳を「眺め」た。こちらの方がよほど良く、「オリンピックはテレビ！でということかな」（10月18日）と、テレビびいきが高じている。約束していた「オリンピックの詩」は、黙考三時間ののち、例のガルナナンダ選手で無事完成、引き渡しとなった（10月19日）らしい。

さらに木原は同号の「編集後記」で、オリンピック選手がアマチュアであることにふれ、「その人の職業はその人のアマチユアとしての価値を支えるためのものに過ぎない」と、興味深い視点を提示し、詩人のほとんどがアマチュアであることに結びつけて次のように言う。「詩がアマチユアによつて書かれているからよいのか、それともアマチユアによつて書かれているからダメなのか、にわかには断定しがたい」。同後記で嵯峨信之は、オリンピックを「青春の自覚と、その喪失の自覚」、「死に捧げられた生命の讃歌」と形容、ギリシャオリンピックの讃歌を書いた古典抒情詩人ピンダロスの「人間は影が夢見る夢である」を引用し、谷川俊太郎にもその共鳴を見ている。「詩壇時評」（無署名）（19巻11号　昭39・11）は、小林秀雄、團伊玖磨、鶴見俊輔らによる閉会後の論評を引き、小林が文学的常套句よりも「選手の口のなかはカラカラだ」と言った解説者の言葉に「異様な感動を受けた」ことへの共感、團による「見えているあたりまえのことばかり」叫ぶアナウンスに端を発した、安易な解説頼みの風潮批判への同調、さらに、鶴見による「戦前の国家意識、民族意識と異るもののことを明るく注目」したことに同感としつつも、一方で、「ニユーヨーク・タイムズ」のローゼンソールによる日本人分析（前進しながら、突然試練を恐れてあとじさりするのは、敗戦による価値観の崩壊や国家目的の代替を見出せない不安に拠る）を受けて、オリンピックへの期待とお祭り騒ぎはそうした代用品であったのではないか、とも投げかけている。『詩学』におけるオリンピックの捉え方は、総じてペシミスティックなポーズに堕してはいない。

そのほか、文壇詩壇の動向が生々しく伝えられているものに、このオリンピックと同年、SF小説の隆盛はなはだしく（城左門「編集後記」19巻6号　昭39・6）、探偵小説の『宝石』が解体（木原孝一「同後記」）したこと、安西均「詩壇風俗帖／「ずぼらな奴」」（19巻10号　昭39・10）が、主催講演会のオーダーなしに広告を先行して事後承諾をさせる『現代詩』編集部を批判した同号の「編集後記」で、「このほど僚誌『現代詩』が休刊となつた」（木原孝一）と納得の動きを報告、また、三四年に創刊された『現代詩手帖』について、窪田般彌「詩誌月評」（15巻5号　昭35・4）は「週刊誌的要素が多い詩の専門誌「現代詩手帖」」と評している。

この期の『詩学』は先述のとおり、特集において学究的色彩を濃くしており、それと連動するように、大学や学会と詩人たちとの連携が見られるようになる。「詩壇ダイジエスト／公開・現代詩講座　日大芸術学部」（『臨時増刊1

961年版 詩学年鑑』16巻3号 昭36・2）は、次のような初めての試みについて報告をしている。

日本の大学に現代詩の講座がないのはおかしい、という声が近年ほうぼうで云われてきたが、ようやく、日大芸術学部が現代詩の講座を持つた。といつても暫定的なものだが、とにかくはじめての試みであろう。講師は現代詩人会の協力を得て、つぎのような顔ぶれとなつた。／1 現代詩の生まれるまで（木下常太郎）／2 明治時代の詩（神保光太郎）／3 島崎藤村について（瀬沼茂樹）／4 大正時代の詩（伊藤信吉）／5 萩原朔太郎について（三好達治）／6 昭和時代の詩〈戦前〉（大岡信）／7 昭和時代の詩〈戦後〉（黒田三郎）／8 詩とは何か（村野四郎）／9 詩と哲学（藤原定）／10 詩の表現方法（安東次男）／11 日本の詩と外国の詩（西脇順三郎）／12 詩の未来（山本太郎）

また、その前年には、「日本近代文学会・シンポジウム。10月23日秋季大会「現代詩の課題」村野四郎・木原孝一・河村政敏・関良一」（「詩壇の動き」15巻13号 昭35・12）とあるように、日本近代文学会秋季大会に村野四郎、木原孝一がシンポジストとして登壇、これらは画期的な出来事であったにちがいない。「国語国字論議」（村野四郎・木下常太郎・中川敏・江森国友・原崎孝・嶋岡晨・安西均）（17巻7号 昭37・8）の議論も同様である。『詩学』はその名のとおり、「詩学」探究に余念のない詩誌としての性格を、いっそう発揮した。現代詩の状況についても冷静に分析、見てきたような外に開いてゆくさまざまの試みのなかに、こうした学究的姿勢による支えと架橋とを持った。このことは、本誌の重要な特質のひとつとして明示しておきたい。

21 『現代詩手帖』創刊、その後

『詩学』が存在感を発揮した昭和三〇年代までを概観してきたが、冒頭でも述べたとおり、本誌は平成一九年まで刊行され続けた。「詩壇の公器」を標榜してきた『詩学』は、昭和三四年六月に創刊された小田久郎の『現代詩手帖』によって、『現代詩』『ユリイカ』とともに相対化された感がある。『現代詩手帖』はその目指すところを前身誌『世代』終刊号（2巻4号 昭34・4）で次のように広告する。

「入門者に役立つわかり易い誌面」として、『詩学』『現代詩』『ユリイカ』が閉塞的で啓蒙的ではないので、古典から現代に至る日本と海外の詩の紹介、詩の理解を示す。「専門家に貴重な厳正緻密な誌面」として、「わるい詩」をはっきり断定し「よい詩」を見いだす、詩に関する完備したリストを作成し、研究、鑑賞、入門に役立てる。「新人に開かれた権威ある誌面」として、村野四郎に育成と発掘を託す。そして、詩界におけるジャーナリズムの形成を標榜するのである。

ここに『詩学』の存在感が反照されている。『詩学』は批判の対象でありながら、ここで目指されている役割は、『詩学』が擁した学究的かつ世代をわたる啓蒙的な特徴そのものである。実際に『現代詩手帖』創刊号（昭34・6）は、「よい詩・わるい詩」問題を継続する一方で、「明治ロマンチシズム」から戦後詩誌に至る「現代詩系譜図」や、年長詩人らの近影「これが詩人だ」「新人とビール」によってはじめられている。これに対して当の『詩学』は、先にもふれたとおり、「週刊誌的要素が多い詩の専門誌「現代詩手帖」」（窪田般彌「詩誌月評」15巻5号 昭35・4）と反応しているが、同時期あたりからの学究的な特集は、こうした『現代詩手帖』の登場と相関してもいそうである。「よい詩・わるい詩」問題に象徴されるとおり、挑発的なキャプションやトピックを特徴とする『現代詩手帖』と、「旧世代」の一誌と捉えられている『詩学』とは差異化されているものの、近似し擦れ合う側面が取り出されているのも、また確かなことと知られる。

ジャーナリズムについてもまた然りである。この期間の『詩学』誌上においてジャーナリズムという観点はさほど特化されてはおらず、総じて分析的ではあるが抽象的、詩人とメディアはそれぞれに交わることのない要望を突き合わせているように見てとれる。詩人は大衆への迎合を嫌い、メディアは受け手への意識を求める。だが、そうしたなかで語り出された、「この詩はよくてこの詩は悪いといふ判断」(安西均・朝日／宇井英俊・NHK／小野田政・改造／近藤東・詩人／島崎千秋・毎日／平山信義・讀賣／嵯峨信之・本誌「ジャーナリスト大いに詩を談ずる」6巻4号 昭26・5)や、一般ジャーナリズムに対抗する「商業的詩壇」の形成(「詩壇時評1952」(無署名)7巻1号 昭27・1)を必要とする見解が、こののち『現代詩手帖』が焦点とする内容にぴたりと重なっているのが興味深い。(16)

『現代詩手帖』に意識された『詩学』は、その特徴の一角でもあった「詩学年鑑」を昭和二七年一二月からはじめ、年間の代表作品や詩書一覧、詩壇を批評する評論や座談を組み、全国詩人住所録の掲載などをおこなっていたが、昭和三六年一月、『現代詩手帖』が同様の「現代詩年鑑」を発刊すると、その四年後の昭和四〇年一二月を「詩学年鑑」発行の最後としている。「現代詩年鑑」を初めて発行した『現代詩手帖』は次のように言う。

はじめて「現代詩年鑑」をつくつてみて、先輩誌「詩学」の「詩学年鑑」の苦労がよくわかつた。多少の問題はあつても、毎年たゆみなく「年鑑」を編集してきた努力と功績は、十分に認められてよい。とにかく戦後詩を再評価するにも、整理するにも、「詩学年鑑」は貴重な資料である。ぼくたちの「現代詩年鑑」も、「詩学年鑑」とはちがった角度から、現代詩史をつくる担い手でありたい。そうあらしめるために、毎年努力して内容を改良してゆきたいと思う。きくところによると「詩学年鑑」の発行が遅れがちとか。僚誌の健闘を祈りたい。

(「編集者の手帖」『現代詩手帖』昭36・1)

対する『詩学』は「詩学年鑑」のはじまり（7巻12号　昭27・12）において、「本誌のやうに、絶えず鳥瞰図的、総合的に見る性質の雑誌は、しなければならない仕事」であると任じ、「今後はこの特輯を毎年恒例として行ひたい」（城左門「編輯後記」）と意欲と責務とを表明し一三年にわたって刊行し続けたが、『現代詩手帖』も指摘しているとおり、だんだんその発行が滞りがちになっており、結果的に最終刊となった「1965年詩学年鑑」（20巻11号　昭40・12）の「編輯後記」では年内発行の冊数が実質一一冊にとどまったこと、版元の宝石社が解散したことなどによる「面倒の重なった年」であったことが吐露されている。そしてこの一年後、本来であれば「年鑑」を発行する一二月号であるが、「今年はそれを三月中旬に延期し、普通号として発行することに変更した」（嵯峨信之「編集後記」21巻12号　昭41・12）とし、その発行の予定されていた三月号では、それを断念したことが次のように伝えられる。

詩学年鑑は三月末から四月初旬にかけて発行する考えだつたが、同じようなものが二種類も発売されてみると、屋上屋の感じで出すことがいやになつた。いやになつたで済まされないのは、詩学年鑑を毎年買つていてもらつた読者に対してである。その中の一年が欠けるということは、読者にとつて便不便はともかくとして、心理的に随分いやだろうと思う。その点が発行者としては全く申訳ない。当社自体としても、売れゆきのいい年鑑を休むのは損でもあり、より以上に、このダラシなさの表面化は腹でも切りたいほど残念至極である。ぼくがガラにもなく、うんと内容のいいものを拵えようとしたのが、身のほど知らずだつたわけである。永年の読者よ、諒とされよ。一九六六年度発行の詩学年鑑はないものと諦めて欲しい。全く全く身勝手にすぎるが、ここで御容しを願いたい。

（嵯峨信之「編集後記」22巻3号　昭42・3）

無念に充ちた内容だが、この翌年には、同じく嵯峨による「編集後記」(23巻11号 昭43・12)で、「ここ二三年、十二月号の校了間近くなると」、「古い読者」や「取次店」から「是非年鑑を出せという勧告」を受けるものの、非協力的な印刷所の都合で実現できなかったが、印刷所を変えたおかげで「69年度年鑑は、詩学の伝統を誇れるような公平かつ精確な内容で、読者諸氏の期待に答えたい」と明るい見通しを語るに至る。しかしその後も成らず、「編集後記」における「年鑑」への言及もこれが最後となり、「詩学年鑑」は先述の「1965年詩学年鑑」で途絶えたのだった。八年後には、創刊以来編集経営に携わってきた城左門の逝去が嵯峨によって伝えられ(「記」31巻11号 昭51・11)、一時代の終焉を感じさせる一方、「誌面もおもしろくなったと褒めてくれる声」のあることを伝え、「三十年来、経済的な動揺の中でやって来たのだから、もう一息頑張って、来春あたり、読者諸君の眼をみひらかせるような、清新溌剌たる詩学にしてみたいものである」(嵯峨信之「編集後記」34巻12号 昭54・11)とみずから鼓舞するような言辞も見えるが、その「編集後記」のスペースもずいぶん狭まってきている。

『現代詩手帖』が詩壇ジャーナリズムの醸成を標榜し、「詩人」の存在そのものにフォーカス、リズミカルな誌面とラディカルな切り口で展開してゆくのに対して、『詩学』はその対照性の自覚を余儀なくされているように映る。編集方針として「詩壇の現状」を「いち早く紹介、誌面に反映させることにある」としたが、「そう手取早く、要領よくいく」というものでもなく、「現状の適確な把握となるとなかなか面倒」、「若い編集者たちのように、ちょっとした好評の新しい詩人たちに自己陶酔して、まるで同行者のように、無批判に誌面を提供して自ら足れりとすることもできない」、「詩学の誌面が地味に見えるのは、このような編集意図の表われだから止むを得ない」(嵯峨信之「編集後記」25巻1号 昭45・1)と言うのである。スピード感や派手さとは対照的な、堅実な路線を歩むことで棲み分ける、そのようにも響いてくる。

同じ頃、一九七〇年から八〇年代には、女性詩人叢書や『詩とメルヘン』（昭48・5～平15・8）などの多岐にわたる出版文化を展開しはじめるサンリオや、小田久郎が編集に関わった女性詩誌『ラ・メール』（昭58・7～平5・4）が、今度は『現代詩手帖』と「現代詩」を相対化すべくあらわれてくる。[17]これらに『詩と思想』（第一次・昭47・10～50・2、第二次・昭54・1～）をふくめた多誌相関のなか、『詩学』がその命脈を長く保ち得た理由のひとつとして、広く癖のない受け皿としての役割が浮上してきていたのかも知れない。

平成一九年九月（62巻7号）、「若手を中心」にした「作品特集」を組み、ワークショップの案内を付し（寺西幹仁「編集後記」）、次号を合併号とするため「9月27日発売分はお休みとなります」との「お知らせ」を残し、長い浮沈の軌跡を引いて『詩学』はふっつりと幕を閉じた。

注

（1）『戦後詩誌総覧②戦後詩のメディアⅡ』（平20・12 日外アソシエーツ）

（2）二誌の方向性および『詩研究』の総目次を紹介した研究に、猪熊雄治「詩誌『詩研究』『日本詩』」（『学苑』平30・3）がある。

（3）「第Ⅱ部 鮎川信夫の「荒地」第一章「荒地」の輪郭と根拠」（『〈空白〉の根底—鮎川信夫と日本戦後詩—』平31・2 思潮社）

（4）のちに友竹辰として「櫂」の同人となる。友竹はすでに数号前から登場し、全国詩誌推薦詩にも詩誌『VISION』から登場している。

（5）加藤邦彦「谷川俊太郎の登場、その同時代の反応と評価—『二十億光年の孤独』刊行のころまでの伝記的事項をたどりつつ—」（『るる』平28・5）は、三好達治が『文学界』に谷川の詩を紹介したことについて、「「詩学」の役割を奪いかねないもの」であり、「そのことは「詩学」にとって非常に惜しく、かつ腹立たしい出来事だったに違いない」と推測、この「詩壇時評」には「「文学界」に谷川を奪われるかたちとなった「詩学」の側の複雑な感情をみることができる」と捉えている。

（6）加藤邦彦「谷川俊太郎『二十億光年の孤独』が「宇宙的」な詩集になるまで」（『るる』平30・10）は、当書評を「谷川と宇宙を結びつけて論じた最初のもの」と位置付けており、注（5）論文では、これを「谷川に対してかなり批判的」と評した上で、その理由を『詩学』の「新人育成の使命感」に見、『文学界』掲載詩篇との詩風の異なりに言及した「詩壇時評」の「延長線上にある」と捉えている。

（7）「詩劇」については、「「歌う詩」と「考える詩」―詩劇をめぐる声」（『日本文学』令4・10、『鮎川信夫と戦後詩―「非論理」の美学』令6・10 琥珀書房 所収）において詳しく論じた。

（8）「埴輪」（『櫂』10号 昭30・1、同11号 昭30・4）は、『櫂詩劇作品集』（昭32・9 的場書房）に収録ののち、昭和三三年一一月、再構成してTBSラジオ芸術祭参加ドラマとして放送。

（9）田口麻奈「第Ⅱ部 鮎川信夫の「荒地」第二章 一九五〇年代の詩壇と「荒地」」（『〈空白〉の根底―鮎川信夫と日本戦後詩―』平31・2 思潮社）は、『詩学』誌上で特集を組まれる「詩劇」への着目から、田村隆一や「荒地」の詩人たちがそれと共鳴するスタイルの作品を書き、鮎川の「橋上の人」決定稿もそれを体現したものとして位置付けている。

（10）田口麻奈「『死の灰詩集』論争と戦後詩における〈近代〉批判の布置」（『『現代詩』復刻版別冊』令2・4 三人社）は、「戦後詩人としての鮎川の主張の要点」として「戦前と戦後とを併置した全体主義批判、また全体主義の礎となる〈近代〉批判」を指摘、「戦後初期からの鮎川の発議」が「ついに『死の灰詩集』と交叉」したと位置付けている。

（11）この点については、「大岡信の初期詩論―詩はまるで、愛のようなものだ―」（『るる』平29・6、『鮎川信夫と戦後詩―「非論理」の美学』令6・10 琥珀書房 所収）において論じた。

（12）当時の呼称は「H賞」だった。

（13）「反芻される「荒地」―継承と批判の六〇年代」（『昭和文学研究』平25・9、『鮎川信夫と戦後詩―「非論理」の美学』令6・10 琥珀書房 所収）

（14）「１９６０年前後の詩壇ジャーナリズムの展開と藤森安和―詩誌『現代詩』を中心に」（『Intelligence』令4・3）

（15）注（14）に同じ。

（16）『現代詩手帖』との相関については、「『詩学』から照らす―『現代詩手帖』への階梯」（『ユリイカ』令5・8）、「詩界のジャーナリズム―『現代詩手帖』創刊へ」（『愛知県立大学大学院国際文化研究科論集（日本文化専攻編）』令6・3）、「詩の専門性と商業ジャーナリズム―『現代詩手帖』前史」(『詩と思想』令6・9)において論じた。

(17)その内実については、小平麻衣子・井原あや・尾崎名津子・徳永夏子編『サンリオ出版大全 教養・メルヘン・SF文庫』(令6・2 慶應義塾大学出版会)、柳沢永子『現代詩 ラ・メールがあった頃 1983.7.1-1993.4.1』(令5・8 書肆侃侃房)が詳しい。

＊本稿は、「詩誌『詩学』の世界―はじまりの10年」(『愛知県立大学文字文化財研究所紀要』令3・3)、「詩誌『詩学』の世界(2)―戦後10年からの展開」(『愛知県立大学説林』令4・3)、「詩誌『詩学』の世界(3)―60年代のはじまり」(『愛知県立大学説林』令5・3)を元にした。

日本学術振興会 科学研究費助成事業 基盤研究(C)「雑誌「詩学」「現代詩」「ユリイカ」を中心とする昭和30年代詩の研究」および「『現代詩手帖』および思潮社を中心とする１９６０年代日本現代詩研究」に拠る成果をふくむ。

初期『詩学』復刻版

昭和二十二年八月二十五日印刷納本
昭和二十二年八月三十日發行

詩學

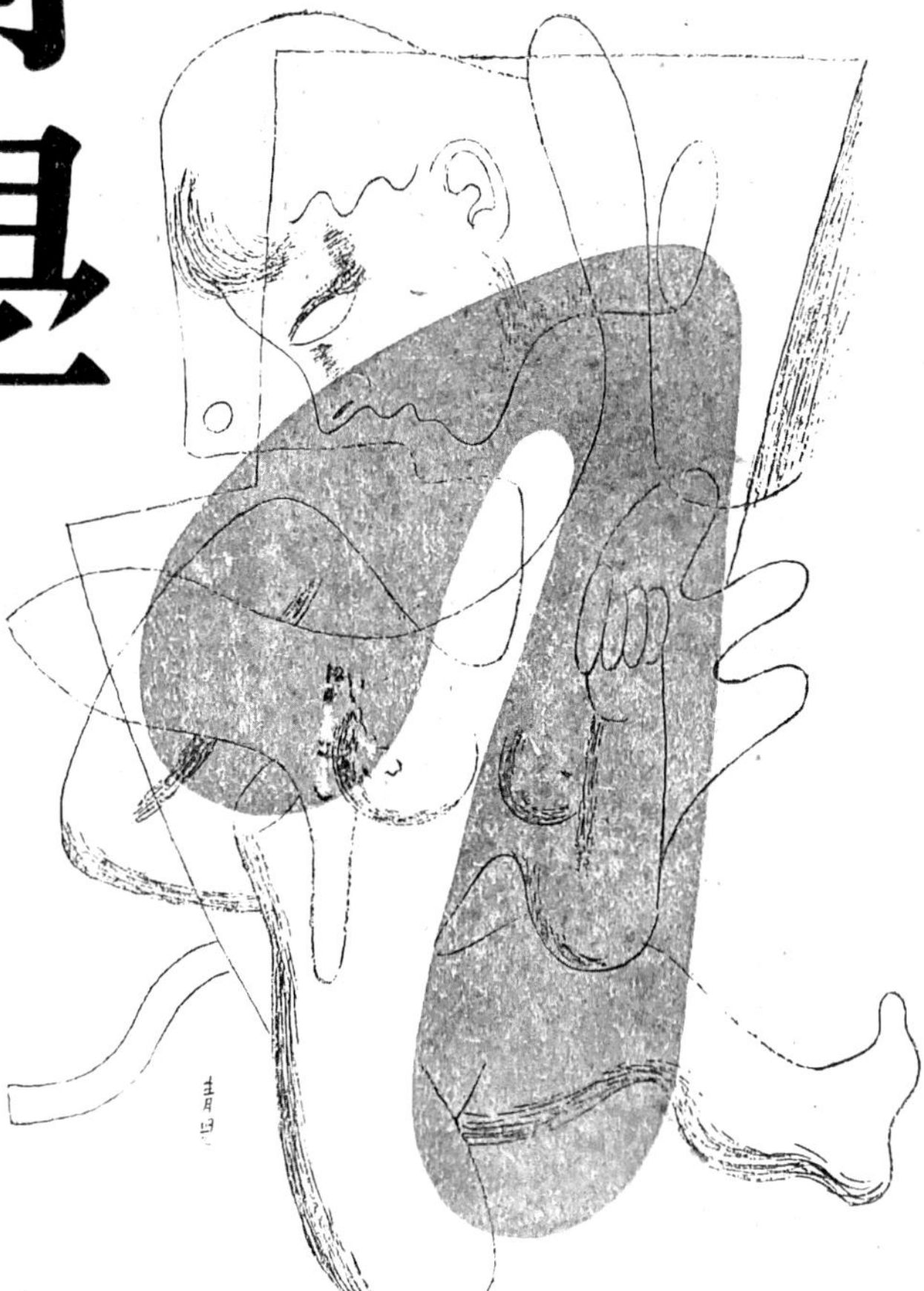

第一號

知識と批判とはまことに「近代」の產物である。今から顧みて「藤村詩集」には些かもかかる背景を見出し得ないことを怨むのは恐らく今の讀者のすべてであらう。しかしその背景は「時代」が與へ得なかつたのでそこにある愛と涙が單に吾々の生に要もなき戲言と囈語とに充ちてゐるといふ證左ではない。

右は川路柳虹氏の二十年前の言葉である。今、振り返へつて感ずるのは若菜集の時代の日本は青春時代にあつたといふことであり、われわれが心せねばならぬことは現在の日本はすでに青年ではあり得ないといふことである。

因に、若菜集は明治三十年八月初版發行、夏草は同三十一年十二月、落梅集は同三十四年八月の刊である。この他に若菜集の次に一葉舟があつた。寫眞は夏草のみが初版で他は再版であるが、昔を偲ぶよすがともなればと思つて揭げた。この試みは續ける豫定である。

（岩谷）

堀口大學

老　雪

北國もやよひ半ばは
雪老いて痩せたりな
つやあせて　香のうせて
わが姿さながらよ

咲く花は見ずて消ゆ

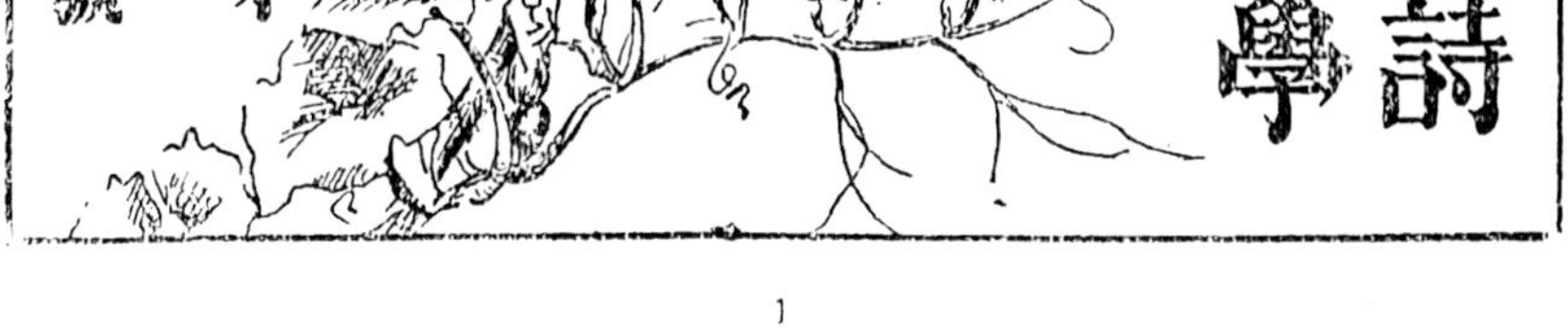

詩學（ゆうとぴあ改題）　第一號（通巻第七號）

釋迢空

知識

時々に　我はうたがふ――。
すりの兒を　我や　やしなふ。
かをりよき煙草の　けぶり
ゆくりなく　身をつゝみ來て、
衢ゆく　わが袂
ふと覺ゆ――。　重く垂るゝを
にほふ靄　わが目に立ちて
家居《ヲ》る我が机のうへに
ほとと　音　輕くおち來る――

いづくより來しものならむ

いづくより來しものならむ――
わが心　急《トミ》につべたく
もの言ひの　鋭くなりて
ことわりを　苛《カラ》く言ひ判《ワ》く

賢くて　ひとりあらむは、
神すら　堪へずと言へり。
ひたすらにさかしきことは、
ひたぶるにさびしかりけり――。

いとからし。――とくをさめ去《イ》ね。
いとからし。すりの兒の賂《マヒ》

西川満

夏日旅情

反《も》りかへつた。甍つづきの。街《まち》より高く。眞晝。紺青の海が見える。紅《さん・》毛《どみ》城《によ》。

龍舌蘭の。しげみの下で。私は思ふ。女を。花を。あの部屋を。

魚のついた時《じ》辰鐘《しんしよう》。黄色い燈芯のゆらぐ油皿《あぶらざら》。壁にかかつた。楡《にれ》の並木の風景圖。

蟹の鋏の落ちてゐる。椿《つばき》模《も》様《やう》の小《こ》函《ばこ》やら。銀《ぎん》刺《ぬひ》繍《とり》の手袋と、琥珀の盞《さかつき》。シガレット、白繻子《しろじゆす》の。胸のふくらみ。ゆれる翡翠の首飾り。ほてつた顔も。なまめいて。
豹《へう》のからだを。波浪のやうに。うねらせた。
あの郷愁よ。汐の香よ。

紅毛城《さん・どみによ》の丘の上。腹ばへば。街より高く。海が見え。戎克《じやんく》が見え。………

女と。雲と。悔恨と。絶えまなく。甍にそそぐ。八月の日の光。ああ。港の旅情よ。

北川冬彦

馬のいない曲馬團

ぼろぼろの天幕。
仰向けの脚の上で
踊らせる番傘を
隙間風があやうく
吹き飛ばそうとした、
紅い縞ズボンの
娘の脚が
開いて受け止めた。

梯子に登ろうとするもう一人の娘は
尻が重くてあがれない、
その美しい顔面に
忌わしい吹出物が。

自轉車曲乗りの名人が

もんどり打つて倒れた、
さゝくれ立つた床《ゆか》は床《ゆか》だが
寄る年波、
こけた頬のあたりで自嘲した。

學者犬だけが
見事に
割算までやつて除けた、
數字の書かれたカルトンをくわえくわえして。

野次るでもない　拍手するでもない
無表情な並ぶ観衆の顔々がある、
ぼろぼろの天幕の中に彌漫する
哀感。

福原清

浮寝鳥

（古染付の小さな香合の絵）

――いつになったら私たちの安住の家がみつかるの？
私たちのさすらひも久しいものね。
――安住の家なんてどこにもないよ、
雲を見よ、水を見よ、と言ひたいね、
みんなあゝしてとゞまる所も知らないのさ。
――あゝ驚いた、わたしのお尻に何かゞ觸つて流れていったわ。
――おやおや、今日も不漁《しけ》だね。

それに、　もう日も昏れるぢやないか。

洋々とひろがる水、
水にうかんだ二羽の水鳥、
かなたに幽か一抹の山、
藍いろの、　いつも暮色《ぼしよく》の――

沈んだ氣もち

ガラスの鉢の金魚らも
ぬれ縁を匍ふ蝸牛《でゝむし》も
花瓶のなかの鬼百合も
みんなあちらを向いてゐる、
沈んだ私の氣もちを知つて――

野上彰

前奏曲（抄）

8

南風《なんぷう》は立葵の色彩をかきみだし
落葉松の新芽にこぼれる光を豊かにする。
僕たちは手をあづけ合ひ
ひとつの想ひにみたされる。
夏草に傾く火山は休むときもなく灰をふきこぼして、
僕たちの砂時計を重くし、
すくへば掌にあふれる木洩れ日は楡の緊みを透して、
追憶の太陽はもはや僕の肩を灼かない。
憂愁の北風がちりぢりに引き裂いた記憶を、　いまあなたの額に読み
僕は無限のやさしさに包まれる。

ああ、
たつた一つの言葉も唇《くち》にはのぼらず、
蔓ばらにはふ蜜蜂のかすかな身振さへ、　僕たちの空氣をみださない。
僕は穏《おだや》かに眼をあげて　僕たちの風信旗をまつすぐに向ける……

13

僕の生活が暗くなつてしまつた日に
僕はあなたのゐないのに氣がつく。
しじみ蝶が群がつてゐる林の奥に
僕は思ひ出を植ゑつけに行く、
晝の螢がかすかに光つてゐる沼のふち、
火山礫が氷にひび割れた河ぞひに、
そして　後もふりむかずに
僕は死人の國へ歸つてくる。

肉體

山中散生

頭をわづかに振れば
その頭のどこからか
けむりが一條
すいすいと立ち昇るのである

かつてこの頭のなかには何かがあつた
しかし今は何もない
レコードの空廻りのやうに
それは思考のリズムを失つた

愛もなく
生きのびて來た
この全身の骨節が
ぴくぴくと鳴るのみである

月の出が窓にかかれば
室内は黄一色に染まるだらう
孤獨の人よ
最後の黄色い笑ひをつくれ

この頭を取り外せば
枯草の詰つた頭が
だらりと垂れさがり
絶望の影を引くのである

石塚友二

春潮（俳句）

頑なにくれなゐ秘めて木瓜蕾む
莖《くき》立てば衰ふいろの菜畑かな
湯豆腐や灯影に春のあやまたず
酒舗の春鋏鳴らして影《か》繪《げ》切師
子を左右にうかと連《つれ》寢《い》し春炬燵
春潮や七里ケ濱に悲歌古りて
そこばくの薪配らるゝ二月盡
日の中や現《うつゝ》かゞよう野火の舌
蟻穴を出てひよろ腰を晒しけり
柿の枝剪定めんやはこべ萌ゆ

ヴァレリーについて

中島健藏

ポール・ヴァレリーは、このたびの世界戰爭が終つた年の七月二十日に死にました。ドイツの壞滅後、日本の無條件降伏前、まだまだ戰爭の渦卷がゆれうごいていた時です。ヴァレリーは、そういう渦卷の不確實さをはつきりと認識し、自分自身の中に、もつとも確實な純粹なものを求めつづけた詩人でありました。その人が、このような大動亂のさ中に世を終ることになつたのは、正に現代の悲劇の一つであります。もちろん老齢の彼は、みずから武器をとつて戰つたわけではありません。彼は、ドイツ軍に占領されたパリで、コレージュ・ド・フランスにおける講義をつずけていたようです。そのためか、ドイツ敗退の後、對獨協力の疑いをうけて、困難な立場におちいつたというわさがあり、間もなく逝去のしらせが日本にもとどいたのでした。

ヴァレリーは、純粹な自己と、その他の一切のものとの對立という形でものを考え、詩を作つた人です。これが彼獨特な認識の方法ですが、今日では少し古いように感じられます。彼は、他の何ものによつても亂されず、一人の人間の存在と共に存在する常に純粹な自己があることを認めていました。それは、人間の意識であります。意識内容は色々に變り、種々のものを映しますが、意識そのものは、そういう變化とは無關係に、肉體の死にいたるまで同じ反應をつづける。人間の働きの中で、これだけが確かなものであつて、あとは、みな瞬間ごとに生滅し、偶然によつて支配されるものだというのです。つまり、人間は、常に變らぬ意識の働きと、無限に變りうるその他のものとによつて構成されている。その變らぬものが、一番確かなものだというのです。この考えは、晩年になると、一そう熟して來て、すべての存在や作用について、純粹な「關係」と、その關係の內容をなす「物質」とを認め、前者の探求によつて、あらゆる認識を深めることができると主張していたように思われます。もう少しむずかしくいうと、彼は最後まで、論理と物質とのむすびつきを考えていたので、物質の中にある論理を、丸ごとのみこむことをしませんでした。今日では論理をそのように切りはなして、物質の外にあるものとして、考えるのは、古めかしいのです。しかしヴァレリーは、ヴァレリー流の考え方を、ほぼ行きどまりまで押しつめて行つた人で、ドイツ流の觀念論とはちがうフランス流の觀念論の最後の達人のひとりであつたことは間ちがいありません。彼は哲學者ではありませんでした。あくまで文學の人でありました。そして文學の世界で哲學におけるベルグソンに似た役割を果した人のように思われます。

わたくしの書齋には、今でも、彼から貰つた寫眞が一枚かけてあります。燒けのこりの記念物ですが、今日それを眺めると、やはり感慨無量です。ヴァレリーについては、あらためて、わたくしもささやかな記念碑を書きのこしてみたいと思つています。しかしここでは、彼のことをあまり知らぬ日本の若い讀者のために、詩についての彼の獨特な考えを少し紹介してみるのが精々の仕事です。

ヴァレリーの詩は、大へんにむずかしい詩です。そして、彼の理論に從うならば、どう考えても外國語には譯せないはずなのです。日本には、彼の作品の日本譯が少しあります。そういう譯詩が、日本人に少しでも感動を與えたと知つたら、ヴァレリーはへんな顔をしたに相違ありません。もつとも、油繪のグラビヤ版の複製が、原物とはまるでちがうのに、時には美しく思われることがあるのですから、譯詩で感動を生んだとしてもふしぎはないかもしれません。

しかし、ヴァレリーの意見によれば、詩は、精密な工作機械のように、ほんの少しの狂いも許されないほど念入りに組み立てられているものなのです。彼に從えば、言葉には、二つの作用があります。その一つは、意味を通じさせるというふつうの言葉の働きです。もう一つは、人間の心に感動を起させるという働きです。彼は、そのあとの作用だけにたより、それだけを使つて詩を作つて行く、と説明しています。たとえば「海」という言葉は、ふつうには、あの大きな水を意味します。しかし、この言葉は、同時に、人間の心の中に、ある感動を起すのです。ところが、その感動は、第一に、言葉の持つている音、そして實は、そのあらわす意味、そしてその意味が人間の記憶などを刺戟するという働きによつて生れてくるものです。そのままでは、人々の經驗や、知識や、感性のちがいに應じて、感動の質もまちまちでしよう。詩人は、そういう個人差をこえた效果を、言葉の重ね合はせによつて作つてゆく。しつかりと組み立てられた詩は、こうして各々の人に、ほぼ同じ程度の感動を與え、なおその上に、各個人に獨特な色合までも許す。ほんとの詩は、必ずある程度まで讀者の感動をコントロールして、その上で讀者自身の自由な働きを刺戟する。讀者は、詩によつて、あるワクをあたえられ、そのワクの中で自分の思ひ通りの感動にひたることができるというのです。詩人とは、そのワクを精密に作る人間のことです。それが精密ならば精密なほど、ぬきさしがならない。つまり、同じ海でも、それをウミというか、フランス語で、ラ・メールというか、その音をすりかえるわけにはゆかない。なるほど意味は大してちがわないかもしれませんが、フランス語のラ・メールと、日本語のウミとでは、歴史的な制約、環境の相違などによつて、感動のワクがちがうはずだ。それも、大まかな構造ならばともかく、ヴァレリーの詩のように精密にくみ立てられていると、譯詩は、要するに全くの別物となつてしまう。從つてその感動は、實はやはり別物なのです。譯詩も、何か感動を生むかもしれないが、その感動は、ヴァレリーのフランス語の詩の起す感動とは直接には大して縁がない、と彼は考えるでしよう。

詩については、二つの考え方があります。その一方は、何か詩人の意識以上のものがあつて、——たとえば詩神の力とか、インスピレーションとか、そういうものが詩人にのりうつつて、詩が生れるという考え方です。こしらえものの詩は、にせものであつて、ほんとの詩は、つまり神がかり的な狀態の中に生れるというわけです。詩人がすでに神がかりなくらいだから、讀者は、信者になるほかない。詩によつて醉つたようになればそれですむわけです。

もう一方の考えは、アメリカのエドガー・アラン・ポーあたりからはじまつて、フランスで完成されたものですが、全く神がかりと逆に考えるのです。詩人は、言葉の性質をよく知つていて、十分に意識的に、感動を起させる道具としての詩を組み上げて行く。詩人の仕事は、きわめて精密な組み立て仕事ですが、そうして組み立てられた詩は、讀者がそれを讀み、讀者自身の生命をそこに注ぎこむことによつて、はじめて生きてくる。讀者は、ただ安つぽく醉つてしまうわけには行かず、精密な詩の中に、十分從順に、しかも骨を折つてはいつて行かなければならぬ。そうすると、讀者自身の生命力の働きで、ほかのものでは味い得ないような感動がはじめて湧いてくるのです。

ポー以來、この考え方をほんとに身につけて、立派な作品をのこしたフランスの詩人は、まずボードレール、それからマラルメ、最後にヴァレリーですが、この考え方は、一歩まちがうと、とんでもないところへ迷いこんでしまいます。これは、近代的な面白い考え方であると同時に、おとし穴でもあるわけです。小手先の藝當や、見えすいた技巧などでは「詩」という精密機械はできないのです。この位ならば、ただ理くつなしの無我夢中で、それこそインスピレーションにでも賴つてやつた方がまだ無難かもしれません。わたくしは、天才とか、天啓とかを否定したこの考え方の實現には、それこそ、ロマンチックな詩人たちの天才以上の天才を必要とすると思います。恐しく精度の高い工作機械の働きと、この上なく細かい仕上りの檢査と、それを一身にそなえていなければ、どうにもなるものではありません。詩作は、機械工作でいえば、設計から試作までによく似ています。

詩人は、まず前もつて、どのような感動を生むべきかを、自分で感じとつているのです。これは、つまり、新たに設計されるべき機械の性能を、技師が知つているようなものです。詩人は、技師のように、すぐに圖面を作りません。そのかわり、頭の中で考えに考えて、大體の形がまとまつたら、すぐに言葉を使つて、試作にかかる、わけです。試作しながら、詩人は、自分をその機械にかけて、性能をためします。そして、少しでもガタついたり、ゆがんだりするところがあれば、別の言葉を入れかえたり、組み立ての順序をかえたり、色々にして、豫定の性能に近づけて行きます。そして何度も自分を材料にして試驗してみて、これでよしと決心したところで手ばなすのです。

そこまでが、詩人の仕事で、あとは、讀者の方の仕事になります。もちろん、詩を讀者にわたすのは、出版者や編輯者や印刷所の仕事ですが、それも油だんはなりません。一字でも誤植があつたら、もう狂つてしまうし、へんな風に印刷されたら死んでしまいます。神經質な詩人は、けつきよく自費出版をして、自分の思いどおりの本を作りたくなるでしよう。そういう神經を持ち合せている編輯者や印刷者ならばよいが、そうでないと、土臺の悪い工場に据えられた精密機械のようなもので、まるで使いものにならないのです。

ヴァレリーの詩は、數としては多くありません。しかし、わかりにくいことにかけては、マラルメの詩にまけないのです。けれどもマラルメ以上に意識的な作品ですから、根氣よく解きほぐしてゆけば、やはりわかつて來ます。

よほどフランス語ができる人でも、一度でわかつてしまうというわけには行きません。フランス人自身でさえ、マラルメやヴァレリーの詩には苦勞しています。わたくしは、こういうむずかしい詩が、ほんとに詩の本道であるかどうか、もつとはつきりいえば、詩人としてのヴァレリーと、評論家としてのヴァレリーとどちらがりつぱか、少し疑問に思つています。もちろん一人の人間の仕事として、評論も詩もふくめて考えなければ、ほんとのことはわかりませんが、このフランス流の最後の偉大な觀念論者を、その意味で後世にのこすものは、やはり評論の方ではないかと考えるのです。それはそうとして、ヴァレリーの詩のよみ方を、ここで少し紹介しておきましよう。もちろん、フランスの原文で讀む話です。わたくしは、マラルメとか、ヴァレリーとかは、譯だけではむりだと思います。譯は参考になるという程度としか考えられません。しかも、ヴァレリーに從うならば、はじめにいつた通り、われわれ程度のフランス語の知識では、ほんとにわかつたとはいえないのかも知れません。だから、わたくしの讀み方をヴァレリーが知つたら、また別の意味で妙な顔をするかもしれないのです。

最初に、聲を出して、ゆつくり讀みます。新しい機械の設計圖を一應のみこむように、そうして、大體の見當をつけます。どんなにわかりにくい詩でも、何度かくりかえして讀んでいる間に、キラキラと光るようなものが所々に見えて來て、少しは見當がつくものです。そしてその間に、理解の怪しいような言葉を、のこらず字引で引いてしまいます。そして、一旦詩の全體をたどつてしまつてから、今度は、はじめから、一語一語ゆつくりと嚙みしめて、語と語とのつながりをのみこみ、詩句と詩句とのつながりをたしかめてゆくのです。今度は、少し大きな字引をわきにおいて、のみこみにくいところを、徹底的にしらべて行きます。われわれ外國人にとつては、マラルメやヴァレリーの詩ととりくむためには、字引がどうしても必要です。そして、だんだんに詩を自分の感性によつて組み立てなおしてゆくのです。一たんばらばらに分解して、あらためて設計圖に從つてくみ立てて行くわけです。そうしているうちに、詩人が、詩を書いて行つた時の意圖に、少しづつ近づいて行くことができます。もちろん、どんなに努力しても、詩人の創作の秘密にはふれることができません。なぜこんな言葉を持ち出したかと考えるのはむだなことです。讀者はどこまでも讀者です。しかし、讀者としては、讀者なりに、詩を組み立てなおして行くうちに、だんだんはつきりしてくるのです。徹底的に詩の言葉に從順になること。そして、詩の言葉のひき起すイメージを、油斷なく味わつて行くこと。このしらみつぶしの讀み方は、やつてみると、大變な時間とエネルギーを必要とします。しかも、エネルギーを費すことによつて、いよいよますます詩の效果が確實になり、やがて、大體暗記してしまうほどになつたら、最後の仕上げに移つて、ふたたび聲を出して全體を讀んでゆきます。その時には、もう、意味をさぐる努力は全く不必要で、ただ自分を空しくして、詩の言葉があたえる效果に身をまかせてゆけばよいのです。

實のところ、わたくしは、ヴァレリーの詩について、まだほんのわずかしか、こういう讀み方をしていません。しかし、この文章を書くために、手もとにある詩を、あらためて二つ三つ讀んでみました。例の有名な『失われた酒』(ル・ヴァン・ペルデュ)などは、そう苦勞しなくても、すぐにわかつて來ます。しかし、この詩については、彼の評論の中に關係の深いらしい議論があるのです。そんなことまで考えなければならないかどうか、ヴァレリーを好むか好まぬかは別として、わたくしには、彼を通過することが、やはりほかの人では間にあわぬ獨特な效果をもつているように信じられます。できるだけ解決を引きのばして、問と答との間を十分に豐富にすること、それによつて、答の確實性を裏づけること、これがヴァレリーの一步の仕事でありました。

(24頁よりつゞく)

不具な認識能力は先づ表現用具である言語の貧寒をもたらす。認知力、思考の貧困は言語の貧困をまねく。これは自から表現の貧困をもたらす。

形式はちんぷな型を脱しない。この型でないと詩ではないと考へ初め、これが信仰にだらくし、マンネリズムにおち入る。

われ〱の生活は無數の言語に滿ちてゐる。そして現實感覺として生きてゐる。しかるに、われ〱の詩は少數の貧しい言語で、しかも現實感覺に不足してゐる。

現實認識の不具不足はメタフアーとイメエジの狹さと貧しさをもたらす。遂にはメタフアーのためのメタフアーの惡習が訪れる。これは最早、現實に關係のない遊びにすぎない。封建的な藝道の域を一步も出ない。

僕は詩的で同時に現實的であるものを求める。これは「人間性」と「詩の自由」と「個性確立」を得て初めて現れるものである。

(一九四七・五月)

現代詩と人間性

木下常太郎

一

現代詩を讀むといつも失望する。不滿を感ずる。戰時中、戰前、戰後を通して詩人はいゝかげんに詩を書いてゐるわけでもなからうが、讀む人の全身全魂全靈にくらひついてくる詩が少い。

そんな立派な詩を作れる詩人は百年に一人出るか二人出るかだから註文するのが無理だと言ふ人もあるが、こんな調子だと百年に一人も現れ得ないと思ふのだ。

何かまちがひがあるのだ。全部がまちがつてゐるから、それで何のふしぎも感じないが、どこかまちがつてゐるのだ。

詩について何かまちがつた考を持つてゐるからかもしれない。詩とはかう云ふものだと信じこんでしまつてゐるその考へ方の型にまちがひがあるのかもしれない。

だん〳〵痩せてゆく詩。

榮養が不足した如き詩。

型通りの詩。

無意味な詩。

無感覺な感覺的な詩。

詩に不滿だからと云つて俳句や短歌に詩よりも餘計に魅力を感ずることも出來ない。詩だけに求めるものがあるから詩を讀むのだから短歌や俳句が面白いわけがない。

ときには、詩にまつたく絶望してしまう。しかし詩以外には言語で書いたものとして純粹によろこべるものがないのだからまた詩にみれんを持つ。つまらぬ女でも男ではみたせない女らしい純粹さがあるために、その女にみれんを持つのと同じだ。

それなら、自分は、詩に一體なにを求めてゐるのだ。何に餓ゑてゐるのだ。

たたかひを求めてゐるやうでもある。慰めを求めてゐるやうでもある。なぐられを求めてゐるやうでもある。

さう云ふものが眞實な美しさとして自分を突きとばしてくれることを求めてゐるのだ。

正常な人間の眞實な言葉を求めてゐるらしいのだ。

すると、今の詩人には正常な人間がゐないのかと云ふことになる。詩人でない人には正常な人がゐるが、詩人と云ふ人間のなかには正常な人間がゐないのかと云ふことになる。それとも、正常な人間としての詩人はゐても、眞實な言葉を何かのまちがひのために、はき出せないのだらうか。

しかし、そもく正常な人間とは何者なのか。どう云ふ人間なのか。

そんな人間が現在のやうな社會機構の中に存在し得るのか。

存在し得るのであるが、そんな存在の仕方をする意志がまつたく失はれてしまつてゐるのだらうか。

人類と云ふものは既に正常に生きると云ふ意志はなくなつてしまつて、蟻の社會の如くに、機械的な社會に機械的に無意志に、たゞ充分に食つて、うんと樂んで、子孫を殘して、生きてそして何の苦もなく死んでゆくと云ふだけになつてしまつたのだらうか。意志と言へば食ふ意志、遊びたい意志、交尾の意志だけで、正常に生きると云ふ意志は考へてもみないことになつてしまつたのだらうか。正常に生きると云ふことは食べ、遊び、眠り、そして單に死んで行くと云ふことになつてしまつたのだらうか。

生れてから死ぬまでの娛樂的人生。

人生はつひに娛樂にすぎぬことになつたか。

文明をほこりながらの娛樂的生命。これが生から死までの人間生活と云ふことに相場がきまつたのか。

人類全部が娛樂的人生、馬鹿さわぎの人生を生活の絕對的信仰にしてゐるとき、詩人だけがそれと異る人間的意志を持つて生きることは困難かもしれない。こんな時代には娛樂的な詩を人類に提供することが詩人の使命になつてしまつてゐるのかもしれない。

娛樂的文明的人生に不滿な者は何か新しい思考を持つてこの社會と鬪ふか、未來の健康な社會を夢みるか、過ぎ去つた昔の社會を夢みるかする。そして下手をすると女々しい弱々しい浪漫主義者になつてしまふ。しかも浪漫主義は正常な人間性には緣がない。浪漫性は正常な人間性に常に起るものであるが。これは丁度、合理性が正常な人間性には絕對に必要ではあるが、合理的機械主義は有害である如くである。

二

現代詩に正常な人間性が缺けてゐることは事實である。この缺乏が現代詩を貧弱な榮養不良にするのである。

現代詩はむしろ人間性を無視してゐるのを誇りにしてゐるやうでもある。

かう云ふ傾向には歷史的な理由がないわけではない。

現代詩人には、正常な人間性などを輕蔑する浪漫主義的傾向が强い。それが要するに平凡なものだからだ。しかし正しい意味での正常な人間性ほど驚くべきものはないのである。浪漫主義的な異常、獨創、夢想、戰慄、新奇、等の驚きの如きは、ほんとの意味での正常な生きた人間性の奧深さが與へる驚きにくらべると平板、平凡なものである。後者の與へるものは解放された全存在の發する不思議なものであり、固いモラルや信仰から出るものではないから。

僕の全存在をゆり動かす詩は、この意味の正常な人間性が發見した發見物を僕の前にたゝきつけた詩だ。

こんな詩は詩人自身が全存在を以て書くのでなければ出來ない。

現代詩人は全存在、全能力、全技術を以て詩を書いてゐるであらうか。

現代詩人の全存在の内容こそ問題のものである。

こゝに現代のヒューマニズムの問題が現れる。人間らしいといふ意味はとかく浪漫主義的に解されやすい。封建的信仰的心情の解する人間らしいは決して眞の生きたヒューマニズムの人間らしさを意味しない。

ヒューマニズムの人間は個性の明瞭な、自由な、獨立的な、感覺的官能的な、想像力がたくましいと同時に合理的唯物的な生命的存在である。浪漫主義的な「人間らしさ」とくらべればむしろこれは人間らしからぬものである。

現代詩人の存在の内容が人間主義でなくて半人間主義に満ちてゐるとき、彼等にどうして現代の眞の詩を期待出來ようか。

半人間主義に止つてゐる詩人は俳句か短歌を作つて滿足してゐる。

しかし現代詩は人間主義の詩人を待ちこがれてゐるのだ。

滿足出來る人間主義の詩人の少いことが現代詩を榮養不良にし、痩せほそらせてゐるのだ。このために自分の全存在をたゝきのめすと同時に全存在を空中に高める如き詩が少いのである。

極端な合理主義唯物主義が半人間主義にだらくし、これの反動として現れる浪漫主義神秘主義がまた主觀主義的な半人間主義の暗い沼にはまりこむことはルネッサンス以來の歴史が示してゐる。これらの半人間主義が詩を榮養不良にすることは日本の明治以來の詩の歴史がこれを示してゐる。

現代詩人の全存在がこのやうな半人間主義の域に止つてゐるかぎり彼等の全能力は、如何に彼等としては全能力をふりしぼつてみても、不充分なものであり不具奇型であることはまた止むを得ない。

半人間主義人の物に對する認識力は嗅覺と觸覺を缺いた奇型生物の認識力の如く不具なものだ。これでは物や人を認知探究して、これを他人に示してみてもそれを示された他人は何か物足らぬものを感ぜざるを得ない。如何にその詩人が彼の不具の能力の全力を出しきつてみてもである。

ところが、この不具の詩人はこの不具な能力によつてつくられた不具な詩を他人に强制して、これが解らぬ者は何か低級な人間であるかの如くに感じがちである。强制された人こそさいなんである。これは人間に人間性の一部廢止を强制し、人間たることを中止させる如きものである。これは丁度中世紀の僧が生命を否定することによつて人間を强制的に苦しめ生活を暗黒化してゐたと同じことではないか。

詩人のみが半人間主義でなく、一般の社會人も反人間主義の暗い大氣を呼吸してゐるのならば詩人の不具も不具にはならぬだらう。みんな不具者ばかりなら不具と云ふことはないのだから。たつた一人ゐる正常人こそ不具の最大なものになるのだから。

しかし、一般の社會人が人間主義の域へ進まんとしてゐるとき、詩人のみが古めかしい半人間主義の夢をみてゐたのでは、詩はだらくするのみである。詩は民衆を離れては育たぬのだから。來るべき民衆の先に立つて歩けぬ如き詩と詩人は、存在理由がないのだから。

詩人の不具な全存在と全能力は、それにつれて不具な技術を生み出す。

（21頁へつゞく）

故人抄

佐佐木信綱

「文は人なり」と樗牛はいつたが、同じく「詩は人なり」とおもふ。

人から詩は生れる。自分の知つてをつた詩人、もしくは詩を作つた人について考へて見ても、それらの人々は、詩にすぐれてゐたやうに、すぐれた人々であつた。

自分は幸に明治大正昭和の三昭代に生を享けたので、多くのすぐれた人を知る光榮と歡びを有してをる。

明治十五年に發行された新體詩抄の作者三人のうち、二人を知つてをる。

いま故人に就いて述べるにつけ、その作品について述べるのが本來であるが、茲には、自分の狹い胸の鏡に映じた作者のはつかな面影をうつさうと思ふ。

外山正一先生

外山先生は明治廿一年、自分が東大古典科を卒業したをりの文學部長であつた。身體が大きく音吐朗々たると同時に、江戸子風な面影が眼に浮んでくる。不忍の池の見える松源の樓上、先生と五六の人々とのみ招かれた席上のことである。落合直文君も自分も連つてをつた。食事後に、落合君とともに先生の前に行つた。落合君が種々話されたあとで、自分は中野逍遙のあることに就いて聞いた。中野逍遙というても知らぬ人もあらう。逍遙は東大漢文科第一回の卒業生で、卒業の年に不幸にも世を去つたが、その遺作集逍遙遺稿は岩波文庫にも收められてをる。「あること」といふは、逍遙の葬儀の日のことである。先生は棺前で哀悼の長詩一篇を朗讀せられたが、それは平素に似ぬ極めて低い聲であつた爲、親友の一人として棺前に近くをつた自分にもよく聽きとれなかつた。自分は「あの日の御朗讀はよく聞えませんでしたが」といつたに、先生は「故人の靈に告げる悼みの詩である。會葬者に對してのものではない。」と答へられた一言が、今もなほ胸底に殘つてをる。

因に云ふ、先生の鍾愛せられて來た末女隆子孃は、わが竹柏會の同人となられたが、病弱世を早くした。しかし、口譯宇治拾遺物語抄一卷は、そのかたみとして世に殘つてゐる。先生を德としてをられた上田萬年博士も、自分もその書の序を書いてをる。さういふ緣故から、先生の未亡人より、先生の手になつたシエクスピヤのシーザーの中の一篇の譯詩と、帝國文學に出た創作「喇叭手の最後」との草稿を贈られたので、秘藏してゐる。

井上哲次郎先生

井上先生は福岡人らしい强さと同時に、溫和な學者風で、その微笑をふくみつつ語られた聲音《こわね》は忘れがたい。先生が東大卒業の直後、三宅雪嶺博士などと共に東大の編輯方に勤務せられた時、亡父は年齢は長けてゐたが同僚の一人であつたので、自分は夙くより先生の知を辱うした。私ごとながら、亡父の十年祭の追悼會の折に、更に五十年祭の講演會の折にも、先生の講演を請うたことであつた。

先生が帝國文學に發表せられた「比沼山の歌」は、丹後風土記の說話によつた敍事詩であつて、當時としては珍しい作品であるが、惜しいかな、完結しなかつたと思ふ。晩年には短歌をも折々詠ぜられ、自分に示されたことであつた。

湯淺半月翁

明治十八年、湯淺翁が若冠にして米國留學の直前に刊行せられた「十二の石塚」は、植村正久氏の序文に、ユダヤの故事を記述せるものにして、日本には未だ類をみざる史詩《イピック》なりとあるごとく、劃期的といふべき作品である。

晩年の翁とは親しく交はつて、中野に訪ひ、西片町に訪はれなどし、文壇の懷古談に時の移るのを忘れたことであつた。翁は琵琶の名人で、その正しい傳統の最後の一人であつた。

自分の還暦の雅宴が日比谷の山水樓で知友によつて催された時、自分は翁に囑して「八島」を語られんことを請うた。當日の案內書にその由が書かれてあつたので、若い學士數氏は、平家物語の活字本を持つて來て聽いてをつたことであつた。また目白なる藤田家に同人が集ひ、翁の琵琶を聽聞したことがあつた。時は五月、廣間の前なる古木の白玉椿——椿山莊の名におふ椿の花は少し咲き殘つてをつた。それを前にして、翁はゆるやかな調子で二曲を彈ぜられた。

山田美妙君

明治十九年に、山田美妙君が新體詩選を公にした。その序文には、新體詩抄系の作品にあきたらず新作したとあつて、紅葉山人の昔生歌一篇と、美妙君の四篇等がある。美妙、紅葉の二家については、覆冬刊行された「隨筆」十一月號に思ひ出を記したこととて、ここには省略する。

（以下嗣出）

日本詩の音律

林　髞

若い時に、私は詩を愛讀した。よく讀んだとは言つても、考へてみると、さう澤山ではない。例へば英國のではブレークやバイロンや、多くの人が讀むとは言へないであらうW・Hデーヴィスなどでアメリカのではポオやホイットマンやこれもまた人の讀まないであらうローウエルなどを、それから獨逸のではハイネとデーメルを、露西亞のでは、クリーロフやブロックを——然しいちばん感銘をもつて讀んだのは、何と言つても佛蘭西の詩人達のものであつた。

折から日本では三富朽葉、福士幸次郎、萩原朔太郎、金子光晴、佐藤一英などの自由詩の發展がつゞいてゐる時であつた。その次の段階と思はれる、春山行夫や三好達治などの時代には、もう私は日本の詩は讀まなくなつて了つてゐた。

だから、その後の日本の詩壇については殆ど知らない。知らないとは言つても、眼に觸れる機會はないではないので、私は日本の詩壇が、自由詩をすてゝ了つて、三好達治や西條八十の古典調へうつり、一方にまた散文詩へとうつり、今は全く自由詩（ギュスタヴ・カンの意味の、そして福士、萩原の意味の）は古くなつてゐると見てゐるが、さうであらうか。

さて、然し、自由詩をすてて了つて、古典調か、さうでなければ散文詩に行つて了つたと言ふのは、私が日本で自由詩と言ふのは、古典調（軍歌調と言つてもよい）を打ち破つて新しい音律を求めようとした考へ方だと理解してゐるし、それが散文詩と言ふと、音律をすてて了つて詩の内容だけとつたものであり、古典調へかへつたと言ふのは古典音律へもどつて、詩の内容を捨てたと理解してゐるのである。

私は、日本の詩が、世界共通の詩と言ふものになるためには、自由詩でなくてはならぬと信ずる。それは、今でもさう信じ、從つて日本の詩が將來步む可き道も、もう一度自由詩をとりあげることにあると信ずる。

ところが、その自由詩が捨てられたのは、日本語の音律と言ふものが、はつきりつかめないで了つたことにあると思ふ。日本語に音律と言ふものはない。あれば古典調であると考へて了つたところにあると思ふ。

古典調從つて古典語でなくては凡そ日本語には音律なるものはないのであらうか。これが英語や佛蘭西語や獨逸語と異るところであらうか。私は、さうは思はない。現代語には立派に音律があり、それは日本語として、廣く私共の傳承する言語の音律であり、それをもととして新しい音律を生み出すことの出來るものであると、信ずる。これは生理學的にもさう言へる。

ところが、その音律は、西洋語の音律とは似ても似つかぬものである。そのことはある時期に誰しも感ずるのであるが、さてそれなら、それはどう言ふ音律であるか、それが判らぬ。

このやうな意慾をもつ人に、私は、判らぬながら、その道は開いてあると指摘し度い。それは岩野泡鳴がはじめて洞察し、それを受けついで、福士幸次郎が、あるところ迄發展せしめてゐる理論である。

あの理論は、あの先きがある筈で、一つの岩にぶつかつてゐるだけで、その岩をうちくだいて先きへすゝめば、開けてくると、私は感ずるのである。

それをうちひらく道はないか。それは二つか三つあると思ふ。一つは呼吸と日本語との研究から來ると思ふ。もう一つは明らかに詩の内容の分節を研究するところからくる。そしてもう一つは西洋の、特に佛蘭西語の詩の音律の研究から來るであらう。

前二者をまづやつてみ度いものである。然しそれは理論だけではうまくゆくまい。やはり詩作が伴はなければ打開出來ない。この點は、理論と實踐と一緒にゆくより外はないのが詩と言ふもの丶宿命で、他の文藝學とは異るところで、私などのすぐに踏み入れることの出來ないところと感ずる點である。

詩壇時評

終戰後の日本の詩壇で、何よりも訝しいことは、詩人たちの精神の根底に戰爭による苦惱の體驗があらはれていないことだ。深刻な精神的な掘下げ、精神の苦惱が、作品の上にも評論の上にも現れていないことは不思議である。例へば戰犯を追及する方もされる方も、まるで人ごとのように無反省であるし、作品をへうせつする方も、それを非難する方も、すべてこの最大で根源的な問題から全く遊離して、ただかまびすしくあげつらつているに過ぎない。そして大抵の詩人たちはこの自分たちの過失の結果に對して、ただ華美に喘ぐか、あるいは家鴨のように平面的にうたつている。精神のことは上の空で、たゞスタイルのみを氣にし、戰爭中にかむつた戰闘帽のかわりに、埃まみれの戰前のソフトを頭にのせている。新人は兄貴たちの古帽を有難く拜領し、兄貴たちは更に曾祖父の逸品を頂いてこの新時代を謳歌しているように見える。これはなんといふかなしい詩壇概觀であらう。

このことは藝術派の詩人たちについても言へるし、左翼の詩人たちについても言へることである。又それは作品についてばかりでなくエッセイについても同然である。大騷ぎしている詩論の中に何の新しい世界の展開もなく、ほとんどすべてが回顧的詩論の反覆にすぎない。働きざかりの詩人ですら「近代詩說話」などといふ說教を本氣でかくに至つては、それに一面の意味はみとめるにしても、その態度の根源において、およそ詩壇におけるラヂカルな精神の貧困を證明するものであるといふことが出來るであらう。

×

こうした傾向を左翼詩派について見ても、その主要詩誌である「コスモス」で、小野十三郎が丹念な詩論のパラフレエズを開陳するだけで、別に新しい左翼的詩論の展開はどこにも見られない。作品について言へば小野十三郎の「冬の旅」、壺井繁治の「斷章」(コスモス第五號)等の主動的作家の詩も、ここでは單なるありふれた藝術派の作品と何の變るところはない。この作品には、秋山清のいふ人民詩精神は全くの留守だ。むしろ宮廷文學のモラルがあるばかりである。しかもそのカヂカンだ小技巧的形式は古い技巧派のエピゴオネンにちかい。幅ひろく奔流する新しい左翼的詩精神の見られないのは殘念である。しかしながら、往年の猥雜、粗笨なプロレタリア詩から見れば、左翼的詩人がこのような藝術的教養をもつようになつたことは、一面の進步であると言へないことはない。これは長い彈壓の期間における、やむを得ざる藝術的トレエニングの成果とでも見ることができるであらう。いづれにしても、この陣營においては、作品の上に左翼詩としての新しい文學的モラルが發見確立されることが、最も重要な課題とされるべきであらう。

×

又、藝術派に屬する詩人群を見わたすと、中堅、新人ともに華々しく賑つているように見えるが、どの作品を見ても、さてこれといつて新しいイデエの芽生えを發見することもできぬ。

僅かに北園克衞がその作品の上で、發作的に且つハッタリ的に怒つて見ただけで、それも、單に感覺的に憤つたにすぎず、又そのエッセイの中でも何らこれといつて積極的な新しい思考の基礎と方法とを示さなかつた。

その他はもはや言ふに及ばない。詩はダンスのごとく通俗的に復活して旺盛をきわめているにすぎない。抒情といひ、浪曼といひ、この高貴な精神を、彼らの安易な逃避文學の口實として持ちまわり、ながら、今日われわれの近代詩が遭遇した最も重大な試錬の時期を素通りして了はうとしているように見える。

これはモダニストたちについても言へるし、三好達治の文學の亞流たちについても同樣に言へることである。モダニストたちは古い宇宙觀の中で詩の純粹性を追ひかけて空回轉し、三好達治の亞流たちは古風な回顧的咏嘆の中で身も世もあらぬ姿態で悶えているにすぎない。こうした傾向が現在の詩壇を蔽ふ概觀であるが、世間もこのやうな通俗的な傾向に一應滿足しているのであらうか、これに對する嚴格な批評を今だに聞いたことがない。

しかし實際はこれからの全く新しい、しかも力づよい新文學は、まづこうした甘つたれたミューズを虐殺するところから出發しなければならないのではないか。

×

毎月發行される詩誌の數は最近ますます多く、たちまち机上に山をなす。けれどもその多くは上述のいづれかに分類されて了ふところのものだ。一般の讀者相手の讀物雜誌ならいざしらず、かりにも專門の機關雜誌である。これを科學の專門誌に比較すると、詩の雜誌がいかに熱意の足りない、いいかげんなものであるかがわかるであらう。こうした無智とでたらめで日本の新文化の一部門を科學と共に背負はうなどとは滑稽きわまりないものと言ふべきであらう。

コルビジエ門下のある有名な建築家が、日本の詩人に對して「僕の仕事は、君たちの詩のやうに蒲團の中で製作されるのとわけがちがう」と放言したことがある。それは現在日本の詩人たちに對する痛烈な皮肉である。

日本の詩人たちは、あまりに勉强しなさすぎる。その無智の故に、彼らがその詩を基礎づけるアングルは、いつも氣分的、且つ天才的ならざるをえないのである。

若くて新しい詩人は、一日も早くこの日本詩人の封建性を追放する責任を負ふべきである。

リルケとヴァレリイ

河盛好蔵

リルケとヴァレリイの交渉について書いてみたい。

Ｊ・Ｆ・アンヂェロスの『リルケ研究』によると、リルケが始めてヴァレリイの作品に接したのは一九二一年の春であるといふ。それを立證するものは『ミュゾット書簡集』第四十九頁であるさうだが、いま手もとにこの書簡集がないので、その內容を調べることができないのが殘念である。しかし、その年の歳末に、ミュゾットの城館からクサーフェル・フォン・モースへ宛てた手紙のなかには、「ポール・ヴァレリイは、約二十年といふもの沈默してゐて、數學を勉强してゐたばかりか官吏の職にもついてゐたと思ひますが、—彼の詩の言葉が落着きはらつて決定的であるのは恐らくこの我慢强い節制のおかげではないでせうか」（佐藤晃一氏譯「若き詩人への手紙」）といふ言葉が見出される。

ヴァレリイが二十年間の沈默を破つて『若きパルク』を發表したのは一九一七年であるが、彼が當代隨一の詩人として漸く具眼の士の注意を惹くやうになつたのは、クルチウスの報告する如く、一九二一年であるから、常にフランスの文壇の動勢に注意を怠らなかつたリルケも、この頃にヴァレリイを讀み始めたのであつたらう。しかし他のフランスの詩人たちとは違つて、ヴァレリイのリルケに與へた驚異と、影響の大きさは決定的なものであつたらしい。まことに詩人の出會といふものには神の意志が働くのであらうか。もしリルケが二十年早くヴァレリイを知つてゐたら、これほどの熱情をこめて彼を讚美はしなかつたに相違ない。なぜなら、その頃、リルケの探し求めてゐたものは人生の師であつて、詩の先生ではなかつたからである。「藝術家はいかに生きるべきか」といふことが彼の最大の關心事であり、さうしてその問に最も大きく答へてくれたのがロダンであつたのである。

しかし一九二一年時代のリルケはさうではなかつた。一九一四年の大戰以來詩作に乏しく、久しい間の自己探究を、何らかの大きな作品に結實させようとして日夜苦慮してゐたリルケにとつて、現在、最も重大な關心事は「いかにして創造すべきか」といふことであつた。價値のない事物に心を奪はれてゐる人々の眼を逃れてゐる偉大な眞理をいかにして述べるべきであるか、詩人としての使命をいかにして充たすべきであるか、といふのが彼が絶えず自らに課する深刻な疑問であつたのである。彼は敬愛する詩人のヴィルドラックに向つて、自己の苦衷を打ちあけて次のやうに書き送つてゐる。

「機械の一切の部分品を眼の前に並べながら、それを組み立てることのできない時計工を、人はどんな風に考へるでせうか」と。彼はヤコブセンに沒頭し、またロダンに師事した時代のやうに、「未來に屬する分散した破片」を彼自身のうちに集中することを許してくれるやうな、そのやうな偉大な人の模範を探し求めてゐたのである。このやうな危機に於けるヴァレリイとの出會が、リルケにとつて、いかに大きな出來事であり、また啓示であつたかは推察するに難くないであらう。まづヴァレリイは彼と同じく詩人であつた。言葉による藝術家であつた。しかもこの詩人は自己の藝術を知性によつて見事に支配してゐた。創造する「自我」の周圍に集中された自我をゆるぎなく支へることを知つてゐた。この詩人によつて、思想と詩が再び固く結びつけられ、詩に不可思議な光輝が與へられてゐた。知性を認識の道具としてのみ考へず、それを創造の道具と見、且、それを鍊磨し、それを使用してゐる、眞の知性の詩人を彼はヴァレリイのなかに見出したのである。

リルケはその女友の一人に宛てて、「ヴァレリイが私のところへやつてきた。私にできることはそれを飜譯する以外にはない。私を本當に探してゐてくれたのはこれだつた」と昂奮して書いてゐる。またモニック・サン＝デリエ夫人は、「私は孤獨でした。私は待つてゐました。私の全作品が待ち受けてゐました。ある日私はヴァレリイを讀んだのです。さうして私は自分の期待が充たされたことを知りました」といふリルケの言葉を傳へてゐる。彼がヴァレリイを發見したのは一九二一年の春であつたが、翌年の二月十一日に『ドイノの悲歌』が、つづいて『オルフォイスへのソネット』が書かれたのである。もしヴァレリイとの出會がなかつたら、この偉大な作品は遂に生れることなくして終つたかもしれない。

リルケは一九二一年から、「最も豐かな創造力をもつ詩人」と彼の考へたヴァレリイの「海邊の墓地」を飜譯し始めたのであるが、二二年から二三年の冬へかけても彼はこの譯業を續け、『魅惑』のなかに含まれた主要な詩の殆んど全部を、嚴密な韻文に飜譯したのであつた。前記サン＝テリエ夫人は、「ミュゾットの靜寂のなかで、ヴァレリイの詩句は、誤ることのない時間と、欺くことのない沈默の秤にかけられて吟味されたのである」と書いてゐる。リルケはこの譯詩を美しい中世風の書體で丁寧に清書して、それを褐色の皮で裝釘して肌身離さず愛藏してゐたが、後にヴァレリイに讚仰のしるしとしてこの詩集を贈つてゐる。

ヴァレリイが、イタリヤ旅行の途中、リルケをミュゾットの城館に訪問したのは一九二四年の四月であつた。この訪問はいたくリルケを悅ばせた。この時のヴァレリイの印象が、後に、『リルケへの感謝』（一九二六年）に寄稿された、あの美しい、有名な文章なのである。「始めてあなたにお會ひしたとき、そのなかにあなたを見出したあの極度の孤獨に、いかに私が驚いたかをあなたは覺えていられるだらうか。——もの悲しい山々を見はらす廣漠たる風景のなかに、極めて小さい城館が恐ろしいまでに孤立してゐた。くすんだ家具。狹い明り窓。物思ひに沈んだ古風な部屋部屋。それらは私の胸をしめつけた。」とヴァレリイは書いてゐる。後にリルケが、『マルテの手記』の佛譯者であるモーリス・ベッツに語つたところによれば、この二人の會談は世にも樂しいものであつたらしく、ヴァレリイが暇を告げる頃には、彼らは休暇の日の學生のやうに、お互ひにはしやき合ひ、ふざけ合つたといふことである。

リルケがスイスの山地ヴァリス地方のミュゾットの城館に居を定めてから、この地方ではフランス語が話されてゐるために、彼にとつてはアングルのヴィオロンともいふべきフランス語の詩作を始めたのであるが、それらの詩篇はヴァレリイの賞讃するところとなつて、彼の主宰する詩文誌『コメルス』に掲載されることになつた。これらの詩は、リルケの言葉を借れば「私の心のなかに間歇的に起る或る要求を充たすため」に書かれたものであるが、「それは實際この上もなく美妙なものである。たとへそのなかにヴァレリイの詩の――謂はゆる影響ではないが――しかしそれを注意して讀んだことから生じる微かな痕跡は見出されるとしても」とシャルル・デュ・ボスが書いてゐる。さう云へば、リルケの「眠る女」のなかには、ヴァレリイの同じ題名の詩の痕跡が明らかに見出されるやうに思はれる。次にその一節を並べてみよう。リルケは堀口さんの譯を、ヴァレリイは菱山氏の譯を拜借する。

睡眠に閉された女の頬
それは味ふとしか見えない
自らのうちには滿ちて
餘所には類《たぐひ》のない音聲《おんじやう》を。
（リルケ）

魂はやさしい假面によつて花の匂ひを吸ひながら、
私の若い戀人は、こころのなかに、どんな秘術を燃してゐるのか？
彼女の天眞爛漫な情熱は、どのやうな虚《むな》しい糧《かて》で、
眠る女のこの輝かしさを生み出すのか？
（ヴァレリイ）

リルケのフランス語詩集には、『果樹園、附たりヴァレの四行詩』（一九二六年）『薔薇』（一九二七年）『窓』（同上）『手帖、附たりフランスの友人たちへ献詩』（一九二九年）の四冊があり、一九三五年には以上の四冊を一卷にまとめて『フランス語詩集』と題してポール・アルトマンから刊行されてゐる。このうち『薔薇』にはヴァレリイの序文が附いてゐる筈であるが、私はまだ見てゐない。尙、リルケの譯したヴァレリイの『詩集』は一九二五年に『ユーパリノス』は一九二七年に、いづれもインゼル書房から刊行されてゐるのは周知のことであらう。

ミュゾットの城館の書齋には、ドイツ語の書物としては、インゼル書房からの寄贈本と、ドイツの友人から贈られた書物以外には見出されないのに反して、フランスの文學書、特に戰後のものが極めて豐富であつたと傳へられるが、これはリルケのなかにあるディオニソス的なるものが、漸次にアポロ的なものに代られつゝあることを示すものではないだらうか。このことは、晩年、ミュゾットの城館を出て、彼が南フランスやもしくはスペインに、云ひかへれば地中海的世界のなかに新しく居を構へることを考へてゐたことと相通じるものであらう。ヴァレリイの作品の飜譯は、彼の藝術を豐かにし、また何らかの改變を加へることによつて、彼に新しい、別個の

新綠

奈雲正司

ひと夜
滴るやうな綠に洗はれて
僕は透明になつた

その僕の肌を　五月野の風が
清清しく冷やして行つた

塵も　暗さも　足跡も
たつた一つの憧れも
みんな洗ひとられて　僕は限りなく樂しく
濡れてゐた

何にも持つてゐないといふことは
こんなにも樂しいものだらうか

ふと目が覺めると　夜更に
僕はきびしい孤獨を感じた

暗闇の中に
煤けた天井から吊つてある十六燭光の電球が
白いガサガサしたものを
僕の心に塗りつけてゐるのだ

この新綠の夜更けを　遠いもののやうに
僕は唯耐へながら
心はまたも虚しい一點のみ見つめる

表現の手段を教へたに相違ないが、もしこれらの新しい可能性が、人生についての彼の新しいヴィジョンに適用されたときには、眞實の『地の糧』がリルケによつて書かれ、片山敏彦氏の云はれる「極めて純粋なディナミスムと形の精神とが作品として一つになつてゐる」多くの實例を見ることができたことであらう。一九二六年の十二月の始め、彼がヴァレリイの飜譯をロシヤ人の秘書に口述してゐたとき、突然、兩手で頭をかかへて「駄目だ、駄目だ」と呻き聲を發し、それから容態が日ましに惡化して、遂にその年の暮に五十二年の生涯を閉ぢたのであつた。

「その生れによつてリルケは、さまざまの民族と宗教と文明が入り交つてゐるヨーロッパの中心に置かれた。しかし彼は、ホフマンスタールのなした如く、この複雑で微妙な、またデカダン的諸傾向の發展にあまりにも好都合な雰圍氣のなかに自己を固定しなかつたといふ偉大な功績を立てたのである。彼はスラヴとラテンの世界のなかに、缺くことのできない豐饒さを探し求めるべきであると感じた。スカンヂナヴィヤから北アフリカに至る、またロシヤからスペインに至るヨーロッパのあらゆる國々が、彼の作品に寄與した。もし『時禱詩集』と『よき神さまの物語』が特にスラヴ的であるとすれば、『マルテの手記』と、とりわけ『新詩集』はパリに於いて、パリとロダンから生れたものである。詩人の全思想の結晶ともいふべき『ドイノの悲歌』と『オルフォイスへのソネット』は確かにドイツの作品であるけれども、しかしもしフランスの國土とヴァレリイの與へた模範と教訓がなかつたなら、それは決して生れはしなかつたであらう」と前記アンヂェロスが書いてゐる。（一九四七・六・二〇）

城左門

失題

木《こ》の葉のそよぎ、水のせせらぎ
雑草の小さな花、滴《したた》る水音

小鳥のさへづり、飛ぶ影
夕方から降り出した雨……

道草をしたり、雲を眺めたり
午睡を貪《むさぼ》つて大欠びしたり

人との約束はなるべく避けて

明日の豫定など精々、立てず
足りる足りないを氣にかけず
酒があつたら遠慮なく醉ひどれて
うつとり暮らさう、悔いなく生きよう
一日を惜しんで――古陶を撫でるやうに
ああ、朝が來る、日が暮れる
樂しいではないか。

三好豐一郎

夕映

夕映の、そこに何の秘密があるか？
黒い小さな一羽の鳥が、
一日の希望の名殘り、夕映の殘燒を身にあびて、
高く遠く、雲の峽を越えてゆく。
空氣はつめたく澄んでゐる、
そのあへぐ喙までがはつきりと見えるほど……

睡りに落ちるまへのひととき、私は想ひ描く。
かなしいまでに美しい今日の夕映を。
熱い眼瞼の裏を暗轉する地球のうへで、

みもだえる一羽の小さな鳥影を。
血を吐きながら、わななないて、
わななきながら、咳込んで、
天と地のあはひ、金と緑の燃えあがる夕映の水に落す、
脱出の苦惱の影を。
――それはだんだんに遠去かる。意識から。
夢と現のいりまじる茜の映えを追ひながら、
やがて私は沈んでゆく。
睡眠の暗い底へ……。

嵯峨信之

ひとの世といふこと

それがひとの世といふものです
いくつもいくつも夢をかさねながら　それが雲のやうに消えてしまふことが
どこか遠くへ翔びたつ鳥の羽音をきいた夕べもあれば
山奥のひそやかな湖に落ちる木の實のかすかな音をきいたこともありませう
なにかしらはてもなくひろがつてゐるものの端を　たれか未知らぬひとが持
つてゐるやうに感じながら――。
荒れはてた柵にとり圍まれた庭の傍を通りすぎて　ふと自分のこころを覗い
たやうな不安が　いつまでもつづいたときなど――
このごろはただ眞つ白い小さな空間を　小さな時がながれてゐるばかりです
わけもなく賑やかなひと通りを歩いてきて　わたしは疲れた身を横へます

なにごとも水車のやうにわが身のなかに繰りかへしながら
大きな夜がしづかに傾斜する窓ぎわで眠りにつきます
ある大きな手からわたしだけにつづいてゐるいつもの深い眠りを

ながれ

僕をゆるしてくれ　水よ
流れる水は僕を涯のない悲哀へおしながす
水よ　どうしてその手でなにもかもゆすぶるのか
絶えまなく自らの髪の毛さえも
わななく黒い河岸よ
ひとところへ止《と》どまらうとする長いゆらめきよ
その中へなぜ僕を封じこむのか
僕の頸《くび》のあたりにすがりつく長い水影を解いてくれ
水よ　どこで僕を受けとめるのか

加藤周一

別れの歌 第三

私には信じられない、秋の野に
甦へる　言葉は溢れ、あかあかと
夕暮の夢は　はるかに　燃えるのに、
野の徑に　あの跫音は　ほろびたと、

あゝ　いつも彷ひゆくと　云ふのだらう？
青ざめた望みを　空に　喚びながら、
さやうなら　友よ　何時の日　會ふのだらう？
咲くのだらう。いつの日か、この秋の薔薇？

窪田啓作

SONNET op. 1

すべての悼《いた》む時の外れに
驅けゆく薔薇の鐘鳴り渡り
死ぬ波の聲白く滴たり
影らを招く――絹の濱邊に

此處　海と空のこのあはひに
(…夢の獸《けもの》は昨日《こぞ》の日の森
金の傷痕木の間に薫り…)
佇む「我」は何の想ひに

季節《とき》は去り、祭も歌も死に絶えた
今はもう　過ぎた日の旗、たゝまれた
想出よ、ほろびずにあれ、いつまでも！

私らの孤獨の奥に　閉ぢてゐる
金色《きんいろ》の昨日の扉は（明日さへも
知らぬ時！）又開く日を　待つてゐる……

（一九四二年）

――マチネエ・ポエティーク作品――

闇を畏れる瞳の窓に
今日の形見と雲らは投げる
髪と寶石《いし》との喪の花束を

燃え去る愛の旗の彼方に
絲を謳ふ小島は消える
水泡《みなわ》の幸《さち》のさまよふなかを

（一九四二年）

――マチネエ・ポエティーク作品――

村野四郎

詩法

前面から
時間がはいつてきて
僕の體内にわだかまる
そして それはうごめく
この無限に長い條蟲
僕の憔悴はここから來るか
僕は詩を粉にしてのむ
すると
尻尾のさきが少し切れて瀉《くだ》つた
背中のうしろの方で
樹々が搖れる
光をもみあふ樹の葉たちの若い聲がする

小川富五郎

現象

わたしが笑ふと
あたりが
浮き立つてくる
妻は化粧をする
戀人のやうになる
ふたりはあてのない散歩に出る
わたしはたくさんの煙草を吸ふ
落葉を踏む
陽が
妻の肩にくる
わたしはやはらかく
その肩を抱く
あたりが
夢のなかのやうになる
花の一面に
咲いたやうになる

友よ

黒田三郎

善意のみを求めて
遂にすべてを失つてしまつたのであらうか
帽子も
地位も
戀人も

おづおづと差出される白い喫い手を
ふり拂ふがいい
美しい言葉のささやきを
硝子のやうにこなごなにしてしまふがいい

外に凭れかかるものが何も無いからといつて
廢墟のなかで
不用意に凭れかかることを注意せよ

たれにも打明けられぬ秘密のやうに
近寄る者悉くの命を取る青い湖水のやうに
沈默のみがふさはしい

虚僞の辯舌を瓦礫のやうに踏み
雜草のやうに伸びるものを押しわけて
ひとり背を見せて行く友よ
雲のみの美しい日に
ポケットの穴から
友よ
パンのかけらがこぼれ落ちる

井手文雄

近作四篇

たそがれ

電車のポール
仄青き火花を放つ
つかれたる街の
かすかなる呼吸《いき》の如し
高き空に
落日の光あれど
街は早や
人氣なく暮れゆかんとす

海

朽ち傾ける門を開きて
朝《あした》の海を見るは哀し
鬱したる心晴れんとすれど
海あまりに蒼く
光あまりに明るければ
心かへつて哀しむなり

林檎

闇市の林檎美し
落日の光を浴びて
つやゝかに輝きたり
値あまりに高ければ
購ふに由なけれど
たゞ眺むるはたのし
遠き國より運ばれつらん
その國今は
ふかぶかと
雪に埋れたるらん
うす汚れ、ひしめき合へる
人ごみのなかに佇み
しばし仄かなる旅愁に浸る

光

光あまねければ
心かへつてむなし
遠きところを想へども
身を動かすに由なし
たゞ靜かに坐して
一日のすぐるを待つ

瓦斯燈の女

武田武彦

蔦のある煉瓦壁に僕の黒い影が古新聞のやうにへらへらとよろめくあたりに、青い蝙蝠のむれが重たい翼をばたつかせ、淋しい涙をながしながら這ひまはつてゐる。

曲り角に古風な瓦斯燈が風に吹かれてゐる、點火夫が走り抜けて行く、あとに胸を病む女の吐息がともる、妙になまめかしくぽつかりと雨傘をひろげたやうに。

どこからともなく人力車が到著する、そこには眞ッ青な着物を着た女が乘つてゐる、An woman under gaslight. ふしぎな瓦斯燈の女、大正の頃の幻燈畫から抜け出して來たやうな女、僕はそつと語りかける、昔の話、白ッぽい脚絆をつけた行列の通つた寺町の話、座敷牢のあるといふ大きな屋敷の話。

瓦斯燈が明滅する、女は横顔しか見せない、僕は何のために語りかけるのであらう、手足はこんなに冷い、額は火のやうに熱い、どこかで夜鴉がわめく、蔦の葉が落ちる。

瓦斯燈の下の小さな輪、蒼ざめた空氣のながれてゐる輪、人生の墓場、僕はこの墓場の中に生きてゐなければならない、絶えず靈魂の悲しい羽ばたきを聞きながら、この小さな輪の世界に、自殺といふ文字の幻覺になやまされながら。

僕の肉體には魂がない、僕の魂には肉體がない、悲しい肉體と魂との分離のあとに、尤も近代的で殘虐な自殺方法を思考する、それはあの生ぬるい夜風のやうな阿片の濫用である、そこで僕はカラカラと笑ひ、輪の外にはッしと石を投げる、と見れば、ふしぎな幻影、あの瓦斯燈の女は見えない。

現代詩叢書批評

便り

詩集『春愁』の著者へ

乾直恵

田中さん
その後お障りございませんか。過日、青柳寺で、高祖保忌句会のをはつた日の夕刻お別れしてから、日毎に雨が多くなり、むしむしする日がつゞき急に夏めいて参りましたが、如何おすごしですか。

さて只今は、あの節ちよつとお洩しになつてゐた詩集『春愁』を御恵送いたゞきまして誠に有難うございました。この詩集はおそらく終戦後の貴兄の第一冊に屬するものかと思ひますが、それにしても最初の『青い夜道』から數へて第何番目の集にあたるでせう。次次とまとめられたものは大抵いただいて大切に保存してゐましたが、今次の戦災のために失くしたものも數點あり、今、これを繙く機會に他のものにも一應目を通して、貴兄の步んで來られたこれまでの詩集を振り返つて見度いとも思ひながら、それすら意のごとくなりませんのは、何んといふかなしい落ちつきを失くした私達の日日でせう。

それにしても『春愁』を繙いてゐると何んと心がやすまつて來ることでせう。ふる里の山河に向ひ合つてゐるときのやうに、或はおだやかに田舎道を逍遙して行くときのやうに……。そしてそれは純粹素朴な日本の田舎であり、春夏秋冬に分れてゐる日本固有の季節の中から立ちのぼるきめの細かな情緒であり、われわれ日本人同志なら誰でもすぐ親しみやすく、味ひぶかく、うなづき合へるほどのものであります。しかし現在のわれわれはさういふ情緒に心ゆくばかり陶酔したり、入りびたつたりすることが許されませんのは如何してでせうか。

藥屋さん　その柿の木の下で一
　休みして
それからゆつくり手風琴をきか
　せて下さい
あなたの鞄の藥より　その手風
　琴の音律が
私達には心の疲れの藥になるの
　ですよ

「藥賣り」といふ中でのべられてゐるやうに、如何して現在のわれわれにとつては、藥よりも音樂によつてでなければ癒されない心の疲れを覺えるのでせうか。或は「炎天」といふ中でうたつていられる

ああ　私はそんな村の蔭々とし
　た　風通しの好い座敷で
何も彼も一切忘れてゆつくり晝
　寢がしたい

のは如何してでせうか。現在のわれわれがさういふ疲勞を心身に感じるのは何故でせうか。そしてまた「村にて」と題して

むかしの用水堀は埋められて
今そこには芋の大きい葉がゆれ
たうもろこしの花が咲いてゐる
　ばかりだ

とこんな風にもかいてをられるけ

れども、河童や金太郞の栖居であるその用水堀が、如何して埋められ、彼等が何故そこから締め出しをくつたかについては、何もお書きになつてはをられない。さういふことに對して、私はいまここである種の思想的な解釋や説明や暗示や象徴を貴兄に求めてゐるのではありませんが、貴兄がこれまでよりもう一歩突つ込んだ態度で自然や現實を御覽んになれば、自然や現實には今まで貴兄に發見されなかつた部分がさらに新しくあらはれて來ることでありませう。言ひ方を換へれば、貴兄はあまりにお人よしにすぎるとでも申しませうか。それ故にともすると現象や自然の表面だけを描いて裏面を描かうとはなさらない。いや、いつまでも進んで自ら裏面を覗かうともなさらない向きがありますが、只今の私にはそれが少々物足りなく感じます。

けれどもまた一方では「終驛」の中で

山間の小さい驛は終驛であつた
私は其處に揭げる酒屋の廣告の
　文案を草した
――溪谷の名產、
山の祭に　里の祝に　町のつ
　どひに
ひとりしづかに
　醉美
　　　　――吟釀
それは山の時雨に突に濡れるで
あらう
そしてまた旅人の目にもさびし
　く濡れるであらう

とうたひ、或はまた「雪の日」の中で

雪の日はいつのまにか
どこからともなく暮れる
こんな日　山の獸や鳥たちは
どうしてゐるだらう

などとうたつて、見ずしらずの旅人や山の鳥獸にまで心をかよはせてをられます。これはとりもなほさず貴兄に開いてゐる內側の目であり、かなしみもあたたかさも知つてゐるこの目の成長は、やがてはフランシス・ジャムのやうな一つの宗教的なものにまでたかめられて行くことを信じます。そしてその瞳のやさしさが、その愛情のあたたかさが充分行きとゞくやうになつたとき、貴兄の詩には一そう奥深い、重量のある根を張つて來ることでありませう。

詩集「信濃の花嫁」の純粹性

阪本越郎

★

はじめて武田武彦といふ詩人に會つたのは、銀座裏の某書店の二階であつたと思ふ。坊主頭の田舍出の少年のやうな風體であつた。この詩人がさいきん結婚をした。と、それとほとんど入れちがひに「信濃の花嫁」といふ處女詩集を贈つて來られた。武田武彦が「信濃の花嫁」をもらつたのか、「信濃の花嫁」が少年のやうな詩人を生んだのか。この邊はいささか僕をまごつかせた。なんといふ鮮やかなダブルプレイ！戀の二部合唱《ヂュオ》！

またこの詩人は容易に閑とピストルとの探偵小説家にも轉身する。詩できたへた手腕に充分物を云はせるところは、アラン・ポウのやうな凄味である。僕はこの轉身にも羨望に堪へない。

詩には新らしい頭腦が必要だ。皮膚感覺や思ひ附きといふものは、鍍金のやうにはげやすい。近代の詩は知性による自己への集中が必要だ。自我を自由に解き放つために、イマアジュとイマアジュを結ぶファンテジイが必要だ。作品は詩人のオリジナルな轉身であるべきだ。

武田武彦といふ新らしい詩人は、かういふ轉身の自由を内に所有する、新らしいタイプの詩人ではないかと思ふ。

★

詩集「信濃の花嫁」はたとへば紫陽花《あぢさゐ》のはなのやうな濡れた感覺をもつてゐる。それに、手をふれると、六月の哀愁がこぼれてくる。これは、この詩人が何か美味なロマネスクを内にもつてゐる證據だ。

「薔薇の花」が咲いてゐたり、「山繭の蛾」が這つてゐたり、「山風呂」の中で泣けたり、山百合の花が匂つてゐたり、白馬の新雪が見えたりする。この透明な風景はそのまま、この詩人の內なるセレニテに適ふ外部の環境だ。作者のセレニテは、遠い月夜の向うのせせらぎのやうに僕等の心を靜かにしてくれる。このセレニテこそ貴重なユマニテだと僕は思ふ。雜多な感覺感情の中から作者はそれを選擇し、設定し、地位づけるからだ。

★

この詩集は、鄕土望景詩集である。「信濃大町は、葉ざくらのかげ濃き、靜かなる山の町なり」といふ、山國信濃の「ふるさと」を歌つた詩集である。作品の主題には、この山國での感情の目覺めと、しづかな初々しい心のトレモロとがひゞいてくる。

「信濃の花嫁」といふ題名のやうに、田舍出の處女のやうなつつましさをもつてゐて、好ましい。どこか遠い遠い記憶の彼方で、泣いてゐる幼い戀びとを思ひ出させた。

かういふ感動は近頃にない美しい感動であつた。近頃の若い人の詩は、ともするとメタフォアの過重にすぎて、詩としての水々しい感銘の前に、詩的な餘りに詩的な言葉が生硬に立ちふさがつてゐるやうな氣がするのだ。

だが、この詩集のつつましさは、またもどかしさでもある。もつと大膽に詩情の中に突き進んで破つて入つて、內側から抒情することが出來さうに思へるのだ。

この意味で、「月夜の花火」のやうなすぐれた詩境から、この詩人の新たな出發を期待したい。

月夜の花火

家を失つてからは
月夜でないと心細い
湖《うみ》沿ひの町へ來てからも
月夜でないと眠れない
こよひ
外は美しい幻燈畫のやうな月
夜
波の音さへ光がある
白玉を食べながら
花火を揚げた少年の日を思ひ
月夜に花火を揚げてみる

………………

新らしさへの志向は、詩らしいイマアジュを作らうとする詩人の自己限定から脱出するところにあるのではあるまいか。

ともあれ、詩集「信濃の花嫁」の詩人は、靑春の出發を「新らしい抒情」に求めた。そのポエジイは精神が自分自身から遠のいてゐるのを快しとする。詩人の精神は現實を超えて永遠なるものへの鄕愁を感ずる。それは僕等の蕪雜な日常生活をして、その生活から遠くにある、純粹なるものへの憧憬である。それはまた僕等の生きてゆく生活の支柱となるものをそこに見附けようとしてゐるのだ。この詩集が何かしら切なく僕等の心を打つのは、さういふ純粹性にあるのだと思ふ。

（一九四七・五・二七）

『哀しき涉獵者』のサタイア

安藤一郎

岩谷健司氏と相知るやうになつてから、まだ極めて日が淺い――また、彼の詩歷についても、詳しいことを述べる材料を持たない。

そこで、この三十二頁の詩集『哀しき涉獵者』に、すべてを賴らなければならないのだが、さうすると、何か初對面の人の印象を語る、といつたことになりはしないだらうか。

印象といへば、彼は、痩身端正な青年紳士で、いかにも知識人らしい物靜かな態度に終始してゐる――そして、好嫌ひのハツキリした潔癖性が窺はれ、細緻な考へ方と內にひそめた情熱には、どこか書齋にこもる學徒的なものさへ感じさせるが、それだけでは、まだその性格の全部を言ひ盡してない。

もつと他に、何かがあるやうだ。ここから、私が便宜上、人間論から、彼の作品に立ち入る一線を求める、小さな推測になるのだが、むしろ都會の貴公子のやうに落着いた、この詩人に、知的に磨かれた憂愁の影を見るのである。

およそ昏昧の懷疑は
信じ易いこころから生れる
光の影に添ふごとき

「序詩」の第一聯に、柔かいパラドックスを掲げる彼の本領は、確かに、諷刺的精神である。だが、それは、強烈粗野なものでなく、一種の優しさをもつた、レモンのやうな冷諷なのだ。かういふ人生觀を彼に抱かせたのは、いつたい何であらう、といふことになると、いまは私に說明し難いところである。

十五篇の中から、特に諷刺的傾向の濃い作品を擇ぶと、「希望」「眞盜の回想」「終點」など、結局一番出來榮えのよいものになる。

終點

終點に近附くと
約束のやうに灯がともる
悔恨の　そして紫の
憧憬の港で乘込んだのは
あれはまだ明方だつたが
祈願、懊惱、歡喜、絕望、放埒
五つの主要驛を經廻ると
非情の車掌が集札に來る
「この列車は
間もなく終點でございます
皆樣　お忘れもののないや
うに」
だがこのうへなにを忘れよう
ごまかしの切符の皺を伸して
私は最後の審判を待つてゐる

サタイアの詩は仲々六ケ敷い――屢々抽象に陷り易い上（右の詩もその危險を冒してゐる）、單に、機智と比喩で、小器用にまとめ上げるだけに留まつてしまふからである。思想の統體を押出すか、イメヂの世界を築くかしないと、サタイアは、常識的な警句に化して、詩の美しさを保たない。線香花火のやうな機智と比喩の散發を、モダニズムの詩だと思ひこんでゐるのが、世間には餘りに多い――人間觀、自然觀の思考がないのは、諷刺といふことにならない、といふことを知るべきである。

さういふ意味で、この詩人のニヒリスティックな苦さは、次の詩に、よく出てゐると思ふ。

眞盜の回想

かたくなに耳を閉じ
目のみ大きく見開いて

石は炎天に挑んでゐた
烈しい草いきれの中に臥し
熟れぬ木苺を噛緊めながら
私は人生に唖してゐた

石は死なないことを
私は死ぬことを
ああいづれが嚴しく耐えてゐたらう

詩集「秋風への回想」について

小林善雄

秋風のひびきのなかに、回想のピラミッドが採集されてゐる。回想の建築師は、秋とともにあり、しかも秋を靜に眺めてゐる——これが城左門詩集「秋風への回想」のグリムポスだ。

半年ほど前、〈一つの道路〉といふ題で、同じ著者の詩集〈日々の願ひ〉を、美學的な抒情から、人間的な愛と叡智の生み出す抒情への回歸といふ觀點から、批評した。（詩風廿一・十二月）そこでは近代詩が一つのタヴウとして、切り離した人間性のなかに降りてこなければならないことを論じて、音樂的な内部的世界から、繪畫的な外部的世界への近代詩の移行を指摘してみたのである。

今度は詩のテンポといふ觀點から、〈秋風への回想〉を批判してみよう。

詩にはそれぞれのテンポがある。ワルツのやうなものもあれば、パツソドブルのやうなものもある。映畫や小説にスピードがあるといふやうに、詩にもスピードがあるとか、ないとかいふことができる。ところで近代詩は、これまであまりにスピードを要求しすぎた。速度は勿論、速さばかりではなく、同時に方向をもつものでなければならない。速さだけで、方向をもたない速度は、全く危險である。われわれはいままで、その速さだけで、回轉し飛躍してきたのであつた。

〈秋風への回想〉は速度に乏しいかもしれない。しかしそこには一種の安定觀がある。ジヤコブのいふ詩の位置がある。それは詩人たちの胸中にあるアプリオルのやうなものだ。

詩を作り
人に示し
笑つて、自ら驕る
——ああ、これ以外の
何を己は覺えたであらう？
この世で、これまで……。

これがこの詩集の序詩である。

この序詩こそ、詩人の胸中深く、二重の底にひそめたスプリング・ボオドであるにちがひない。

この詩集には、秋を季節として扱つた抒景的な詩と（秋の寺）、季節とともに季節を歩み、季節の斷層が浮びあがつてゐる詩（あきかぜ、晩秋日記等）との二つの系列がある。

夫々異つた味ひをもつてはゐるが、抒景的な詩は、靜止しすぎてをり、雰圍氣やニユアンスが、完成されてしまつたといふ意味で、あまり興味をひかない。その點〈あきかぜ〉や〈晩秋日記〉のなかにある

その頃、かれは秋風のことを考へてゐた。あの水のやうな十月に吹く風を……。（あきかぜ）

冬は、遠緣の老人のやうに門を潜つた。（晩秋日記）

といふ體臭の方が、はるかに好もしいし、著者の面目躍如たるものもあるわけである。季節を單にモチイフとして、配置したのでもなければ、裝飾的に使つたのでもない。秋は作者そのものであつたのである。

また〈秋風語〉の戯曲的な効果やサチリカルなパントマイムをみ逃してはなるまい。この對話を、適當な演出で生かしていくと、興味のある朗讀詩にもなる。

いかなる不協和音もいつかは平凡な協和音となつてしまふ。不協和音の尊重される世界では、不協和音も協和音としてのモラルをもち、協和音がファウンデエションとなる逆説を考へてみよう。ダリはリアリスチックな正面圖の上に位置してゐた。

僕はこの詩集を、單に南畫風の枯れた境地とのみ思ひたくはないのである。

岡田宗叡

梅花襍記

六つの點が、梅花形に、構成されている、私の家の紋、幼時、父祖の衣類に、白く抜かれているのを、まなこ新らしく、驚ろいたことを想う。

生長した、私の衣類にも、その古風な象徴は、置かれた。それを着て、私は、妻を迎えた。誰もがするように。

雪裡一枝開、梅花をたたえた、この章句を、私の出發の爲に、妻との出發の爲に、用意されたものと、私は、信じた。

☆

低い丘のかげに、陶房があつた。丘の樹々は、まだ、芽吹いていない。楪であろう、その梢々を、すかして、薄い雲が、流れている。

陶房の入口にある、紅梅の一株が、美しい。紅梅は、枝のすみずみにまで、花をつけ、その、花を飾つた枝は、四方に、延びていた。

それは、まるで、踊りに用いられる、花笠が、踊り手を、待つているような、華やかさであつた。陶房の、轆轤のように、廻轉する、花瓣であつた。

☆

川堤を、いつしんに、駈け下りはしたが、別に、深い悲しみが、あつた譯ではない。

水のほとりの、紅梅に、稚兒觀音が、たゝずむように、寂かに、咲いていた。

扇谷義男

發足

いつか僕の天蓋に疲勞を捲く眩暈が栖む。額がつめたくなる。物書く僕がガクリと頭をおとす。あたかも日沒の信號機《シグナル》みたいに。——冬の、ましてずたずたに裂かれたシーツの海。その底ひにある羽搏かぬもの。折れ曲つた僕の內側で、いつまで燃えてゐる美しい炎。惰眠の手から、かるい重量がすべり墮ちる。あ　非情の本。

——やがて漠たる二條のレールが天に架り、かがやく鈍重な音が僕の扁べつたい胸を壓しつぶす。荒ぶる轍の吐息で。——と、不意にその騷擾な靜けさの中で、僕はハッキリと脈搏つ僕の血液を聽いた。僕に戾りかける現實の表情。いまこそ僕は正確なエンヂンを唧へる。けれど僕の周圍に何があるといふのだ。僕はもう何處へも遁げられぬ。けむる蟄眠。やうやく僕におしよせる最後。ここにして僕は、僕の墮ちてゆく道があるのを知る。うそ寒い死のかたちを眞似て。——絶望の時がながくながくつづいてゐる。

終に三十歳の諦觀がなにか安堵に似たものを僕の手に握らせる。一瞬、豪然たる車輪の軋音が稻妻のやうに僕の薄い胸壁を打擢いた。澄める虛無の獨樂があつた。

——風に犇めく鎧戸。錆びた蝶つがひ。あければそこから幅のある瀧となつて、眩しい曙がふくれてきた。

第一回詩人賞選定について

戰後の新しき詩の光榮とその名譽のために、それにふさはしき詩人を選定し、詩人賞（金參千圓也）を贈呈し、その詩作活動を顯彰したいと思ひます。
それにつきまして、左記の如き詩人賞銓衡委員（交渉中）の無記名投票により、決定いたしたく、尚、投票のためには、左記雜誌（交渉中）の、終戰後より本年六月發行現在までの號における掲載作品よりと限定いたします。

昭和二十二年五月二十日

詩學（ゆうとぴあ改題）編輯同人

城　左門

岩谷　滿

參加豫定誌名

蠟人形、現代詩、ルネサンス、四季、詩風土、詩人、純粹詩、ＦＯＵ、爐、詩風、建設詩人、コスモス、詩と詩人、詩學、新詩人

（順不同）

參加豫定銓衡委員

三好　達治　春山　行夫　小野十三郎
神保光太郎　田中　冬二　長田　恒雄
杉浦　伊作　岩佐東一郎　北園　克衛
笹澤　美明　阪本　越郎　丸山　薫
北川　冬彦　淺井十三郎　臼井喜之介
野田宇太郎　安藤　一郎　村野　四郎
竹中　郁　安西　冬衛　竹内てるよ
江間　章子　西川　滿　花村　奬
門田　穣　木下常太郎　野上　彰
福田　律郎　岡崎清一郎　菱山　修三
近藤　東　寺田　弘　城　左門
岩谷　滿　武田　武彦　嵯峨　信之

（順不同）

『現代詩』の立場

杉浦伊作

『現代詩』の創刊は昭和二十一年の二月、終戰以來、まとまつた詩の總合雜誌としては、岩佐東一郎君の『近代詩苑』しか出てゐなかつた。それも一二號で廢刊になつたので、『現代詩』は創刊當時からの、詩壇の公器的存在として、その節操を固く守り通して來た。次いで昨年中には、『コスモス』や『詩人』『ゆうとぴあ』『純粹詩』が發行され、各誌は又夫々の特色を發揮し、夫々の立場に於て公器的な存在を以て、續刊されてゐる。『現代詩』だけが、きいー本の公器といふ存在ではなくなつた。

夫々の雜誌は、夫々のアイデアをかかげながら公器的存在にあらうとした。『現代詩』も、も早無色透明的な公器存在といふのも、いささか旗色が淡すぎる感が出て來たので、『現代詩』は現代詩としての特色を出すために、特に、エッセイに力を注ぎ、毎號特に特輯號を企劃し、その特輯として、特に、詩壇の問題となるやうなトピックスを取りあげて來た。「物故詩人追悼號」「現代詩を語る座談會の特輯號」を二回、「詩人の散文特輯號」「エッセイ特輯號」「現代詩人作品特輯號」「近代フランス詩人特輯號」「新進詩人特輯號」といふやうに。特に、『現代詩』の特色を表明すれば、詩作品を大切に取り扱ひ、敢然として、詩の一段組に先べんをつけたことにある。

編輯者の獨裁的な色彩をなるたけ、ひそめてゐるつもりだが、いきほひ、編輯者の意志は反映して、寄稿家詩人は、選ばずして、どうやら前衞詩人をまうらした感があり、いささか、古い系統の詩人及これらの亜流の小兒病的な詩人をけいゑんしたがために、大部これらの詩人からそしりを受けたが、これらには意を介せないところまで進んで來た。これからも、現詩壇に貢獻しないやうな、毒にも藥にもならないやうな詩人には、依然として呼びかけないであらう。

イデアとしては、どうやら期せずして、リアリスト詩人に多く寄稿して貰ひ、ヒューマニズムに終始した感がある。と同時に、感性のみの抒情詩に一げきを加へ、主智的抒情詩の確立に馬を陣頭に進めたの觀もある。永い戰時中から、詩の純粹性が失なはれてゐたのに鑑み、これを軌道に乘せるがために、現代詩に再檢討を加へ、意味なき自由詩の行あけ等の問題を整理せんがため、新散文詩運動に拍車をかけた。これには、よかれあしかれの批評の言はあるとしても、現在、全國幾十幾多の新人の同人雜誌に現はれる新人の作品が、新散文詩の型式が多く取り扱はれてゐるのは、大いに貢獻するところのものがあつたと信ずる。それに依つて、どれだけ自由詩の性格が變貌したかは、新人の雜誌『純粹詩』誌上に現はれてゐる散文詩の作品を見れば顯著のものがあらう。彼等が標傍するところのネオ・サンボリズムの如きは、如何にしても、新散文詩の型式を執るのがもつとも賢明であるかを、彼等は良知したからである。かつて、壺井繁治氏は、『現代詩』こそ、あらゆる黨派とか主義を超越して、かかる黨派、主義者の對抗論戰の壇上としてはとの忠言があつた。

かかることを可能ならしめるの位置にある

『現代詩』である。實行もする方針である。

抒情について

詩風土編輯室

詩の本質は抒情にある。吾々はそれをしばしば繰りかへして揚言してきた。戰爭の以前に於て、戰爭のさなかに於て、或は戰後の混沌のなかに於て。それは詩に對する絕對の愛と、あまりにも詩の本質を忘れた一部の人々に對する憤りとからであつた。それは一時の潮流や、主義と拘りなく、永遠に動かすべからざる本質であり、時流の如何に影響されるものでない。かうしたきまりきつた事をことごとしく言はねばならぬ處に、日本詩壇の悲しき性格があり、吾々の今日まで運動をつづけてきた所以があつたのである。

近代詩は一應外國詩の影響によつて今日あることはいふまでもないが、決してそれは突然變化的に、生れ出たものではない。その一行一句にも、吾々は歷史的生育のあとを思はねばならない。恰も今日ある日本語の一字一語にも國語史の道統のふかさを思はせる、さまざまのかげのあるのを知るごとく、それは根深く吾々の生活と共につながりきたつてる。

新しい現代詩といふことは、誰もいひ、誰もが希求する題目である。然し新しいといふことは決して新奇といふことでない。むしろ永遠に通ずるものこそ、眞に新しいといふべく、新しい現代詩とは、決して單にフォルムやスタイルの問題でなく、新しいイデアをもつことでなければならない。新しい酒は、古い袋に盛れぬといふ。そこから新しい形を求めるのはいい。しかし、それは方法論であつて、本質に於ては、少しも「抒情」の精神をすてることであつてはならない。

「詩」は感情に愬へる文學である。それを、理智にうつたへようとする所に、主知主義の根本的な誤りがあり、分析し、解剖してゆくのは、つひに詩を解體してしまふことである。むしろかかる主義は、哲學に、繪畫に、それぞれ、そのおもむく所に從つて消え去るがよい。

吾々は、近代の智性を不要とするのではない。それは詩精神をみがく上に、必須のものである。しかもそれは直接「詩」の目的ではなかつた。近時若き世代に、再びシュールリアリズムや、主知主義的傾向がみられる。彼らは知性の爪をとぎすまし、詩の形をした行分け散文を作爲してゐる。

うたふことを忘れたこれらの悲しきエトランゼに、吾々は正しき詩の方向を見せようと希ふ。うたふとは、節をつけて唱ふことでない。口語でも文語でもよい、心の中の湧き上る感情を、概念としてでなく、言葉の眞の意味をもつてうたふのである。うたふことを忘れた近代人を、今こそうたふことのふるさとに導きたい。分り易いやさしい日本語（それを低俗だと信じてゐる人は言葉を知つて詩を知らない人である）で誰にも分る詩を書き、また紹介してゆくであらう。

私の意圖してゐる方向

門田穰

「蠟人形向き」といふ言葉を聽くことがある。果してどんなのが「蠟人形向き」なのか？私には明確に解らないのだが、さう云はれれば、そんなものがあるやうにも思ふ。或は、こんな言葉を使ふ人と、私の判斷したこの言葉の內容とには、大變な懸隔があるかも知れないが、兎に角、「蠟人形」には自らに備はつた性格があるからに違ひない。――「蠟人形」には、過去に十五年の閱歷がある。第一次の「蠟人形」は昭和五年五月に創刊されて、昭和十九年二月、その當時、都下で刊行されてゐた數種類の詩誌が統合される迄續いた。――この間に形づくられた性格があるに違ひない。この間、編輯に携つたのは、佐伯孝夫氏、加藤憲治氏、大島博光氏などであつた。編輯の擔當者には交替があつても、主宰者は恒に西條八十先生ひとり。そして現在までの編輯者は總て先生の門下生であつたから、どの編輯者も、みな主宰者である先生の精神を體して事に當つたであらうといふことが想像される。さうすると「蠟人形」に備はつた性格といふのも、西條先生のそれなのではなからうかと考へられる。

終戰後、昭和二十一年六月に、第二次の「蠟人形」が再び刊行されることになつた折、更めて私が編輯を擔當することになつた。私は勿論、主宰者である西條先生の精神を繼承して事務を處理し、その體裁もなるべく過去に築き上げられた「蠟人形」のそれを再現したいと念願した。と云つても無批判に舊套を追ふ意志は毛頭ない。過去から現在に涉つて一貫して流れてゐるその精神を吟味した上で信奉してゆき度いと考へてゐる。「蠟人形」編輯者としての私の責務は、主宰者である西條先生の代行であると考へてゐるからである。

併し、昨年六月再刊第一號以來、今日まで一年餘りの編輯には、主宰者の意に反したやうな點も多々あつたこと、思はれる。西條先生が依然として疎開地に停つていられたために、充分に先生の意を體することが出來ず、獨斷で處理した事も尠くなかつたからである。その折々に、私は「蠟人形」の使命といふやうなものに就いて究めてみた。

即、「蠟人形」は西條先生の主宰誌であるが詩壇の公器であるといふこと。西條先生の精神は盛るが、これは決して狹量なものではないといふこと。そして詩の純粹で且、正統な流れの上に立つものであるといふこと。廣く世界の詩に目を向けること。過去に於ける日本の詩は決して海外のそれに較べて遜色がなかつたことを自ら認め、一層の發展に寄與すべきこと。その爲には新人を育成すること。文化國家日本を建設するに當り、國民が皆詩人となるべきやう務めること。今日の所謂大衆詩と言はれてゐるものを藝術的に高めること。それと同時に今日の所謂藝術詩に缺けてゐるものを償ふべきこと。他の姉妹藝術との交流に務めること。等々。――斯くて「蠟人形」を名實共に詩の綜合雜誌としてその機能を充分に具へたものとしたいと念願した。併し、頁數の制限その他の障礙のため、私の意圖が、どの程度まで實現されたかは頗る疑問だと思つてゐる。

現在のところ、「蠟人形」は詩境の公器として、雜誌そのものには何らのイデオロギーもスローガンもない。だが詩作品は結局、詩として、作品として、形式的にも思想的にも完成されてゆくべきだと信じてゐる。詩論その他は、この立派な詩作品が生れる迄の途上に傍系的役割を演じるものではないだらうか。日本の現代詩に古典と稱さるべき、詩が生れるまで、今日の詩には色々な課題があるのではないだらうか。國語の改革だとか、音樂性の缺除してゐることだとか、極めて不明瞭な韻律の問題だとか、複雜極まる形式の問題だとか。だが、これ等の問題は總て、作品そのものの上で解決してゆきたい、詩人は詩人らしくこれ等の問題を一擧に解決し得るやうな詩を示してゆきたいと念願してゐる。——こんな點が若しも他の詩誌と變つてゐるとすれば、變つてゐる。前掲の「蠟人形向き」といふやうな言葉も、こんなところから生れてきてゐるのではないかと私は解してゐる。——「蠟人形」が覘つてゐる詩は、こんな詩なのである。

こんな詩を得るために、不日、「蠟人形」が明確な旗じるしを掲げるやうな時機が到來することがあるかも知れない。その秋には、「蠟人形」の性格に就いても、又、編輯の目安に就ても、もつと具體的に明確なことが言へるやうにならう。私はいま、主宰者である西條先生が「蠟人形」を主宰されていられる意圖をこんな風に解してゐる。そして私の努力をこんな方向にむけてゐる。

FOUの覺え書

★、FOUは、阿呆の集りではない。自らを《ハクチ》と思うものは本物の《ハクチ》ではない。しかしぼくらが現實に向うとき屢々苛酷なリアリズムの齒と齒のあいだに、自己の肉體を發見し、またおのれのエスプリが猛然と怒號したい慾望を感じることがある。そのとき、きみは自らを《ハクチ》に變形したいと希んだにちがいない。

★　地球はたしかに間違いなく運行しているか。荒廢した人間精神が、肉體の飢餓の前に敗走をつづけている光景。ぼくらの生存そのものは矛盾である。個人と社會が對立する以前において、きみのエスプリはきみの獸的な肉體を引き裂かねばならぬ。

★　ポエジイを、現實からの一種の逃避の姿において捕えるか。現實の醜惡な網の上を渡る民衆のなかにもとめるか。俗な言葉でいえば、藝術派と社會派がポエジイの外をくるくる歩きまわつている。

★　主張は、抱負は、目的は？　ところがぼくらには何もないんだ。新しい衝撃の發見、ぼくら自身を打ちのめすポエジイの一撃。更にいえば、肉體も、精神も、つまり一個の人間をずたずたに引き裂くような強烈な嵐を豫感するのが、FOUの仕事である。シュルレアリズムとプロレタリア藝術論の間に架けられた丸木橋をつくる。そして出來あがつたポエジイの橋の上に立つて途方に暮れ、ああ、誰かのように谷底に墜落するか。あるいは仙人のように昇天するか。

★　この覺え書はFOUクラブに屬する一詩人が書くものにすぎない。これはFOU聲明

癈者

吉村英夫

名を求めず
金を持たないといふもよし
つきつめても　なくなつても息してゐる
そしてゆくところまでゆく
納屋《ナヤ》の裏で　をんなはゐる
糸をくり　亂れた髪のまま泣きつづける
水のやうな青い汁をすすつては
何氣なく人と話をしてゐる
さうしてをんなは病氣をする

頸筋のふつくら白い線の憐れさ
灼つく陽なたにうたれるもよし
目まひして倒れるもよし
ただ愛くしいものだけが動作である

中のあまり大したものではない一部分にすぎない。理由は、FOUの詩人は藝術方法において一致しているのでもないし、その人間的な思想において共鳴しているわけでもない。偏見や憎惡や友情やのきわめて交錯した感情の上で、どうやら《ハクチ》を好むことにおいてのみ、いくらか似ているらしい。

★　これほどいつてもFOUの主張を聞きたければ、二十九名のクラブ員一人一人に聞き給え。FOUは一人一黨である。つまり外部からの制約をできる限り拒否する。自我や社會を相手にする時間でさえ不足し勝ちであるのに。

★　藝術の世界では權威はない。自らのポエジイに權威が在るのみだ。ぼくのミューズは決してきみには惚れない。きみを愛し、同時にぼくを愛すのは、ミューズではあるまい。ただの女さ。

★　ぼくの沙漠の美しさと苦痛。これはきみの想像は許しても味うことのできぬ禁斷の果實である。ミューズはぼくのものだと悟つたならばすでに論爭は不要だ。ときどきFOUの一頁を引き裂いて、涕でも拭くにかぎる。

八幡市西通町二丁目岡田方　FOUクラブ

編輯後記

城左門

○『ゆうとぴあ』を改題して本號から御覽の如く『詩學』と稱する。内容體裁共に一變を期したのは云ふ迄もないが、時間的に面目一新といふ處迄漕ぎ付け得なかつたことは遺憾である。今後、號を逐ふと共に所期の目的に副ふやう努力することを誓ふものだ。

○『詩學』の目的とする處は何であるか、と讀者は恐らく問はれるであらう。先づ第一に詩壇の公器的存在たらしめようとする點は、今迄通りだが、今後は、單なる詩壇的雜誌であるに止どまらず、廣く、文學的綜合誌たらんとする野心抱負が異なる點だ。この場合の文學的とは、詩學的といふ――つまり詩精神を以て貫かれた綜合誌といふ意味である。

○由來、わが邦に於る綜合雜誌といふものは多くその基盤を經濟に置いた。經濟面の角度より眺め、批判、指導した綜合である。それを『詩學』は、文學面――詩精神を踏ンまへた上で行なはうと企圖するのだ。この企圖は或はそれ自身で處女地であり、又冒險であるかも知れない。だから或は、やり甲斐のある仕事かも知れない。これ迄に政治的文學は多く存した。譬へば左翼文藝の如く。けれど文學的政治は曾て存しなかつた。『詩學』は、かかる發展をも併せ野心する。

○然しながら、『詩學』は、その交流と啓蒙とのみに力を注いで、詩を等閑に附すものでは斷じてない。詩の本質たる、高踏、孤高の精神を蹂躙するものではない。利用面のみに重點を置き、その源泉を枯らす愚を行なふ者ではない。却つて『詩學』は、他面の導入に依つて詩それ自體を培はうとする、とも云はれる態度であらうか。

○改題第一號の爲に、些か開き直つたかの如き言辭を弄した。要は宣言よりも實行だ。今後の本誌に、江湖の御援助を乞ひ、嚴しい批判、指導を乞ふ。

社告

前號『ゆうとぴあ』第六號掲載の近藤東氏の詩『海邊にて』は、近藤氏と本誌との連絡の手違ひに依り、既に他誌に發表ずみの作品なるにも拘らず本誌に再掲載といふ不體を惹起した。

近藤東氏の手落ではなく、本誌編輯部の疎漏に依る處で、氏の御迷惑を思ひ、氏及び讀者に陳謝すると共に、責任の所在を明かにする。

編輯部

詩學 第一卷第一號 八月號
定價十八圓（送料二圓）

昭和廿二年八月廿五日印刷
昭和廿二年八月卅日發行
發行人 編輯人 岩谷滿
印刷人 楠末治
東京都板橋區志村町五
印刷所 凸版印刷株式會社
東京都中央區新富町三ノ九
表紙印刷 慶友社
東京都中央區日本橋室町四ノ三
發行所 岩谷書店
電話日本橋(24)九三〇一―三
振替東京 一〇〇、三三四
會員番號 A二〇九〇一四

購讀料
半年分 一二〇圓
一年分 二四〇圓（送共）

現代詩叢書

第一期十冊

一齊發賣

定價各二十五圓
送料各三圓

昭和二十二年八月二十五日印刷納本
昭和二十二年八月三十日發行

詩學

第一巻第一號

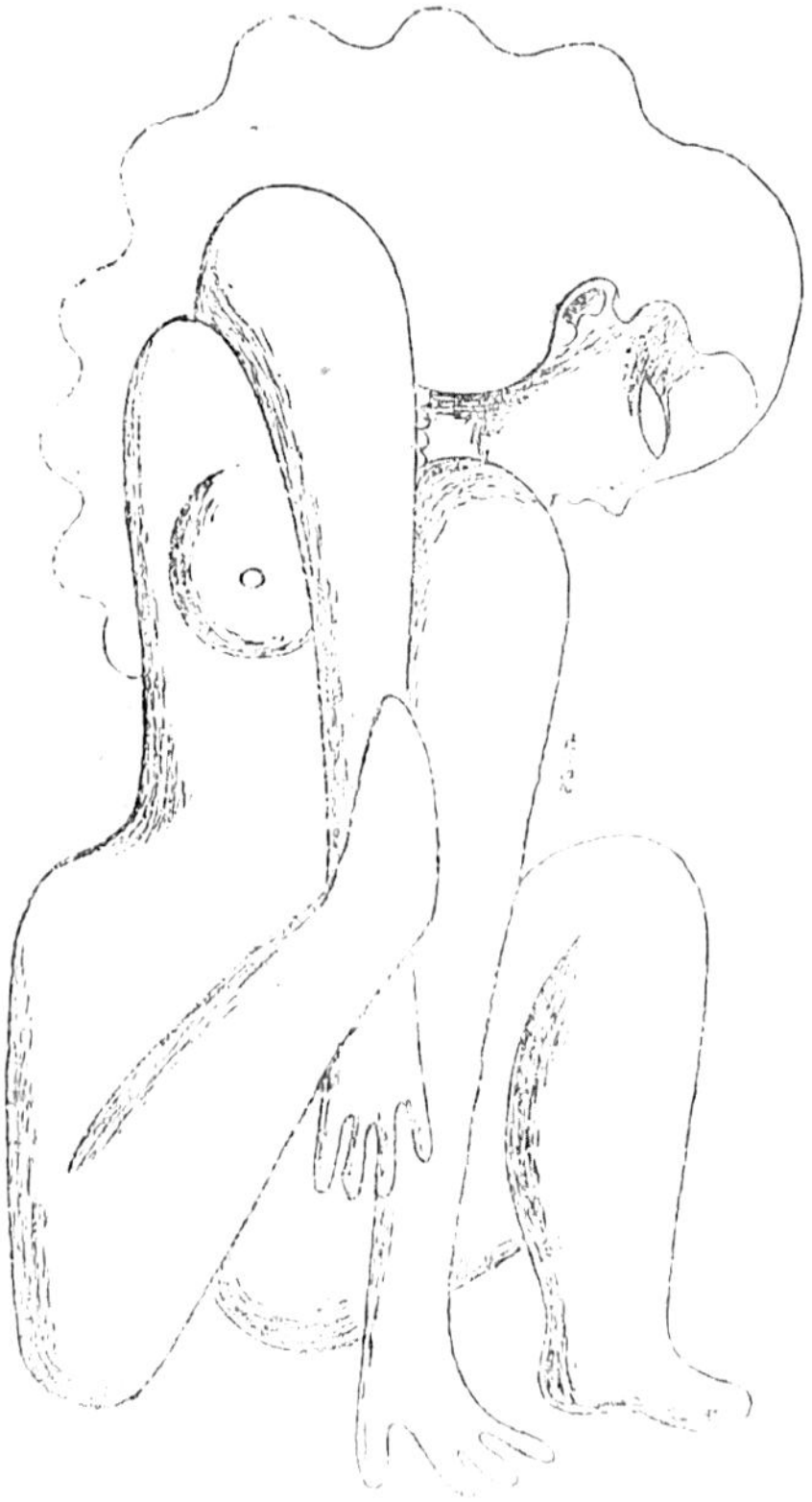

定價十六圓

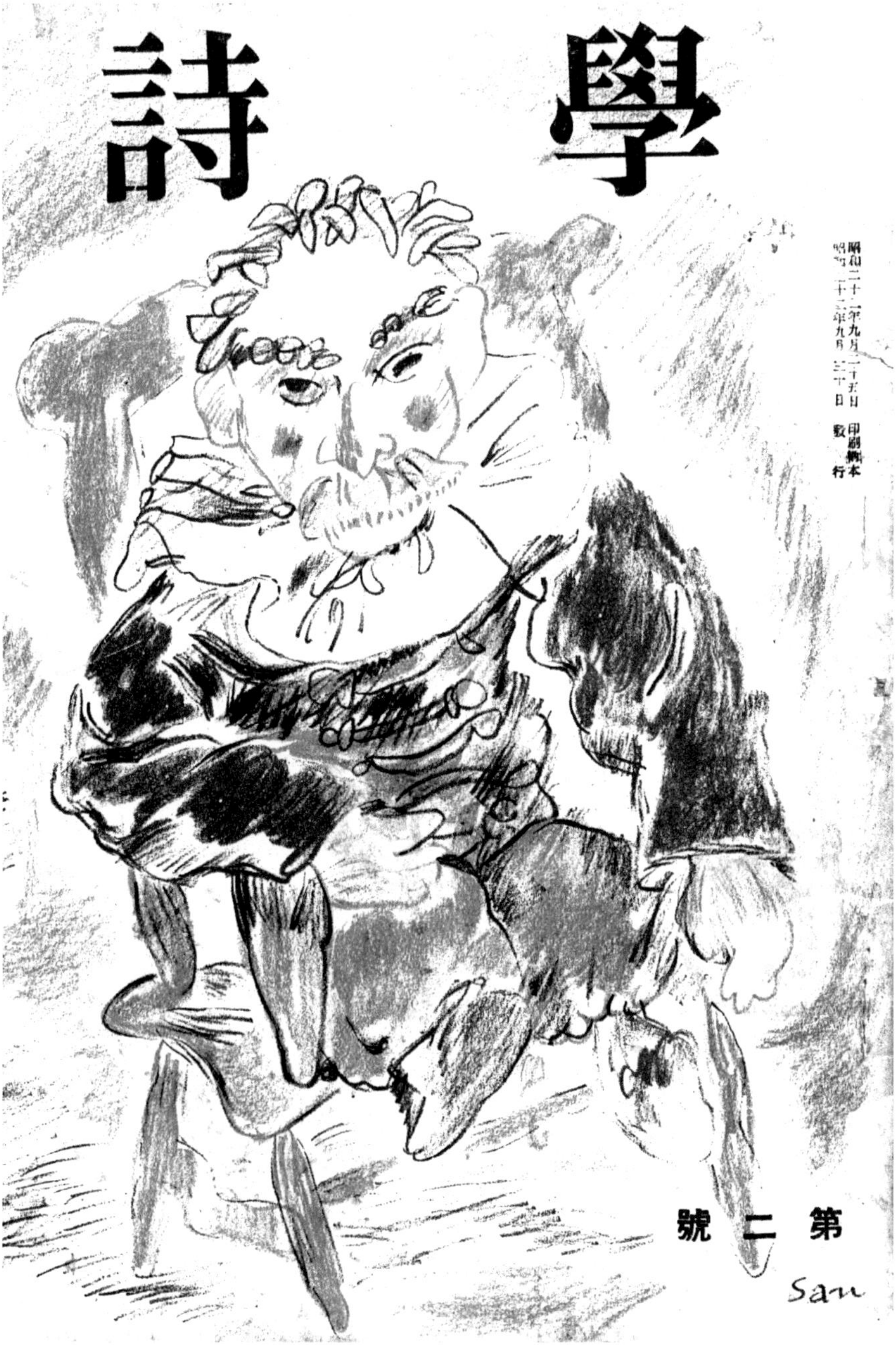
詩學
昭和二十二年九月二十五日印刷納本
昭和二十二年九月三十日發行
第二號
San

草わかば　明治三十五年一月　新聲社刊
獨絃哀歌　明治三十六年五月　白鳩社刊
春鳥集　明治三十八年七月　本郷書院刊
有明集（第四詩集）　明治四十一年一月　易風社刊

註、春鳥集・有明集には、ヴエルレエヌ・ロゼッチ・ブレイクの譯詩あり

詩信

西條八十

妻と機銃掃射を避《のが》れた防空壕に苔があをく、ころげ込んだ紅い棗《なつめ》の實が、底でリップ・スティックのやうにひかる。家族はみんなもう東京へ歸つて獨居《ひとりゐ》の田舎の夏、青葉に雲、死んで地獄へゆく途《みち》もこんなに靜かかな。がらんどうの物置から鐵の古風鈴をみつけて軒にさげる、落ちてた荷札に一句書いてみる、どうだ、やくざでもわりにいい音《ね》がするだらう、おれの流行歌みたいだらう。毀《こは》して焚いた鷄小屋のあとに景氣よく蕺草《どくだみ》の白い花が咲く、闇成金みたいだな
——おお、もうそろ〳〵日が暮れるのか、今夜もまた獨りあの蠍座《スコルピオン》を見るのか、いつまでも、いつまでもあの青白い空の花を見るのか。(*Juillet Shimodaté*)

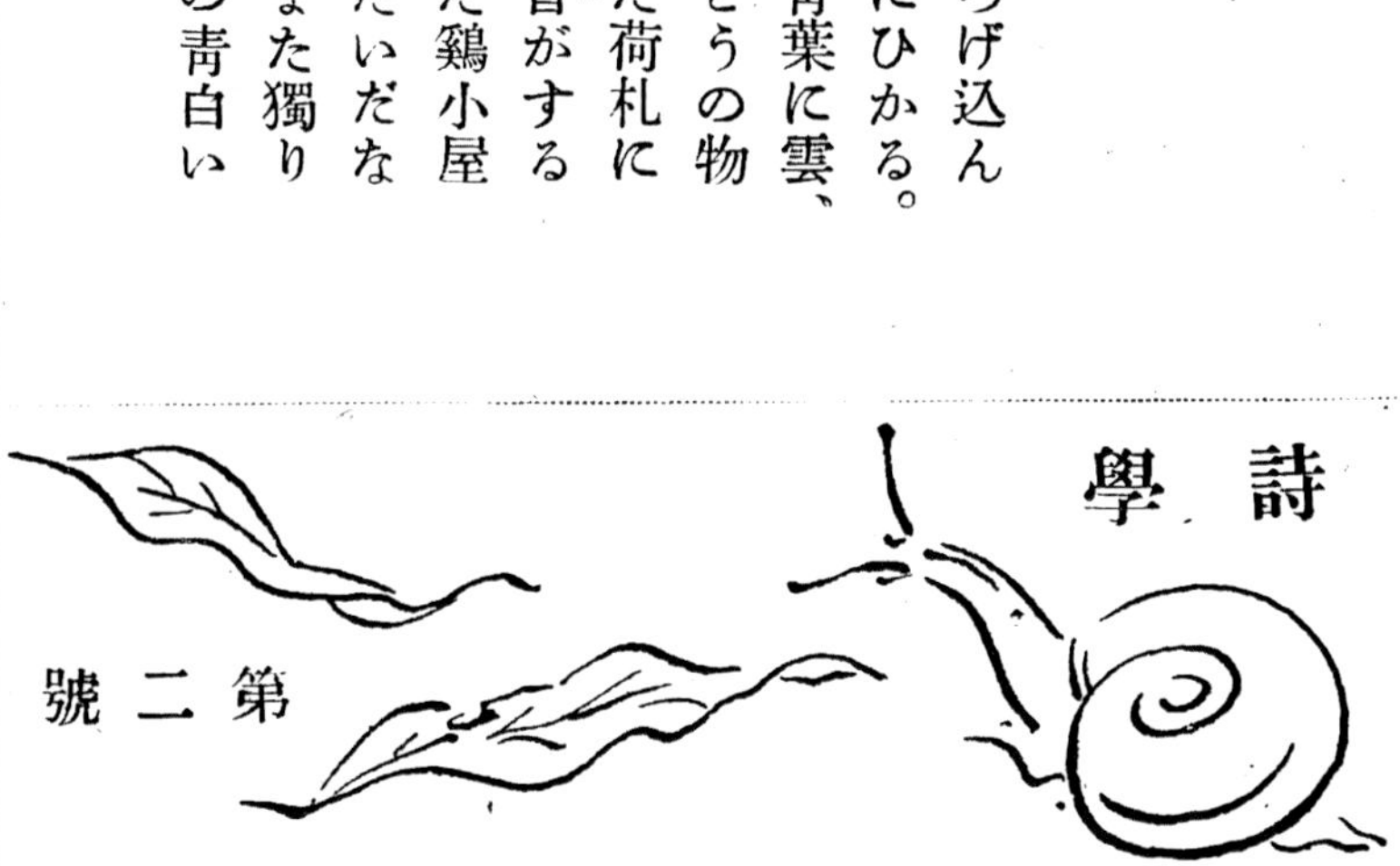

詩學 第二號 (通巻八號)

呼びとめられて

西脇順三郎

五月の夜
村を横切つた時
ほゝゑみながら一人の百姓が
後からいそいでかけて來た
「一寸わしの家にお立寄り下さい」
二人は昔のことを話しながら歩いた
河の土手の下に
小さい板の小屋
お茶を飲みながら昔の話
「さてはどうしてこんなに」
菓子屋をやめて農民の日雇ひに

なつたは三十年前――
「隨分苦勞をしました」
上海から復員した三男がもつて來た煙草
「一本如何です」
長男も次男も南洋の土となる
ふすまにかゝる安かけじ
悲しき小鳥の繪
「さればまた」
歸らうとすれば
畑のくらやみに咲くもくれんを
一枝折つて「土産に」と
小屋のうしろにたふれかゝつた
桃の木にも花は咲いたらしく
月の光に白いものが殘つてゐた
とりとめもなき苦しい思ひに

田舍の街道を行く時
ふとくりもの師の店先に
古木の植木に花美しく咲く
通る人々皆足をとどめて
「なんだらう」
さんざしの花咲く
つらい思ひで破り出た
生命の刺繡
哀れさも

哲學は問題をさけることである
戀はまだ見えない
自分の頭は水草を追うて
移住する民族の哀史である

理知は穀物から始まる

おれの食ふ穀物を注意してくれ

ギリシアを好むメナールといふ男は
多神教と共和國をほめ
一神教と王國を嫌つた
さんざしの大木に
浮草のやうな花が咲く頃
舟を入江に出して
ぼらを釣る日
ペリクレースを考へて
情人の唇の如く
ふるへた

麥の一《ひと》莖《くき》
クレオパートラの管見
青空に迷ふ觸角

菜種の夢
ひとり春の野を悲しむ

蘇芳の花咲く村に
住めるひとを訪ねて休む
障子に西日さす頃まで
菫は盲目の思ひ
春の野はねむる
水蛭取りの老人の
カポカポと泥をかく音
人の世の悲しき

歸つて來てみたら――
變遷！
庭の花が澤山になつてゐた
窓はとざされてゐた

古い手帖の中に
佛蘭西語で書いてあつた
誰がいつた言葉か
このあやしき家
もう君のものでない

塔から見ると
すべての終りがみえる
土から見ると
すべての初めがみえる

ジュテーム
とテーブルにつもるほこりに
指で書いてあつた
誰だ
女中か

若き日の藝術家
透明な思考を憧れる
今は材木のなつかしき
暗さは生命の文明
明るさは頭の文明

カッフェーで
どくだみの話をした
詩をする心の淋しき

「果物の肉の中をのぞきみる如く
家の中をのぞくのは私の
何處かで得た一つの經驗――
羅馬だつたか？――」
とリルケの手紙を讀んでゐた

窓から下の方は祭禮であつた
七月十五日
オッテケレッツノパー——
鐘太鼓笛の秋葉祭
屋根の間から頭を出してゐる
オレアンダの花もしをれてゐる
商人はまだ山の神を祭つてゐる
木星の喜びの中に
土星の苦惱がある
夏の日もかげる

神保光太郎

庭

―一九四五年の繪帖より―

小鳥たちのにぎはひも昔の夢となつた
がらん洞《どう》の禽舍を無心の風が漂々と吹き抜けて行つ
た　十年の追憶を脊に　愛犬の墓標も眞新しかつた
庭は荒れた
掘り起された土が踏石を蔽ひ　雨が降ると奔流をつ
くつた　ひとはみな　停車場へいそぎ　鈴なりの汽
車に乘つて、山深い地方へと逃げた

庭師の翁《おきな》の訪れなくなつて既にひさしい
蓬髪の松の木の根もとに　今日も　ひとり殘つたこの家のあるじが佇んでゐた　この庭のやうに　この國の山河は日毎に色あせ　民族は亡びて行くのであらう

杳い空に　凍つた雲がうごかなかつた
その雲の彼方から　ああ　今宵も　運命の鷲が姿を現すことであらうか

安藤一郎譯

ハリー・ロスコレンコ詩抄

——詩集『私は田舎へ行つた』より——

ランボオ

光よ！　光！　五官を耀かせ。
不感の石に言ひ寄れ、魅惑された鋼《はがね》に求愛せよ。
あなたが感じることの出來ない花咲く都市に眠れ。
千もの靜かな過剰を通して
あなたの純粋な惱みの眞白い苦悶を入れよ。
光よ！　光！　おゝ　天使の歌ふ
喪はれた愛が見守る無限の狼火《のろし》！
どこか有神論者の王座の華麗な燦きを求め、
鞭たれ、崇拜される石。

虚ろな鏡

エーテルの支流に浮び、内部の憐憫を擲きながら
不安な大氣、擾亂の都市へ登るために。
醉つぱらつた恐怖に、私は鋼《はがね》の境界を疾走した。
光と星の火のひろがりに。
毒性をもつ空間の炎、紅い狂亂の酒は、
輝やく淫らな聖歌隊の中に、私を嵌めこんでしまつた。
神の關所の彼方へ運ばれ、私がかつて主《あるじ》として辯護する
　ことを知つてゐた
個人的な行爲からの脱出！

速力をもつ人間競技者たちに圍まれ、
母のやうに優しい光澤の百萬の眼の中に置かれて。

私は重なる言葉の衣をまとうた風の中に坐つた――
樣々な態度に閉ぢこめられて、老いた私の脱出。
叛亂の顏がひしめき合ひながら行き過ぎるのを、私はじ
　つと見てゐた！
それぞれの意味の集りにある我々。

あそこへ――電氣性の歳月の足跡に重くかかる
惡の知識の深みの拱門《アーチ》の下を、私は急ぎ走つた！
鳥のやうに、人間の感覺に勇氣づけられ、
盲《めしひ》の季節の垂れ幕に尖り立ち、私は逃れ去つた。

廢墟

今日の古物、頭がない草の中の時の頭巾。
明日の丘のために昨日の廢墟を掘り出したのは誰か、
王たちの面《おもて》を古代の岩に、
學者の追想を大理石の存在に戻したのは。

これらの隧道《トンネル》を發くのは誰か、設けるのは誰か、そして
　曳き出すのは誰か？
自分の都市の起原、歴史の齡《よはひ》を探し出すのは？
誰が本を書くであらうか、いかなる公共團體が頭がない
　草を昨日の大理石の丘に遺し與へるであらうか？

ヨーロッパは戰ふ！　アジアは血を流す！　アフリカ、
　廢墟！
老いた彫刻師共は手近に墓碑銘をもつてゐる、鑿で刻ん
　だ聲明、ギリシヤとローマの衣裳。
時の父性……我々はいつか再びそれらを掘り出すことが
　あらう。

道徳を含まぬ定義

いかなる形も暗黒ではない、だがすべての形がここに在る、
樹は神！　葉は隱された島。
そして、姉妹たちが裸かの愛人と横たはる湖は
この椅子の上に乾く洋《うみ》にすぎぬ。

いかなる形も光ではない、だがすべての光は型を燃やす
また見るものは知識でないし、知る知識でもない。
繪本の色彩のやうに、「洋《うみ》」といふ單語のやうに、單に感じられ、運動として知られる音にすぎぬ。

形は面に上つて恐怖に向つて恐怖を抽象する、距離の恐怖は假面を附けた外部だ
雨が熄んだ後に置かれた虹は
雨が神のやうに落ちたとき、雲と共に墜ちてくる。

哲學の基礎

もし頭蓋骨が殼であるならば、
もし言葉が音にすぎないのならば——
（歌が金切聲にすぎないやうに、
反響が都市を引裂くやうに！）もし精神が
肉體を一時的に停め、肉體が待伏せしてゐるのならば、
もし頭蓋骨が金切聲にすぎないのならば！
そして都市を呼び醒ます一つの言葉が
頭蓋骨である都市であり、
また殼である肉體であるのならば、
夕方を呼吸する者は私をも呼吸し
朝を愛する者は私をも憎む。

ロスコレンコについて

安藤一郎

ハリー・ロスコレンコ(Harry Roskolenko)は、一九〇七年の生れ。兩親は露系、カナダの僻地に育つたので、學歴といふものはない。十二の頃から船員となつて、方々を巡り歩いた。彼のコズモポリタン的氣質は、さういふところから來てゐるのであらう。現在は、「ニユー・リーダー」その他の雜誌の特派員、普通ローズといふ姓を用ひてゐる。

　詩は、「ポエトリー」「ファンタシー」「ヴォイシズ」等の詩雜誌、「ニユーヨーク・タイムズ」「ヘラルド・トリビユーン」「プロヴィデンス・チヤーナル」といつた新聞にも寄稿してゐる。詩集としては、『私は田舍へ行つた』(1941)『第二集』(1944)があり、『亡命人詩選』(1940)の編者、他に小說も書いてゐる。

　『私は田舍へ行つた』『第二集』の二つの詩集を讀んだ印象として、ロスコレンコの詩は、パウンド、エリオット、それからハート・クレインの流れをひいた、主知的で、實驗的なものである。アルチユウル・ランボオの作像《イマジャリー》、ヂヨン・ダンの奇想といつたものを、學んでゐるところがあるやうにおもはれる。メタフイジカルな思考から、屢々抽象主義《アブストラクティズム》に近づいてゐる。

　彼もまた、現代のソフイストケイシヨンの難解性に陷つてゐる詩人の一人である。機智があつて、言葉の使ひ方も面白いが、仲々六ケ敷いところがある。まだ未完成のやうに感じるが、決して、一般的にはなり得ない詩人であらう。暗鬱で、烈しい自己意識を持つてゐると共に、どこかに、人間性の强靱さがみなぎつてゐる。

　『第二集』に、ヘンリー・トリースといふ人が序を附けてゐるが、それにかう書いてある――「その憂鬱なのに拘はらず、彼は、現代の多くの詩人たちよりも、世界の政治といふことに强い關心を示してゐる。時に戰爭の悲慘と無益に押しへしやがれるが、彼の生來の皮肉と音樂性と緊密な作像をもつて、平衡を失つたり、單に感傷的になつたりすることから、脱れてゐる。」

　その意味で、彼の詩は、緊密で鋭敏、そしてクラシカルである。トリースは、「思想家に抑制された夢想家、數學家に抑制された音樂家」、「頭と心臟、理性とロマンティシズム、夢と現實」相互のバランスをここに見る、と批評してゐる。ロスコレンコも、また、現代詩のあらゆる苦惱と問題を負うてゐる詩人である、といふことだけは確かだ。

詩と言葉

金田一京助

詩人は言葉の世界に君臨する。その表現は、創造的作用で、どんな單語を用いようと、いかなる言い廻しを使おうと、全くその自由な裁量、自由な選擇、而もその言葉を、生かすも殺すも、惠まれた力のままである。

たゞ、言葉というものは、傳承による存在で、いつの代とも知れない昔から、口々相傳へて今に到つた傳統的な體系である。

凡そ人類が、この言葉を以て心を表す際は、心にある總表象を、まず單語の表象に分析し、次にそれを組合せて文という形に表現する。この單語の選擇は、人によつて上手・下手、極度に差がある。下手な人は、不適切な單語を選び出してゴタゴタ長くばかり言つて、ちつとも要を得ないのに、上手な人は、最も適切な少數の單語を選び出して來、過不足なく表して人の心を打つ。こゝに詩人の神技がある。が、その神技も、今までに傳わつて來た傳統の單語をもつて發揮されなければならないのであつて、そこに詩人の自由の限界がある。どんな詩人でも、言葉を創造することは許されない。人を打つためには、必ずまずわからせなければならず、わからせるためには、在來の言葉を勝手に替えず、傳統的な慣用を生かして使うにある。和歌でも俳句でも、古今の名吟といわれるほどのものは、殊に芭蕉などの名句は、みな假名書きにしてもわかるような安らかな言葉づかいであつて人を打つ。詩人が、自由に造語造句をすると云うのも、決して創造をするのではなくして、寧ろ傳統の言葉の眞義を、本當に深く摑んでいて、その傳統の内に營まれ、傳統を生かして使うまでである。

次に、言葉は個人のものではなくして、民衆のものである。初めは、個人が言い出すにしても、それが國語となるためには、民衆の支持があつてのことである。民衆の採擇と實行とが、言葉を民族の公器とするのである。故に言葉の在り方には、もはや個人の影は薄れて遠く民衆の中へ沒入してしまう。言葉の世界には、個人的感情や意欲や、苟も個人的なものは影をひそめて、すべてが一つに融け合つた萬人共同の世界――民族心理・民衆意識の世界である。

凡そ藝術を通して我々の觸れるものは作者個人の天才であるが、言語を通して我々の觸れるものは、あいあいたる民衆心意である。「花」といえば、咲くもの、美しいもの、あえなく散るもの、「實」

といえば、生るもの、食えるもの、實質のあるもの、「鬼」といえば、大きなもの、恐ろしいもの、强いもの（だから、鬼あざみ・鬼婆・鬼足袋）、あまつさえ、角の生えた、虎の皮の褌を緊めて居るもの——實際に存在するものか、どうかは問うところでない。言葉の意義は、卽ち、民衆がそれについて考えることがらである。人が言葉を用いるにあたつては、「こう言つてわかるか知ら」「こう言つては、わからないか知ら」と、われから知らず〱大衆の考え方へ降りて行つて歩み寄る。

だから、言葉のみちに於ては、人間は、知らず〱身勝手を棄てて我から大衆の中へ入つて行き、みなと持ち合ひの生活をしているものである。自分本位な慾張りの物質生活とは別世界で、言語生活は、しんからの民衆主義的生活の、惜しみなく實現されている特殊な世界である。

藝術は、個性を打ち出すことにあつて、詩人は、自己を打ち出すために、こういう沒個性的な言葉を用いて實現しなければならない。そこに詩人の自由の第二の限界がある。

最も客觀的なもので、最も主觀的なものを造り上げようと努力する。この矛盾を征服するのが、血のにじむ苦吟となる。大詩人ほど、實は一語一語の把握が常の人よりも深く、世間一般の意識の奥底へ入つて言葉を體得しているからこそ、誰も知る言葉を生かして人を打つ表現を見出すのである。

世間の聲の中には、往々、現代語は語彙が不足で思ふことを十分言い表しがたいとか、日本語は不完全で、明瞭に考を述べられないなどいう雜音もまじるようである。

併し言葉は、永遠の發達の過程であつて、常に成長してやまない未完成品である。道具は完成してからのみ使うものではなく、使うことによつてのみ進步する。いつの世だとて、既成品が、募る人間の新欲望を盛り切れるものでなく、その不滿こそ常に新發明の母である。何時の世の詩人、何處の國の文豪でも、我が心をすぐにぴつたり表し出すのに、言葉の不足を惱む。それは必然のことである。言葉というものは、今に到るまで、たゞ、當座々々の實際生活が生んだだけのものだからである。萬葉語に於ける萬葉歌人、大阪語に於ける近松などのような、その言葉を開拓した先人を有たないかぎりその言葉がいけないように見えるのであつて、特に、現代日本語がいけないのではない。よしや現代語がいけないとなつても、現代詩人はこれで行かなければならない。そこに詩人の自由の第三の限界がある。この限界内で、まにあわせ、やり繰りしなければならないから苦心慘たんするのである。この苦心こそ、現代日本語を開拓して立派なものにする神聖な努力であり、それは、天才のみのよくする天職であり、詩人・文豪に負わされる重大な責任である。若し萬葉詩人が、ああいう名作を生んでくれなかつたら、上代日本語は、そぼく過ぎて詩歌に向かないと思われたにちがいない。近松が近代大阪方言で世話もの・時代ものを書いて成功したからこそ、今に歌舞伎が、大阪辯が最もよく調和して、あれでなければならないように思えるのである。言葉がよいために傑作が生れたのではなく、萬葉人や近松のような先人が、その言葉を拓いて傑作を生んだので、要は、材料にあるのではなく、人にある。詩人の努力にあり、詩人の實蹟にある。

また世間の聲の中には、往々、現代語は亂雜である、混亂していると、墮落の極限にでもおちたように歎く聲もまじるようである。

世の中が末になつたと歎く聲は、今にはじまつたことではなく、いつの代にも弱者がそう言う。一つには、古代に黄金時代を置いて、それに隨喜する尙古主義・事大主義の末世觀に發する聲であつて、少くとも敬虔な、或は、聰明な、現實に徹した聲ではない。

いかにも現代語の中に、亂暴な言葉、輕薄な言葉、等々眉をひそめさせるものがある。

併し、民衆は、必要があつてこそ、そういう言葉をも生んだ筈で、必要のない所に一語も生れる筈がない。但し、一度生れても、民衆は、入要なものだけを殘して不用のものは必ず用いずに忘れてゆく。それでいいのであつて、少しも憂慮することは無い。民衆は自分で整理し、淘汰して行くからである。

それよりも、目を移して、民衆の力をまともに眺めて見るがよい。日本語の上に、どんなことを民衆がやりつゝあるか。そして考えるがよい。果して現代語が墮落の一路をたどりつゝあるか、どうか。

日本語の動詞活用は、古來、正格五種（四段・上二段・下二段・上一段・下一段）、變格四種（ラ變・ナ變・サ變・カ變）、すべて九種があるといわれる。平安時代は確かにそうだつた。それが源平時代から鎌倉の初頭にかけて崩れ出して現今に及んだが、現代東京語では、すべての二段がこと〲く一段化した結果、正格がただ四段活と一段活の二種だけになつてしまつた。變格も、ラ變とナ變とは四段になつて正格と同じになり、サ變は、「譯す」「略す」の類は四段に、「感じる」「論じる」の類は一段に分化した。ラ變だけがまだ變格にぐずついているけれど、そちこちに、「まだ來ないか」「まだ來ないよ」など云う人が出て來て居るのは、やはり正格化に向う動向の現れで、現に「出で來《く》る」といふ語などになると、關西には「でくる」という地方もあるけれど、東京語では、でき（ない）・でき（ます）・できる・できれ（ば）・できろとなつて、立派に一段化して居る。一般動詞の活用語尾に倣つてこうなつてしまつたのである。

こうして、變格を正格にし、すべて九種もあつたのを、たつた四段と一段との二つに纏めてしまおうとするのは、なんと驚くべきことではあるまいか。

併しながら、更に驚くべきことがある。

更に驚くべきことと云うのは他でもない。こうして出來た一段活は、一段活が最終の歸着ではなく、此は、ラリルレロを添へて、結局四段になつてしまおうとしていることだ。丁度、奈良朝に下二段だつた「蹴（くゑ）る」を、平安時代、蹴（ける）と下一段にして居たが、それが現代に、けら（ない）・けり（まず）・ける・けれ（ば）・けれ！と四段に活用して居るのがその先蹤であつて、その樣に、上一段も、例へば、見ら（ない）だの、起きら（ない）だの言ふ形が現はれ初めて居るのであるし、今日、新しい動詞を造ると、サボラ（ない）サボリ（ます）サボル・サボレとか、アジラ（ない）・アジリ（ます）アジル・アジレなど、きつとラ行四段に造ることと一脈氣合を通じている。これによつて考えて見ると、平安時代の活用が、段々亂れて誤りを生じて來たとばかり思われて居たことは、實は、こうして、九種の活用を統一して唯一つ、四段に整理しようとしつゝある過程だつたことがわかるのである。

九種もあつたのを一種に纒めることは、雜多の統一であり、二段や一段を四段にすることは單純の複雜化である。單純を複雜にするのと、雜多を統一するのとは、物の進化の形式である。して見れば、現代語は、亂れて來たどころではない、墮落して來たどころではない。寧ろ古典時代よりも進化して來て居るのである。

いつの代に、誰が企劃したとも無く、いや、いかなる天才も、曾て考へも及ばなかつた日本動詞活用語尾の整理統一を、民衆が默々として實行して居たこと、本當に驚嘆に値することではないか。民衆の、小供のような類推力が推進力となつて、少數例の存在を多數形へ類推して、それと同一形に揃へてしまう、その爲に、古典時代の舊い形を容赦なく破壞しつゞけて一千年、まだ〱仕事が半ばで、從つて多少半端な形も混在しては居るが、思い切つて全部を四段活に揃えることを無言に斷行して居たのである。人間の集まつた無意識の意識には、我執もなければ迷執もない。未練もなければ我欲もない。それだけ、いかなる個人的英雄も及ばない大きなことを、こうして仕遂げて行く偉大さをもつのである。

こうやつて、現代語は、默々として、知らないうちに一々の語義を擴大し、例えば、クルマと言えば、昔の荷車のようなものから、牛車・馬車・人力車・自動車まで意味するように發展し、フネといえば、昔の丸木舟のようなものから、傳馬船・帆掛船・蒸氣船・甲鐵艦や弩級艦や、そういうものまでを內容とするに至つた類、また、語彙の數に至つては新しい數千・數萬の漢語を消し、英語・ドイツ語・フランス語・ロシヤ語・イタリヤ語・オランダ語・ポルトガル語等々を攝取して古今未曾有の數を包容するのである。どのみちから言つても現代語が、古代語よりも下にあるとは言えない。古典語よりも退化、墮落したとは思えない。音韻に於ても富豐になり、意義に於ても擴張があり、語法に於ても精緻に分化して居ると言つて少しも差支えがない。

では、その現代語は果して詩歌の表現にも、古代語に勝るものがあるといえるであろうか。

大ざツぱに言つて、現代語は、古代語よりも語形が分化して、詳しくなつたから、勢い長くなつて來、散文的にはなつて來た。この事は、短處でもあるが、長所でもある。古風の表現には適しなくなつたであろうが、その代りに近代感覺の表現には、これでなくてはいけない筈だ。たゞ偉大な詩人が現れて、丁度、萬葉人が萬葉調を創めたように、現代語の現代詩調を成功して見せるまでは、不適當な言語に見えるであらう。現代語のそういう開拓は、現代詩人が負わずして、誰が負うべきであろう。人が、やつて見せるまでは、出來ないことのように見える。要は議論でなく、人である。すぐれた人が出て、現代語を驅使してすぐれた作をしてくれることがある。啄木の「呼子と口笛」、賢治の「雨にもめげず」、高村光太郎氏の「米久の饗宴」などを讀む時には、現代語の不滿・不足などは、全く忘られているではないか。

最後に美しい言葉ということについて考えて見よう。詩人は、最も美しい言葉をつかう人々である。では、美しい言葉とは、どういう言葉か。

いわゆる美辭麗句は美しい言葉のことである。併し、いわゆる美辭麗句も、ひとりよがりの、或は無理なこしらえものであつては、本當は美しい言葉といえない。本當の美しい言葉は、安らかな、自然な、おのずから湧き出で、人の心を沾す澄み切つた言葉であるべきだ。

言葉の自然な形の美しさを知らず、象嵌のように、古今の語彙をつぎはぎに、こま〴〵とちりばめた、技巧だおれは、寧ろ厭うべき不調和不自然である。

毎日、人々の使う言葉が俗で、雅語ではないと斥ける心は、押し拭われなければならない。本當の詩人は、俗用の言葉の中にも自然に流れ出る姿に美しさを見出す。

啄木の最後の作「飛行機」をさして、此は詩だらうかと驚いたかたがあつたが、多分「肺病やみの母親と、たつた二人の家にゐて、ひとりせつせとリーダーの獨學をする……」などいう七五調が、あまりに平語に碎け過ぎて低調だというのであつたろうが、偶々それほど、七五に、すら〳〵と出て來たことが惡かつたのであろう。それほど自由に、それほど自然に、口をついて出た平語のやすらかさが、寧ろ我々には好ましい。

「俗」が大衆に媚し、「雅」が、少數者に媚する趣味であるならば、俗大に可なりである。民衆詩人は俗の美しさを決して見落さない。いわゆる雅は、俗よりも俗である。いわゆる俗に、雅よりも雅なものを見出すこそ民衆の詩人である。光太郎の米久の詩は長いが、啄木の「飛行機」は短いから、ちよつと引いて見る――

見よ今日もかの蒼空に　飛行機の高く飛べるを
給仕づとめの少年が　たまに非番の日曜日
肺病やみの母親と、たつた二人の家に居て
ひとりせつせとリーダーの、獨學をする目の勞れ。
見よ、今日も、かの蒼空に　飛行機の高く飛べるを。

この少年こそ、

うすのろの兄と片輪の父持てる三太は
かなし、夜も書讀む　（一握の砂）

と同じ、眞暗な境遇も壓しひしぎ得ざるひたむきな少年の「夢」さながら、あの慘澹たる貧苦のどん底に、病を忘れて一意搾取無き社會の夢をあきらめ得なかつた啄木自身の自畫像でもある。それに對する今一人の本當の啄木が側に居て、こゝでは「かなし」と感傷に浸らず、青空の飛行機を、「あれ御覽！」とよびかけるあたたかな勞りの聲である。人間の發する美しい言葉でなくて何であらう。

（二二・八・八）

詩的美

西脇順三郎

1

考へてみると、自分は詩といふ作品を作るよりも、詩といふことを考へて來た方だと思ふ。一般的にいへば、文學を作るよりも、文學といふことを考へてばかり來た方だといふことになる。

俗にいへば描かざる畫家に等しいものでもある。

併し詩といふことを考へ、それを追及して考へつづけることは自分にとつては一つの詩である。

詩を哲學的に考へるのではない。併し詩を考へることは自分にとつては一つの哲學である。

いろいろの時代や所の詩人を讀み、詩論を讀んで來た。それはどれ程詩が好きだといふのではないが、詩といふものを考へてみることが病みつきになつて來たが、近頃はもう詩論を讀んで歩いて來た世界のどんづまりに到着したかの如く思はれる。

詩人自身よりも詩を愛する人をみてゐることが非常に好きになつた。これは昔からさうであるが、近頃は特に詩を好む人は殆ど道德的に立派な人であるとさへ考へる。

2

詩は詩でなくては現れない美をもつてゐる。それが詩の味である。詩がさうした美を與へてくれるのは詩の中に出てゐる作品の思想でもなく思考でもない。また表現上の美でもない。

自分はもう立派な神祕主義といはれても、しかたがない程、詩が詩の美を出すために不可解な何物かが表はされてゐると自分には考へられる。

詩が詩になるためには、思想でもなくまた表現美でもない。他に何か神祕的なものがあると考へるのである。

この神祕的な何物かをよく表現出來さへすれば自分の詩論はその目的を達するのであるが、殆ど絶望である。

ボードレルもマラルメもヴアレリもその作品は殆ど詩論である。換言すれば詩を考へてそれを表現しようとしてゐる。皆各々の詩に關する意見を詩といふ形式で追及してゐるにすぎない。

詩人の詩人である。これ等の人々の詩論のよしあしとか、すききらひは別として、とにかく、詩論を詩でかくことを始めたのは近代詩人の特色であり、そこが佛蘭西詩人の偉いところであらう。

3

何かしらの思想や思考を表現することは詩としては簡單なことである。また言語やリズムの上での表現美を出すことは特別の才能を要しないが、詩といふ特別な美を出すことは天才である筈である。天才といへばその作家の力であるが、嚴格にいへば天才でもない。偶然の結合である。

詩を讀む一般的素人的讀者は詩の中にある思想や思考をのみ見ようとする。また或る讀者は表現美を求めて、詩を享樂する。

詩の美はそこにない。それではどこにあるかといはれても、絶望である。詩人の絶望である。

一行でもよいから（恐らく一行で結構であらう）さうした詩境を出したいものである。形式論からすれば、和歌も俳句も短いが、小さいが完全な形式である。

併し短くなければならないといふのではないが、今の自分には短くならざるを得ない。自分の好む Vision は時間的にも空間的にも連續性を失つてゐる。連續性の無いものに詩の流動性がある。

現實を超越するのでなく、現實が分裂されて、一種のトルソーとなる。

次に實驗的にやつてゐることは、或る對象に對して自分の印象や感じた思考をかかずに、自分に何物か詩的興味を與へてくれるものを寫生するやうにする。

この意味で純然たる Imagist の實驗である。

たとひ、如何に月並と或る人が批評するかも知れないが、「古池や――」は芭蕉が Imagist 的なテクニクをもつてゐたことである代表的な作であらう。

次に如何なるものが自分に詩的興味を與へてくれるかといふ問題は、自分の詩的興味といふものは如何なるものであるかといふことで決定される。

さて、自分の詩的興味とは如何なるものであるかは言葉で表現が出來ない。再び神祕論に滿足せざるをえない。

とにかく或るものは他のものよりも詩的興味を多く與へてくれるといふことが出來る。

4

詩論は結局その詩論家の人生觀や世界觀となつてしまう。また詩も亦作家の人生觀や世界觀になる。

併し自分の求める詩は何等の人生觀や世界觀を形成しない、寧ろ分裂させるものであらう。だがさういふ考へも一つの人生觀となり、世界觀となる。

5

表現について自分の求める詩は、言語の美、リズムの美をあまりつくらないものであらう。要するに美文や名調子や詩的調子をつくらない。あまり文章をつくらないものを求める。

繪畫的意味のみを殘して、抒情的な意味即ち感情的又は理念的意味を明かに構成しないものを求める。通俗的な意味で意味の不明は詩的意味の明確性を表す。

デザインの不明であつて日本畫で空間を殘して行くやうなものである。

表現のための不明性であるから、詩的意味に於ては不明でない。詩は不明であつては完全でない。

詩的正確さは科學的不正確さである。詩人はこの意味の正確な表現をしようとして皆くるしむ。

6

詩をつくる時は、作品の世界として作者の思考や思想や言語上の表現形態が、どうしても材料としてはいつてくるが、それは單に材料であつて、乃至手段であつて、詩の表現の對象ではない。

詩の表現乃至象徴の對象は詩的美である。詩的美とはどんなものか。所謂美學で取扱はれてゐる美ではない。それは直感であつて、何等の理念の闖入を許さない。非常に神秘的で原始的なものである。美を哲學的に説明する時は、もうそれは美の觀念にすぎなく美それ自身の生命でない。

詩はコウルリッヂが恐らく斷言したのが初めてであらうが、詩は快感を目的とするといふ。これは勿論詩的快感のことであつて、併し何物をも説明してゐない。ボウはそれから學んだのだ。

詩は美を目的とする。何等人生のモラルに關係がない。と強調したのは恐らくボードレルであらう。

詩は美を目的としてゐる以上は、詩論は結局美論になる。美論の歴史上、ボードレルは近代藝術に非常な影響を及した。

グロテスクは詩的美であり、サタイアは同様に美となる。隨つてルソー的ロマン主義の自然論に反對して超自然主義を唱へたこともグロテスクの中に美を發見することから來てゐる。ボードレルは文學は超自然主義であり、サタイアであるといつてゐる。

ボードレルの詩的美の內容は明かである。これがマラルメになると相當不明になる。超自然の美でもなく、サタイアの美でもない。

マラルメの場合は、淡い存在の美であり、殆ど無の美である。これをイデーの世界がマラルメの詩の世界であると説明する人がゐる。これはあまりに哲學的美學として説明しすぎる。

また廢頽の美とする人もゐるが、この場合は殆どボードレルの亞流としての批判となる。

7

自分に詩的美と思はれるものはボードレルのそれでもなく、マラルメからは出發してゐるが、殆どマラルメでもなく、もう少し不可解な神秘的な何物かである美である。さうした詩的美は勿論理想的なタイプであるから、詩でも詩論でも説明が出來ない。

どうもよくはわからないが、何か新しい關係が發生する時に感じられる一種の美感であらう。新しい關係といふのは、例へばいままで結合されてゐるものが切り離なされ、いままで離れてゐたものが結合される如きものである。

8

詩論は多く人間論にのみ結ばれてゐた。詩も同樣に人間的であつた。人間的といふことは多く道德的であり、宗敎的である。人生觀であり世界觀である。

特に昔は詩人といへば哲人の種類に屬してゐた。「あまりに人間的な人間的な」といつた哲人は自らあまりに人間的であつた。

詩は美を目的とするといふことは、美が人生觀として考へられたといふのではない。

勿論ラスキンや或る意味でペイターもさうであるが、美を人生觀としてゐた。この場合は、詩も結局人生觀になる。これもあまりに人間的である。

藝術のための藝術といふ觀念を嫌ふ人々は多く道德的である。卽ちグロテスクは美であるといふ說は哲學的人生的美論からすれば變態的であるからである。

藝術は藝術として先づ發生すべきであるから純粹なものであるが、藝術を强調した當時の人々はグロテスクを特に藝術的美としたから、さうした攻擊をうけることになつた。詩が詩的美を目的とすることが最初の條件であつて、詩を人生觀として考へるのは寧ろ邪道であらう。

併し實際に詩を讀む人は必ずしも詩人でないから詩を人間論的に鑑賞もし、批評もするのが普通である。

また昔からの大部分の詩人は詩的美のために詩を書かなかつた。やはり一般讀者のやうに人間論的に人生觀的に詩を書いたのであるから、さうした詩人を批評するには人間論的にするのが適當である。

元來、詩といふのは表現上の形式のみを意味して、その內容は小說あり、抒情詩あり、手紙あり、劇あり、論說あり、哲學論、政治論、宗敎論とあらゆるものを書く場合の表現上の形式であつたから、その詩といふ形式で書いたものは皆詩といはれた。

表現上のある形式で書いたものを詩といふ名をつけるに過ぎなく、何を目的とするかとか、如何なる表現形式でなければならないとかといふことは決して定める必要がないのであらう。

ただ、いままで述べて來た詩に關する希望は全く私だけのことであり、またさうする自由をもつてゐる。

今日の所謂創作的文學の場合は、小說であらうが劇であらうがそれは詩と同樣なことをいふことが出來る、小說や劇はその外面的形式が詩と異なるだけである。ただ詩といふ形式は先に述べたやうな希望を恐らく實現するに適當したものであり、また純粹にその目的を出すことが出來る。

詩は美を目的とするとする人にとつては、詩論は結局美論であるが、併しその美論は哲學者の美論と全然異なるものでありたい。美といふ言葉を使用するために混同され、すぐ哲學を學んだ人が口を入れるのである。

美といふ言葉を使ふのがいけないのであらう。それでは藝術といふ言葉を使ふとすぐドイツ流の藝術學といふ哲學が口を入れてくる。

詩は人生觀とか世界觀とか人間觀とかを目的としてゐると考へる人には詩論は人生哲學とか世界觀の哲學といふことになる。こゝでも哲學者が文學を論ずることになる。

詩は表現美を主たる目的としてゐるとみる人々には詩論はまた藝術學とか美學といふことになり、また哲學の亞流が出てくる。

さうした哲學と詩論との關係は多くの詩の場合は當然のことかも知れない。

併し哲學はものを不變な關係に於て觀てゆき、統一の組織の中にあるが、自分の求める詩は異常な關係に於て、ものを觀る。また詩は偶然の瞬間でみる。勿論或る詩人は哲學的にみるが、それは詩人といふよりもその時は哲學者であらう。

詩を哲學的に說明するといふことは、四角の形で造つたものを三角の形にみてみることのやうである。

詩的なみかたで出來た人生觀と哲學的な人生觀とはその質が異なるものとなる。

美の問題も、詩的な見方で發生した美感と哲學的な見方で出來た美感とは非常に異なるものにならう。

9

詩的美は昔から詩の中で裝飾として使用されて來たが、詩の目的は詩的美となつて來たときに主客てんとうして、裝飾品としての美が、詩の本體となりつゝあつた。マラルメに於て相當にさうした傾向が發展して來たのであつた。

それがスュールレアリスムになつて極度に發達し殆んど破裂して消滅したともいへる。異常な關係に於て發生する美を直接に求める。スュールレアリスムの繪畫に最もよく現されてゐる。詩の方ではスュールレアリスムは夢の世界を强調することは、夢の中で吾々は現實に異常な關係に於てものをみるからである。

10

自分の求める詩的美も勿論異常な關係に於て現はれる美であるが、さうした詩的美にも限度があるらしい。スュールレアリスムの繪畫をみても自分は美を感じない。ビアヅレイの繪をみても美を感じないのも同樣である。もつともビアヅレイの方は異常な關係からくる美といふよりも、單に deformation からくるグロテスクである。

スュールレアリスムの詩をみても詩的美をそれ程感じられない。それは恐らく、その異常な關係に立つものゝ間に調和がかけてゐるからである。スュールレアリスムは異常な關係を極端に强調するため調和が破壞されグロテスクとなるか、喜劇となるおそれがある。

詩的な見方といふのは異常な關係からみることであり、詩的美はその關係から發生する美である。異常な關係から來る美が直接繪畫や詩の目的となつたことは比較的近ごろのことであつた。

詩壇時評

解放された詩壇の一年間はいかにも活潑であつたかのやうにみえたが、ジヤアナリズムの復活にすぎなかつた。ゆうとぴあ3號の詩壇時評で、適切に分類した浪漫派、主知派、現實派の三つの流れは、それぞれの破綻をもち續け、求心的な動きとしての活潑さはみられなかつた。きはだつた主流や新しい文學運動はなくても、その動きが求心的でありさへすれば、いつか永遠の頂點は生れるものである。

最近では用紙難から、定期的な雜誌が殆んどなくなり、熱意はあるが貧しいプリント刷りの地方雜誌も、原稿をせかせておいて、半年から一年近くも沈默してゐるといふ狀況であり、わづかに刷け口をみつけた朗讀詩が、はかない花火のやうに流行してゐる。それは混沌のなかで、低迷する現代の文化と同じ症狀である。

既成詩人らが、ダダ的なものに走らうとして走れなかつた悲劇も、新人たちがダダ的なものから拔け出ようとして、拔けられない悲劇もおこらず、大した變化もなく、過してきたことこそ、詩壇の悲劇であつたかもしれない。

しひて特徴をあげれば、ダダやシユル・リアリズムが若い人たちの間に、徐々にひろがり、屢々その座談會や解説めいたエツセイがみられたことであらう。それらはめ新らしい玩具としての意義はあつたが、結局懷古的な折り返へしであつたにすぎない。そして他はおほむね、生理的なノスタリジアに似た詩に、接してきた。

かうしたなかで、わづかに西脇順三郎が(ルネツサンス4號、詩の世界について)のなかで、＜詩的乃至文藝的絶對の存在の象徴は、現實であると同時に超現實である一つの玄の世界の象徴である＞といつてゐるのが注目される。

これを進歩か、退歩か正確に批判しうるものは、おそらくきはめて少數で、關心をはらふものも寥々たるものである點に、現代詩の悲運がある。

といつてもこのテエマは、突然なんのつながりもなく、ひき出されたものではない。シユル・リアリズムの飽和點で、一度は通過しなければならない水路を示したにすぎない。それはまた文藝復興期に特有のヒユウマニズムの發見と解放が、このテエマを促進させたともいへる。がここに少くとも、主知派の求心的な變化があつた。ただこの傾向をうのみにした現實派や浪漫派が、自らの勝利を思つたなら、およそ救はれまい。

ヴアレリイが一種の偶像となり、不協和音の世界を絶對のものと考へてゐるものにとつては、このテエマが退歩と考へられる。しかし不協和音の魅力がなくなり、新しい協和音が、かつての不協和音と同じやうに、一つの價値をもつて出現したとき、新しい音階をもつことを知るものにとつては、このアングルが進歩と考へられるのである。

最近の句誌や歌誌は、俳句や短歌の短詩型が、現代生活の屈折した心理や複雑な感情を充分表現しえない點を指摘して、近代藝術たりうるかどうかが、論議の的となつてゐる。ところが詩もまた第二藝術の域に近いといふ潜在意識が、この一角に現れたといふみかたもなりたつわけである。

さて老子の「玄」の境地を象徴する、超現實的であると同時に、現實的な詩といふメトオドを具體的に考へてみると、つぎのやうな場合があげられる。

(1)現實の正面圖を描いた結果として、歸納的に超現實的な余韻が残る。

(2)超現實的な内容を描いて、しかもその全體から、はつきり割りきれる世界が感じられる。從つて内容は超現實的であるが、スタイルはリアリスティツクの場合が多い。ただし逆に、内容がリアリスティツクで、スタイルが超現實的でも、これが必ずしも(1)の場合に通じるとはかぎらない。

(3)(1)と(2)とが交錯してゐる場合。

これらの場合を考へると、シユル・リアリズムを去つたアラゴンに、シユル・リアリズム時代のエスプリがなくなつてゐないことも、かくべつ不思議ではあるまい。矛盾から調和の生れることは、少しも珍らしいことではない。

これらの方法は、浪漫派や現實派の何れの場合でも、可能なメトオドで、「玄」の中心をどこにおくかを、キヤツチしたところから出發することができるのである。

ゆうとぴあ6號の〈現代詩及び詩人論座談會〉では木下常太郎が西脇順三郎の詩に、釋迢空の詩を對立させて、各々の世界が完璧なものをもち、ここに二つの流れを感じさせるといつてゐる。この意味はよく領けるが、短歌の技術でしか詩を書かない迢空を、高く評價するアナクロニズムな流れがあるといふことは、どれだけ現代詩の發展を阻んでゐるかしれない。

この座談會の冒頭で、〈詩とはなんぞや〉といふ問題が、未解決のまま突つ放されてゐる。それは一應、詩を藝術論から出發させるといふ春山行夫の解答で、割り切られてはゐる。ただかういふプリミチブな疑問をもつものが、壓倒的に多いといふことは、自ら別個の問題で、これに對して詩人は、藝術論以外の解答と計算の手駒も、もつてゐなければならないといふことがいへる。

多くの場合かうした思ひがけない方向から、思ひがけない質問を受けると、同様な疑問を抱いてしまひ、それが愚問であるだけに、明答できずコンニヤク問答に終つてしまふことは、やはり詩人の貧しさを示すことになつてしまうだらう。ましてその思ひがけない愚問も、新しい面を切りひらくサジエスシヨンとなることも多いのである。

元來座談會は結論をひき出すのが目的ではなく、幾つかの角度のリアクシヨンに興味があるので、その點この座談會は成功してゐた。

（六）

繪から觀た詩

山口長男

◇

一つの林檎を描いた畫面からは何かを思はせる。

そこからは何等かの句が生れるだらう。

二つ三つの配置の組合せからは美しい融合を發見する。

そこからは均整のとれた健康な繪が生れよう。

多數の集塊の美しさは生命の呼吸を聞かせる。そこにはリズミカルな調を聽かせる音樂が感じられよう。

われわれは觀るにつれ聽くにつれ觸れるにつれて素直に心に滲らすものを知るだらう。

われわれの感銘はその都度に反應して何かを創造させるだらう。作者は各々の性格に應じ教養の深さ廣さによつて各自の生存する社會の中で詩にでも創作にでも繪にでも音樂にでもすることが出來るだらう。

一つの音が鳴り響くごとに人々の感能は何等かの働につく。各自の世界に於ていろいろな發見がなされ組立が工夫されて、世界は一瞬毎に展開されて行く。その度にわれわれの今日までにとつては想ひもよらない變移が常に行はれなければならない。

作品の主題となるモチーフも働きとなるテーマも必ずしもいつまでも同じところにはゐない。寧ろ構成による素材的な感覺の働きには不變のものがある。赤と黄と青の對照はいつも同じ價値をもつてゐる。然し之を感ずる知性は教養と時代性によつて常に發展する。

一つの林檎が詩になり小さい集合體が音樂となり得るのは一時期に限られるだらう。それは觀者の內容の問題でありその人の立脚の時代性にかゝる。

一つの音は數多の面に向つて大きな響を提供する。キーを叩かれることによつて寫されるタイプライターのやうにわれわれへの響の接觸の一つ一つは明確に敏感に細大を記錄されるだらう。われわれの記錄は極めてリズミカルにこの變化を傳へるだらう。われわれは忠實にそして熱心に之を型造ることに努力するだらう。

一つの遭遇はわれわれに意欲をもたせる。それは同時にわれわれに新たに求め新たに創造する行動を促がす。

かうしてわれわれは日々の出來事の變移を發見することによつて繰かへし繰かへしわれわれの仕事の展開へと導かれる。情操は肥やされ技術は磨かれ想技一體の成長は各々の立場に於て創作に驅り立てるだらう。

このやうな幾多の變轉によつてたえずわれわれは養はれ求められてゐるやうに思はれる。

われわれには壽命がある。すべてのものに壽命があるのだが時代にも一つの壽命があるやうに思ふ。萬物の本質は永久の貌をもつて存在するのだらうがその體質と形狀とは本質的の生命を持續存在させる爲に常に更新されなければならない。

われわれの探求してゐる美についての開拓も亦このやうな必然な責任を負つてゐる。

◇

美とはどんなものか藝術とは何かといふこ

季節の地圖

久井　茂

僕は細い赤鉛筆をとつて、新しい旅行地圖に線を描く。
都市の廢墟から、氷河の方へ。
羚羊に似た神神は發つていつた。

逃避急行列車の夜の乘り場に殺到する群衆。
沈澱した血液の汚濁を點して、幾たびか非情の尾燈が遠ざかつていつた。

寂しい家族は最後まで殘されてゐた。
壁際に繁殖する青ざめた寒帶植物。
地圖を見上げて彼等の絶望が夢む時、或る回歸線は漸く頭上に迫つてゐた。

とは困惑させられる。從つて詩とは繪畫とは音樂とは如何になければならないといふ定義は考へたくない。それは如何にかあるべきものではあらうが束縛される。束縛は固定を意味し固定は死滅に導く。卽ち生命の終止となることによつて美が失はれる。詩繪畫音樂等藝術らしきものの壽命を決定する。だがわれわれはたゞ一點を求めたい。それはわれわれの發足すべき出發點でもあり一つの世界の核心にもなるからである。それはまた生命の出發點でもあり美の實在の方向を自づと知らしめる鍵である。われわれは美の實體をつかむ前にその何たるかを決定する無謀をしたくない。

文章に對して詩は一つの感覺の世界に見える。感覺の世界だから感覺の適宜な組合せが繪になされた或ものに詩を見出す事はあるだらう。繪は畫面にいろいろなものを盛つて作られるがそれだけでは繪の仕事ではない。そこには作者の體驗のもとに養はれた描畫以前の思想が要る。卽ちいろいろなものを適切に集めて用ひ組立てる人間自體が要る。依つてつくるところのものをはつきりさせる作者の感性が要る。エゴイズムから離れた作者の眞實への把握が骨格となつて創造の世界にまで展開する。

詩の場合もまた同じことがあるだらうと想像される。人が描き人がつくるそれは適性の差表現の差であり自づと思考や技術に分野が出來て二つの仕事に各々無制限の世界に向つて異つた方法と技術の研究が生れて來る。

われわれはある色調によりある形象によつて詩情を感ずる。音の階調によつても同じことがある。

逆にこれらの作品に接するときに繪畫的な美を感じることがある。然し一般文學の作品については寫眞的繪畫を見る時と同樣に詩も繪も音樂も感じない。感覺を生命とした實在の直截の表現意欲とそれらの無限無定形な組立てによつて作られるところに各々相互の共感があらう。それより同じ欲求が性能によつて現れた相違と見る方が自然かも知れない。

繪畫に對する一個の見解をもつて直ちに他の事の引例とする論斷はつゝしみたいがその何れの部門に於てもその生命が美の本質の追究にあり之が人間的な自然欲求に指圖されてゐることに違ひはないだらう。われわれの欲求心は盡きるところがない。之に應じて美の生態も又更新されなければならない。

生命の形態も實在の狀態もまた更新する。眞實は常にわれわれのまへに時期時期の更衣をして現れる。それは、不眞實の姿態となつて現れることさへある。われわれはまたそれを詩に繪に音樂に或は藝術に科學に宗教に作りあげるのではなからうか。

衣は常に更新される。仕事も之に從ふ。

◇

さびを感じて俳味を味はう。繪を感じて美しさにひたる。このやうな時代は最早過ぎてゐる。

一つあることは必要によつて一つあるのであり數ある配列は必要によつて必要な如くに並べられたのである。

われわれの美は既に陶醉の世界には居ない。美は既に見るものの範圍でもなく樂しむ世界でもなくなつてゐる。美しくもなく醜くもなく快でも不快でもない。只一つのもののもつ働としてわれわれを動かすに過ぎない。從つて作者にとつて仕事は樂でも苦でもない只衝動に應ずる必然的な行動である。

何ら愉快や滿足の報酬を得られるやうな功利的なものではない。作品は卽ち端的な發露であつて何等かの媒介をもつて飜譯表現されるやうな必要も意味ももつてゐない。白はあくまで白自體であつて黒との併置はその感覺的な價値をたゞ無限に表明してゐるだけである。たゞこの併置の働きは感覺的に廣大な指示を作品內容に應じて直接にわれわれに訴へるだらう。

別に抒情調や表題樂のやうに或る種の思想的傾向を有するものもあるが之は自づと純粹に於ける繪畫の領域としての發展ではない。

文學と美術との合體と見るか文學的美術或は美術的文學とするか何れにしても作者の素質的必然發展の結果ではある。

之等の相違する境地に展開することに是非の問題はないが、追究の意志は同一でも目標は個人の素質によつて違つた世界にある。

繪を觀て詩や音樂的素因を感覺することはある。然し之は必然的に作品とは別ものである。既成の解釋によつてのさびや味を感じることはいけない。それは作者か觀者の何れかの間違ひ或はエゴイズムである。

その時代に立つ純粹な作品は直接に畫面通りの働きをもつてゐる。現在以前でも以後でもない世界に存在するあらゆる自由な境地に擴つてゐる。必然に過去から來り未來へ向ふ現狀と價値とを備へてゐる。

現在の美は形容詞的な代辯をもたない。實體と人間との接觸の間に直接に存在する。

安西冬衛

格言

邪魔で出世

法主は
拂子を
欲す。

廐は別天地

別當の
ペットの
ベッド。

染工場の不潔な朝顔

瀝青《タール》の
ダルな
樽。

瀧口武士

夏

白みわたる日光よ
奔放な自然の祝祭よ
芭蕉や南瓜が人間よりも廣い葉をひろげ
向日葵が屋根より高く咲いてゐる
私は疲れて力なく
白い原稿紙の前に坐つてゐる
燃ゆるやうな空氣の中で
又蟬が鳴きはじめる

海への道

乾いた道が
白く埃っぽくつづいてゐる
やけつくやうな太陽に
蟬がなきすんでゐる
海へ行かう
あの砂の上で私の情熱を燃やさう
青々とうち開けた海よ
早く近づいてくれ

野村英夫

お前の魂を

時として私にはこんな風に思はれる。
お前はその旅立ちの時にさへ
ただお前の手套と薄茶色の日曜着とを
身に着けて行つただけだつた。
さうしてお前の魂は
お前はそれを持ち去ることが出來なかつたと。
またお前はその冠をさへ
戸口に置き忘れて行つたかのやうに思はれる。
それでまたお前の魂や冠は
時として私の眼に映るのかしら？
さうしてお前はお前の魂を
私の眼から隱してしまうことが出來ないのかしら？

彼方へ

人見勇

青い影を曳き　子燕の尾が酔眼を敲いてゆく
私は少年になり　亡き友たちと佗しく花火を鳴らす
儚ない記憶のやうに　さまよふ蝶よ
やすらひの星の降る日はいつであらう
ああ　梅雨空を鮮やかに断ち
ポプラの並木と高架線が　若い血管のやうにつづいてゆく
果をみつめ　雲の重さに耐へてゐる
私の道に　もはや　訣別の標《しるべ》はない

原條あき子

北の國の夜は霧の幸なり……

北の國の夜は霧の幸なり
青銅の馬を驅る南の夢
目覺めれば曉は星を沈め
長い追憶のほのかな髪搖《ゆ》り

冷かに明けてゆく野路はひろく
想ふ光の海　あの綠濃い
港に朝《あさ》の宴《うたげ》　夕べの團欒《まどゐ》
燦く街はあゝ眼《まな》かげとほく

枝野和夫

降誕祭

沈む塔　綠組む夢
姿繪を燒く窗に　踏む
素足　美は褪せ　灰孕む
幻は　すはらの娘？
凍る光に　虛無を振る
梢　冬枯《こがらし》の孤獨は
視る－黄泉《よみ》の川　散る水泡《みなわ》
星を敷く　祭は眠る――

いま刻む敗亡《はいばう》のひとの歌に
響く　未知の天の鞭ほがらかに
生れくるいのちいとしみ咲く百合
夏はしんしんと森に近づけば
北の國の夜は霧の幸なり
眠りもふかい新な愛待てば

一九四五年六月

――マチネー・ポエティク作品――

記憶の北に　冴える城
望樓に　谺は還り
笛仄か　天駈ける鳥
訪《と》ふ君は　おほ　響る白！
撃つ翼　息吹きは膨れ
詩《うた》流す脣《くち》　甘く熟れ……

（一九四五・六）

――マチネー・ポエティク作品――

晝の月

秋谷豊

花ある合歡の梢に晝の月が傾いてゐる
訪れる人もない山のサナトリウムの午後
その青い影の中に　僕はひつそりと病んでゐた
それゆゑに冷たい胸の底にも
ほのぼのと花粉の匂ひが流れてくる
空しく開かれた書物の上に
茨の垣はくづれ
傷ついた小鳥が翼を休めてゐたりする
「昨夜椿の花を折つて瓶に挿したら
灯をともしたやうに部屋が明るい」

と書き
「今夜は思ひ出が僕の胸に美しい虹を
かけてゐます」とも書いた
遠く別れた人へ送る手紙
ひそかに書物の頁を閉ぢると
僕の周圍で
一日が大きくブランコをした
洋燈がひとり母のやうに見守つてゐる

杉山平一

トンネル

青春はトンネルのやうだ
暗く　息ぐるしく
見返れば　はや記憶のうへに
汚みのやうに黒く　小さく

夜行列車

寐がてのしじまを遠く
夜行列車がすぎてゆく
かたかたとふるへる部屋の硝子が一枚

ああかすかにうづくかな胸の一隅
遠く記憶のすぎてゆくとき

塔

鐘を遠くきかせるために
寺院の塔が高くそびえたやうに
僕の聲が遠く見知らぬ人に達するまで
僕は高い高い人間になりたい

映畫時評

我々が意識的であるとないとに拘らず映畫のなかに求めてゐるものは何であらうか。毎週火曜日を過ぎると我々は映畫を求めて映畫館の窓口にならびチケットを買ふ。そして2時間内外を黑と白との畫面に見入りながら映畫を探し出さうとする。我我が映畫に求めてゐるのは何であらうか。

映畫を構成する要素は種々あるが、直接に映畫を求める觀衆と關係ある重要な要素は次ぎのやうなものである。テエマ。ストオリイ。黑白のコンポジションに依る造型的効果。映畫のイマアヂとしての人間像。カメラの角度とスピイド。ダイアロオグに依る言葉。それぞれのシインに適合した伴奏としての音樂。特殊技術に依る特殊なる事物現象の把握。

ところが、冒頭にあげたテエマとストオリイの中には映畫は求め得られない。何故ならそれは文學にも演劇にも容易に求められるから映畫のみの特質とは云へない。むしろ映畫に於いてはシチユエエションやサスペンションは他の6個の要素によつて支持されるものである。文學が言語に依つて爲す處を映畫は此の6個の要素のそれぞれの有機的聯關に依つて行ふ。さうして此の要素のそれぞれが効果をあげない限り映畫のテエマやストオリイを充分に表現し盡せない譯である。其所に映畫のフオルムが發生する。

さて、我々は映畫に何を求めてゐるのか。端的に云ふならば我々は映畫のフオルムを求めてゐるのだ。テエマやストオリイなら映畫雜誌の紹介に依つても容易に求められようし、他の6個の要素のひとつひとつを求めると云ふことは特殊な場合にのみ起り得ることだ。我々はこれらの要素の綜合としての映畫を求めてゐるのだ。さうして我々の求める映畫のフオルムと我々との關係は、他の藝術の場合と同樣に、次ぎのやうなものである。我々は映畫のフオルムの

中に自己の投影か自己の抵抗を發見しようとしてゐる。

サム・ウッドは終戰後我々の近親者となつた作家であるが、Kings Row〈嵐の青春〉に依つて我々の持つてゐた映畫的觀念をすつかり替へてしまつた。此の作品は單にストオリイだけの濃度だなどと片付けられるものではない。此所には精神の新しい所在が着實な映畫のフオルムに依つて明確に示されてゐる。此の中では流動し連續する人間の存在が常に上昇の方向に向いてゐる。その粘着力のある强靱性がつまり我々に抵抗を感じさせたのである。ベテイ・フイイルドに依つて示される精神病患者のカサンドラ、その父であるドクトル・パワア、その愛弟子である醫學生パリス、此の三人の人間像はそれぞれ人間存在の極限まで描かれてゐる。特にカサンドラとパリスとの風變りなラヴ・シインは巨大な壓迫感を覺えさせる。さうして重要なことは此の作品に描かれた人間像の存在の仕方が我々のそれに近いと云ふことである。

Our Town〈我等の町〉は映畫のイマアヂたる人間像の精妙さと各々のシインの造

型的効果が結合して新しい映畫のスタイルを示した。此の作品の持つフォルムは文學や他の藝術一般にとつても非常に興味深いものがある。先づ、夜の明け放たれる直前の丘が映る。樹木の間から帽子を冠つた一人の男が出て來て木の柵にもたれ觀衆に一寸挨拶する。さうしてステッキで丘の上から見える町の灯を指し示しながら Our Town を説明しはじめる。その説明に從つて町の狀況、町の歴史、町と共に歩いて來た人々の存在、これから町の中に生きて行かうと云ふ人々の存在が描かれはじめるのである。さうしてその説明者の場を現在として過去や未來が重なり合ひ展開して行く。特にヒロインの幻想のシインは尖鋭な手法に依つて造型的な効果をあげてゐる。恐らく映畫が此のやうに物語られたのはこれが最初であると思ふ。

　Kity Foile 〈戀愛手帖〉は前記二作に對して稍緊密感を缺いてゐる。しかしサム・ウッドは此處でもテエマ主義者にはなつてゐない。

　何とか此のベストセラアの物語に映畫を與へようとして苦心してゐる。通俗的なストオリイもそれに與へられるフォルムの如何に依つて相當高度な映畫性を持ち得ると云ふサンプルにもなる。日本の映畫作家諸氏にも是非此の位のお手並は拜見させて戴きたいものである。

　黒澤明は〈我が青春に悔なし〉〈素晴しき日曜日〉を發表するに及んで現在の若きインテリ層を完全にキヤッチしてしまつた。前者はヒロインの强烈な人間像に依つて、後者は戀人同志の純粹な人間像に依つて、我々に相當な壓迫感を與へた。云はば前者は自己の抵抗物であり。後者は自己の投影であつたと考へられよう。注目すべきことはそれは單にテエマとかプロットに依つてのみ感じられるものではないと云ふことだ。黒澤明は人間を把握する映畫のフォルムを持つてゐる。恐らくは我々の同時代人にとつてはじめての近親者と云へる映畫作家であらう。だが未だ所謂日本映畫の安易性が彼の中にも見られるのが殘念である。日本の映畫は此の安易性を打破し、何等かの映畫のフォルムを把握することから出發しなければならない。アトモスフエアとスタイルだけで映畫が出來ると云ふことは甚しい誤謬である。

ギリシアの神々

——ギリシア古詩随想——

呉茂一

この頃しばらく用があつてホメーロスをくりかへし讀んでみた。それとこれはまだ戰爭の最中から、二三の友人とギリシア語の勉强をつづけて來たのが、先月から『イーリアス』になつておひおひと進んできた。空爆におびやかされながらをりをり鎌倉へかよつたのが、實をむすんできたといふわけであつた。ともかくそれこれでホメーロスをしばしば手にして、今更にうたれるのはそこにある詩の高さ、美しさである。あるひは美といふことばはこの際あまり抽象的、概念的であつて、この直截にわれわれの胸に迫つてくる感じをいひあらはすのに妥當でないか、とも思はれる。そくそくと心情に迫り入る迫力か地力か、その源はなかなかに見極めがたいが、すべての高い藝術に共通な深いパトスのもつ力、すなはちある pathétique なものとでもいへば、その一端が表されようか。たとへば『イーリアス』巻頭の疫癘のくだりである。娘を奪はれた神官の涙と呪咀、天上にはるかこれを聞こすアポルロン神の怒り、ギリシア軍におそろしい禍ひを與へようと、山々の嶺をまたいでゆく大神の巨大なあゆみ、その影はひときは黑ずんだ、嵐をもやふ雲ではなかつたらうか。神の背になげかけられたやなぐひに、さんさんと鳴りはためく矢の數々。ギリシアの將士の耳にも、その物音はひびいたであらう、「大神は夜《よる》のごとくにかちゆきたまふ」といはれるやうに。

やがてほどへだたつた丘の上に、大神は眼に見えぬ巨大な姿をおいて、白虹のやうな雲の弓から、矢つぎばやに悪疫《えやみ》の矢をギリシア勢の陣營へと射こむ、おそろしいゆづるのひびきにつぎつぎと倒れてゆく野犬、らば、馬、はては兵士ら。言ひしれぬおそれと焦躁におほはれた船陣に宵がくると、そこここのやみをとほして燃えあがる火、それは屍を燒くもがり火にちがひない、九日のあひだがかくしてすごされる。

ギリシア随一の勇將アキルレウスと、萬軍のあるじアガメムノオンとのいさかひは、この神呪を背景にしてまづくりひろげられてゆく。しかしこの銀弓の神アポルロオンも、梟の姿をかりるアテーネーも、黑雲を驅る主神ゼウスも、オリュンポスの雪をいただく嶺々に宮柱高しく神々であると同時に、人間の世界をうごかしてゆくもろもろの力、すなはちその諸情念、怒り、恐れ、怨恨、喜び、あるひは空しい期待、悲痛な裏切り、等々でなければならない。ギリシア人らは、いはば自分らの胸中にひそむ、そして自分らの運命を操つてゆくすべての情念をそのままに現前の世界に投影し、そこにさまざまな神々の、恐れと同時に親しみに滿ちた姿を眺めたものといへよう。さればギリシアの諸神が第一にまつたい人間の形態をとつたのも、むしろ當然のことと考へられる。オリュンポスなる神々はもともと非人間的な超絶の神位ではなく、人間に生れ出たものなのであるから。

しかもその人間の胎を離れた瞬間から、神々は自分たちの天上の世界をかたちづくつてゆく。神々のあひだには、ひとりでに世系や階序やそれぞれの任務がつくりあげられる。そして逆に、神々は人間の世界に働きかけてくる。ギリシアの人らは、さういつた世界に自分を投げ入れ、樂しいあるひは美しい幻想に身を任せてよろこびとした。そして神前に贄をささげ祈願をこめた、それが彼等に何等かの意味で、救ひなり慰《なぐさ》めなりをもたらしたあひだは。また我々は彼等が織りなしたそれらのファンタスティクな錦模様に、いかに彼らが優雅と美とを信奉し――まさしくサッポオが

われつねに　優雅をこのみ
生れ來て、かがやきと美《よ》きものとは
わが生《い》の日をめづる　こころなりき

といつてゐるやうに、混沌や亂雜や非行を憎んで、整然たる秩序と調和ある巧みを愛したかを、すなはち認めるであらう。

ギリシアの神々はとりもなほさずギリシアの市民である、ただ彼らがアクロポリスの下にではなく、オリュンポスの雪をいただく山巓に住居することをのぞけば。彼等は中世の隱者の如く曠野のあひだに一人おこなひすます聖徒ではない。缺點の多い感情に走り易い、いたづら好きな、あまりにも人間的な神々である。ユダヤの超絶神イェホヴァに比較して、あるひは巨大な偶像をもつバールやアモンや恐ろしいシヴァ、ヴィシュヌーに比べて、ギリシア神界の主神ツェウスは、何とあまりにも凡ゆる意味で人間的な神であらうか。

ホメーロスに現れる彼の姿は、時にその人間の同情をひくにさへ足りる。まづ『イーリアス』の發端から、彼はアキㇽレウスの母である海の女神の、白い腕をしたテティスに膝へとりすがられ、その强請に弱りきつてしまふ。よんどころなく漆黒の眉を傾ける彼の權威は、ただその然諾の運命的な重さと、なりはためくオリュンポスの峰々のゆらぎとにからうじて護られるのみである。

しかもその甲斐もなくこの密會は妬心のつよい妃ヘーラの眼をのがれ得ない。折角にとり運んだトロイア勢の勝運も、うつかりと彼が妻のいざなひにまどろむすきに、まんまと裏を掻かれてくづされてしまふ。そして自分の子であるトロイア方の勇將サルペードーンさへ、生と死との定業《ぢやうごう》のはかりにかかつて、つひに戰死のさだめをまぬがれなかつた。主神であり、父である彼の悲痛は、ただこの天地を一色の血の彩りに染め得るのみであつた。

またオリュンポスの家長制度も、明治時代の父權ほどにも確乎たるものではなかつたらしい。妃のヘーラ、弟の海の主神ポセイドオン、娘のアテーナなど、事毎にあらがひ立て異を唱へ立てる、むしろ彼は意志のあまり强からぬ、お人好しで氣が多く色ごのみな、陰險とか腹黑さからは遠い好々爺らしく感じられる「智謀の主《メーティエタ》」とい

ふ彼の呼名にも拘らず。そして戰地に赴いて不在な夫の姿で折角とミデアの町にアルクメーナを訪れたり、牡牛と化して慌しくエウローパを載せ逃げしたり、鷲になつてガニメーデスを浚《さら》つてみたり、はては金色の雨にまで身をやつしバラックのトタンの隙から今樣のダナエに降りかかつたり、ツェウスたるものの苦勞もまた一通り二通りではない。

それに拘らず人間の罪禍は、みな神々の責に歸せられる。たとへばトロイア戰役のそもそもの原因とされるヘレネーの誘拐さへ、アフロディテーの使嗾と助力にまつものではなかつたか。實は彼女は田舍くさく武骨なメネラーオスを嫌つて、都雅で槍と踊の上手なパリスの姿態にみとれ、つい同じ船で道行といふ段取りを運んだのでもあらうに。それであるのにイリオンで氣むづかしい老人たちに一睨みされると、それらはすつかり美の女神のせゐにして、銀白のひれのかげに面《おもて》をかくし、彼女は高い城壁のかげから遙か下の原で、前の夫と戀人とがいまやらうといふ果しあひの見物をする。

ホメーロスばかりではない、たとへばエウリーピデースの『ヒッポリュトス』にしろ(これはいふ迄もなくラシーヌの『フェードル』の粉本でこのやうなテーマの元祖であるが)、ここでもヒロインたるパイドラーの道ならぬ激情は、ひとへに純潔を誇る義子ヒッポリュトスの傲慢をこらさうとする、アフロディテーの企みによるものに外ならない　そして貞淑な妻に留まらうとする彼女の懸命な努力も女神の一徹な計畫の前には何の力もなく、ただ一筋に斷末の破局へと驅り立てられてゆくのみである。人の子たるヒッポリュトスは、そのあらゆる誠實と純潔さを以てして、なほ當然に神たるアフロディテーの怒にあつては橫死の悲運を免れ得ない。しかしこの大詰に貞潔の守神アルテミスが現れて最後に彼の寃をそそぎ神化の榮をさづける結局の總勘定では、果して何れに軍配が上げられるであらうか。

またこの演劇の拾收を、舞臺に現れる神力の助けにまつ、卽ち deus ex machina についても、兎角の評はありながらいかにもギリシア的な解決法といはれぬことはない。これも見方を換へればつまりは人間の反省心なり眞實の認識なりが、これらの悲劇を惹起した激情の葛籐をのりこえ、それに合理的な解決を與へるといふ事實または當爲を、神の名において提示するギリシア的な手法ではあるまいか。人間世界のさまざまな出來事に、もつとも現實に望ましいのはかうした理性のさばき、正邪の明かな同時に情味にも缺けぬ裁定であらう。アテーナイの市民たちが非理非法な結末よりも、時にはむしろ happy end を擇んだといつて、我々は些かもこれに苦情を申入れる筋あひはないと思はれる。總じてギリシア悲劇にも、悲慘な運命に玩ばれる、あるひは人間の愚かさをまた努力の空しさを、語る劇曲も多數にかぞへ上げられはするが、その間にもアリストテレスのいふカタルシスの效果は決して忘れられてはゐない、すぐれた文學には必ずこれが伴ふのは、原因であらうか、はたまた結果であらうか。

プラトオンもすぐれて詩神を尊んだ。ソクラテースが瀆神をもつて訴へられたに拘らず、まことは敬虔なオリュンポスの信徒だつた

（五三頁へつゞく）

Cosmopolitan の一撚り

北園克衛

T・S・エリオットがヴァヂニア大學で行つたある講演のなかで『ドイツ語も知らず、生けるドイツ人の社會にはいつて初めて理解されるドイツ的な物の考へ方も知らないで、カントやヘエゲルを本當に理解することができないと同じやうに、いやそれよりも更に强い理由で支那語も知らず、最上の支那の社會に長く出入することもなくて、孔子を理解することができるなどとは私は思はない。私は支那的な物の考へ方や支那の文明を大いに尊敬してゐる。最高の支那文化はヨォロッパなどを粗野なものに思はせるほどの美しさと優秀性とを持つてゐると私も喜んで信ずる。しかし私としては、孔子を生活の支へとするほどに充分理解するやうになれるとは信じない。』と言つてゐる。傳統といふものを、尊重するエリオットの立場として、この言葉は當然のものであるが、彼のいはゆるコスモポリタン達に對する最後の抵抗線がそこにあるやうに自分には考へられる。しかし、彼のさうした考へかたを單なるコスモポリタンに對する抵抗として考へない場合、これは甚だ絕望的な結論が導き出されてくることを否むわけにはゆかないのである。エリオット流の考へを以つてするならば、ヨォロッパの生活をしたこともなく、キリスト敎徒でもない自分の、ヨォロッパの思想や、文學や、詩に對する理解といふものはいつたいどういふものであらう。それはエリオット流に言ふならば、勿論ヨォロッパ的なものではなくなつてゐる筈であつて、更にキリスト敎徒的でない理解によつてその理解は二重に歪められてゐるわけである。このやうな條件の下に、理解されたと考へられたすべてのヨォロッパ的思想や、文學や、詩が東洋に於ける自分達の生活の支へとならないといふことは當然の結果であると、エリオット流の考へ方を以つてするならば、言はざるを得ないのである。確かに、現代の最も進歩した日本の哲學者や作家や詩人の生活と、彼らが信奉するヨォロッパの哲學や藝術との間には埋めることの出來ない大きなギャップがあることを認めないわけにはゆかないに違ひない。このギャップはフイヂカルな世界に於てはもとより、メタフイヂカルな世界に於てもヨォロッパ的なるものへの理解が深ければ深くなるにつれて不可避的なものとなつてくることを知るに違ひない。

明治大正以後インド洋を越えて齎らされた幾多の藝術上の新しい精神が、實際に於ては、自分達の生活と切實に結びつくことなく、その理解はただインテレクテュアルな部面に限定されて、エキゾチックな效果として用ひられるに過ぎない狀態にあつたといふことを、認めざるを得ないのである。今日、日本の最も高い水準に在るところの詩人、作家、批評家を含む、階層に充ちてゐる拔きがたいディレッタンティズムは、詩を文學をまた思想を、生活の生きた支へとして、言葉を代へて言ふならば生命の糧として受けいれるための方法を誤つたか怠つて來たからである。若しかれらがその方法を誤らず、また怠ることがなかつたならば既に一九三〇年代にエリオットが考へてゐたよりも更にはやく、更に深刻に日本のすべての詩人、作家がこのことに就て惱んでゐた筈である。未來派もダダも立體派も超現實主義も、晴れた日の空を過ぎていく渡り鳥の翼の影のやうに無雜作に氣輕るに智識の上を智識のみの上を過ぎ去つていく、この嘲ふべき輕妙さ、驚くべき思想的無關心の頰に釘を打ちこむことに依つて、永遠の模造職人としての歷史を打ち破らなければならない。しかし乍ら、その不快な歷史を自分達は何によつて打ち破ることが出來るであらうか。ある者は自分達が屬してゐる民族の傳統に望みをかけるかも知れない。だがいつたい自分達が屬してゐる民族の傳統がどんなものであるか、純粹に自分達のメリットとして何を採りあげるつもりであるのか。自分は自分達の周圍にゐるすべての傳統主義者たちに訊ねたいことはこのことである。この國の狂信者や哀れなフィリステン達が信じてゐるところの自分達のメリットといふものが、それに近づくにつれて、恰かもタンタラスの一皿のビステキのやうに一歩一歩、朝鮮や支那へとたち去つていくといふことを、いつたいどのやうに彼らは解釋してゐるのであらうか。自分達の民族が經驗し生活して來た事實を以つて、ただそのことのみを以つて、自分達のメリットであるとする考へは、自分をして言はしめるならばファナチストやフィリステンの盲目と何ら選ぶところのない酒の上の空虛な獨りよがりに過ぎないのである。若しそれがさうでないならば傳統なき民族の卑俗な、わらふべき虛榮のセンティメンタルな一捻りでなくて何であらう。言はばこの國の詩人や作家や哲學者達は、それがヨォロッパ的たると、東洋的たるとをとはず假裝の衣裳をつけてもつともらしく白晝の銀座を步き廻つてゐる普段着を持たない人びとのやうなものである。自分はこのことについて更にヨォロッパのヒュマニテイに就いて書き加へるのがよいと思ふ。それに依つて人びとは徹底的にヨォロッパと東洋とのギャップをまざまざと見ることが出來るにちがひないからだ。ヨォロッパの文學や美術や哲學に限らず、科學や政治の底を流れてゐるヒュマニズムの精神は、かれらの良心が、社會正義の觀念が生れ乍らにして強いといふ莫然たる理由によつて認めることは無意味に等しいのである。かれらの眞實、正義の觀念、それらによつて支へられてゐるかれらのヒュマニズムの精神の根はかれらの神に對する嚴しい反省として生れて來たものであつて、その根源には今日までヨォロッパの諸民族を暗い、救ひ難い、絕望的な宿命觀にまで導いて來たところの原罪の觀念がこの世ならぬ暗黑の色に濡れて巖のやうに橫つてゐるのである。現代のすべての哲學、文學、美術に於ける新しい流派、傾向は、原罪に對する暗澹たる宿命觀から遁れようとするための不可避的な努力によつて齎らされたものなのである。このやうな努力としての象徴主義、ダダ、超現實主義について、この國の詩人、作家、批評家達は甚だ無關心であつたか、全然考へ及ばなかつたのではあるまいかと思はれる節がある。然しヨォロッパのすべての文化を理解する最初の手懸りを、このやうなところに求めるのが、最も妥當なゆきかたであるやうに自分には考へられるのである。しかし若し、自分たちが既にその事について充分な知識と判斷を持つてゐたとして、この佛教の國に於て、どれだけの效果をあげることが出來たであらうか。アダムとイヴの墮落の結果として、その子孫たる人類は生れながらにして罪惡ありとする原罪の觀念が、どうして自分達の生存上に切實な響きを響くことができるであらうか。そして、原罪の觀念を持たない民族は到底ヨォロッパの文化の精髓を理解することが出來ないといふ意見は、現代のすべてのヨォロッパ的文化にたづさはる者の足を止めるに足りるものでなければならない筈である。

今日わが國に於けるヨォロッパ的方法による產業、政治、經濟の何れ一つとして成功してゐないのを見るがよい。文藝、美術、哲學は、この百年間に一つとして世界的な新しい價値を生みはしなかつた。百年間を二千年と言ひ代へても五十步百步である。このやうな生存の空虛は、恐らく如何なる罪惡にも比較を絶する自分達の民族の原罪と言ふべきであらう。確かに人類の生存の意義と價値は、各各が何らかの意味に於て、人類の福祉を賦加しつつ生るところにあるやう自分には考へられる。にも拘らず自分達の過去は單にヨォロッパ的文化の濫費者に過ぎなかつた。自分達がこの誤られたる過去から、人類の本來の面目に目覺るためには、所謂傳統主義者達が珍重するところの井戸茶碗や古色蒼然たる斷簡にも如かない奇妙なメリットへの執念をかなぐりすてると同樣、所謂知識主義者達もまたあのうら悲しいヨォロッパ的文化への尤もらしい、その實は全く空虛な模倣的態度を放棄して、その赤裸々な自由意志のなかに、透明な原始精神のなかに新しい希望の光りをそそぎ込まなければならない。新しい希望の光りを、しかし新しい希望の光りは、ガスライトやダングステン電球に於ける如く容易に存在するとは考へられない。自らが苦しみ、懷疑し、絶望し、しかもなほ生命の不滅なる力、なかばは自己保存の本能の力によつてその光りに觸れる體のものであらう。その苦しみや懷疑が強く、絶望が深ければ深い程光りはその力を增していくに違ひない。しかし赤裸々な自由意志が、透明な原始精神が、いつたい何で苦しみ、懷疑し、絶望しなければならないのか。その苦痛、その疑惑、その絶望のファクタアは何か。

自分は最近一人の偉大な詩人から手紙を受け取つた。そのレタアペエパアに次ぎのやうな言葉が刷つてあるのを讀んだ。

J'AIME, DONC JE SUIS.

その『私は愛す、故に私は存在する』といふ一行は、有名なJE PANSE, DONC JE SUIS. といふ言葉以上の魅力を持つて自分の耳朶を擊つのが感じられた。そして自分達の最後の文化的ドメンがそこに拓かれることについて、自分は切實に考へないわけにはゆかなかつた。原罪の觀念を持たない世界に於いて、追求される『愛』

の課題は自らヨォロッパ的なるものとの相違を明らかにし、獨創的なものとしていくに違ひない。そして神でもなく、悪魔でもない、純粋に人間的なる愛の精神が形成するところの文化といふものを想像するとき、自分達にのこされた唯一の道が、やがてはヨォロッパの文化が行き着く世界となるのではあるまいかとさへ思はれるのである。すでにT・S・エリオットは自分がいま考へてゐるやうな世界への先驅者達をコスモポリタンとか、コスモポリタニズムの仲間とか言ふ名稱を以つて呼んでゐるが、彼は、それらの代表的な人物として、エズラ・パウンドやアヴィング・バビットやI・A・リチヤアズの名をあげてゐる。この三人のなかでバビットは既に一九三三年に死去したアメリカの批評家で、ハアヴアト大學の比較文學の教授であつた。新人文主義の主唱者である。パウンドに就てはその紹介を必要としない程にこの國でも有名なアメリカの詩人であるが、現在はワシントンのセントエリザベス病院に精神病患者として療養中である。リチヤアズはイギリスの批評家で、心理學的な基礎の上に批評論を築いた人物として知られてゐる。ともあれこれらの人々に共通するところのものは、その教養のずばぬけて豐富なことと、非常に優れた頭腦の所有者達であること、更に何れも支那や日本の思想、文學に専門的な知見を持つてゐる點である。パウンドの謠曲や漢詩や孔子の飜譯はすでに有名であるが、バビットもまた佛教、儒教等の東洋思想に通じてゐた。リチヤアズには孟子の研究があり、北京の清華大學に講座を持つたことがある程である。

これらの先驅者達が、彼らの豐富な語學力を以つて、東洋思想の奥地に踏みいれていつた最も深い動機を自分はその誰からも聞いたり、またその著書に讀んだこともない。しかしそれが單なるエキゾチシズムや好奇心ばかりではないといふことは、その探求の態度や、彼らの著述の嚴しさからも知ることが出來るのである。勿論、文字はもとより、その思想法や慣習や感覺を異にする東半球の國々の文化のなかにはいつてゆくにはエキゾチシズムや好奇心の協力が必要であつたかも知れない。だがより切實な意味に於て、傳統に對する新しい抵抗を東洋の思想に求めた結果であると自分は考へる。彼らはこの全く異つた思想と表現に接することによつて、次第に傳統の憂鬱な世界から徐々に脱却していつたのである。傳統の羈絆から脱却していくといふことは、あの絶望的な憂鬱な原罪の意識から遠ざかつていくことを必然的に意味するのである。コスモポリタンに對するエリオットの不滿がここにある。そして自分のコスモポリタンに對する友情もまたこの點にあることは致し方のない民族的異りに據るものであらう。エリオットは彼らコスモポリタンはいきいきとした傳統の缺乏を純粋に知的で個性的な努力で埋めあはせようとしてゐるやうだ、といふのはこの間の消息をよく認めてゐる證據である。エリオットはこのやうな、いきいきした傳統の缺乏した――コスモポリタニズムの世界に關聯して、つぎのやうに書いてゐる。『原罪の觀念がなくなるにつれ、道德上のことで深刻に苦しむといつた事實がなくなるにつれて、今日の詩や小説のなかに見られる人物が次第にリアルなものでなくなつて行く傾向がある――この傾向は大衆文學なんかよりも純文學の作家達の間に著しい。作中の男女が眞實なものになるのは、われわれがみな同じものになつてしまふあの「狼狽してゐる瞬間」ではなくて、むしろ良心の苛責からおこる倫理的な精神的な苦惱の瞬間なのである。』エリオットのこの意見は如何にも傳統を重んずる批評家としての面目をよくあらはしてゐる。自分が若しイギリス人であるか乃至はキリスト教徒であつたならば無條件に彼れの言葉を承認したことであらう。しかし自分は、イギリス人でもなくキリスト教徒でもない。自分は言はば「狼狽してゐる瞬間」のなかにこそ、すべての眞實なるものの赤裸々な姿があるといふことを證明しようとする者である。自分は良心の苛責とか、倫理的な苦惱とかいふもののいかにも不自然な、それ故にまた救ひのない、絶望的な苦しみといふものの苦い精神的な苦痛から、より強く立ちあがる力が、あればよいと思はなかつた時はない。そしてその力が懺悔や祈禱の作られたるメスメリズムによつて與へられるのではなくて、生命の純粋な迸りによつて生ずるところのものでありたいのである。生命の純粋な迸りとしての力は、人びとが自己保存の本能といふ言葉を以つて表現して來たところの個人のぎりぎりの力を指してゐる。自己保存の本能といふ言葉は屢々單なる肉體のインディヴィデュアリズムとして理解されて來たやうである。しかしたとへばそれが肉體のインディヴィデュアリズムであつてもよい、現代人のインディヴィデュアリズムの内容はすでに昔の神學者が想像したやうな貧弱なものではなくなつてゐるのである。そしてこのインディヴィデュアリズムの生長は、またコスモポリタニズムの生長と切り離すことの出來ない關聯をもつてゐるのである。

それが確實な素性ただしいものであらうとなからうと、傳統といふものが自分達の意志に關係を持つかぎり、自分達の詩や、文學や哲學がセンティメンタリズムから解放される時はないに違ひない。橄欖の並木道にギリシャの微風が吹かなくなつてからすでにあまりに久しい歳月が流れてしまつた。コスモポリタニズムはいはばギリシャの微風へのノスタルヂイのやうなものかも知れない。しかしそれはとても明るい、そしてそれはともすればヴァンダイク型の髯をもつた人物の口から洩れる清々しい嗤ひのやうな餘韻にみちたものであればよい。

＊このエッセイに引用したT・S・エリオットの言葉は中橋一夫氏の譯文に據る。

（四八頁よりつゞく）

ことも、人の知る如くである、よしそれがいかなる形式であつたにもせよ。しかし程もなく我々は迷信と狂信との世界をここでも迎へなければならなかつた、ギリシアに自由が失はれると同時に、オリュンポスの神々も天上の神位から追放されたものであらう。我々が後代の文學に觀るのは、すでに信仰の失はれた宗教、作り話やゐそらごと、文章のあやにすぎない。神々の名はただ戯れに呼ばれるのみで、神殿はすでに空しい石のあなぐらと化してゐた。その故はギリシアの人らの胸に、もはや神々に奉るべき眞實も幻想も情熱さへ失はれていつたためといへよう。あるひはむしろギリシア人といふものが、すでにこの人の住む世界から滅び去つたせゐかとも考へられる。

（昭二二・八・八）

中野重治詩集に就て

平林敏彦

今度の「中野重治詩集」わ彼のほとんどすべての作品お集めてあると言う。この詩集について「世界民主主義の運合した力が日本天皇お打つたとき、とたんにそこから一人の人間がとび出したあのプロセスにともなつた現象の一つである」と言う中野の言葉、それわあらゆる因襲と傳統の陰鬱な影お負わされ、强制と屈服お強いられてきたわれわれの一人一人が、これらの半封建的なきずなお自ら絶ちきるために自己お解放し、自己お社会的な基盤の上にはつきりと意識することによつて日本人そのものお、人間らしい日本人に推し進め得る段階に到達したとき、そこから「消えぬ痣お頬に浮べたまま人間および作家として第一義の道」お進もうと革命の戦列え身おにじりよせた中野重治という人間、あるいわ人間らしい人間であろうとするすべての人間が、自ら革命の主体として、またわ革命に密着しようとするあらゆる積極的な志向お持つてとび出した、そのたたかいの一部お担当することのよろこびやかなしみお内奥にこめたひびきお持つている。

嘗て彼等が実践的に展開したプロレタリア文学運動わ、何等革命的な基盤や志向お持たぬこの國のブルジョアジーが当然担当し得なかつたブルジョア革命お、当時しだいに目醒めつつあつたプロレタリアートと小ブルジョアジーの革命的部分の直結がプロレタリア的指導によつて推進したその文学的な反映であつた。そして、今日の民主主義文学の任務わプロレタリア文学の事実上の発展の段階として、明日の社会主義革命に通じる革命的階級の自己表現、それによる人間的解放に支えられた革命的文学の実践にある。彼わその民主主義詩人のひとりとして、無制限のたたかいお通じて民族文学樹立の発展に対する民族の生活、文化えの全面的な配慮が、労働階級自身のたかまりと知識分子の無制限の成長お現実化しつつあることわ事実である。しかし、戦後の彼わその実作としてわずかに「五勺の酒」お小説として発表し、最近日本共産党創立廿五周年記念のために「その人たち」お詩として発表したに過ぎない。それわ何によるのか。

彼わ日本人に强圧的に奴隷的生存お強いた天皇制政府の首魁としての天皇の責任お、彼の人間的な欲求わ欲求としてうけ入れつつ、根本的に働き、あらゆる腐敗おさらけだした社会機構や秩序の破壊お押しだし、「日本革命の主導勢力としての労働者階級にたいし、保守的小ブルジョアジーのこれに対する反抗お組織しようとするトロツキスト」お理論的にも追究する多くの問題お評論として提出した。彼わあらゆる民主主義文化運動の推進にとつて必要な椅子お積極的にひきよせた。そしてある詩人わ彼が「いろいろな人民層に否應なく愛誦されるような一篇の短詩」お今日書いたならば、彼が現在やつている「一切の緊急な事務活動お全部サボツて、それお破綻させてしまつたとしても今日の革命に寄與する彼の力わ前の方が多きいと思う」と言うことによつて彼の革命的詩精神から生み出された作品の出現おもとめている。しかしこの詩人わ彼が「人民自身の積極的な意志とそれぞれに独自な文学表現との直結のために、知識分子としてのもつとも発展的な無制限のたたかいお、文学書としても展開しつつあることに氣ずいていない。「否應なく愛誦されるような一篇の短詩」お人民自身が書きあげるために、そういう段階にまで彼等お解放したかめるためにあらゆる文学のたたかいに身おにじりよせていることに氣ずいていない。中野重治の天皇制批判そのものが詩であり、反動的文学に對する批評そのものが詩であり、いつさいの彼の生活現実がその愛すべき一篇の短詩によつて満たされていることお知らねばならない。彼の全作品が二百頁そこその詩集に收録され得るということも、詩集の数で幅おきかすような浮動詩人との根本的な相違として思考される。

しかし、彼の作品が一様な表現や内容によつて書かれているわけでわない。「しらなみ」とか「あかるい娘ら」とか「挿木をする」とか「十月」とかの短詩わいずれも抒情詩に屬するもので作品自体にわ何の積極性も見られない。けれどもこうした詩が果してどのような環境に於てうたわれたか、うたわれねばならなかつたか。また「浦島太郎」とか「眼のなかに」「蠅」「眞夜中の蟬」というような思想的陰翳に富んだ、凝縮されたスタイルの作品からにじみでた彼の人間性の苦悩わ果して労働者階級の苦悩に直接的なつながりお持つかどうか。この内攻的な作品が彼自身お革命的に推しすすめる如何なる意味お持つたか。さらに「大道の人々」や「爪はまだあるか」や「眼のなかに」「わかれ」「たんぼの女」「私は月をながめ」「今日も」「水辺を去る」「最後の箱」「夜の挨拶」「煙草屋」などによつて代表される人間的な地肌に触れてくる作品の位置から、ともすれば彼の知識人的な限界お感じさせるものがすこしわありわしないか。その限界がどのように無限の発展につながつているか。もう一つの系列「夜明け前のさよなら」や「道路をきずく」「思へる」「新任大使着京の圖」「日日」「歌」「機関車」「縣知事」「無政府主義者」「新聞記者」「汽車」「新聞をつくる人々に」「新聞にのつた写眞」「兵隊について」等のあらゆる現実的矛盾、社会的不平等えの闘争によつて貫かれた作品から、「咽喉が干上つてくれば掻拂つてでも食うというような、文学的最後の勇氣から文学わいつも出発する」と言う文学の痛切さの問題お思い起しわしないか。そして「雨の降る品川駅」「今夜俺はお前の寢息を聞いてやる」「私は嘆かずにはゐられない」などに現れた中野の怒りや涙、身体およじみした人間臭さお、われわれわ文学以前とか政治偏向とかの誤謬だらけの批評にまかせて置けるだろうか。党員であるわが子に対する信頼と愛とについて報いわおろかそれの認められることおさえ求めなかつた親であつた「その人たち」の墓え、彼わどのクチナシとヒオオギとを切つてこようというのであろうか。それお彼わ誰にむかつてうたいかけているのであろうか。

詩人でありインテリゲンツィアの一人であり共産主義者である中野重治のそれぞれの狭さが、そして「これらの狭さがついているかも知れぬというそのことから何ものにも制限されぬ正しさひろさ」がどのように彼の上に発展していくか。矛盾、闘爭、解決前方えの進みとその統一によつてつき進められる彼の文学的実践の問題、そこに詩人中野重治の生身が横たわつている。

(8. 1947)

詩人の寂寥

那須辰造

一つのみ梢に殘れり
さは一つのみ　實となりて
ふゆぞら烈しきなかに
實となりて殘れる

室生犀星全集卷九に「序詩」と題して右の詩が卷頭におかれてある。あまたの詩が世のけはしい飾にかかつて一つのみ殘る寂寥と、しかし一つは殘つた矜持とを、ここに象徴したものであらう。詩人の切ない運命の聲である。

犀星全集には「十九春詩集」といふ題のもとに十五篇の、愛すべき稚拙な詩がをさめられてある。十九歳のとしに書いたものといふ後記がある。明治四十年ごろの地方のひとりの文學青年が、こつそりと書いてゐたものなのだらう。そして、それにつづく數年間に、「鳥雀集」「叙情小曲集」「青き魚を釣る人」など、犀星詩の初期の一群をなす叙情詩が、この田舍青年によつて生みだされた。室生さん自身はそのころのことを、「私は一介の痴兒のやうに、他愛なく、亦、何等の現世に於る分別も無く、詩に戯付《じやれつ》いて飽くことを知らなかつた」と記してゐる。

このあひだ或る必要があつて、室生さんの詩を最近のものまでほぼ隈なく、たんねんに、讀んでみた。だいたい年代順に追つていつて「鐵集」にまで到つたとき、あの狂ほしいばかり、ちやうど熟れざかりの桃の實のやうな情感に幸福に身をまかしてゐたこの詩人が、詩の骨骼をのみ露出してしまつてゐるのを私は見て、それがはげしい（けはしい）意志につらぬかれてゐるので一層、暗然とせざるをえなかつた。「鐵」以後この詩人が詩にとほざかり、詩神に見放される前に「詩に袂別する」と稱して逆に詩神に足蹴りをくらはしたのも當然で、詩人であることを宿命とするこの人は、ここ七八年間におびただしい詩をつくつてはゐるけれども、詩の幸福がもう遠く去つたことを最もよく知つてゐる。「鐵」が室生さんのたどつてきた道の上で何を示し、いかなる位置を占めるかといふことなどを、私は以前から考へたりしたことだつたが、こんどはもうさういふやうな理窟ではなしに、むつきにこの道に狂ひこんだ魂のいたましさとでもいふか、讀んでゆく私までが、われとわが手の刄物でわが骨を削る錯覺におち入つた。

「叙情小曲集」の詩人は「鐵集」で行きつく極限にゆきついてしまつた。この道程をたどつて批評することは、今は別の問題である。とにかく「叙情小曲集」の詩人は「鐵集」で終つたのである。そして、おなじ犀星といふ詩人によつて「哈爾濱詩集」以後なほ今も詩のいとなみがつづけられてゐる。すなはち、青春のあの肉體はだいたい三十代いつぱいで不敵な意志だけを殘して痩せ、四十代のプランクがこれにつづき、五十代の未完成がはじまるのである。かりにこれを前期後期とよぶとして、その兩者のあひだにどんな必然のつながりがあるか、いま私には掬ひあげてくることができない。おそらくそれは、この「五十代の未完成」が詩の幸福をつかんだときに、はつきりとわかることだらう。だが、この五十代の未完成の道が、はたして幸福を發見するかどうか。私はつくづくと、五十代にしてなほ戰ひをつづけなければならぬ詩人といふ存在の哀しさをおもふと、詩人みづからはそこに宿命を見いだしてゐるとはいへ、暗然とせざるをえない。

　さういふやうなことをあれこれ考へながら、私はまた、單行本には入つてゐながら全集には捨てられてゐる詩の數が可なりあることに氣がついた。自選の「定本室生犀星詩集」には、あのたくさんの詩の「星より來れる者」からは二篇、「高麗の花」からは三篇しか採られてゐない。これらは、もつとも旺盛に作詩してゐた時期のものなのだ。私が室生さんの書架から借りてきた多くの詩集には、古い詩をも氣のつきしだい行を削つたり入れかへたりしてゐて、この人はわが詩の餘けいな部分を絶えず切り捨てようとしてゐることがわかつた。おそらく單行本になるまでにも、多くのものが捨てられてゐるだらう。

　私は初めに「十九春詩集」のことから書きだしたが、實はそれ以來、本になると否とを問はず、また活字になると否とを問はず、いかに多くの詩がこの詩人によつて作られたかといふことを言ひたかつたのである。はたき落したはての全集所載の數さへ實に多いのに、ここ六七年間の詩數は、あたかも身邊の細事をもことごとく詩の爪でひつかき取つてくるやうなすさまじさを感じさせる。天衣無縫の感じであつた白秋よりもはるかに詩の數が多く、しかも室生さんには一篇も流行歌はない。この人はどれだけのものを作つたのであらう。

　ともかくも、この人は詩の成功不成功にかかはらず、つまらぬ出來の一篇々々にも、むつきな顔を見せてゐる。むつきになつてこのおびただしい詩を作り、わがたどりこし方を見かへれば、「一つのみ殘れり」されど一つは「實となりて殘れる」といふ感慨に要約せられるのであらうか。

　寂寥と矜持、文作るもののみが知る、そして詩はざるものには遠いところの、これは絶對の宿命なのであらう。これをみづから意識して生きてゆかねばならぬ詩人といふ存在は、まことにかなしいものである。と同時に、壯烈なものである。私など詩をつくらぬ者は、その壯烈な矜持にこころ打たれる前にむしろ寂寥におもひをやつて暗然とするのである。

（六三頁よりつゞく）

レアリズムを否定した言葉ではなく、むしろ肯定したものです。シュルであるのは意味としては「判りにくい」古語を使用して尙ちやんと立派な詩が書けてゐると云ふことでせう。私はその言葉を面白いと思ひました。

　釋さんの古語は感覺的に新しく生きてゐます。むしろ私はさうしたことで此の詩集を有難いと思ひます。然し、それは果して作者自身現代語と古代語の組合せによつて生れる感覺と云ふものを意識されてからの使用でせうか。それには多分に疑問があります。現代詩と云つても、それはこれだと定義づけるやうな大それた愚は私はとりません。然し、何うしても内容的にもつと自由にポエジイを意識したところで、作者の人間をさらけ出すことなしには、はつきり現代詩と云ふことは出來ないのは事實です。それは詩と云ふよりも藝術する眞實に外れることにもなりますから。

　ともあれ、「古代感愛集」はさすがにボキヤブラリイの豐さで他を壓してゐます。そして無思に近い人々に「古代」と云ふ新しさを示し、腐りかけた詩壇の頂門の一針として、清凉雅趣の鮮明な風を送つた有難い詩集であることを感謝したいと思ひます。（七・六）

詩集批判

古代切

小高根二郎

京の町の懐かしい夕影のなかを散策した時なぞ、ふとゆきずりに愛すべき錦の古代切を發見けて、小間物店頭に佇まされることがよくあつた。金地に蓮の花が浮き織りにされてをり、褪色はしてゐるが稚純な鴛鴦なぞあしらはれてゐて、購ふことは出來なくとも、せめて自分の詩集「わぎも抄」の裝釘にも……と、凡そかなはぬ思ひを走せたことがしばしばであつた。主體は腐朽して何時何處で損耗亡失したとはかり知れぬけれど、奇しくも今日店頭に殘つて主體の絢爛と榮光を偲ばせるその端切に、今日の文學に於る詩歌の地位への愁情と憐憫とをいつか併せ感傷してゐたのである。詩歌が文學の主潮をなした日はいつかあつた。その日を追慕しようとの懷古趣味はさらさらないが、今日詩を自稱し横行してゐるものの多くは、隨筆文學としての徒然草よりも遙かに詩でないことを歎くばかりである。私はもともと歌壇、俳壇、詩壇なぞと言ふ末梢の國境なぞ文學の世界に信じないから、徒然草をもつて日本を代表して世界に紹介すべき第一の詩集と考へてゐる。先頃桑原旋風とやらで俳壇は騷然としたさうであるが、たかだか旋風ぐらゐで騷然となる俳壇なぞなくもがなである。芭蕉蕪村以來の脈々たる眞の血統なら、佛蘭西文學者の桑原武夫の舞文ごときでどうにもならぬ筈である。その舞文で騷然となる俳壇なら、その舞文に相應する價價があつた確かな反證となる。

　これは餘談だが實は古代切にことよせて、私は愛する詩人臼井喜之介について語る心算であつた。先の詩集『童說』は四年振りで日本に歸つて來た私に、まだ詩人が荒廢の風土によくも殘つてゐてくれたと、望外の悅びを與へてくれたものである。氏が天禀としてゐる圓かな調和と平和とにほやかな言葉の陰影に、私は戰野で忘れ果てて了つた美しい日本語と日本の心を思ひ出したほどであつた。つづまやかな日本の家庭の可憐掬すべき心情は、其處に雰圍氣として馥郁と香りながら、緣に胡坐して柔和な日本の光の裡で病を養つてゐた當時の私を感動させたものである。が私はその居心持のよい雰圍氣に甘えながら心の一方でその平和温暖な雰圍氣に仄かな反撥をも併せ感じないではゐられなかつた。と言ふのは、今日のこの日本の荒廢の風土の上には相應の冒險と試みの徒勞も必要であると思つたからである。このことは私は詩誌「詩風土」全般への警告として書いた筈であつた。傳統とは傳統を斷絶するところから始るのである。芭蕉は貞德宗因流を斷絶したところに意味があつて、それの斷絶の精神こそが血統と呼ばるべきものであつた。若い詩人は明治以來の新體詩の傳統なぞ一應斷絶して結構である。そして思ひきつて兼好法師あたりにその血の所在を求める方がいいのである。もともと文學には始めから方法論なぞありはしないのである。眞の文學なら方法論なぞをよそにして、ちやんと文學になつてゐるのである。

　またまた餘談になつたが、私は臼井喜之介の近著『海の抒情』に、『童說』に感じた嫉妬にも似た仄かな反撥が感じられなかつた。これは確かに『童說』からの移りであり進歩であつたからである。ここには試みが明かに見られ、『童説』に感じた平和な調和感以上の安心が少くとも私に感じられるのである。集中の「幸福な時間」に示されたイロニーは『童説』にはなかつたものである。あの繊細艶美、な精神にこの太々しさが加はつたことを私は心から悦んだ。この『海の抒情』は臼井喜之介の今までの詩業に恐らく轉機を與へるものだらう。この確信を慥かにするやうに、氏の篋底秘抄とでも言ふ未定稿『稚情の歌』を最近私は見せて貰つた。そこには更に詩の廣袤が出て來て、伊勢物語風のあほらかな構成は更に明日への轉回を期し得て何か心愉しかつた。私が古代切の端切に感傷する失はれた主體の榮光と絢爛の日が、またやつて來るにちがひないと言ふ希望と確信が、ますます捨てきれなくなつてきたのである。

「遍歴の手紙」一讀

長田恒雄

秋谷豐氏の作品は、戰爭末期から特に注意をひきはじめたとおもふ。つつましく、甘く肌理のこまかい感觸で、技術もたしかで、當時殷盛であつた愛國詩などからみると、エスプリもはるかにゆたかなものがあつたと思つたことをおぼえてゐる。戰爭がだんだん激しく、だんだん苛酷になつてゐたそのころ、若い詩人が、このやうな相貌をもつて現はれて來たことに、ぼくは複雜なおどろきをかんじたものであつた。

敗戰後も秋谷氏の作品活動はさかんであつたが、その詩の根柢をなすものは、かつてぼくたちが彼を注目しはじめた時代とかはつてゐない。「純粹詩」や「ゆうとぴあ」に彼の活動はひところめざましいやうにおもはれた。そしてその集成といふか、選集といふか、さういふものがこの「遍歴の手紙」であらう。この書物のあとがきで、彼は「僕の作品形成の基調をなしてゐるものは何かと反省して見るに、それは愛と眞實とに生きる精神だと言ふことが出來る」といつてゐるやうに、彼の作品のなかには、ラムプや小鳥や月や花やシヤツポなどを通して心こまかなおもひやりが流れてゐる。まことに、愛と眞實とが無かつたならば人は詩など書けないであらう。いかにもぼくらは、彼の作品によつてなぐさめられさへすることがある。けれども慰められながらも、この時代にどうしてこのやうなこんな若いひとが書いてゐられるのだらうかといふ疑問の起るのをどうすることもできないのである。秋谷氏がしきりに發表しはじめたころ、郷土詩といふものがあつた。そしてそれは、その時代に對する一つのネガティヴな抵抗として存在したものだとぼくはおもつてゐるが、彼の作品には、この郷土詩的な系譜のものが抵抗としてではなしに、むしろ一種の必然性として存在するのではないかといふことが、ぼくらにとつてふしぎでもあるのだ。さらに、敗戰といふエポックをとほして今なほ秋谷氏の詩が、このキメの細かさと美しさと甘さとにみたされ、節度のある愛情によつて眞實を抱きしめようとしてゐるところにぼくのおどろきはあるのだ。

愛と眞實に生きようとするところに己れの文學の基調があると叫ぶことは、まことに昂然たる意氣である。ぼくらが容易にこのやうに叫びえないのは、ぼくらが秋谷氏ほど勇ましくないのか、もしくは素朴でないのか、さらにもしくは若くないのか、ぼくはいまそれを斷定できないが、萬一にもこれが秋谷氏のオプチユミズムに終らなければ幸ひである。

「遍歴の手紙」は、人間に送られた手紙にちがひない。しかし、ここに見られる人間像には、現代のものとしてはぼくはいささか食ひたりないものを感じてゐる。殊に、秋谷氏のジエネレエイションをおもふとき、一層さういふ氣がつよくするのである。言ひかへれば、彼のリリシズムに、さらにもう一度反省を求めたいといふことでもある。神も原罪もないカトリシズムのやうなところに、日本の抒情精神はこんにちひる寢をしてゐるのが實狀であるが、若い世代が、もしそんな谿間に魅力をかんじたとしたら、それはたいへんなことだと、ぼくはおもつてゐるのである。秋谷氏は、さらに次の手紙を書くであらう。さらにきびしい遍歴を經てから、さらにきびしい愛と眞實――智慧をもつて。ぼくはそれを期待したいとおもつてゐる。

菱山の「道しるべ」と丸山の「水の精神」

木下常太郎

日本の現代詩が今日ある如き姿をとり始めたのは一九二〇年代以後である。その頃と今の日本では環境がまるで違つてゐる。しかしその頃でも當時の環境にはまつたく無關心に新しい詩精神のもとに新しい精神と技術のために努めてゐた少數の詩人がゐた。さうした詩人にとつては太平洋戰爭中の狂人じみた日本精神は何のことかよく解らなかつたに違ひない。

日本の現代詩にとつての最大の問題は詩精神の解放にある。何からの解放であるか。舊式な亞細亞的精神からの解放である。從つてまた古い亞細亞的文學意識からの解放である。これは勿論亞細亞的文學文明のよい面を默殺することを意味するものではない。亞細亞的精神と意識からの脱却を意味するにすぎない。

この解放は徐々にではあるが、日本の現代詩の文學文明の程度を高めるであらう。さうして日本の現代詩を新しい文學の最前衞たらしめるであらう。

日本の現代詩に於て菱山修三の存在は特異のものであり、彼の詩は一つの良き可能性と未來性を持つてゐる。一九二〇年代に出發する今日の現代詩の道を一筋に歩いて來た極少數の詩人の一人として私は彼を評價したい。勿論充分に滿足出來る程度のものではない。

詩集「道しるべ」は全部で十六篇の詩を集めてゐる。この少數の詩だけによつても菱山修三の特色は充分に知ることが出來る。その特色と云ふのはセンチメンタルな域を脱したセンチメントが冷い技術を通して淡く出てゐる點である。

散文でなら、誰でも容易に詩は作れさうである。しかし妙な厭味や臭味のない散文での詩を作ることは容易ではない。

日本の詩壇で主知派と稱される詩人が居るが、菱山修三はその傾向の中では最高の地位に置かれる詩人の一人であらう。正しい意味での知性とは分析と同時に綜合をして、ものを構成的に考へ得る能力である。

これだけの知性を持つた菱山修三が單に技術的世界にのみ足を止めてゐて、更に深い思考の世界へまで進んで行かないのが、私は不思議である。

「道しるべ」に於てもいまだ甘いサンボリストの夢が影を落してゐる。この俳句が知的でありながら彼を何か甘い詩人であるかの如くに思はせるのである。しかし彼は決して甘いサンボリストではない。

〇　〇　〇　〇

菱山修三から丸山薫の「水の精神」に移るとまるで異つた氣候に移つた感じである。

丸山薫も一九二〇年代の日本の現代詩の出發期に仕事を始めた詩人の一人である。

しかし丸山薫は面白い獨特の詩的技巧の持主ではあるが、その基本的精神に於てはいまだに舊世界を歩いてゐる詩人にすぎない。彼にはもはや未來性がない。それは彼が餘りにも古い文學の味を知りすぎてそれにはまりこんでしまつてゐるためである。

一九二〇年代に出發した詩人のうちには最初から舊精神とは質的にまつたく異る新しい知的精神の世界へ飛びこんでしまつた少數の詩人と、新しく出發はしたが古い精神と何處かでうまく折合つてしまつた多くの詩人とがゐる。丸山薫は後者のうちの一人である。そしてさう云ふ傾向の詩人のうちでは未來性はないが三好達治などとともに優秀な方の詩人である。

現代詩叢書の中の一冊「水の精神」と題する丸山薫の詩集は十七篇の詩を集めてゐる。

知的な現代詩の特色には透明な批判的なセンスがあるものだが、丸山薫は既にさうしたセンスをなくして、むしろ南畫風な奇妙な、時にはやゝ重苦しい味を詩にしてゐる。これは東洋風の奇想と近代詩の妙に交錯した世界である。墨と色彩を使つた東洋畫の世界に入つてゐる。詩集「水の精神」から一詩を例にとつてみる。

犀と獅子

犀が走つてゐた
その背に獅子が乘り縋つてゐた
彼は嚙みついてゐた
血が噴き上り　苦痛の頸をねぢつて
犀は天を仰いでゐた
天は蒼く　ひつそりとして
晝間の月が泛んでゐた
これは繪だつた
遠く密林の國の一瞬の椿事だつた
だから　風景は默し
二頭の野獸の姿もそのまゝだつた
たゞ　靜寂《しじま》の中で
獅子は刻々殺さうとしてゐた
犀は永遠に死なうとしてゐた

右の詩には大きな東洋風な天地感を與へる詩趣はある。しかし如何にも東洋風の常識の域を脱してゐない。何の認識の新しさもない。新しい詩の風が吹いてゐない。

しかし右の詩のうちで、これは繪だつた、と云ふ一句の如き展開の技術的な面白さは認められる。かう云ふ展開的技術はこのほかの詩「碑に」にも「朝鮮」にも使用されて効果を與へてゐる。しかし現代詩の基本的問題の解決なくしては、かうした技巧のうまさは單に末梢的技術のうまさにすぎなくてつまらないことにぞくす。

「水の精神」の中での傑作は「朝鮮」であらう。これは丸山薫の詩の傾向の一面を代表するに足る力作であり且つ成功してゐる。

また次の一篇「神」も短篇ながら彼の詩的精神をうかがふに足る詩であらう。

神

大聲で喚き出し
そのまゝ　岩に彫り込まれてしまつた
喚きはいまでもつゞいてゐる
光のやうに　天まで
なにも聽えない

詩集「幻燈畫」について

村野四郎

この詩集の中に「炬燵」といふ詩がある。この最後の聯に

炬燵　炬燵　炬燵は愉しきかな
書にうめば首傾けて居眠るによく
酒に醉へば聲低く唄ふにもよし
さあれわが心の底にかかる炬燵をけりて
近づく春を迎へんと立ち上る意氣の激しく

このような詩に對するとりあえずの興味は、別にこの作品の詩的精神に關するものではない。この詩にあらわれる無意識の感懐が、多くの詩人の肉體的乃至は年齢的にたどる抛物線を暗示するものとして興味がある。それは感覺的に見て若い力の上昇線はやがて思想の重みにたえかねて、なめらかなカアブを描きながら、しかも落下の方向にある。この詩にあらわれるような僅かな抵抗にもかかわらず、結局は一切をひきくるめて落下の方向をとるものだ。

　この詩ばかりではない。この詩集の内の多くが間違なくこの軌跡の上にある。それは自然のカアブだが、實はしんしんとした、とり返しのつかないもの淋しさを感じさせる。

　こういつた點では、この詩集が著者自身にとつても記念的詩集になるということが出來るだろう。

　このような見方からすれば「春の寺」などはもつとも自然な作品であるといへるし、かへつて「春の雲」や短詩集「如月彌生」のごときは老年のポケットの飾り手帛にすぎない。

　著者がこの詩集以後どんなにより力強い落下のカアブをかくかということに著者の生命はかかつている。この詩集によつて著者にのぞみたいことは、著者が一日も早く、この程度の回顧的感傷によつてこの落下カアブの上でもがくことをやめて、もつと大膽な、力強い思想性へ突入することであると思ふ。

古代感愛集

野田宇太郎

釋迢空氏の「古代感愛集」は表紙の白に何やら菱形の繪模樣のやうな字體で書名を金で押した、表紙の上のカバーは黒で、その黒の上にやはり金で同じ模樣の文字を押した三百三十頁ばかりの詩集です。

　何やらの繪模樣のやうな菱形の文字には、あきらかに古代感愛集とよめますが、それはやつぱり文字と云ふのではなくて模樣です、金の模樣です。この模樣をたゞ文字だけでよまうとすると、何にも意味がなくなります。すこしばかりの表現された美しさと云ふものがなくなります。

　これを「詩集」とするところに此の本の意味があります。然し此の本のどこにも「詩集」といふ文字はありません。扉に記された文字には釋迢空詠とあります。「詠」と云ふ字を「詩集」と稱させるやうに、この本は出來てゐるやうです。何處にも「詩集」とは書いてないから、敢て私は一寸詩集と云つてみる氣にもなり、そこに意味を發見する氣にもなり

ました。本當はたゞ「古代感愛集」と云ふ渾然たる本であると云はねばなりますまいが。

古代感愛集と云ふ文字と言葉ですが、これは中々の洒落た題名です。そして古代を知ることを得たやうな人だけが使へさうな題名です。「古代」と云ふ言葉は「現代」に於てはじめて使ひ得る言葉です。「古代感愛集」とは「現代詩集」と云ふ存在理由をその文字にひそめてゐる心にくいほどの言葉でせう。

ところで私にはこの「詩集」の中でいくつもいくつも判りにくい言葉があります。詠まれた詩が判らないのではなくて、すぐには意味が捕へられない言葉です。もちろん私はそのことを恥ぢます。然しそれを「古典」を理解しないとして自ら恥ぢるのではありません。それらの言葉はすでに私たちの言葉ではありませんし、釋さんにしてはじめて使ひ得る言葉であることを私は納得してゐます。私たちがつねに求めてゐるのは古典です。古人を求めるのではなくて古人の求めたものを求めることです。さうした人間の常に求める、求めてやまぬ常に新しい精神を私は古典と云つたのですが、如何なものでせうか。

此の本にしばしば出て來る判りにくい言葉は、私達に「判りにくい」故に重要な言葉ではないでせうか。それは古語です。私達の言葉ではありません。それはすでに、西洋に於けるギリシヤやラテンのやうにへだたつた言葉です。古人の求めたるところを求めんがためにのみ習得せねばならぬ言葉です。その言葉を象嵌し驅使することで、現代人である釋さんは詩を書かうとされ、書かれました。こゝに此の本の重要な第一の問題があります。

昔から傳つた日本の歌の、短歌ではなしに長歌の形式を私はまざまざと思ひ出します。長歌でないところは、その定型から自由に拔け出して、現代語を意識して、西歐的な詩型による私たちの詩の型で表現されてゐることです。然しまた、その詩の私にうつたへてくるものは、長歌の世界以上のものでないことは否定出來ません。限られた、抒情詩の、かなり不自由な世界です。萬葉集の歌の數々が「作品」と云ふ對他的な心理でなしに、むしろ個人的に言ふべく必要なことを表白した、あの純粹さで、今もなほ、つねに新しく私たちの心をうつやうに、釋さんの詠になる新形式のこの「長歌」は私たちをうちます。弱くうちます。その中にも尚弱くうつ佳品は多々ありますが、強くうつても弱くうつても、ひろい抒情詩の世界の、ごく限られた「歌」の一部しかうちません。たとへば、二一七頁の「斷雲」など立派なものです、佳い詩ですが、これは明治歌人の誰彼の佳品ほどにしか迫つて來ません。

思ふに、私たちの現代詩は文界に於てさげすまれ、見捨てられるやうな病患をもつて今日を迎へました。その理由は恥かしいことばかりでこゝに記すほどのこともありませんが、たゞ一つ云はねばならぬことは、商業主義ジャナリズムに引きずられて形式と流行のみに浮身をやつして眞實の抒情をさへ失ひかけたと云ふことです。修辭學に於ては全くゼロに近く、たまにそれを考へる人は、それのみに身をやつして思ひ上り、肝要な人間像を萎ましてしまひました。無責任に古語を修飾に使つて氣取る詩人も生れて來ました。釋さんは古代の中から現代の中へひよつこりと現れた人です。さうです、釋さんの「古語」は身についた釋さん自身の言葉です。釋さんの現代語です。大學はダイガクとよまずに、フミヤと讀ませても不自然でないのはこの「古代感愛集」なればこそです。

ある人が釋さんの詩を日本語のシュルレアリズムと云ひました。シュルレアリズムとは

（五七頁へつゞく）

編輯後記

○前號『詩學』創刊號が、印刷屋のトラブルの爲に、甚だしく、意想外に遲れてしまつた。この遲れ方は、編輯者としても遺憾至極で、『ゆうとぴあ』に依つてデヴュウした存在を、危く抹殺されさうな事態をさへ惹起した。怪しからんことである。どうも、一般社會狀勢がノーマルになつてゐないので、事毎に詰らぬ、豫期せぬ故障が起こる。

○だが、これからは、多分、順調に事は運んで行くだらうと思ふ。この二號の編輯後記を書いてゐる日に、一號が出來た故、スピードアップ出來る筈だ。今後は一月に一回といふ、この原始的な約束をキチンと果して行きたいと思ふ。

○詩、及び詩を巡る世界は、ヂヤナリズム的に、混亂の相を示してゐるかに見える。いろんな問題が解決を求められ、而かも、その多くは未解決の爲に、その歸趨に迷つてゐる。

○本誌は、さうした混亂に、ともかく一應の秩序と整理とをつけたいと思ふ。その方法が、或時は、非常に迂遠であり、逆行であるかに見えるかも知れない。だが、手を拱いて徒らに眺めてゐるよりは、ましであらう。

○然しながら、詩の雜誌の維持經營は、依然、今日に於ても難航を極める。文化國家といふ呼び聲は高いが、詩は、一般に顧られぬ。詩誌の存在は苦業であり困難である。だが、われ等同人は、ぜがひでも、この『詩學』を、守り立てゝゆかうと思ふ。大方の御後援を望む次第だ。

○御覽の如く、今月號には、金田一氏、西脇氏、吳氏に、各方面に於る權威としての發言を乞ふた。益するところ多いと思ふ。

○西脇氏は、最近の傾向としての氏一流の長詩も亦、寄せられた。それから、アメリカの新聲として ロスコレンコ氏の詩は、わが詩壇に示唆するところがあらう。

○さて、ともかく、今迄は遲刊に遲刊を重ねたが、今後は、かうした技術的なことは充分征服して、詩と、その周圍の爲に存分につくしたい念願である。今、改めて、二號を出すに當つて、この覺悟を強くする。

○諸君の御健康を祈る。(城)

☆　☆

☆　☆

詩學 第一巻第二號 九月號
定價十八圓(送料二圓)

昭和廿二年九月廿五日印刷
昭和廿二年九月卅日發行

發行兼編輯人　岩谷滿
印刷人　楠末治
東京都板橋區志村町五
印刷所　凸版印刷株式會社
東京都中央區新富町三ノ九
表紙印刷　慶友社
東京都中央區日本橋室町四ノ三
發行所　岩谷書店
電話日本橋(24)九三〇一三
振替東京　一〇〇、二二四
會員番號　A二〇九〇一四

購讀料
半年分　一二〇圓
一年分　二四〇圓
(送共)

現代詩叢書

第一期十冊

一齊發賣

定價各二十五圓
送料各三圓

昭和二十二年九月二十九日印刷納本
昭和二十二年九月三十日發行

詩學

第一卷第二號

定價十八圓

詩學

昭和二十二年十月二十四日第三種郵便物認可
昭和二十二年十月二十五日印刷納本
昭和二十二年十月三十日發行

第三號

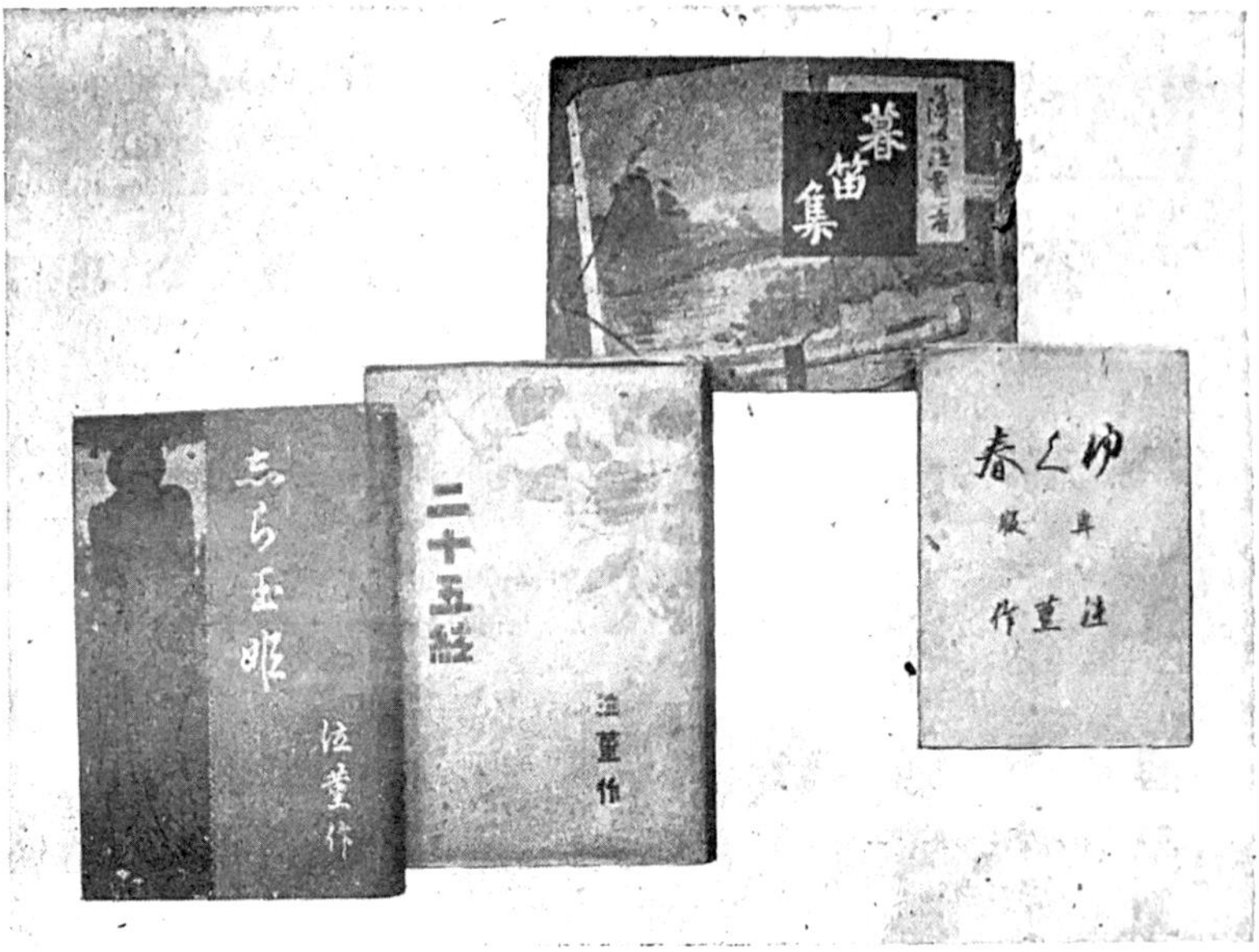

暮笛集　赤松麟作氏挿畫コロタイプ色刷。四六判百七十頁。輪廓本文二度刷。明治三十二年十一月初版發行。代價六十錢郵稅四錢。東京金尾文淵堂版。

ゆく春　滿谷國四郎氏挿畫コロタイプ色刷四葉。袖珍本二百三十頁。輪廓本文二度刷。明治三十四年十月初版發行。代價四十錢郵稅四錢。金尾文淵堂版。

二十五絃　岡田三郎助氏挿畫原色三色版七葉。洋裝クロス金泥刷。四六判三百餘頁。明治三十八年五月初版發行。代價一圓郵稅八錢。春陽堂版。

白玉姬　滿谷國四郎氏挿畫水彩畫木版十數度刷。洋裝生絹綴。四六判二百餘頁。明治三十八年六月初版發行。代價八十錢郵稅八錢。金尾文淵堂版。

以上は、白玉姬に折込添附の正誤表裏面記載の薄田氏著作目錄であるが、寫眞ではゆく春のみが再版で、後は全部初版である。ゆく春の初版と暮笛集の再版及び三版、それと白玉姬の後に出た白羊宮とは次號に掲げる豫定である。

晝

近藤東

われわれの列車はプラットホームに沿って、長いあいだ腹ばいで寢そべっていた。それは一ぴきの前世紀のハチュー類動物を想起させた。旅疲れの乗客も目を開いているときらきらするような暑い晝さがりであつた。

機關車が列車から切り離され、側線で入替作業をしていた。機關車はそのまわりの個所だけにウズマキのような黒っぽいざわついたものを伴つて、閑寂な構内をしきりに移動していた。

突然けたゝましい阻止の聲がきこえると、一人の職員がすでに青ざめて車輛の下からひき出されていた。そして機敏に擔架にのせられ、たちまち視界から消えていった。

だらけきった乗客も、ひとときは頭をもたげて見たが、やがて列車が城の見える驛を通過するころには、もう誰も思い出そうとはしなかった。

詩學 第三號（通卷第九號）

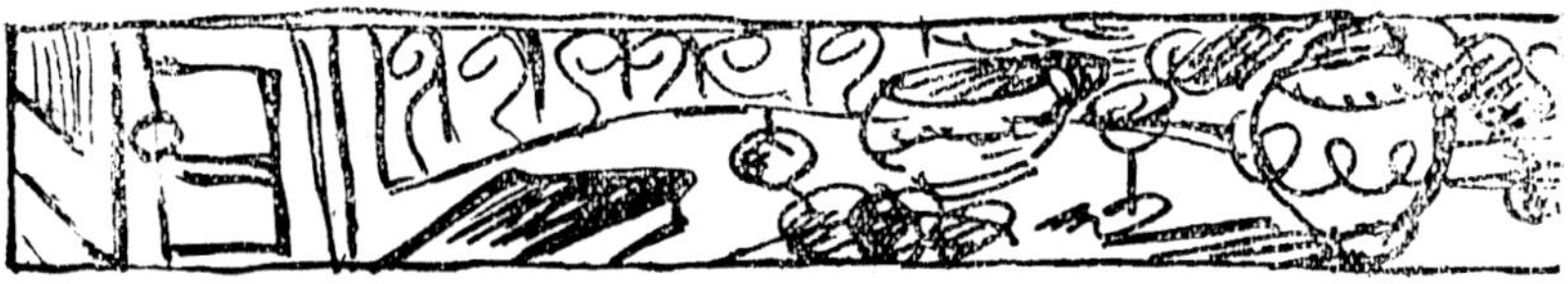

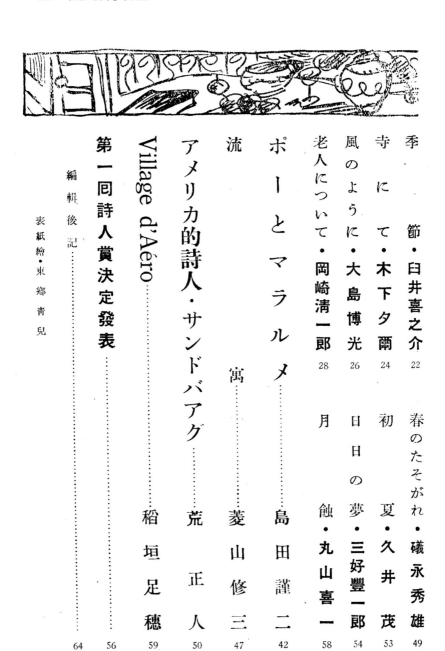

特輯

詩の探究

（詩とその世界）

今日の詩が一般的に衆望をあつめないのはあながち日本だけのことではないらしい。藝術的な或種の訓練をもつた佛蘭西や露西亞などは別としても、一般に詩が特殊視されつつあることは、二十世紀の宿命であると云へることかも知れない。然し、それは文學や音樂や繪畫が一般にもてはやされぬと云ふことではない。機械文明の發達した實際主義のとなへられる今日、神秘的な精神が忘られ勝ちになるのは當然のことゝ云へよう。然し又それは忘れ去られてはならないことも當然のことである。

日本の現代詩は一般に、もつとも魅力のすくない藝術であるらしい。朝夕ラヂオで放送されるからと云つて、詩人共の講演會があちこちで小さく催されるからと云つて、決して詩が現在の形でよろこばれ、本當によまれてゐるなどと考へるのは、詩人の思ひ上りである。形式的な西洋模倣に馴れジヤナリズムに御されとほして來た、根柢の淺い視野の狭い卑しい詩人が、年老いたことによつて大家顔をしたところでナンセンスである。もつとも、こゝ十年間の日本に眞に教養と名のつくものとてはなく、たゞ生きんがための習慣に押されて來たジヤナリストに一般文化の責任が持てよう筈もないのだから、日本のジヤナリズムにさう安易に眞實なる藝術家が登場することなど毛頭期待出來なかつた譯だ。思ひ切つて云へば今日詩人と云はれる者の多くは詩のヂレツタントにすぎない。ヂレツタンチスムにふさはしく、新舶來の空理論だけがお目見得して、己の古典の存在をさへ忘れ、やれギリシヤだラテンだと云つて云ひ放した時代だ。ユマニテをさへわきまへず、佛文學を流行のザラ紙に印刷して切賣した時代である。この意味からは、或西洋の畫家でさへ曾て日本に住んで佛蘭西の後期印象派の影響をうけたほどの、明治・大正時代の詩人をこそ師と仰ぐべきであることに氣付いた方がよい。

詩の本質は自己に在る。それを發現し、たのしむのは自己の人間としての教養である。幸ひ天は日本人にその機會を與へた。自己に歸れ、人間に歸れとばかり、絶望的な社會を展開しつつある。

詩人は詩の中にのみ潛在するものではない。詩は或ひは藝術の原子である。小説にも美術にも、建築にも音樂にもある。もし詩が否定されるならば、あらゆる藝術は否定されねばならぬ。この世から建築さへ消え失せて、世界は再び穴居時代へ逆行するであらう。

それならばもつと詩人よ元氣を取り戻せ、つまらないプライドをすて、眞實の前に人間らしく裸になれ、と叫ばざるを得ない。

以上の理由から、本當に胸衿を開いて詩の姉妹藝術の立場から詩に對する聲を聞き共々に未來を囑望することを願つた。今後も詩壇開放の立場から日本の詩や藝術の新しい展開を試みたい。（の）

藝術の純粋性と純粋藝術

——「詩の探求」——1

岡本太郎

凡そ詩と繪畫は、作者の純粋性なしには、全く存在し得ないものである。畫家がカンバスに向ふ時、詩人が作詩する時、己自身に向つて、純粋な對決をするのである。詩とか繪畫は全く孤獨の純粋性の中にのみ、咲き出づる花である。知識とか處世法、ポーズ等に依る不純性は、こゝでは斷たなければならない。今日ペダントリーは、日本インテリの存在理由の様であるが、詩とか繪畫には、以ての外の毒物である。純粋な藝術家が世馴れない點に於て、白痴の様にさへ見えるのは、その純粋性の故である。

しかし純粋な言語動作を見聞して、我國の文化人は兎角嘲笑したがる。何故だらうか。一種の嫌味にとられるのであらうか。私はこの嘲笑に二つの要素を見出す。

第一は、我國民の性根の中に、數百年來たたき込まれた、封建的な精神である。人生を消極的に達觀し、諦めの洗禮を受けたものを純粋と解して、枯淡、わび、さびを好尙の第一の目的とする。老成の精神は、若さ、未熟、奔放な情熱等を蔑視し、若さが唱へる純粋を幼稚の同義語に扱つてしまふのである。こゝではペダンチックな話術が肝要である。

第二は自嘲である。彼等は腹の中で思ふ——俺も嘗ては純粋さを持つてゐた。しかし世の中は、純粋ぢやあやつて行けないのだ。純粋なんか、とうの昔に捨てゝしまつた。今頃そんなことを俺に言つてみたつて、一體それが何の役に立つのだ——。そして何となく淋しげな笑ひが、口もとに浮ぶのである。

封建的な卑屈さと自棄によつて、我國の文化人達は純粋を失つてしまつてゐる。

では一體この「純粋」といふ抽象的な字句の定義は如何であるか？ 字義のまゝならば、混り氣の無いことを意味するであらう。しかしこれだけでは何の説明にもなつてゐない。

「藝術に於ける純粋性」などといふ論文を書けば、相當手のこんだ長文をものしなければならないだらうが、そんな説明を受けない迄も、眞に詩人たり、畫家たり得る人間は、純粋性を直々に感じてゐる筈である。それは手に觸れる事の出來るものですらある。それを全くの抽象だとか空想だなどといふ者があれば、純粋といふものを、のつぴきならぬ迄に失つてしまつた、俗人に違ひない。

しかし誤解を防ぐ爲に、我國に於て今日迄一般に考へられて來た、この言葉の既成概念について、一應究明してみよう。

私は戰地で五年の間軍隊生活を送つたが、此世界で使はれる純粋といふ言葉が、私の信じてゐるものとは、まるで反對の意味を持つてゐたので、初めは全く茫然としたものである。要するに純粋といふ言葉は、單純と殆んど同義語に使はれたのである。肉體的な勞苦よりも、私にはこの精神に課された暴虐が、一番苦痛であつた。

しかしよく考へてみれば、今日迄我國で普通使はれてゐた純粋の意味は、多少の差こそあれ、ともかくこの軍隊用語と、同質だつたのではあるまいか？

詩人は、畫家は、誰よりも純粋でなければならない。そしてその本質は、至上に複雜なのである。

右を向けといへば右を向く、左を向けといへば何の疑もなく左を向く――こんなのを純粋といつた。

だから神國は絶對不敗であるといふ甘い考へを、たやすく信じこんだのである。

「お前のいふ事は間違つてゐる。お前は永くフランスにゐたから日本人ぢやあない。」と、私を、そして世界の文化國フランスを罵倒したのは東大哲學科出身の將校であつた。

しかし罵倒されたフランスは、十七八世紀の絢爛たる文化の後、大革命、ナポレオン戰爭、二月、七月革命、普佛戰爭、パリコンミユーン、第一次ヨーロッパ大戰、そして今次大戰のドイツ軍による全土に亘る占領等々の、血なまぐさい慘憺たる經驗を經てゐる。この高度の文化國が、數々の慘苦をなめ、逆境にあり乍らも、しかもその文化の純粋性、高貴性、青春を、今日尚持ち續けてゐるといふことは、並々ならぬ逞しさである。

ふりかへつて我國の現狀を見ると、今日この樣な狀態にあるのは、己のあやまちの報であるとして諦めてはゐるが、その根本にある倫理性を改新する樣な積極性、逞しさが全く不足である。

逞しくあらねば、純粋たり得ないのである。我國では、素朴を以て德の對照とした。素朴を純粋と思つてゐたらしい。成程我國民は素朴であつた。數百年來樣式の變らぬ家屋に住み、粗末な衣食に甘んじ、勤儉貯蓄の美德を具へてゐた。だからといつて、純粋といへるであらうか？　この樣な者達の根性が一皮剝けば、如何に貪婪であるかといふことを、我々は今日目近に見てゐる。

さて、以上の私の純粋に對する見方を要約すれば、左の樣になるだらう。

青　春――老　成
逞しさ(主動性)――諦め(受動性)
豐　さ――素　朴
非　凡――平　凡
複雜性――單純性
飛　躍――停　滯

これを見ると、私の主張する純粋の觀念が非常にロマンチックであることに氣付くだらう。そして又、多分に西歐的であると思はれるかも知れない。

しかし、今日世界的文化の波を乗り越えて行くには、かゝる積極的な純粋性を持たねばならぬことも、わかる筈である。

生活の上に、大きな幻滅を味つた敗戰後、卑屈な魂の彷徨は、又一段とひどい。

精神の問題よりも、衣食住の事に沒頭させられて、我國民の文化性は、燒跡の樣に醜樣なのである。日常我々の魂に觸れて來る悉くが、何と空虚なことであらうか！　人々はこの中で沒落する。

然らざらんと欲すれば、敢然と一歩を踏み出し、新しい人間性を開拓しなければならない。これは魂の純粹化によつてのみ可能である。純粹のみが我々をこの醜惡な現實から救ふのである。

今日或種の作家は、落漠とした四圍と、グロテスクな取組みをして、一應レアリストと稱してゐる。又縱横無盡にメスを振ひ、その大膽奔放な筆力で、今日の世相を如實に描出し、赤裸々な人間性を究明してゐる作家もある。私はそれ等が無價値であるとはいはない。然し彼等が、現實の醜怪さ以上の何ものも、表出し得ないのは明らかである。

全く眞に徹底したレアリストたるには、筆をなげうつてヤミ屋か强盜になることが、最もふさはしいであらうが、それでは遂に救はれないことも又明白である。

そこで小賢しいトリツクを止め四圍の暴力に屈する事なく、心を澄まし眼を澄まして、いのちの奔る本然の方向を確めるのである。

詩とか繪畫は、藝術の表現樣式の中でも最も純粹とされてゐる。詩と繪畫が、今日醜惡な現實の地を離れて、夢幻の中に飛躍するのは、大いに理のあるところである。

藝術純粹論

純粹藝術論

この二つは別種の問題であるが、いづれも今日再檢討されなければならないのであり、そこから我國の藝術の新しい進路が開かれて行かなければならない。社會的、思想的混亂の中にあつて、純粹論を唱へる事は恐らく間延びのした話だと、思ふ人もあらう。然し功利的でばかりあるといふことは、文化の貧困を意味するものである。

純　粹　詩

純粹繪畫

共にフランスに於て、思想的危機と不安の時代に生立つてゐる。しかしこの藝術形式が、今日に至つても尙、我國に於ては冷遇されてゐるのである。これ等は、カルテジアン精神の傳統を持つた文化の中に、咲いた花である。これを逆に、單なる藝術至上主義者の思ひ上りの樣に解釋するのは、大きな誤りであり、最も敬虔に究明して行かねばならぬ問題である。純粹科學が研究室で生れる樣に、純粹藝術にも研究室的仕事が無ければならない。そこには、冷嚴な批判と探究が、行はれなければならない。だから、これは神秘主義ではないのである。

高度に結晶したこれ等の作品が、一般には難解であり、又殆んど皆無の現狀である故、其本質をさへ疑ふ者があるのは、寒心に耐へないのである。

純粹詩については、私は專門外である。

純粹繪畫については、彼地にあつてその運動の若きメンバーの一人であつた點に於て私は責任を以て語る事が出來るつもりである。

然しこの專門にわたる繪畫論は、別な機會に稿を改めなければならない。たゞ一應お斷りして置きたいのは、私の純粹繪畫論の對照とするものは、旣往のそれの樣に（例へばピユーリスム）狹いものではなく、より視野の廣いものを意味する筈である。

この一文はその序說ともいふべきものであらう。（四七・七・二五）

詩と音樂

――「詩の探求」――2

兼常清佐

1

私は〝音樂の中の詩〟という題で話を求められたことがある。はじめは私は物をたやすく考えた。音樂の中は詩で埋つている。音樂はつまり詩である。しかしそう一口に言つてしまつてはお話にならない。これをも少しこまかく考えてみると、問題は思の外にこみ入つている。

詩とはそもそも何であるか。――本當はそんな事から始めなくてはならない。しかしそれは常識にまかせる。まづ音樂の中に詩がある私の場合は、言うまでもなく唄であろう。特にシューベルトから後の〝リード〟であろう。これは詩を唄うのであるから、何といつても音樂の中の詩である。

昔のアリーなどの文句は、詩として讀んでみると極めてつまらないが、近ごろのリードは偉い詩人の詩に音樂を置くようになつた。ヴォルフの〝メーリケ詩集〟はその一つである。ドビュッシーがヴェルレーヌやボードレールの詩に音樂を置いたのなどは、そのいちじるしい例である。これこそまさに音樂の中の詩である。このような例は、音樂の歴史の中で、リードという章をみるとかなり澤山あげてある。今では詩と音樂は百五十年前よりも遥に縁が深くなつて來ている。

このような音樂を聞いて、私共はどう思うだろう。少くも私自身だけにはこのような音樂はよくわからない。例えばドビュッシーのあの曲で、ヴェルレーヌやボードレールが本當に唄われているだろうか。ただ本の中でヴェルレーヌを讀んでさえ、そのフランス語のこまかなニュアンスは私にはとてもわからない。それをも一つ音樂で言いあらわそうとするのであるから、これはとても私にはむつかしい。まづフランス語の方がはつきりわかつていないから、それが音樂でどのように巧に言い表わされてるか、よくわからない。

言葉のこまかいニュアンスを美しい音樂で表わすことは、その言葉を話す音樂家が作つて、その言葉を話す人が唄つて、その言葉を話す人々が聞いてこそ本當に身にしみてよくわかるのである。先生にお早うも、今日わも、ろくにドイツ語やフランス語で言えないような人々が、ただ先生の口眞似でシューベルトやドビュッシーを唄うのを、字引を引いてどうやら詩の意味がわかるくらいの我々が聞いて、ドビュッシーは偉いだの、この唄い手はうまいだのと言つてみても、それはどうも少々話がおかしい、我々が本當に音樂の中の詩を樂しむのは、ニッポン語の詩をニッポン人の音樂家が音樂にして、ニッポン人の唄い手が唄う時である。――そしてそんな時が一體いつ來るだろう。

詩をすぐそのまま音樂にするのは、ちよつと考え物でもある。私が音樂家ならそおはしない。詩が美しければ美しいほど音樂になりにくい。音樂と詩と中心が二つ出來て、どうも一つのまとまつた藝術品になりにくい。詩の美しさは詩自身で十分である。音樂はかえつてじやま物になる。これが私がドビュッシーを聞くときの僞らない感じである。それは私がよくフランス語を知らないからにもよるが、しかし同じによく知らないドイツ語のシューマンの〝ハイネ詩集〟の方は、ドビュッシーよりは多少私の頭の中でよくまとまることでもわかる。それはハイネの詩はヴェルレーヌよりも中味が輕いから、藝術品としての全體の重さをシューマンの音樂の方に置きやすいからだと私は思うている。一體で美しい詩をすぐそのまま音樂にしたリードというものはむつかしい藝術の形である。

詩をそのまま音樂にせずに、その事がらを音樂にしたのは、私には、リードよりもわかりやすい。例えばリストの〝シンフォニーの詩〟である。その中でも、ラマルチーヌの詩〝プレリュード〟を題にしたシンフォニーは私の特にすきな曲である。これならば、私はこの曲の中味の意味として、ラマルチーヌの詩を自由にどうにでも考えられる。必しもフランス語によらなくとも、この美しい詩の意味をニッポン語で考えながら、この美しい曲を聞いていてもいい。これはフランス語の詩そのままを音樂にしたものよりも、私には遙に面白く樂しまれる。私は、シュトラウスの音樂はあまり好まないが、しかしこのことで彼のシンフォニーは彼のリードより私には少しは親しみやすい。

外國語の詩というものは非常にわかりにくいものである。よほどその國の言葉に馴れていないと、詩のこまかい言葉づかいの美しさはわかるものでない。音樂は世界中に通用する言葉だといわれているが、それもまた極めて淺はかな言い方で、やはり音樂のこまかいニュアンスは、詩と同じように、なかなか外國の人にはわかりにくい。私がリストのシンフォニーの事を言つたのは、ただリードに比べての話にすぎない。ニッポンにはニッポン語の詩人とニッポンの音樂家がいて、我々のために我々の詩と我々の音樂を作つてくれるのが本當である。我々はなま嚙りのヴェルレーヌやドビュッシーをうつかり本物と思込んで安心していてはならない。

2

音樂の中の詩というよりも、私には詩の中の音樂という方が遙に、遙に大きな問題であるように見える。そしてこれこそ今のニッポンの詩の一番大きな問題の一つではあるまいか。

まづ第一に音樂を――という意味をヴェルレーヌはその詩の中で

歌つている。このヴェルレーヌの意味で今のニッポンの詩のどこに音樂があるだろう。

詩と散文とは少し違う。詩は紙を儉約して行をつめて書いても、やはり詩でなくてはならない。しかしニッポンの今の話言葉の詩を行をつめて書いたら、ちよつと散文と區別がむつかしいのが多い。私はそれは詩に音樂が少いからだと思う。――私は形の事を言つている。もちろん中味は詩的であろう。しかし散文詩を行わけにして書いても、それですぐそれが詩になるとは限らない。私はその區別を言つているのである。

まづ第一に音樂を。――このことを私は今のニッポンの詩に求めたい。今のニッポンの生きた話言葉で詩を作るという考は非常にいい。そう私共は古い文章語の詩には飽き飽きした。今の我々の詩は我々の生きた話言葉で書かれなくてはならない。しかしそのことで詩と散文詩との區別がなくなつては我々は少し淋しい。我々は今の生きた言葉を詩にしてもらいたいのである。散文詩と詩とを、區別するものは、それが音樂である。

言葉の中に音樂の要素があること、――それが詩と散文詩の區別である。音樂の要素といえば、つまり音そのものが美しい感じを我々に與えることである。中の意味でなく、外の形から我々に美しい感じを與えることである。今の詩は眼で讀むものだから、音などは問題ではないというなら、それは確に間違つている。

言葉で音を感じることは、默つて眼で讀んでも、聲を出して讀んでも、ほとんど同じことである。物を考えるにしても、我々は言葉で考える。言葉というものは音を離れてあるものではない。頭の中で考えるにしても、なお我々は音の感じを持つ。ましてそれが詩の形になれば、その中には音の感じというものは、かなり澤山入つてくる、それを美しい感じを與えるように調えることが、それが詩の中の音樂である。

ニッポンの今の話言葉の詩で、どこに音樂になりそうな音の要素があるであろうか。それが問題の中心である。音というものは、高さと、强さと、長さと、音色とがそのおもな性質である。言葉を音樂の見方から調えることはこの四つの性質によるより仕方がない。この内でまづ考えられるのは强さである。言葉の强さを或る規則で調えて、それから音樂としてはたいへん大事なリズムの性質を得ることである。しかしニッポンの言葉には、强さのアクセントはほとんど目立たない。ニッポンの言葉で、イギリスやドイツの詩のような强さのアクセントからくる詩脚を作ることは出來ない。

音色については、今までの詩にある仕方は韻である。これは昔からニッポン語でも試みた人は少くない。近頃では與謝野晶子が〝小鳥の巣〟五十九篇を作つたような例である。その外頭韻の例なども澤山ある。これは今多くの詩人は問題にしていないけれど、私はたしかに詩の一つの要素であると思う。もし私共の音に對する感じをよく訓練して、韻に對する面白さを身に覺えたら、これはたしかにニッポンの詩に新しい音樂の要素を一つ加える方法であろうと思う。

殘る一つは長さである。これはニッポンの今までの古い言葉の詩の一番大きな要素であつた。七五調や五七調のようなものである。これは話言葉では成り立たない。そのことは今まで話言葉の短歌を

小山正孝

歸途

私は海を見た
はじめは輝く青いやつを
夕方になると波はうすずみ色にくだけてゐた
私は汽車に乘り込んだ
一枚の櫻貝を頬にあてながら
砂つぶと潮風を頬に感じながら
木の間がくれの海に別れた
速力早める汽車の中で
夜がやつて來た
都會の思ひがかへつてきた
私は自分で知つてゐた
頬があの櫻貝のやうにあつくなり
心理がごつごつ亂れはじめるのを！
るつぼの中へ歸る私
涙してすごせ
また毎日を

作つてみて、多くは駄目だつたことでわかる。しかしニッポン語の性質から見て、この長さ、または言葉の數ということが、詩の中の一ばん大きな音樂の要素であることは、誰にもすぐわかるであろう。まづ力を入れてみるとすれば、この點である。――ニッポンの今の話言葉は、言葉の數をどう區切れば、それから音樂的な美しさが出るか。

それは我々素人が考えても物にならない。詩人がその頭の中にある美しさの感じをそのことに向けて、まづ試みてみるより外に途はない。そしてそれよりも一つ前に、詩人自身が自分の頭の中に音樂の美しさということはどんなものであるかをはつきり心得ておかなくてはならない。それが相當な大仕事である。それはその人自身の教養にかかわりあることであるからである。

音樂と詩、詩と音樂――どちらにしても、これはそう手取り早く片づけていい問題とは私には思われない。

詩の運命

――「詩の探求」―― 3

伊藤整

現代の詩について語ることは、實に困難である。現代は詩の成立をゆるすであらうか、といふやうな大膽な疑ひをすら、持ち出すことができさうである。近時、第二次世界戰後の日本の小説界では、小説の時代は終つたのではないか、とか、小説は滅びつつあるのではあるまいか、といふやうな疑ひが、多くの論者によつて提出され、相當まじめに議論されてゐる。

ところが、それと同じ時期に、詩は滅びつつあるのではあるまいか、といふ疑問が、いはゆる詩壇から起されたことを聞かない。短歌や俳句が詩の一種であるならば、（私はさうだと信ずるが）短歌と俳句が果して現代人の心の十分の表現道たり得るか、といふ疑問が、歌人俳人以外の論者から提出されて、これはまた、かなりの反響を引き起したやうである。しかし、いはゆる「詩壇」は、俳句や短歌は詩でないといふ見解を、特に新しく發表する人もないし、また詩は近代人の自己表現に十分の力を持つてゐると、念を押す人もなく、また詩は第二藝術でもなく、また詩は滅亡するかも知れないといふ疑ひを特に立言する人もなかつたやうであつた。

つまり俳句や短歌の存立をおびやかした第三者の議論も、「詩」には少しも關係がなかつたし、また小説の存續を危ぶんだ自己批判の聲も「詩」とは何の關係もなかつたのである。さういふところをもつて見れば、多分「詩」は、「詩」のみは十分に、第二次世界戰後の日本人の心魂を表白してゐたことになるのであらうか。戰後の詩を細かく讀むことなしに、さういふ推定をすることは危險でもあり、フソンでもあらうと思ふ。

それについて思ひ出されるのは阪本越郎氏が先頃ある新聞に、日本戰後の詩には抒情性のみが多くつて、生活人の思考の混亂の反映が見られないが、果してこのままでいいのであらうか、といふ疑ひを提出してゐたことである。しかしその疑ひについて、私は疑ひを持つてゐる。いつたいさういふ時代風な分裂矛盾のないところに（若し今の日本の詩に無いとすればだが）なぜ矛盾分裂をもち來さねばならないのか。矛盾分裂的な末世の精神狀態は無い方が人間はたしかに幸福なのである。その方が人の心は安らかで、政治は圓滑に行はれ、文章や詩句は人の心をなごませ、歌は人を眠りに誘ふ。

太平とはさういふものである。そしてそこではなにか遠い鄕愁のやうなもの、はるかなあこがれや、失つた靑春の憂ひなどが、そこはかとなく國のうちに漂つてゐて、人々はその日その日を、ささやかな心配とささやかな幸福とで送つてゐる。

それは抒情詩、情緖とノスタルジイの歌の發生する基盤である。もし現代の日本の詩が本當に阪本先生の言はれるやうに抒情的なものが多いのであるならば、それ等の詩人の生活は上記のやうな色彩と雰圍氣に包まれたものであるのだらう。であるとすれば、何もヘイチにハランを起すことは無い。紳士は床屋の椅子の上で眠らせておけばよいのである。

むかし日本が平和な大正期であつた頃、二十歲の少年だつた私のごときものも、さういふ詩を書いて暮したのだつたが、今日本の詩人たちの生活があの大正期のやうな夢見がちな時代で本當にあるならば、私もまた槍ぶすまの中にゐるやうな小說や文學論の世界を去つて、その日本の詩人の國へ行きたいものだ。そしてその夢の國で九つの豆のアゼをつくり、蜂の巢などをおいて、うつとりと生活したいものである。とにかく、さういふ夢見がちな國が、現實にジツゾンしなくもいいのである。さういふ種類の想念が、當代一流の詩人のあひだにジツゾンしてゐるといふだけでも、私は、食糧の豐かな鄕里に手頃な空家が待つてゐるやうな幸福な感じを持つことができる。さういふ詩の世界が一九四七年！　の日本にあることを知らせてくれたといふことだけで、私は古き友阪本越郞に感謝したい氣持で一ぱいになるのである。

詩は、ああ詩について考へることは難かしい。さういふ風に、阪本氏の言ふやうに、抒情的な精神が當代の詩壇の傾向であるならば、それはそのまま發展させた方がいいだらうといふのが私の意見である。

詩が現代の社會において、文藝一般のなかで、やや輕い意味を持たされてゐるといふことは事實であるけれども、それが果して、正當な扱はれかたであるか不當な扱はれかたであるかも、疑ひの多く存するところであらう。若し詩が、生活に渴き飢ゑたる現代人の鄕愁を滿たす夢想の國であるならば、それは、よしんば、日常は忘れられ、無視されてゐるとしても、それが存在することは、かへつて重要であると、考へられるのである。といふことは、現在の日本において やさしい抒情の國が詩の世界にあることの當否は別にして、元來、あるひは永久に、詩はさういふ任務、と言つて當らなければ性格を持つてゐるわけなのである。

だが、さういふ夢想に滿ちた、やさしい思ひの國から、若し當代の詩人が、ある朝出かけて來て、そして現代の、今の日本のありさまを見たとき、その人はどう思ふか、どういふ感動や思想を抱くか、といふ問題は私たちが考へていいわけであるし、あるひは考へる方が當然なことでもあるわけなのである。そして、さういふ問題にぶつかる時、始めて、詩は生きたものとして、今の世の中に關係を持つて來る。そして、夢想の國が存在するといふことも、そこが離れたもの、現世と無關係に存在するといふことでなく、現世との必要な、また必然な距離が分り、その夢幻性の、鄕愁性の意味が明かになり、確實にその存在をはじめるもののやうに考へられる。そしてさういふ永遠のものらしい詩の境土の現實化として、現世的な詩がどういふ形や思想を持つやうになるかといふことは、大變興味が深く、時代の文學の種々の條件を帶びて來るであらう。

私がこの原稿をちやうどここまで書いて來たところに、VOUといふ雜誌が送られて來た。私はVOU、VOU、二三度その雜誌の題を口ずさんで見た。すると、ああ、私の精神は、お茶にひたした菓子の一口の味から、自分の成長期のあらゆる思出を引き出したマルセル・ブルウストのやうに、古いなつかしい記憶の長い長い連鎖を過去から引き出して來た。頁を繰つて行くと、北園克衞といふ名前が印刷されてゐる。おお、キタソノ・カツエ、私は知つてゐる。いな知つてゐた。さういふ名前の色の黑い詩人を。彼は私の友であつた。私が若かつた頃、

「カ・テュ・フェ・ドンク・ド・タ・ジャネス！」

さう。私がその色の黑い詩人が、黑いワイシャツの襟を黃色いネクタイで締め、銀座四丁目西側のプラタナス通りの、晝夜銀行の橫にあつた酒屋の二階の三疊の間に、一九三二年か三年の頃、彼が住んでゐたのを、そして私が二十五六歲であり、彼が多分やつぱり二十五六歲であつたのを知つてゐる。彼はその頃、多分洗濯代を節約するために黑いシャツを着てゐた。それは昭和六年か七年の頃であつた。VOUといふのは、その頃かその頃の少し後の頃に、スュル・レアリスト！　おお、スュル・レアリストといふ詩人が日本にあつた。多分、さう、それは一九三五、六年頃かも知れない。私は今、ここに、私の机上に屆いたと同じやうな、同じていさいで、同じやうに全誌悉く讀んで分らない詩やエッセエをのせたVOUといふ雜誌を、私はその頃しばしば送つてもらつてゐた。そのVOUにちがひなく、その同じキタソノ・カツエにちがひない。

その頃、私はよく、しばしば銀座の街を北園克衞と步いた。そしてお阪本越郎とか春山行夫とか川崎昇とか北川冬彥とか辻野久憲とか瀧口修造とか衣卷省三とか金田不白とか一戶務とか乾直惠とか城左門とかその他多數の、實に多數の詩人の群がそこにゐた。私や衣卷や川崎の雜誌の事務所が、北園の室の上、その酒屋の三階にあつた。そこで私たちは、十錢のソバを食べたり、三十五錢のビイルを飮んだりして、晝飯晩飯を拔きにして暮した。

その北園克衞にちがひない。その頃、彼があまり難解な詩を書くので、私も負けないつもりで、ジェイムズ・ジョイスといふ難解な小說家の作品を飜譯したり、それを眞似た難解な小說や難解なエッセエを書いたりした。しかし遂に、私は、次第に難解な小說を書く技法を失つて、今では、ここに書くこのやうな、すつかり尻尾を出したエッセエを書くやうになつた。ああ、私は墮落した。私は藝術の天の翼を失つたのである。私が遂に一介の凡俗であつたことは、今や明かである。

ところが、なつかしい北園克衞よ、君は私が二十五六歲の頃に、あんなに親しくしたにかかはらず、結局私に理解できなかつたスュル・レアリスムの詩を書いてゐたが、今それから十五六年經つて私が四十三歲！　になり、彼もまたそれくらゐの年になつたのに、やつぱり、同じ題の雜誌で同じやうに分らない詩やエッセエをのせたのを私に讀めとてこの雜誌を送つてくれたのであらう。

多分私は六十七八歲になり、髮は白くなり、老眼鏡をかけて、日向で、孫を膝へのせて、新聞を出來るだけ遠く離して讀むやうな時

に、きつと、新しいVOUといふ雜誌を北園はまた私に送つてくれるにちがひない。そしてそれには、やつぱり、どう讀んでも私には到底理解できない詩やエッセエが隅から隅までのつてゐる。そして、私がその頃のある日ふと腦溢血で死にかける。その時、私は、ああおれは終世、あのなつかしい友の北園克衞の詩やエッセエを理解しないまま死ぬことになつたが、何といふ心殘りなことだらうと考へるにちがひないのである。

しかしながら、今この第二次VOUを見た刹那に、私は、この論文、つまりそれは阪本越郎君の短い文章から發想したところのこの論文の趣旨が、すつかりひつくりかへり、私の憂ひは無意味であり、私の考へるやうな詩は、もうつとに日本には存在してゐなくつて、そして極めてアブストレエ的な、極めてカンネン的で、イマアジュの驚きを作爲する言葉の配列を意志する詩が、このやうに盛に一九三〇年代と同じやうに、第二次世界戰後の日本に行はれてゐることを私はVOUによつて知つた。少くとも北園克衞とその一統とは、昔ホリグチ・ダイガク先生が、今の話の泉の知慧博士春山行夫を許して「アレヨアレヨといふ間に飛んでもない純粹詩の天空へ飛ショウする」と言つたのと同じやうに、凡俗のタンゲイすべからざる詩境に飛ショウしてゐるのは、動かすことのできない事實なのである。

やさしい戀人を歌つたり、夕暮を歌つたり、林間のコダマや花や小鳥を歌つたりすることは、かつて中野重治が自らに禁じたと同じやうに、これ等の詩人も自らに禁じてゐるもののやうだ。ニシダ哲學も難解であるが、讀めば分る。心理主義小說も難解ではあつたが、よく讀めば分ることを私は理解した。エグ・エギジスタンシャリスムの論文も小說もなかなかよく分る。折口信夫先生の作品でも千年昔の人のウタと思つて辭書を引けば分るし、三好達治の詩でも明治初年の漢洋混淆時代かと思へば、さして難解でない。北川冬彦の如きは最も明晰な詩人の見本である。しかし遂に北園克衞は、私の理解を拒絕する。よろしい。北園克衞よ、君は頑固だ。死んでも分らないといふのは、それは君のことである。

そして日本に、わが友北園克衞がある間は、詩は決して阪本越郎の杞憂するやうにやさしい抒情歌にまで墮落することはないであらう。私は、この頃の詩を勉强してゐなかつたため、うつかり阪本君の說に同意して、トンダ恥をかくところであつたのである。多分、今頃阪本越郎も、その机上にVOUを開いて、新聞に書いた彼の短文が誤りであり、日本の詩はつとに十分に、近代風又は現代風又は未來風ですらあることを覺つてゐることだらうと思ふのである。即ち、北園克衞とその一統の詩を主題にして、私は日本詩壇においても、日本の小說壇や俳壇！や歌壇！と同樣、「詩は滅びつつあるのではないか」といふ疑問を提出することこそ禮儀にかなへる論題たり得ると考へるのである。今ぞ、詩壇においても「詩の運命」を語るべき時なのである。詩人よ、詩の運命について語り論ぜよ。そこに初めて現代の詩は姿を現はすことであらう。

詩壇時評

ルネッサンスの合併號で、鮎川信夫がヴアレリイは固定した思想や組織をもつてゐないといふジユリアン・バンダの意見を紹介して、ヴアレリイを論じてゐる。

筆者がヴアレリイとバンダをくらべて、ヴアレリイを支持しながら、なほかつヴアレリイに不安を抱いてゐる點は、「純粋詩は言葉から實用的目的語を閉め出した」ことである。ここで述べるヴアレリイ論を要約すると、ヴアレリイは主知そのものを研究する精神の持ち主で、組織化された體型の基礎となる人間の深奥部や、思考の奥底のやうな不安定で流動的な世界の探究者であり、從つて反哲學的且反組織的抒情主義者だ、といふことになる。バンダの言葉だけを借りものにしてゐないところがこのエッセイの山だといへよう。

ただこの觀點から解剖したヴアレリイ論は、それほど珍らしいことではなく、この一線を承知の上での魅惑であつたはずである。しかしヴアレリイの線をいかに乘り越えるかは、戰後の詩の一つの宿命であつて、もはやヴアレリイは純粋詩の偶像ではなく、この一線をもう一度、思ひ起す必要がある。そこにこのエッセイのねらひもあつたわけだ。

ヴアレリイの線から右に行くか、左に行くかで、ポエジイの機能的な分岐點があることになり、また「有償の觀念」のなかにおかれる說話や、事實や、倫理性がどんなものであるかによつて、いくつかの詩の性格が考へられるのである。

*

純粋詩なるものは、成熟した完成期をみず、實驗期だけで終つてしまつたかの感がある。シユル・リアリズムに一例をとれば、その是非や缺陷は兎も角として、解體しない前の姿で磨きをかけ、沈滯した詩壇に對する新鮮な清涼劑としてだけの役割を果してもらひたい鄕愁を感じるのは、自分一人であらうか。

パリでは八年間、鳴りをしづめてゐたシユル・リアリストたちが國際展を開いてゐるといふ。アラゴン、エリユアールは退陣して、ブトン、エルンスト、デユシヤンの顏ぶれがみえ、十九ケ國の作家による繪畫、寫眞、彫刻などが陳列されて、超現實派の健在を示してゐるといふ。(S・S日米)

やけくそなのだらうか、またそれだけゆとりがあるとでもいふのだらうか。

戰後の新聞の文藝欄が、併讀紙は勿論、主讀紙が、ピカソやアラゴンを論じ、フランス文學やイギリス文學の近況を傳へてゐることはやや新鮮さをとりもどした感じである。執筆者も紋切型の權威者ばかりではなく、同じ型通りでも、選擇に苦心のあとが想像され清涼劑としての意義はあつたやうだ。

*

ヴアレリイの線をいかに乘り越えるかは、戰後の詩の宿命だといつた。しかし何十年かののちには、もう一度、解釋の仕方はちがふにしろ、ヴアレリイの技術の世界にもどつてくるのではないかと思つてゐる。

　シユル・リアリズムなぞといふものも、流行ではなく、藝術の一ジヤンルなので、世界のどこかに返り咲くにちがひあるまい。

　文學界（九月號）の小林秀雄、辰野隆、青山二郎の座談會で、「詩人のほんとうのエツセンスは二十臺でなくなり、あとはテクニツクで、文學も繪畫も音樂も、窮極的にはテクニツクの問題だ」といつてゐる。ここでいふテクニツクは、原文だとレトリツクといつてゐるほどで、ヴアレリイの技術とは距離があるが、一種の比喩にはなる。がしかし同書六號記で、草野心平が詩を絶對に批評しない日本の文藝批評家たちを批難してゐるやうに、せいぜいこの程度のお粗末なものである。

＊

詩壇時評を掲載する雜誌が多くなつたが、時評の論じ方で、大體その雜誌の水準がきまるのは不思議である。誇張していへば、新聞の社説のやうなものといへよう。ただ人のことでも不愉快になる毒舌だけのもの、もつともらしいがトンチンカンなもの、印象批評で片づける總當り式のものなぞ、氣負つてゐるだけで内容のないものが多すぎる。深さ淺さや、當否は別として、もう少し愼重で一方的でない觀察と誠實さが欲しいものだ。批評ではなく、レツド・ニユースにすぎないものが多すぎる。

　元來時評は、現象的な批評として、ポエジイに對する水平的な役割にすぎず、決して垂直的な原理ではないことも記憶しておかなければなるまい。詩壇の新鮮さを保つためには、常に滑劑と發條が必要で、そのための役割を果してもらひたいものだ。

＊

　純粹詩（九月號）の「詩人と時代」（三好豐一郎）は、羊頭を掲げた常識論を、氣負つて舌足らずな論じ方をしてゐるため、下手な飜譯を讀んでゐるやうなエツセイだ。簡單な内容をむづかしく表現してゐて、三回讀んで分らぬ箇所がいくつもある。(1)の部分は蛇足で、時代と詩人の關係は少しも掘り下げられてゐない。當然ヴアレリイを否定してゐるのかと思ふと、さうでもないらしく、卅六頁のヴアレリイを論じた肝心の箇所なぞ、なかなかの難文だ。

　「戰爭中は詩が思想の代用物になつた」といふ春山行夫の意見をとらへて、左翼詩人の一部のみにいひうることだといつてゐる。思想といへば、政治的なイデオロギーだけだと思つてゐるらしい。また「詩の社會性より、詩の藝術論から出發する」といふ同氏の意見を「特殊な狀態に安眠する態度」といつてゐるが、「詩とは何ぞや」といふプリミチブな質問に對する心構へとしていつてゐるのだから、「詩と社會性」の問題とは全く別問題だらう。

　ついでに憎まれ口をきけば、ホルマリズムの正しい定義ぐらゐ憶えてゐて欲しいし、詩はペソオスだけから形成されてゐるのではないことも知つてもらひたいものだ。そして時評にもシンセリテイが必要であることも。

（二二・十）

田中冬二

沼べり

雨の灯ともし頃の
沼べりの宿
沼の見える座敷の行燈のほとり
夕食の膳　鯰の蒲焼　蓴菜《じゆんさい》の二杯酢　豆腐の味噌汁
そしてまた新酒のよき香り
遠く沼の上をなきながら渡つてゆく雁

やがて食膳のひかれたあとの
さびしさ　所在なさに
ごろりと横になり
何氣なく行燈の抽斗《ひきだし》をひくと
その淺い朱塗の底に
燈心五六本と銀の平打の簪《かんざし》
簪は掌《たなごゝろ》にブフレリと重く　ひんやりと
ああ　沼べりの秋は深く

――むかしを慕ひて――

竹中郁

開聞岳

このごろ
しきりに開聞岳がみたい
開聞岳　あの九州の南端の
海から生えたやうな傑作だ
夢にもくつきりと現はれる
美しさ
しきりに死火山開聞岳がみたい

×

昭和十五年二月十日早曉
海上から打ち眺めた
開聞岳の眉目

×

もの悲しい燒野原の
町のゆくて
ときどき　突然
開聞岳がみえる
そして　ぱつたり消える
アイスクリームをたべたより
十倍も爽快だ

臼井喜之介

季節

あなたは發《た》つてゆかれた
ひとつの季節が　をはりゆくと
いつでも　つれないあなたの氣配に
泪ぐみなどする私です

あなたはかすかな蟲の音色などを殘し
夏の日の一切の充實を空しいものにして
またあのものがなしい秋の園に
姿をかくされるのです

あとに残された私たちはどんな歌をうたはう
あの歌も　ことふりて
この歌も　耳になれた
しかも歳ごとにつもる新しい季節の悲しみたち——
ちまたに満ちてゐるたつきの苦しみ
しかも　それらとかかはりのない
この　純粋の　深い　静かな哀しみは何だらう

髪の毛も　神さびて白く
別れの挨拶もなく　消えてゆかれる
季節の　透明な翁よ

寺にて

木下夕爾

ずゐぶん黒い柱である
床《ゆか》も黒く光つてゐる
柱の根もとの油蟲さへ誰かが磨いたやうだ

くれがたの竹林が
臺所の窓からすぐにつづいてゐる

桶の水に漬けられた豆腐のやうに
私もひんやりと座つてゐる

郭公が鳴いてゐる
筍の皮を脫く音がきこえさうだ

秋立つ

ぱらぱらと雨にぬれて
紫蘇の葉をひとつまみむしつてきた
さてひとり膳にむかつて
つめたい杯をふくむ

いつのまに秋になつたらう
臺所の片隅の蟲たちは
いつから鳴きはじめたのであらう
日照雨《そばえ》はもう過ぎたらしく
暮れるにはまだすこし間がある
白い食器に染めつけられた
竹林も幽かにそよいでゐる

風のように

大島博光

どうやら、ぼくを仲間に見こんでか、
かれはまた今日もふらりと、
風のようにやつてきた、
古びた黒のチョッキをはだへぢかに着て、
つぎはぎだらけのズボンと
すりきれた、ぺちやんこのわらぞうり、
それでも麻の上着を腕にかけて、

くるなり、かれは歯のぬけた唇で言うのだ、
やけっぱちに、しかもどこか樂天的に、
――おれは竹の子にきめたよ、
もう何年生きるものか――
そうして南の海で戰死した息子のことを
ひとくさり、くりごとをいつて、
――あれさへ生きていれば、

おれもこんなみじめにならないものを、
氣性のはげしかつたやつだから、
死んでもまだ、今ごろは、
大内山の空で呪いつずけているだろう――

とうもろこし粉の黄いろいパンをだすと、
――ああ、ロシアでは黒パンに鹽をつけて
かじりながらウオトカをのんだものだ、――と、
むかしをなつかしそうに思いうかべ、
鹽を所望するので、鹽をだすと
鹽をパンにつけて、うまい、うまい、とたべる

ハルピンでロシア語の通譯をしていた
この老いぼれの疎開インテリ、ルンペン・
インテリ、
どうやら、ぼくを仲間にみこんでか、
かれは今日もまたふらりと
風のようにやつてきて、
ふらりと風のように出て行つた、
――鹽もないんだよ――と
殘りのパンと鹽をポケットに入れて、――
ぼくにはやりきれない淋しさを殘して……

岡崎清一郎

老人について

お隣りの老人が朝起きた。
鼻毛をぬいた。
もうもう數知れずの澤山鼻毛をぬいた。
明治の初め頃から鼻毛をぬいた。
明治のころは老人は若く彗敏であツた。
奇趣にとんでゐた。
君は目をひらいた。
君は輝いた。
忌諱にふれるやうな筆錄さへした。
それから長い月日がたツた。
顏はあやしくみにくくなツた。
そのせゐか日向でいずかを愛し老眼鏡を用ひた。
配所のやうなさびしい慣習
お隣りの老人は野球などに興味をもたない。
自動車を走らせることが出來ない。
時時珍藏の書物に目をさらす。
外は秋の日でしきりと落葉する。
それをみてクシヤミする。

老人は昔を想ふ

老人の友達で、　胡桃を
胡桃の實を　胡桃で偉らくなツたのがあツた。
胡桃を描いて展覧會へ出品した。
而してえらくなツた。
なんと美しい顔をした友であツたらう。
老人はその友と女人とをめぐり
世にもかなしい悲戀をした。
しかし汲めどもつきぬ人情のうつくしさを識ツたのも
これからである。
まこと辛いこと、　面白いこと
にまで韻致を寄せると云ふことは中中のことである。
老人は首をかしげる。
音曲をきく。　垣根ごしに人聲をきき
さくらの木にうごく雀にみとれる。
調度に手をふれる。
持ち古りた煙管
稀れなる老人の感懐はするどいのだ。

岡田刀水士

雨季の部屋

梢に絡む雨の
その色にさへ移り易い季節。
もう私の　人への思索は
雨に閉ぢた戸の內に
種々の光の經緯を織りはじめる。

私は青いアルバムの翳に
人への愛を探しあてる。
それは
永く燈火《あかり》を揭げる梅雨の思索か。

次第に憂ひや疑惑が
薄い幽暗に消し去られて——

窓の閉ぢ目に淡い蝶の象《かたち》が
今日も添《つ》いて廂の雨は
時を隔てゝくりかへしふる。
人はその蝶の陰で
思惟に潰ぶれるほどの體を
美しくかんじるのか。

もう雨に夏の香のつく季節。
梢にそれと變化が目立つのに
人よ
君も季節を明るくさゝへて——

小野十三郎

夏の旅

しんとして
杉林が枯死している。
交錯して逆にはしる遠くの梢が
陽の中に燃え立つようだ。

○

水は枯れ

山は砂を吐き出している。
あわてゝ閉めた窗のすきまから
天井にふきつける煙が入つてくる。
もとめ得たいくばくかの米と玄麥、
奥丹波の野蠻な鐵道の中で
はげしく咳く。

○

何でもよい。
下手糞なブリユウ　ダニユーブ　ウエーブスでも。
汽車は溪谷を大きく廻つている。

壁のむこうがまわつてくる

平林敏彦

やはり
待ちかねたやつらわ居た
汗みどろの皮膚がたちまち視野お暗くした
おびただしい胸ぐらや臑
おれの膝に垢じみた荷物がかさなり
そいつらわ暴れ放題あばれ
むんむんする體臭で眼鏡おくもらせた

網棚の花わ匂わない
その束ねた花わしばらく忘れられた
乾ききつた床わ踏みにじられ
砂埃りわにおうだけで見えなかつた
長いごろごろしたやつが
暗い寢臺で生きものののように軋んだ
身ぶりだけがむこうであふれる

やたらに呼びかえしていろ
やつら自身おたしかめあうだけの
細長いコンクリートの上の雜踏
――どろどろのなかに沈み
　くねりながらおちこみ
熱いかたまりおほうりだし
窓ぎわに身おすりよせたおれだけ
そこえのめりこみ………

燒けのこつたあの窪地の
日向ならごみの匂いでむせかえる
低い屋根のあいだお
人氣ないこの箱わ走つているのだろう
かたむきながらつながつていくのだろう

おい
となりの箱にもたれているやつ
ぜんぜん見知らぬあいつわ
かがんでなにおしているのか

泥のなかでめざめる重さ
意地わるいおれの記憶
お客わいない
背おかがめたおれの影ばかり

ざわざわした暗い蟲がら
瘦せたひとりのおれだけお載せ
暗闇お知つている
たつたひとりの息ずかいお載せ
ぬめぬめした時間おくぐり

――壁のむこうがまわつてくる

まだやつらが來るにわ間があるだろう
底冷えするうつすらしたひかりのなかで
昨夜のまゝいるおれわ

なんてうつとうしいやつだ
――だがそうつぶやく影わ
もう片隅にも見あたらない

見知らぬ驛にわ
見知らぬ群衆にまぎれながら
まだ汚れないおれがいる

草や泥や
屋根や水たまりが
そこえゆくまでにめざめるだろう
おれのシヤツや靴わ
そこえつくまでに
またあたらしく汚れはじめるだろう

明けきらぬ刄ものの上お
ほそながい黑い箱がくねれてくる
こびりついた泥と
かきけされそうな息ずかいお
暗い片隅に載せたまま
――壁のむこうがまわつてくる

1947.8

村野四郎について

小林善雄

村野氏について一般的には、シュル・リアリストの歴史を考へがちだが、「晨」時代は勿論、その後もシュル・リアリズムに共通な技術は使つてゐても、純粋にシュル・リアリストであつたことはない。あるとすれば、リアリスティックなスタイルから、歸納的に超現實の余韻がひびいてゐるにすぎない。時評風にしひてカテゴリイをきめれば、主知派とでもいつたらよいであらうか。いづれにしても、トレエド・マアクのやうなレッテルは、後世の歴史學家にまかせたい。

つぎに「晨」から「體操詩集」、「抒情飛行」と「近代修身」の四つの詩集を論じて、ささやかな村野四郎論を試みよう。

1. 第一詩集

詩人に必要なものはやはり底邊で、ある時代の主流をなすエコオルのなかだけで、作品が完成されても、詩人としての質が完成されたわけではない。一篇の詩の價値判斷が、そのポエムだけでなされることは勿論であるが、詩人の質と價値は、幾時代もの作品の集積から批判されなければ、多分に危險性をもつてゐる。「晨」は「體操詩集」や「抒情飛行」の底邊をなしてゐる。

詩人論は個々の作品の批判と、それらの作品の集積から批判される詩人の質や價値の批判との二つの面からなつてゐる。また詩人から、詩人であることをマイナスして、他になにが殘るかを、計算することも必要だ。なほさらに、一人の社會人としての人間を、觀察してみることも興味ある問題である。それらは作品の背後にある重要な土壤だからだ。

詩人には詩人くさい詩人もあれば、一見詩人らしくない詩人もある。ある場合、いかにもふさはしい詩人くささが、素直に身についてゐる詩人もある。しかしどちらかといへば、詩人くさい詩人なぞは、あまり好しいものではない。その點村野氏は、さういふ體臭が少しもなく、均整のとれた常識をそなへた社會人である。

だからロマンティックな面と、リアリスティックな面との二つをもつてゐて、それを適當に操縦することのできる人であるらしい。作品も適當なロマンの背後に、ヒュ・ウマニティが流れてゐるといつた感じの詩である。

平面圖でもなく、立體圖でもなく、平面圖と立體圖、現實と超現實の組み合はせた世界・平面圖であると同時に、立體圖であり側面圖でもあるところに、獨自の世界がひろげられてゐる。

およそ詩集のなかで、第一詩集ほど興味のあるものはあるまい。それはその詩人が、歩んできたコースのスタアト・ラインであると同時に、その詩集の位置してゐた時代の詩の流れを、思ひおこすからである。それであるから、第一詩集が古いほど、歴史的な批判が必要である。そしていふまでもなく、第一詩集は、詩の歴史的意識から、批判されなければならない。

第一詩集「罠」は、大正十五年の出版であるから、ここにをさめた作品の書かれたのは三十年ほど前であらう。さらに作者の背後にある詩人的教養は、自由詩の擡頭から初期の象徴主義にまで遡らなければならない。モダニズムの作品であると否とにかかはらず、二十年余をへて、なほわれわれの感覚にたへうる詩は少い。しかし詩集「罠」は、いまなほ新鮮な姿を失つてゐないのである。

「沈黙のなかで、余韻の一音をも明らかに示すピアノの終曲のやうに……」と川路柳虹氏が、その序文のなかでいつてゐるやうに、幾つかのエコオルの浪を越えて、なほ消えぬ余韻をもつてゐる。

ここにをさめられた作品は、三行詩や五、六行の詩が多く、一つのモチイフから成りたつてゐる、いはば單細胞の作品である。從つて十數年後の他の詩集にくらべれば、廻轉數は簡單で、オクタアブの距離も短い。といふよりポエジイの價値標準もちがふし、メタホアの廻轉數を論ずるまでもなく、全く異質のものなのである。

これらの詩が感覺の平面圖だとしても、平面圖には平面圖の美しさや正確さがあるはずで、そこにこの詩集の意味を認めたい。何故なら詩集は、ただ作品をまとめるだけでなく、一つの方法の階程をさめ、つぎのチェンジ・レヴァとなる意義をもつてゐるからだ。

トリヴィアルな詮索ではあるが、ここで扱はれた花や鳥は、二十年後にも扱はれてゐて微笑ましい。詩人には特別牽引力のあるオブジエ、たとへば柱とか窓とか、他のものには格別注意をはらはぬもので、皮膚のやうにつきまとつてゐるなにかがあるらしい。

2. 體操詩集

「詩人が本質的にヒステリーでなければならない、といふ理由はどこにもない。」といつて書いたのが、この體操詩集である。

マッス・ゲームのメカニックな線や、白い運動シャツの跳躍を、思ひ起すまでもなく、體操の美學といふものは存在する。それは二十世紀になつて、發見された新しい感覺だ。ここには「民族の祭典」にくりひろげられたカメラの美しさがポエジイに再現されてゐる。

力學的な速度と明るさをもつた詩といふ點では、申し分のないもので、鐵亞鈴、吊環、機械體操やハードル、棒高飛びからスキー、ダイヴィング、拳闘、プープなどのスリリングな瞬間が展開する。

一齣一齣のテエマに、巧妙なアレゴリイが織りこまれてゐて、それがテエマのストオリィ・テラーとなつてゐる。ルナアルの面白さは、アレゴリィの面白さだけであつた。またコクトオの魅力も、アレゴリィの魅力であつた。アレゴリィはポェジィに對する全體的な活動ではなく、局分的で有限の火花にすぎない。それは歴史の經過における或る一點の占める位置のやうに、靜止してゐる。

ところがこれらの詩はアレゴリィが自動的にイメェジや他のモチィフに連結されてゐて、アレゴリィにひきずられ、アレゴリィに終つてゐるのではない。これが（體操詩集）の一つの特徵である。

完全なものは退屈しがちだ――といふ眞理があるなら、この詩集にも適用できるかもしれない。といふのはこれらの詩は、速度とダイナミックなイメエジの美しさにおいて、一つづつテエマがはつきりしてゐるだけ、その一齣の線から、一歩外でもなく内でもなく、これだけで調整され、完璧なものとなつてゐるからだ。そのためこれらの詩が一つのケエスのなかにをさめられた逸品といふ感じをうける。

けれども一篇づつ、このケエスからとり出して、手を加へれば、たちまちこはれてしまふ。それは映畫にレヴユーを、演劇にショオをつけ加へるやうなものだからである。これ以外のものを望むことは、異つた他の内容や體質の詩を望むことであつて、ここには自ら獨自の世界があるのである。

それは「罠」にもなければ、「抒情飛行」や「近代修身」にもない世界である。これらの詩集とは、正反對な世界なのだ。しかも技術的には、勿論通じ合ふ多くのものを含んでゐる。

著者は「これらの詩は、私の詩の世界の中へ、一つの縞をなしてみせた。それは丁度、私の詩のなかに散在してゐたある種のコンテンツが、一つの命題に吸着されて、一聯の鎖をつくつたのに似てゐる。」といつてゐる。まさに「體操詩集」は、スコオルの縞であり、特異なスタジアムのスピイドをみせてゐる。

終りにあげたい特徴は、力と速度のイメエジのなかに、作者の詩的世界觀やヒユゥマニティがにじみ出てゐることである。つぎにこれらの一齣から、その中心點と思はれるやうなモチィフを配列して、一連のスポオツ・フラッシユをつくつてみよう。（以下完全な一篇ではなく、何れも拔萃である。）

僕には愛がない
僕は權力を持たぬ
白い襯衣の中の個だ
（體操）

＊

鐵亞鈴は僕の周圍に僕の世界をかく……

＊

僕をささへる假設の鐵棒
思想が下りて
鼻から逃げた
（鐵棒）

＊

僕は地平線に飛びつく
僅に指さきが引つかかつた
僕は世界にぶら下つた
筋肉だけが僕の賴みだ
（飛込）

＊

白い雲の中から歩いてくる
一枚の距離の端まで

＊

あなたは不思議だ
あなたの胸のナンバーは
すばやく空間を行きすぎた
おお一枚の白い速力だつた
（競走）

この詩集のもう一つの特徴は、リーフェンシュタールとウォルフがライカの眼でとらへた寫眞を、作品に對立させてゐることである。作品と寫眞を効果的に配列したのは、北園克衞氏のレイ・アウトと正確なトリミングによつてゐる。挿繪の概念で配列してゐるのではないと同氏もいつてゐるやうに、作品と寫眞は相互にひびきあひ、立體的な空間をとらへて、エネルギイの美しさを表現してゐる。

3. 抒情飛行

「抒情飛行」に流れるリリシズムは、組みたてられたイメエジやサンボルの作用にあるのではなく、主に繪畫的なモチイフから流れてゐる。オブスキヤアな廻轉より、明快でしつとりとした屈折で、モノロオグの影をまとつてゐる。

このモノロオグのなかに著者の顏がひそんでゐて、邪魔にならぬやうに、怒りやため息きを吹きこんでゐる。作者が序文のなかで、「今日私が一つの詩を作らうとすると、私は忽ち自分が雲集する夥しい思考の中に居ることを感じる。これらの體驗の重壓の中から、一つの詩を引きあげることは一種の格鬪に近いが、また言ひしれぬ魅惑でもある。」といつてゐるが、そのささやきや怒りは、鬪爭の體驗から出たものである。この「鬪爭」がある場合、重厚な固さともなつてゐる。

しかしペソオスが、イメエジのなかを細胞のやうに泳ぎまはる詩より、作者の掌のなかにあるペソオスの方が、はるかに眞實である。卄才の驚異のリリシズムより、卅才の着實なリリシズムの方がはるかに詩の眞實性があるわけだ。ただ自ら、「かうした鬪爭の體驗をとほして、いつか私に淡々たる詩法のやつてくる日を心から待望してゐる。」といつてゐるやうに、この固さが消えた時、もう一つの進歩があるにちがひない。最近の作品には、この「鬪爭」が、さらに消化されて表現されてきた。

4. 近代修身

第一詩集「罠」から「體操詩集」と「抒情飛行」をへて、「近代修身」の系列にはいつていかう。

技術的には「抒情飛行」と大差のない距離をとつてゐる。ただここで注意しなければならないのは、詩の精神と肉體が、適當な均衡を保ち、有機的に結合されてゐることである。精神と肉體といふ言葉を、精神と技術といふ言葉でいひかへてもよい。また思考と感覺のバランスといつてもよい。この場合の思考は、所謂「詩的思考」ではなくて、一人の人間としての思考である。

またこの詩集を貫くものは、作者の嚴肅な經驗世界やヒュゥマニズムから生れた倫理性である。ただ題名から、過大に露出された倫理性を想像するのはつまらない。

元來一つの詩の價値を、さまざまに測定したうへ、さらにその作品の周圍をめぐつて、廣く深い愛情に接することは少い。この詩集にはたえず、作者の表情がうかがはれ、その表情が詩人としての表情に消化されてゐる。作品のかげに、作者の顏が全くかくれてゐたり、反對に作者の卑俗な表情ばかりが、現れてゐたりすると、ポエムとしての愛情に接することはできない。

かつて現代詩は、「個人的な感動」の要素を、「詩としての感動」

と區別して輕視したため、種々の缺陷を孕んだ。「詩としての感動」は「主觀的な感動」より大切ではあるが、「主觀的な感動」も「詩としての感動」の從屬的な要素であることに、氣づかなかつたのである。

　ここでは「主觀的な感動」が巧みに處理され、「詩としての感動」のなかを有機的且効果的に縫つてゆく。そして詩が雄辯であることや説明的すぎる場合の危險を征服して、詩における雄辯の破綻も杞憂にすぎないことを教へてゐる。

　僕はこの項の初めに、思考と感覺のバランスがとれてゐるといつたが、思考は一見露出したアイデアのやうに、一篇のなかに幾か明かに配置されてゐる。一行、一行は誰でも理解できるやうに平易で、行間の脈絡から、このアイデアの布石を辿ることができれば、ますます親しむことのできる詩である。つぎに一見不消化のやうにみえるアイデアの飛石をひろひ出してみよう。

「純粹な肋をひびかせ」「傾いたわるい世界」「可哀相な精神の人」「犬儒學者の精神の歌がきこえてくる」などである。

　これらの一行は、唐突なやうにみえて、何れもつぎの行へのバウンドとなつてゐる。たとへば、

荒々しい植物に塞がれた徑のあちらで
昆蟲のやうにうたつてゐるのですよ
「うすい純粹な肋《あばら》をひびかせ」
夕ぐれと過去と
生理のためにうたつてゐるのですよ

「あの歌をおききなさい」より

＊

ごらん　青年たち
君らの前方に遠く茂つた一つの森
そこから
「犬儒學者の精神の歌がきこえてくる」

「露が乾く田園」

　これらの例のやうに、全體が柔いところに、一ケ所かたいところがあつたり、暗いなかに明るいところが、白いところに黒い線があるやうな効果をあげてゐる。

　またこれらの詩には、農夫や家畜、雲雀や園丁なぞの牧歌的なモチイフが、隨所に出てきて、それが疲れた都會生活者の鄕愁をにじませてゐる。もちろん單に自然の風景を讃美したり、これらのモチイフを裝飾的に使つた自然詩を連想したなら、全く見當ちがひだ。「近代修身」は近代生活の疲勞と憂鬱と、退屈の反撥しあふ世界であり、かたいオフィスのなかのやはらかい思索と、考へたい。

　なかでも「日暮の人」「あの歌をおききなさい」「丘の上から」「溶ける山」「露が乾く田園」「サラリーマン週間」「週末歌」等をあげておきたい。（資料、「現代詩人集」による）。

　そのほか「珊瑚の鞭」「故園の菫」等の詩集は手もとに資料がないので割愛したが、以上ブック・レヴユウを並べたやうな村野四郎論になつてしまつた。

――廿二・八――

夫唱

丸山豊

つぶらまなこの遺兒をつれ　谷をわたり梨畠をぬけて青い電車にのつて嫁いできた妻は　私のこめかみや膝小僧のあたりで　かすかに死が匂ふといふ　お前がうしなふたものと　しづかに訪れたものと　不思議におなじ匂がするといふ　そしてまた　お前の奥部からうひうひしい生命をとらへようとするこの胸も　死者さながらにつめたいと　お前の軟部から果實の聲を聞き分けようとするこの唇も　冷酷なもので濡れてゐると　にもかかはらずお前ははげしく充たされると

二百十日がすぎたなら　私とお前とは子をつれて　レグホンで刺繡したお前の村へ行かう　そのとき骨のないあの骨箱に秋のぬくみがあるやうに　月夜には戰死した彼をくはへて　新しい影繪を組みたてよう

8.19

ポーとマラルメ（上）

島田謹二

＊

エドガー・ポーとステファヌ・マラルメとを單に米佛詩壇の二星と見るだけでは、その意を盡くしがたい。彼らは世界の詩潮にはじめて劃然たる「近代詩」の新聲をひびかせ、詩學のうちに前後して一大變革を導き入れた巨人としてみるべく、しかもその關係は父子にも比すべき密接さをもつてゐる。然るにこの二星の關係を詳細に論じたものはまだ世に現はれてゐない。それはこの方面の研究がどうしても「比較文學史」の方法に據らざるをえないのに、斯學にはまだ十分發達をとげてゐない部分があるからだらう。ところでT・S・エリオットのごときは、その小論「マラルメとポーについての覺え書」（雜誌「ヌーヴェル・ルヴィウ・フランセーズ」、一九二六年十一月號）の中で、國語を異にし、同一類型に屬する諸詩人の比較檢討を行ふ「比較文學」なるものを重視し、今日斯學の中心たる「起原と影響との研究」を無益なるものとして斥けた。これは彼一流の文學觀からは一應肯かれもするが、精密な客觀的知識を文學史研究の根柢と觀ずるわれわれにとつては、起原と影響との問題も、しかく輕々しく閑却しえない。われわれはむしろ人の輕んずるその種の知識をあくまでも追求したい。いかに考ふるも、これを恥とする心は湧いて來ないのである。「無益」か、「有益」か――そんな言葉は神様にまかせておいてよいと思ふ。

＊

ところでポーとマラルメと、この二人の關係を取扱ふには、ポーが生前全くこのフランスの詩人を識らなかつたのであるから、飽くまでマラルメを中心にして、その立場を吟味してゆくことから始めなければならない。

それにはまづマラルメと廣く英語英文學との關係を追求することから出發しよう。一體マラルメは英語を學習したことからして、ポーの詩をよく讀むためであつたと言つてゐる。それは象徴詩派の僚友であつたポール・ヴェルレーヌに宛てたマラルメの「自傳」（一八八五年十一月十六日附）の中に述べられてゐるから、知る人も多いと思ふ。たゞ彼が果してヨンヌ縣サンスのリセーに於て正式にこの國語を修めてゐたかどうかは、問題とするに足りよう。これは資料がないので、何とも解答を下しかねるが、色々な事情から判じてみて、マラルメはこの時代からすでに英語を修めてゐたのではないかと思ふ。少くとも「自傳」中の言葉によつて、イングランドへ渡る前すでにこの國語を學んでゐたことはみづから語つてゐる事實である。それに彼がドイツ語を知らなかつたといふ事は、彼が正式に英語を修めてゐたことを裏から傍證するものではなからうか。當時のフランスのリセーは、今日のそれとはだいぶ制度の相違があつたけれど、國語以外に近世外國語を選擇學習する制度はすでに存在してゐたからである。ところでマラルメがその頃から英語を學んだとしても、どういふ人について、どういふ方法に據つたか、今は全く徴すべき材料が缺けてゐる。

マラルメが英語に向つたのは、ポーの詩をよくよむことが主目的であつたが、それとともにこの國語を敎へて、パンを獲る術《すべ》ともしたかつたのである。この兩者は明らかに自覺された理由であるが、他の外國語を選ばずに海峽彼岸の霧深き國にあこがれたことは深い意味があると思ふ。これは和蘭から出たといふ遠い先祖の血のつながりがかすかに彼を惹きつけてゐたのであらうか。先進ボードレールによつて敎へられたそのロマンチスムの風が、この國の岸邊へ彼を吹きつけたのであらうか。

千八百六十年代のフランス人が英語英文學を專攻するといふのは、四十年前の日本人がロシヤ語、ロシヤ文學を修めるのと同じやうなものでもあつたらうか。當時のフランス人は、世紀初葉の對英戰爭の餘波がまだをさまらず、英人を目《もく》するに、油斷のならぬ好戰的な、新敎を奉ずる、政治と商業との國民と見る程度のものであつたらしい。勿論、十八世紀にはヴォルテールやルーソーの英國熱が一世を風靡したが、あれも主として封建制に煩はされぬ自由の民としてみる政治的社會的觀察が主であつた。十八世紀の人達はいづれも怪しげな英語で、デフォー、スウィフト、リチャードソン、スターン等を讀んだに過ぎず、十九世紀初葉には漸くシェイクスピア、スコット、バイロンの三家だけが、新派の諸星に貪《むさぼ》り讀まれたにすぎなかつた。フランス人が英文學の本質を徹底的に追求把握しかけたのは、何といつてもイポリット・テーヌ以後のことである。百代の批評家として鳴るサント・ブーヴのごときも多少の英文學研究を殘してゐるが、彼はろくろく英語がよめなかつたらしい。ひとりテーヌは千八百五十五六年以後、Revue de l'instruction publique や Journal des Débats などの諸誌に據つて、ディッケンズ論、ソルマン論、チョーサー論、マコーレー「英國史」論、シェイクスピア論、ドライデン論、アヂソン論、王政復古期の作家論と、矢つぎ早に、あの精緻强靱な好研究を續出しつつあつた。これらは後に結集されて『英文學史』の名の下に劃期的な業績となるのであるが、これが同じ時代に若きリセーの學徒であつたマラルメに影響を與へなかつたであらうか。勿論マラルメの英語英文學に向つたのは、主としてボードレールの系統を引いて、ポーやド・キンシーに引かれたので、わが藝術を養ふ刺戟と嚮導とを求める作家らしいよみ方を主としてゐたことが推定される。ではあるが、彼が特に英語英文學に向つた動機の中に、テーヌの論究によつて目醒まされた興味をもあげてよいのではないかと思ふ。――ところでこの大批評家の『英文學史』が英人英國と英文學とをフランス人に明らかにしてから、漸くアレクサンドル・ベルジャムが出、ヂュール・ジュスランが出て、おひおひ精確な英語の知識の上に立ち、豐富な史料を用ゐ、鋭利な評眼に據る研究を續出するやうになつたのである。要するにフランス人の英語英文學研究が今日の高水準に達したのは、漸く二十世紀に入りかけようとした頃からのことである。千八百六十年代のはじめにマラルメがイングランドに向つた頃は、斯學の專攻者もごく少數にすぎず、現にパリ大學の英文學講座のごときも漸く千八百八十一年になつてから設けられたといふ有樣であつた。だから若きマラルメの決心は、當時一般の精神狀態の中にあつては、きはめて特異なものであつたことを知らねばならぬ。

*

マラルメが始めてロンドンに渡つたのは何年のことか。ひとはそれを千八百六十二年から六十三年にかけてのことであつたと言ふ。その當時のことはカテュール・マンデスの『フランス詩史』にかなり詳しい記事が出てゐる。——彼はそこここで授けたフランス語の家庭教師として貧しい生計をたてた。十年後にヴェルレーヌも同じやうな手段で文字どほりに露命を繼いだのである。たゞ無賴の酒徒たるヴェルレーヌにくらべると、彼はずつと謹直な生活を送つたであらう。生眞面目で、しかもヒューモラスな英人の日常生活も、彼にはそんな辛いものでなかつたかもしれぬ。「パイプ」(La Pipe)と題する散文詩は、その頃のマラルメの生活を想起せしむるに十分である。「……一年前、まつたくわが身ひとりで暮したあのロンドンが眼の前に」浮かんでくる。ロンドンの濃霧は玻璃窓をこえて室內に入り、一種異樣な匂を放つ。鞣皮の家具のある薄暗い部屋は下女が手のとどかぬためか石炭の粉がつもつてゐて、何かその家具の上には、瘦せた黒猫が寢返りを打つ。煖爐は、今、火がかつかつと燃えさかり、薄いブリキ箱から堅固な鐵籠に下女が石炭を落すそのひびき、「昧爽《あさあけ》」である。——「窓に倚れば、人《ひと》げなき四辻の病みほけた木々が眼に浮《う》かぶ……」わびしい樣子がそこに描かれてゐる。もとより餘裕のある生活ではなかつた。マンデスの記事によると、彼は冷淡なあの大都で孤獨と窮迫とに苦しみ、「倦怠病」に罹つた。多分氣鬱症のことであらう。暫らくの間は頭腦を使ふことも、文學上の意志をも全く挫折せしめてしまつたといふ。

この第一回のイングランド滯在は、(一)文學の上からは、彼岸に憧憬する夢と陰影とに富む英詩の精髓を悟つて、この詩想と表現とを自家の詩文に織り込む眼を開かせ、(二)實生活の上からは英語教師たる資格を得べき學力を與へ、(三)慰安《アミューズメント》の上からは、いはゆる「マホガエーの快艇」に乘じて、ほしいまゝ幻夢に耽る擅艇の技を彼に敎へたのである。

マラルメはイギリスに何度渡つたか。確證のあるのは、(一)千八百六十二年、(二)千八百七十五年の春頃、(三)千八百九十四年、都合三回である。(一)は上述した。(二)については、エドマンド・ゴスの著『佛蘭西文人の横顏』に多少の記事が出てゐる、それによると、ロンドンのブルームズベリの大通りを佛譯の「鴉」を收めた豪皮のフォーリオ本をかかへて「詩人スウィンバンを本能の直覺で探し出さう」として步いてゐたさうである。ゴスと知つたのもこの年だといふ。(三)はマラルメの『音樂と文學』から明らかである。卽ち千八百九十四年三月一日オックスフォード、翌二日ケインブリッヂでこの「音樂と文學」に關する講演をしたのである。

マラルメはどんな英國觀をもつてゐたか。二三の斷片語が拾ひ出せるのみである。後の《Diptyque II.》の中に「すべて純科學的な運動はすべてドイツより來る。イギリスは、その運動の首領ベイコンがすでに尊敬せる《神》のために、純粹科學を材用することが出來ぬ」といふ意味の語と、『ディヴァガシオン』集中のCloîtresに、イギリス大學の建築や位地と體育との關係を考へたり、大學フェローの制度を世界の理想狀態と讚美したりした暗示的な文明批評などが、僅に拾ひ出せるのみである。

＊

マラルメは英語教師として、どんな生活をしたか。

シャルル・シャッセの「文部教官としてのマラルメ」（メルキュール・ド・フランス誌一九一二年十月一日號）と題する調査とレオン・ルモンニエの研究とを綜合すると、これはほゞ明らかになるのである。まづツルノン中學の英語講師に任ぜられたのが、千八百六十三年十一月三日（マラルメ二十二歲）。ブザンソン中學に轉じたのが千八百六十六年十月二十七日、アヴィニョン中學に移つたのが千八百六十七年十月一日。俸給はブザンソンでもアヴィニョンでも千七百法。六十八年に二千二百法に昇給、七十年一月二十日休職となつて、手當四百法を給せられた。千八百七十一年十一月正式にアヴィニョンを退職したらしい。

千八百七十一年パリに戻つて、十一月一日附コンドルセー中學の英語講師、（手當千七百法）。七十二年十月一日より俸給三千三百法。以後四千八百法まで昇つた。擔任は六級・七級・八級などの下級生であつた。

千八百八十四年十月一日、ジャンソン・ド・サイイ中學に移つて俸給五千法。

千八百八十五年十月一日以後ロラン中學に轉じて、同待遇。九十三年八月八日より十一月四日まで休職。九十四年一月六日（五十三歲）退職した。

要するに、英語教官としてのマラルメは、生涯を通じて講師として年手當僅に五千法をえたのが絕頂であつた。且つまたフランスに於ては近世外國語教師の位置が極めて低く、ひとはみな此職に輕侮の眼を投じてゐたことを忘れてはならぬ。十九世紀後半、特に八十年代の英語教師がいかに悲慘な社會的狀態にゐたかは、ソルボンヌ英文學部の總師であつたエミール・ルグイの追憶記その他に明證がある。

ツルノン中學在勤時代のマラルメの風貌——これは有名な歷史家シャルル・セーニョボスの敍述に盡きてゐる。それによると、「非常に敏感な、弱々しい、病身な、いらいらした」青年マラルメは、結婚後間もない、非常にやさしい、まめまめしい妻と「流れて」ここに來たのであつた。彼は授業をいやがつた。教授法も拙劣であつた。すぐにいらいらする性質で、授業中よく怒つたさうである。それに生徒に對しては少しも興味をもつてゐない。それは生徒の方でもよく知つてゐた。「パルナス・コンタンポラン」誌にはじめてマラルメの詩が掲げられた時、その詞華集を手に入れたツルノンの中學生はみんな爆笑した。特に《われは憑かれぬ、——「蒼」よ、「蒼よ」、「蒼よ」、「蒼よ」！》の一行には度膽をぬかれてしまひ、教室の黒板にこの句をれいれいと書きしるしたさうである。……要するに中等教員むきの人物ではなく、視學官の見込もわるかつたに違ひなかつたらう。後にパリに出てからも、彼は正式のアグレガシオン（國家試驗）を通過してないため、その地位はつねに危ふく、當時代議士だつたセーニョボスの父には何くれとなく世話になつたことが多いといふ。

アヴィニョン中學英語教師時代——ブザンソンはツルノンから左遷されたのである。一説にはその詩風の朦朧體を忌んで知事がその位地を動かしたといひ、また一説にはその教授法の拙劣なるため校長が移したのだともいふ。とまれその地の生活は、ミストラル宛の手紙の中に「黒《くろ》い濕つた氣候が私を殺すかもしれない」とあるとほり、悲慘なものであつたらしい。

アヴィニョンに移つては、ブザンソンの頃にくらべて、教授法もずつと優秀になつた。當時の同僚モネスティエの追憶によると、マラルメの來任以來、それまで英語の學力のあまり進歩しなかつたアヴィニョン中學の生徒は、めきめきと英語が上達するやうになつたさうである。彼は話好きの、やさしい、ちとものをぢする性質であり、生徒からは大へん慕はれてゐた。が、誰一人としてこの英語教師が後年の幽玄體の巨匠になることを察知してゐたものはゐなかつた。

コンドルセー（當時フォンターヌ）中學時代——この時代については、政界の名士カイヨー、詩人アンドレ・フォンテーナス、畫人ジャック・ブランシュ、學究エドアール・デュリア等、諸家の追憶が殘つてゐる。

これは「ラ・デルニエール・モード」編輯時代にあたる。この唯美主義の雜誌がどんなものかは學童間によくわからなかつたが、ただ「あの先生はどんなことをしても僕等を立たせないよ。始終流行雜誌の原稿を書いてゐるんだから」と囁き合つて、とんと英語は勉強しなかつた。同時にまたこれはポーの譯業に從つてゐた時代でもある。そのためであらう、彼は屢々ポーの律語と短文とを教材として使つてゐた。更にまた彼は格言のやうなものを好んで使つてゐた。が、あまり授業には熱心でなかつた。學生の中優秀なものにクラスを監督させ、自分はせつせと筆を走らせてゐたと傳へられる。

ジャンソン及ロラン中學時代——。

前者には僅か一年しか在任しなかつた。今殘つてゐるのは、彼が一風變つてゐたことと、よく放心狀態にあつたことが生徒の笑ひ草になつたといふ逸話だけである。

後者の時代も、コンドルセー時代と同じく、優秀な生徒にクラスを監督させた。その頃八級でマラルメ先生に學んだメイエル氏は、黒板にいろいろな文句の書かれたのを記憶してゐるが、今はつきり覺えてゐるのは、“The gentleman has a beautiful house.”といふ一句だけだと言つてゐる。

千八百八十九年頃のマラルメは、白絹の半靴下をはいて踵の高い短靴といふ、その頃はやりかけて來た、イギリス風の教員姿であつた。當時は異國趣味の珍品であつた金ペンの萬年筆を使ひ、冬は綠と赤のスコッチ・マントを羽織るといふ風采であつたといふから、いよいよイギリス紳士風の身なりであつたといはねばならぬ。

（以下次號）

流寓

菱山修三

昭和十九年二月一日

砂丘の下にある井戸から水を汲みあげてこなければ朝の汚れた食器も片附かないので、さういふ洗ひものに使ふ水をその井戸で汲んでゐると、小澤さんの女の子が新聞を持つてきてくれた。（新聞はもう暫く前から隣組一括の配達なのである。）手を休め、新聞をひろげて、覗いてみると、米軍はマーシャル群島へ押しよせてきたやうである。ふと、いつまでかうして安閑としてゐられるものかと思ふ。尤も、決して安閑としてゐる譯ではないが、切り詰めた衣食の底の底に、まだ最小の安心があるからである。

下の差配の山田の長男一郎も、どうせ出るならば早く出た方がいいと思案したらしく、志願して一年早く徴兵檢査を受け、たうとう航空隊へ這入つた。それが一昨日のことであつた。近所の歯醫者の後藤さんの妻君の立ち話によると、――一郎は、死ねば五十圓づつお袋へくるから親孝行も出來るだらうと、云つてゐたさうである。それをまた一郎の母親が、（近所で有名な我利我利の鬼婆として知られてゐるそのお袋が、）「――一郎は本當にやさしい子で」と自慢して話してゐるさうであるが、一郎にしてみれば工場通ひの安い日給で、食べるものも充分肚へ這入らない現在よりも、鱈腹食へるだけでもいいし、一家内の節米にもなるといふのが本心のやうで、その心情はあはれといふほかはない。

東京へかたづいた鹿のやうな顔をした長女も、ついこの間赤ん坊を背負つて山田の家の前にゐたが、まるまるとふとつてゐたその赤ん坊が、一郎の入隊の決定した日の二・三日前突然風邪から死んでしまつたさうである。「――可哀さうなことをしちやつて。」と山田のお袋は先刻も井戸端で怒鳴つてゐた。思へば、世の常の道を往くだけでも甚だ塵勞が多く、なにごとも巧みに切り拔けてゆくことは並大抵の努力ではない。

下の井戸はまはりの三軒の家で共同に使つてゐる。小澤の家はここから二三町離れてゐるが、自家の井戸のポンプがきかなくなり井戸屋もなかなか修繕にきてくれないので、やむをえず日に三遍下の井戸から大きな水桶で水を自家まで搬んでゐる。いまも三女のフミちやんがネンネコに赤ん坊を背負つたまま、產後で顔がむくんだ母親と前うしろになり、大きな水桶を太い天秤棒で擔ぎ、傾斜の多い砂の道を歩きなやみながら上つていつた。近所に男の子がゐても無償では決して手をかすものはゐない。水桶も天秤棒も小澤は山田から借りたが、子澤山の山田ではそれを借すだけで恩を着せてゐるやうである。

晝飯を三時にすまし、かたづけると三時四十分であつた。四時までに米の配給所へ行かなければならないので、あたふたと自轉車を驅つて東海道筋の配給所へ行く。糠で顔が灰色になり、ドンヨリとした眼をひからしてゐる配給所の小父さんも、米軍のマーシャル群島への揚陸を心配してゐる。「――この次はフイリツピン、それから瀬戸内海へ遣つてくるんぢやないかなア？　だがネ、まだまだ決戰體制が出來てゐないネ。議會で財產稅をかけないなんて藏相が云つてゐるやうぢや駄目だネ。稅金も上に薄く下にばかり厚いやうぢや駄目だネ。一億皆勞體制だといつたつて、女子徵用をしないのはどうしたことだね？」と、小父さんはいふ。民衆の聲のなかにはいつも半分の眞實があると思ふ。

米の袋を受けとり、自轉車のうしろにつけ、近くの郵便局に立ち寄つて小爲替の金を受けとる。來るときには風にさからつて自轉車をはしらすのでなかなか進みにくく、寒さは足もとから全身に沁みとほるやうであつたが、歸りはうしろから風に押されてゐたので割りあひに寒くなく、自轉車の滑りも樂だつた。

米櫃のなかをよく見ると米粒は三分の一の高さまで屆かず、上三分の二が空いでゐる。はなはだこころぼそい。明日の米六合を磨いで寒さの沁みる日暮を迎へる。

二月二日

昨夜は本を讀み過ぎたせゐか、なかなか寢就かず、一時が打ち二時が打つまで眼が開いてゐた。灯を消すと鼠が枕もとを往來するので、また點燈し、そのまま眠ることにした。そのせゐで今朝は起き出すのがいつもより餘計辛い。枕もとで火鉢に火を移しながら、「——もう十時ですよ。」と母が云ふので、やうやく起きる氣になり、寢床のなかで腹這ひのまま煙草を吸つた。

代用炭の火力が弱く、その上灰になるのが速いので持ちをよくするために「黃金燃素」を水に溶し、それに代用炭を涵すことにする。午後日いつぱいこの炭いぢりをする。陽のあたる庭口に裂いた炭俵をひろげ、雜巾バケツのなかの、「黃金燃素」を溶かした水のなかに、代用炭を漬けては出し、俵の上に竝べていつた。陽氣が寒く、この作業も樂ではない。

二月三日

曇つてゐると硝子戶ばかりが環らしてある小屋なので、まるで內部は氷室のやうである。風あたりも強い。寒さがあまりこたへるので炬燵に這入つてしまふともう出ることが出來ぬ。

朝飯を食ふと十二時なので、晝飯は拔くことにし、そのかはり一時半過ぎに馬鈴薯の煠でたのを餅あみで炙つて食ふ。

下の佐藤の妻君がシヤボンを取りにいくから配給の帳面をお出しなさいと云ひに來た。近く岡山へ行くから留守を賴むと云つた。晝間から粉雪がさらさらと降つては歇んでゐる。四時半になつたので、朝からつけたままの食器類を洗ひ、水を汲み、米を磨ぐ。暗くなりかけても電燈はこない。薄暗い厨で、風の音に耳を傾ける。けふはたうとう新聞もこなかつた。

晝間からちらちらしてゐた雪がいつか降り積つたやうである。海邊がこんなに寒いことも、雪が一・二寸積ることも稀らしい。夜Yの小說集を讀む。このひとの仕事はなんだか空々しい。平生の心がけも努力も買つていいし、近江商人らしい執拗さもやはり一家をなすだけのものがあるが、どうも肌に合はない。よく眼を配り、詰らないことを考へ、絕えず奇蹟を生み出さうとしてゐるところは、どの作家ともかはりはないが、このひとにはイデーに空まはりが多く、そのために妙な歪みばかり目立ち、結局身振りは身振りだけだといふそらぞらしさがどこまでも行文に附き纏つてゐる。今から見ると、かういふ古着のやうな或ひは毀れた玩具のやうな作品がそれぞれ商品だつたといふことはふしぎなやうな氣がする。

しかしかういふ作品も僕等の近い過去の精

春のたそがれ

礒永秀雄

潜水服のような春のたそがれです
僕はしだいに重い空氣の沼を沈んで
わずかにくゆらせている一本のパイプ

おびただしい光の群はどこへいつたのでしよう
風も死に
歌も死に
ああ　僕の口臭を封じこめる
この沈鬱な季節の底に
溢れひたす不確かなイオンを感じながら
それでも創生の暦を索めて
神様――あなたのように僕も立ちつくしてしまうのです

神的状況を振り返つて見るのには、――或ひはその状況のあわただしい交替のあとを顧るのには多少役立たない譯ではない。のみならず、この讀書から、作家にとつて豫感がいかに大きな役割を持つかといふこと、しかもこの豫感を抱懷するのに目先目先の殆んど無意味に近い現實に眼を瞠つてゐなければならないことを知つたのは教訓的だつたと思ふ。

二月四日

昨夜まであたりをすつかり白くした雪は、そのあと雨が降り、風が吹いたので、もう跡かたもなく拭はれたやうに消えてしまつた。やはり海べのせゐかとも思ふ。昨日は寒さで一寸も動くのが辛かつたが、けふはさすがにあたたかい。そのせゐか朝飯のあとかたづけも晝前にすんだ。

讀書をつづけ夕方になり、薄暗いので、判讀に苦しむので、湯殿の破れた硝子戸を繕ふ。佐藤の妻君が配給酒を一緒に買つて來てくれた。五合一圓九十錢、上等の合成酒だそうである。

アメリカ的詩人・サンドバアグ

荒　正　人

霧

霧無聲地來了、
像小貓的脚。

它靜靜地蹲看、
望那港口和城市、
於是它又向前去了。

—これは中國現代詩ではない。カアル・サンドバアグの"Fog"の中國語譯である。『世界文學』第一巻三號（一九三五年）に載つてゐるもので、この詩人を愛してゐた高垣松雄の蒐集になるものである。

原詩はつぎのやうなものである。

The fog comes
on little cat feet.

It sits looking
over harbor and city
on silent haunches
and then moves on.

淡水の地中海といはれてゐる五大湖、そのひとつたるミシガン湖畔の工業都市シカゴの霧をうたつたものだが、これはいふまでもなく、イマジスト的作風である。日常語の的確な驅使、あたらしいリヅムの使用、題材選擇の完全な自由、明確な映像の表現、輪廓の鮮明、集中力の重視——などが、エズラ・パウンドたちイマジストの主張であつた。このアメリカ生れのイギリス人の主張は、わがアメリカ生れのアメリカ人の詩魂をもつよくとらへたかのやうである。

haunches（腰）といふ語をのぞけば、日本の中學一年生にも理解できるやうな日常のことばがそれぞれ的確に使用されてゐる點、ヴィクトリア朝時代の詩のリヅムを完全に默殺してゐる點、工業都市をつゝむ霧といふあたらしい題材がえらばれてゐる點、猫といふかたちをとつたあざやかな映像、そのアウトラインのはつきり浮びあがつてくる點、霧が猫といふかたちをとつて移動し、そこに讀者の注意が集中される點——いづれもイマジズムの詩の條件を完備してゐる。かういつた詩風は、しかし、エズラ・パウンドなどが主張するより以前に、ホイットマンなどにも部分的に現はれてゐたものであるから、サンドバアグの場合は、アメリカ自由詩の自然な流れに棹さしたまでのことである。

もうひとつの例をあげておかう。"Window" と題されたものである。

Night from a railroad car window
Is a great, dark, soft thing
Broken across with slashes of light.

ヨーロッパの詩としては異常に短いこの三行詩もまへの詩とおなじやうにイマジズムのものである。大草原《プレイリイ》をひたはしりに走る大陸横斷の夜汽車の窓からながめた夜の印象が、切傷のやうに窓外に映りながら走る列車のあかりとの交錯のなかにとらへられてゐるが、前詩と優劣を判定しがたいほどのすぐれた出來榮えである。

わたくしは、社會詩人といふふれこみで紹介されてゐるサンドバアグへの先入主を、かういつた詩の引合ひにだすことで、まづうちやぶつてみたいのである。これは必ずしも天邪鬼の心からではない。ハイネが革命詩とともに戀愛詩をかいてゐるやうに、この詩人もけつして一枚のレッテルでは規定できぬ複雜な心をもつてゐたことをしめしたかつたからにほかならないのだ。日本でもぬやま・ひろしの『編笠』などがでて來て、革命詩人（シーモノフが母國でかれのことをさうよんでゐる）の幅のひろさを具體的に知らせたわけであるが、ひところのプロレタリア詩人の幅の狹さとはべつにもつとゆたかな展望を、これからの詩人がもつて登場して貰ひたく思ふのである。

サンドバアグは一八七八年イリノイ州（シカゴはこの州にある）の田舍町に鍛冶工の子として生れた。十三歳で小學校をやめてから、理髪店の小僧、牛乳配達馬車の馭者、田舍劇場の大道具方の手傳ひ、煉瓦製造所のトロッコ押し、陶器工場の職などをやり、後大草原《プレイリイ》を放浪し、ホテルの皿洗ひ、大工の手傳ひ、農家の手傳ひ、ストーヴ塗替掃除業など、ゴーリキイの「私の大學」時代にも似た放浪生活を行つたのであつた。そして、二十歳の青年サンドバアグは米西戰爭に志願兵となり、カリブ海上の小島ポルト・リコに赴き除隊になつてからは、地方大學に這入り、かたはらジャーナリストの道をもすすんでゐる。第一次世界大戰の前年にはシカゴにでて、本式の新聞記者をやつてゐる。かくして出世作 "Chicago" がかかれるのであつた。それは大戰第一年のことであつた。（この詩をふくむ處女詩集『シカゴ詩華集』が上梓されたのは一九一六年のこと。前掲の二つの詩もこのなかに這入つてゐる。）

"Chicago" はこんなかきだしではじまつてゐる——

Hog Butcher for the World,
Tool Maker, Stacker of Wheat,
Player with Railroads, and
the Nation's Freight Handler;
Stormy, husky, brawling,
City of the Big Shoulders:

これを中國語譯でしめせばつぎのやうになる。

給世界殺豬的人、
做器具的人、堆麥的人、
玩弄鐵路的人和給國家管理運輸的人、
整個城裏都負着重荷的人、
擾亂、高聲嚷叫、喉嚨都乾了。

ここにみられるのはアメリカ的大都市風景畫であり、いはゆる社會詩人の本領である。そこにながれてゐる詩的精神はホイットマンの直系である。自由の精神である。新時代のさけび聲である。だがかれの特徴は、田園と都市の對立とか、近代的機械美などといつた形で「社會」をつかんでゐるのではなく、全的人間の生活を以て、自分の内的風景として把握してゐるのである。したがつて、ここには頽廢はない。健康な感覺が全體を支配してゐる。かういつた點が、大戰前後のアメリカ的感覺にマッチしてゐるのであらう。かれはつねに人間を、自由な、民主的な人間のちからを信じてゐる。そのかぎりでかれはアメリカ的に健康である。なぜならかれは一貫してつぎのやうな詩をもかいてゐるから。（一九三六年）。それは「自分は國民であり、群衆である」と題されてをり、つぎのやうなかきだしである。

I am the people—the mob—the crowd—the mass.
Do you know that all the great work of the world is done through me?

これは"Chicago"の延長線上のひとつの極點をしめす詩である。あるひとは非難し、あるひとはこれこそ社會詩だ、といつて拍手するかもしれない。だが、詩人・サンドバアグは、一方に、"Fog" "Window"などをかき、一方にこのやうな詩をもかく、幅ひろい存在なのだ。それはかれの詩的世界のなかでけつして矛盾してゐない。二元的態度ではなく・一元的なものの二つの端をしめしてゐるだけのことである。この點で、アメリカ的とよぶことは適切であらう。他の端についてもうひとつの實例を附加すれば、かれはつぎのやうな童話をもかいてゐることである。すなはち『ルータベイガ物語』（一九二二）『ルータベイガの鳩』（一九二三）などである。それは、"Fog"や"Window"を散文にかきかへた散文詩である。かれが青春を送つたアメリカ中西部《ミドルウエスト》の光と風と夢が牧歌的にうかびあがつてゐる。ここには偏狹な社會詩人はゐない。だが、じつはここに、アメリカ上昇期の調和的な雰圍氣がにじみでてゐるのである――そのロマンティシズムとオプティミズムとが。だから、上述の

久井　茂

初　夏

——小さな遁走曲

ここまで僕を乘せてきた汽車は　煙りを疊んで　麥畑のむかふのトンネルにかくれてしまふ　なんといふ可憐な演技だらう
僕は重い旅行鞄を提げて　陸橋をわたる
燕のゐる改札口で　パスポートに落ちる若葉いろの日翳
僕と二人きりでこの町に降りた娘が　彼女を迎へた老人と談笑しながら遠ざかると　一瞬空氣の密度にひしめく蟬しぐれ
輕いめまひが　僕の行手から路を捲きとつてしまふ
遠くで　トンネルの小さな夜のむかふで　汽笛が鳴る
ふたたび僕を　かすかな豫感に誘ひながら

社會詩のうらがへしとも見做すことができるのである。一方をサンドバアグ的世界の社會的極點とすれば、他方は牧歌的極點である。いづれもかれの領域内にある。それを統一してゐるものについてもつと詳しくみてみよう。それに側光をあてるのが『リンカアン傳』である。

この上下二卷千頁にちかい傳記は、リンカアンの大草原《プレイリイ》時代、すなはち、大統領にえらばれて故郷の土地をはなれるまでを取扱つたものであるが、精神の内的風景と外的風景がたくみに調和してゐる。それはアメリカ・デモクラシイのもつともよき部分だともいへるであらう。サンドバアグの心のなかにもこのリンカアンが生きてゐたのだ。その故にかれはアメリカ的詩人であるといふことができるであらう。

一九二九年の大恐慌は、若いアメリカ人をしてコムミュニズムに眼をひらかせた。しかし、サンドバアグはデモクラシイをかたく信じて疑はなかつた。この意味でもかれはやはりアメリカ的詩人であつた——もちろん、舊時代の、といふ形容詞を附加すべきであるかもしれない。だが、わたくしは「よきむかしの《グッド・オウルド》」とよびたく思ふのである。

日日の夢

三好豊一郎

陽はくらく、地はむなしい
悲惨な傷痕は　野の額を飾る
破壊された追憶は　都會の咽喉を扼す
小さな地球の兩側から　不幸の影は
灰色の反射の海をゆき交す
夜、人知れぬ生が　僕の內部にめざめるとき
しかしながら、僕はあらゆるものの意味を知るのである。
風にあへぐ樹々
水の中にもだえる魚
洞穴にをののく獸
地の果に窓を閉して　空しく待つ人

戀の衣服をぬがんとする彼女を
ほのかに映し出す祕めたる鏡
水晶の泉の中から浮きあがる原始の情熱
瞳孔の奥に描かれる渾沌たる未來
苦惱は愛に
鳥は雲に
樹々は泉に
彼女は僕に
さゝやき交す　神祕なる無言の言葉
辛酸と憎惡と汚辱の運命から
生れ出る淸純な花
整へられた宇宙の翼の上
手と手が靜かに重ねられ
深い夜のなかから　悲哀のアネモネが
空に向つて花ひらく
その輝かしい日日の夢。

第一回詩人賞決定發表

戰後の新しき詩の光榮とその名譽の爲に、本誌『詩學』主催『詩人賞』の銓衡を、昭和廿二年十一月一日、東京京橋第一相互ビル七階東洋軒に於て擧行致しました。

當日、參加の銓衡委員は、左の諸氏であります。

田中冬二。杉浦伊作。岩佐東一郎。北園克衞。阪本越郎。安藤一郎。村野四郎。江間章子。西川滿。門田穰。木下常太郎。野上彰。寺田弘。城左門。岩谷滿。嵯峨信之。

（敬稱略。順不同）

猶、ハガキにて回答されたる委員は次の諸氏であります。

岡崎淸一郎。淺井十三郎。武田武彥。竹内てるよ。笹澤美明。小野十三郎。竹中郁。近藤東。

（敬稱略。順不同）

以上、委員は合計廿四名でありました。

銓衡方法は、委員一名が、三名の詩人を、無記名投票し、開票の後、その合計の後、最高點を獲得した詩人を以て詩人賞受賞者と決定することに致しました。

開票の結果、**三好豐一郎氏**、八點を得て、當選されました。

次點は、同點（四點）にて、**平林敏彥**、**祝算之介**、兩氏となりました。

これに依つて、『詩學』第一回詩人賞（金參千圓也）は、三好豐一郎氏に贈呈することと致しました。

委員寸感

野上彰氏――この擧が、詩壇に於る新しい運動の端緒たり得れば、と希ふ者だ。二回、三回と回を重ねた後の成果に期待する。

江間章子氏――三好氏の當選は、妥當なことと存じます。

安藤一郎氏――私も、三好氏を推した一人として、うれしく思ふ。氏は充分力倆もあり又、その將來性も期待出來る。

門田穰氏——銓衡範圍が、はつきり飲みこめなかつたので迷つたが、それと又、推選の過程に於て話し合ふ機會も欲しかつた。

杉浦伊作氏——今日、眞の新人といふ點で些か難色もあるやうに考へるが。次點の人々にも大いに期待をかける。

寺田弘氏——三好氏の當選は當然のことと思ふが、銓衡範圍を、もつと大きく取りたい。

岩佐東一郎氏——自分は銓衡範圍は廣いと思ふ。三好氏の當選は、自他共に論のないところであらう。

西川滿氏——雜誌が限定されてゐるので、自分の眼に觸れないのがあるのは遺憾だ。

木下常太郎氏——この決定を、僕も當然の成り行きだと思ふ。素質のある氏の將來に期待する。この委員に、もつと各派の人の出席がありたい。

野田宇太郎氏——僕は丸山豐氏を推したのだが、三好氏の當選も亦、結構である。候補雜誌の範圍をもつと廣くしたい。

村野四郎氏——三好氏の作品には、ここに居る人達の過去の作品と交錯する點が多い。この企は、作品中心だが、別にエツセイを含めた、詩人の仕事のボリウム全體を問題としたいとも思ふ。

阪本越郎氏——三好氏のロマンティシズム、祝氏のバアバリズム、平林氏のクラルテ、いづれも面白い。三好氏の『V—Eの犬』などに表はれた苦惱は朔太郎に迫つてゐる。今がその力の頂點ではなからうか。祝氏は未完成だ。平林氏は危險な季節だ。三氏とも、問題に上せらるべき存在だ。

北園克衞氏——三好氏に投じた一人として當選はうれしい。唯、注告として、更に努力を望む。今よりも發展するかどうか、と些か懸念するのだが……。

感想

三好豐一郎

受賞の喜びも、決して僕一個人が受けるべきものとは思はれません。僕は單に僕らの世代の媒介にすぎません。之を僕らの世代への注目とみてよいのではないでせうか。ここには何らかの暗示がある筈であります。受賞の榮を、無に終らせたくはない。よい影響を與へて吳れた人々、及び友情への感謝の爲、又世代への情熱の爲に。

略歴　大正九年八月二十五日生
同人雜誌「詩集」を經、現在「純粹詩」等に寄稿。「荒地」同人。

丸山喜一

月蝕

ゆふすげの花の
かたへに
晩い晝が病んでゐる

花弁《はな》は　みにくい虫の
紡がれない糸を支へ
青いほのほが　わづかに
ふるへる光りを空に反射《かへ》す

けれど
わたしのシェードはそれを見ない
淺い思想に坐したまゝ
わたしは語りつゞける――

哀しみについて
失はれた月光の
小さな年齢について

――蜘蛛よ
わたしに　いつ
あの暈を熾くてだてのゆるされるか――
――

黒い一列の人影が
しばらくは
わたしの過去と
かさなる

Village d'Aéro

稲垣足穂

×××さん、あなたの御本をよみたくてたまりませんが、お母さんがなか〱買つてくれません。それはさうと先だつて、是非ともあなたにお聞かせしたいゆめを見ました。餘りにふしぎなので、いまになつてもハッキリ憶えてゐます。サーチライトの縞目を縫つて、たくさんなひかうきが入り亂れて戰つてゐますの。ぴかり〱光つてゐました。見てゐると頭の上に何か落つこちてきたので、拾つてみたらばそれは少うしよごれた市松模樣のハンカチなんです。水仙の匂ひがしてゐます。……

二十年も以前、私はこんな手紙を受取つたことがあつた。その相手には逢つてゐない。さる外交官の娘で、胸を病むひとだときいたから、いまはおそらく此世にゐまい。

四月十三日の深更（それとも次の日になつてゐたか）私は、眞赤な煙にとぢこめられた空からひッきりなしに舞ひ落ちてくる無數の紙きれを見て、昔の手紙を思ひ出したのだつた。

私自身にそれと似かよつた夢がある。これはさきの手紙よりさらに前に、或る春の曉に見たものである。千島の方から空中艦隊が迫りつつあるとの警報が出て、本土の上空に煙幕が張りめぐらされた。何にも見えず、ただ空の奥底でゴーゴーといふ音がしてゐた。ひらひらと向うの塀の上に落ちてきたものがあるので、ひろつてみると黒いカードだつた。黄色の罫が引いてある。文字はなかつた。

この遠いきれツぱしが、横濱が灰になつた日の午前、私の記憶の庫の底からよび起された。つるみ海岸のディーゼル自動車工場の屋上には、ちよつとバビロンの空中都市とでも云ひたいおもむきで、幾重にも折れまがつたブリッヂが仕組まれてゐた。ここに佇んで、折から眞暗な天から降つてくる怪異な雲片のやうなもえからを仰いでゐるときであつた。四邊は夕闇のやうになり、ただ富士山方面の地平だけが、油繪に見る日食風景のやうに、赤ッちやけた色に透けてゐた。反對側の海の向うには、房總の山々が此世ならぬ藍色に染つて、いまにも立消えんばかりに連らなつてゐた。

ぴか〱したひかうきは、カグラ坂を焼け出された次の日、近所の市ケ谷國民學校の庭から望見された。蒲田邊りの天が、失樂園幻想の紅ゐに染つて、その方から彈かれたやうに、次から次へニッケル鍍金の玩具のやうなひかうきが飛んできて、眼の前に大圓をゑがきながら消えて行つた。眞紅、赤橙色、紫、青、危難の夜の、ぼかし縞の裾模樣をサーチライトの篛がたてに貫いて、こんな光の樹間を縫つて、水族館の珍奇な魚のやうなひかうきばかりがピカリ、ピカリ。

これから一ケ月目、池上本門寺の麓にあつて、そこここにめらめらと燃えてゐる朱色の焔の舌の上に、薄紫色の朝が訪れてきたとき、私にはなにかしら、「錄して木と紙の町々は燒かれんとある言葉の成就せんがためなり」といふ氣がしたものだ。過ぎ往いた過去なのに、なぜ人々は思出を語り、歴史を編まうとするのか？　いまだやつてこない未來なのに、どうして豫覺や豫言が成り立つのであらうか？　過去とはただ現在の過去、未來ともいまにおける將來の意に他ならぬ、そして神こそは永遠のいまそのものだ。かうアウグスチヌスが説いてゐることに私は思ひ當る。ついでに、オピアムイーターの著者が、聖書の中に記された恐ろしき始末書はじつは各個人の心それ自らである、と述べてゐたのを考へねばならぬ。

☆　☆　☆

《ポリレリイト男爵ごじまんの花もいつから面白くなかつた。

こんな散文を私は十年も前にかいた。

《午後おそくなつて當日の客は、二組に分れた。自分は、カントリーを徒歩でよぎつて田舍のステイションまで出ようといふ組に加はつた。糸杉のあひだの道で〃ひなびた乘合バスに出會はして一同は乘込んだが、たちまち「ネフロゲート公爵」とこの地方で呼ばれてゐる入道雲の襲撃を受けて、たとへやうのない凄まじい白雨の只中に閉ぢこめられ、下半身はびしよ濡れになつた。車は動かない。この近くに飛行場があるから、そこまで行つて善後策を講じようと提案した者があつた。その方へ足を向けた。ポツリ〳〵と名殘のしづくが落ちてくる頭上は雲ぎれがして、薔薇色の光が滲んでゐた。村道をいく巡りして、あそこだ、と指された所、しかし原ッパらしいものはいつか見當らず、行手の木立に赤屋根の急勾配が覗いてゐる。

この敍景とそつくりのものが、いまや現實にあつた。

向うのスレート屋根は褐色であるが、紛れもなく鋭角に交はつた斜面を持つてゐる。これを半ば蔽ひかくした新綠の梢も、ついいましがたの村雨に濡れこそしなかつたが、ひときはつややかに、鮮かだ。そして目指す飛行場は、この堤の向うにあるはずだつた。私がやつてきた野徑は、若い樫の林、育ちのよくない麥畠、生垣、かつての作にかき入れようと思つたならばきつとさうしたであらう、そんな道具立である。

《木立越しにひろびろした芝生が見えて、そこここに紫やピンクや綠の、ローランサンめく婦人たちの姿があつた。近くの人だかりを覗くと、小さな圓卓がそこにおかれて、一人の將校が、洒落れたリボンをびん口に結びつけた香水を賣つてゐるのだつた。さらに歩を進めて、眼の前についたてになつてゐる茂みを抜けると、ゴルフリンクめいた緩く起伏した野が擴がつて、そのあちらこちらに、車輪づきの紀念碑のやうなものがめちやくちやな速さで走り廻つてゐた。左手の建物の内部へはいつてゆくと、廊下の兩側は飛行家たちの部屋になつてゐるらしかつた。突き當つて右へ折れると田舍屋敷の厨になり、もつと先へ行くと、明け放されたドアのこちらに、そこに坐つてオランダの帆船についてゐる舵輪に似た糸ぐるまを繰つてゐるひとりの乙女がゐた。かの女の背景になつた窓の外には、夕陽をいつぱい浴びた、晴れやかな田園の風景があり、その窓ワクに屆いて、たいそう佳いかをりの靑い花が咲いてゐた。少女のまなざしにはふいな闖入者をとがめる色がうかがはれたので、踵を返して反對側の戸口から外へ出た。巾廣いコンクリートの路が伸び、その左右に格納庫が立ならんでゐる。内部には壞れたひかうきがおしこまれてゐた。滿足な形のものは一つもなかつた。花束や、天體や、エンゼルや、鬼などを丹念に彩色畫にゑがいた胴體や翼は、まだ新らしい塗料の匂ひをプンプンと放つてゐた。それなのに、どれもこれも弦樂器の内部に似たデリケートな構造を見せて、痛ましく壞れてゐた。胡桃やマホガニイや輕金屬製のプロペラーは、くだけ、ねぢれ、タンクと放熱器はぺちやんこになり、そして發動機は、現在見られるところのエンヂンよりもいつそうな不可思議な作用をするもののやうに見受けられたが、シリンダーは捥ぎ取られ、パイプはメデュサの頭髪さながらにこんがらかつてゐた。次の建物をのぞいたが、さきと同樣なものがつめこまれてゐる。つづきの棟も、そのつづきのハンガーも、みんなその通りだ。

こんな次第は、いま私がその方からやつてきた小驛の向う側に展開してゐる光景と、ほとんど符合してゐた。

プラットフォームの反對側は、痛ましく打ちくだかれたひかうきの山々だつた。滑走車のゴム輪やプロペラーや、化蛸の干物のやうなエンヂンがあるので、からうじてひかうきだといふことが判る。さもなければ、いつたい何物なのか、見當もつかぬ、靑や褐色に塗られた嵩張つたものをまじへて、主として灰銀色のえたいの知れぬ大小無類の破片の、ただ瞳を瞠るほかない累積なのだ。

この春、大森の奥から足を伸ばして、少年時代におなじみの穴守線の方へ出向いた。自動車學校の焼跡のコンクリートの上に、銀白や淡青やココア色の奇妙な紡錘形のものが盛上つてゐるのを、なんだらうと近づいてみたら、水上機のフロートだつた。あさぎ色の月光をここに想像して、私は新時代のジョルヂ・キリコを覺えたものだが、いま眼の前にしたのは、さらにさらに大がかりな、無慚なシュールレアリスムの墓地だつた。

これは墜ちた機械であらうと最初思つたが、さうでなかつた。落されたものでもなかつた。明らかに何らかの手段——それさへどんな道具を用ひたかふしぎに思はれる方法——によつて、こんなにもめちやくちやに叩き壊された日の丸ひかうきの破片である。

それにしても運びこまれてゐるのだらうか？　いつたんここへ聚めて、他のどこかへ片づけられつつあるものだらうか？　同じプラットフォームに立つて、數日間私は頭をひねつてみたが、どつちとも決められなかつた。古木の根ッこのやうなエンヂンにロープをかけて、キヤタピラーが向うの一角へ集めてゐる。さうかと見れば、貨車の上から投げ落されてゐるものもある。一方では、殘骸の谷間を縫うてきたトラックの上から、つばさや舵機が貨物列車に移されてゐる。目的がどこにあるにせよ、ふた月やみ月で片がつく仕事とはたうてい受取れない。近頃、省線電車の網棚にコクピット（座席）の板金が使はれてゐる。釣革には操縦索が利用されてゐる。——このワイヤロープの接合にはちよつと骨が折れるが、いつたん繫げば五十人ぶら下つたとて大丈夫なはずだ。いや、この廣場をうづめたアルミやアルマイトでずゐぶんおもちやが造れる…

…それは全國の子供らに行き亘るほどの數であらうか？

☆　☆　☆

ここは立川に近い青梅線「なかがみ」である。

編輯後記

○『詩學』の一號二號は幸に讀者の期待に應へたやうである。賣行も良好と聞く。別に賣行の如何に依つて一喜一憂する者ではないが、雜誌として普く天下に公布する以上、澤山賣れなければ無意味である。今後とも、この線に沿つて更に一段の努力を誓ふと共に、讀者の變らぬ支持を冀ふ次第だ。

○今月から初めた「詩人の研究」は今後ずつと續けて行く方針である。小林氏の『村野四郎について』を第一に、次號には木原孝一氏の『北園克衛研究』、次に木下常太郎氏の『三好達治研究』といふ風にプログラムは組んである。片々たる時評的、うわさ的批判でなしに、堂々と正面から論ずる此の種の企は、影響と、又、益するところ甚大なものがあるだらうと思ふ。

○本誌が『ゆうとぴあ』時代からの計劃たる『詩人賞』は別項の如く、參加委員諸氏の熱意を以て、發表の運びに至つた。主催側として喜びに堪へない。この擧が、若き世代への詩に對する推進力たり得れば幸甚だ。

○今月の巻頭には、姉妹藝術たる、小說、繪畫、音樂の畑から、各々その論客を以て、詩及び詩的精神の在り方について提示を受けたが、これは、他山の石以上の問題を我等に與へたものと思ふ。

○島田謹二教授の『ポーとマラルメ』は、三回にわたつて連載されるもので、近代詩の鼻祖に關しての、かうした基礎づけは、現象的な水泡のみを追ふかに似た昨今の詩壇に取つては、特に必要な學問であらう。

○新を求めることは必然だ。破壞も亦合理である。だが、壯麗なる傳統、古典を些かも顧ずして――否、知らずして、かかる擧に出づることは滑稽以外の何物でもない。自ら惱むことよりも、むしろもつと知ることが必要なのではなからうか？　新しい運動を拒む理由はない。本誌は、その片棒を擔ぐ熱意はある。だが、秋夜燈下に古人の心に參じて、人類の智慧と永遠に思ひを潜めることも、現代人に取つては必要ではなからうか。本誌は中道を步まうとする。

○本誌の刊行も、やつと軌道に乘つた觀がある。直接讀者たることが便宜が多いから――と、これは營業からの希望だ。

○仲秋。讀者の多幸を祈る。

城　左門

詩學　十月號　第二卷第六號
定價二十圓（送料一圓五十錢）

昭和廿二年十月廿五日印刷
昭和廿二年十月卅日發行

編輯兼發行人　岩谷　滿
印刷人　楠　末治
東京都板橋區志村町五
印刷所　凸版印刷株式會社
東京都中央區日本橋室町四ノ三
發行所　岩谷書店
電話日本橋(24)九三〇一―三
振替東京　一〇〇、二二四
會員番號Ａ　二〇九〇一四

購讀料
半年分　一二〇圓
一年分　二四〇圓（送共概算）

現代詩叢書

第一期十冊

一齊發賣

定價各二十五圓
送料各三圓
（十冊揃ひ申込に限り帙入り）

昭和二十二年十月十四日第三種郵便物認可
昭和二十二年十月二十五日印刷納本
昭和二十二年十月三十日發行

詩學

第二巻 第六號

定價二十圓

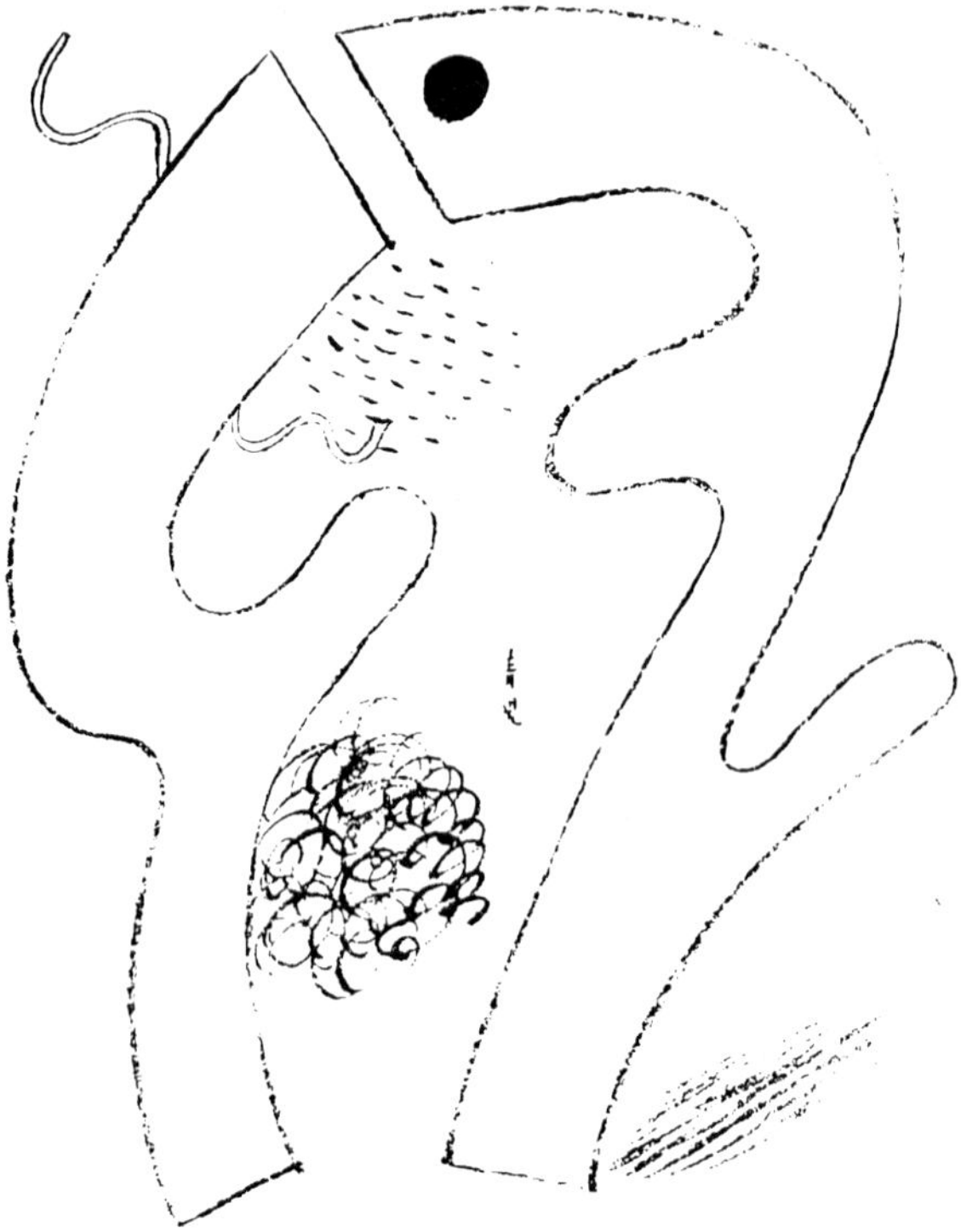

詩學

昭和二十二年十月二十四日第三種郵便物認可
昭和二十二年十二月三十日發行

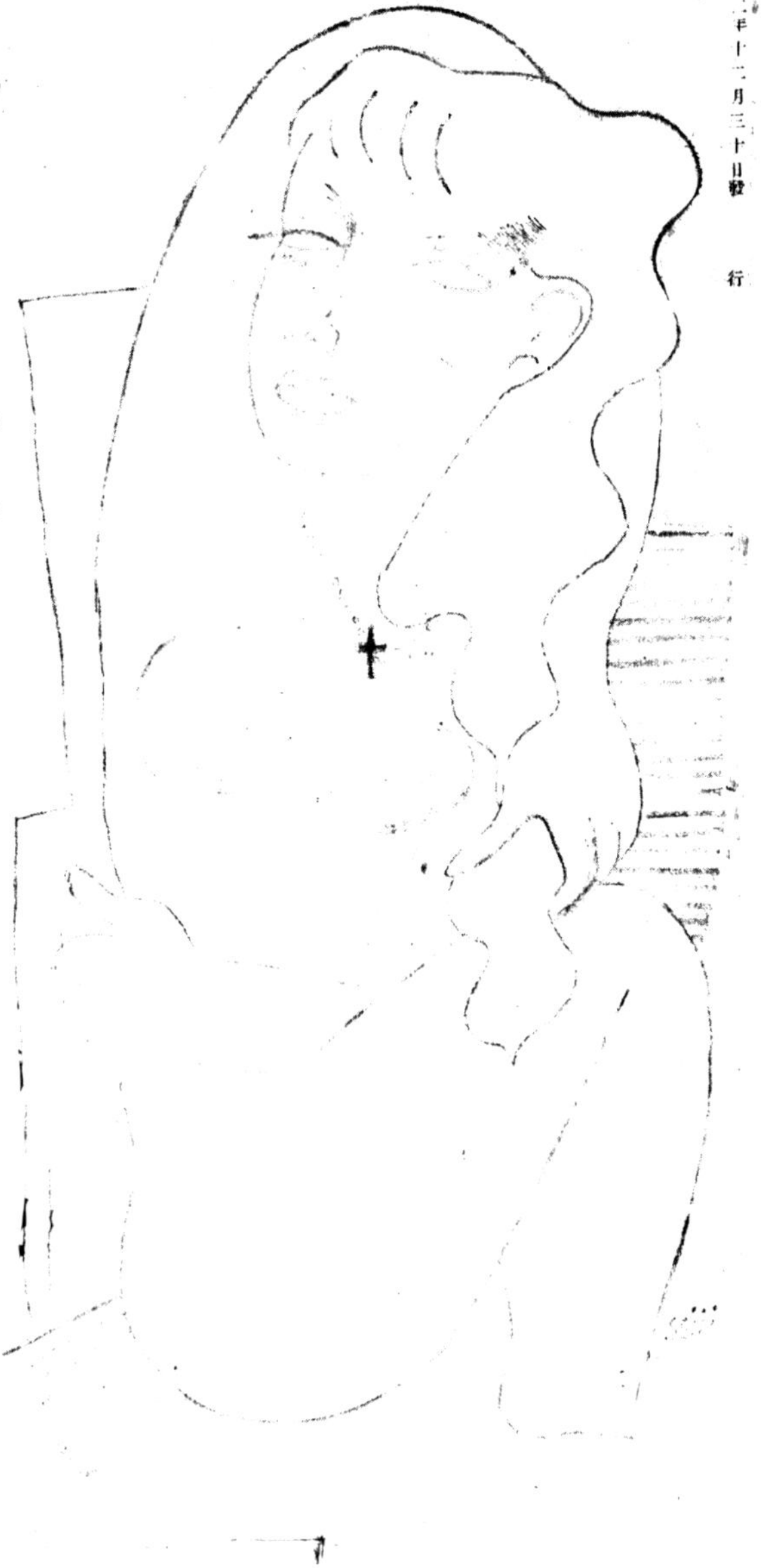

第四號

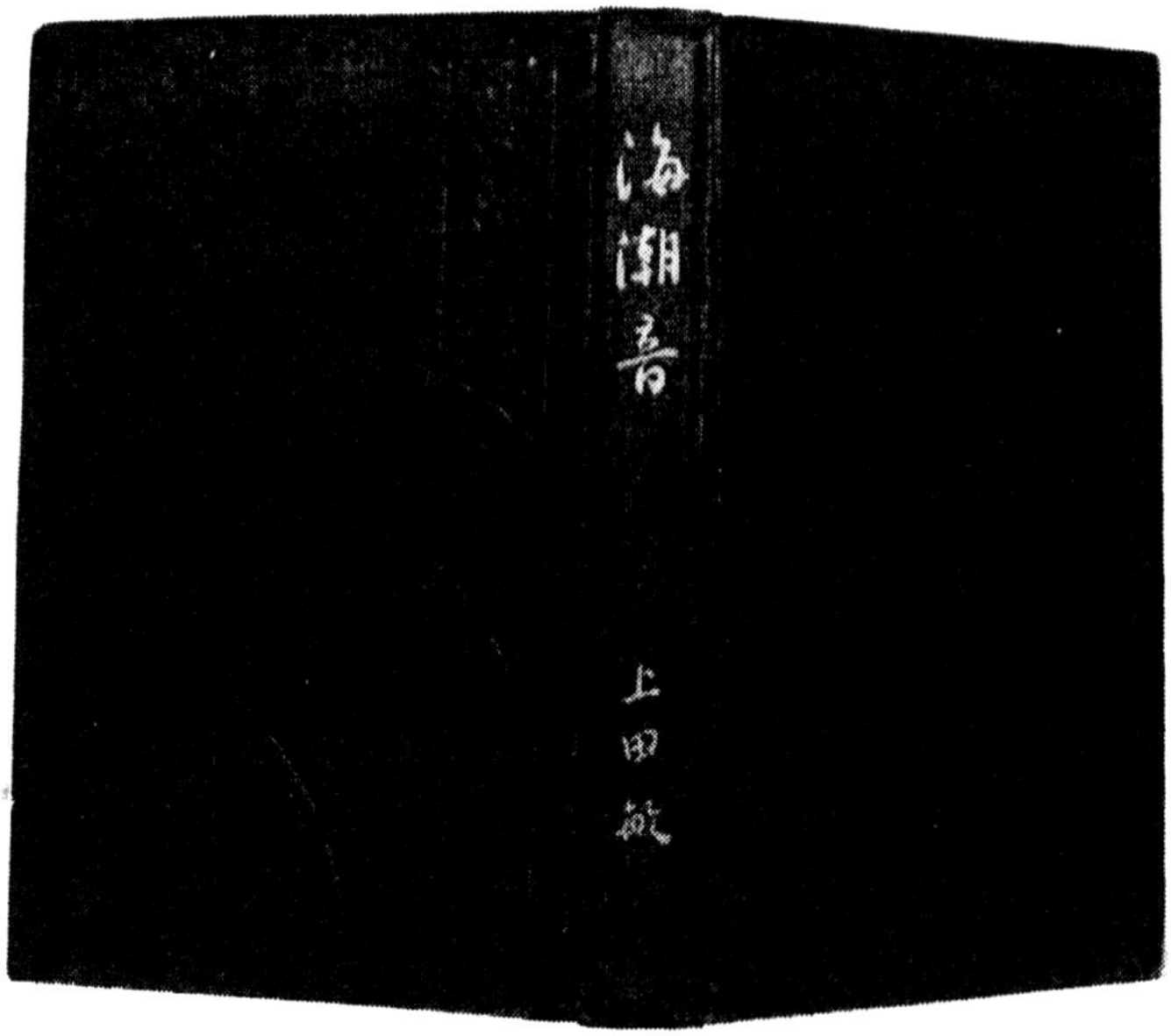

巻中收むる所の詩五十七章、詩家二十九人、伊太利亞に三人、英吉利に四人、獨逸に七人、プロヷンスに一人、而して佛蘭西には十四人の多きに達し、曩の高踏派と今の象徴派とに屬する者其の大部を占む。

右の様な序文で始まる「海潮音」初版は明治三十八年十月十三日、本郷書院より發刊された。「海潮音」が當時のわが詩壇に與へた影響の大いなるは、今からでは殆んど想像を絶するかと思はれるほどでその譯文の流麗さは尙ほ感嘆の他はない。

秋の日の
ギオロンの
ためいきの
身にしみて
ひたぶるに
うら悲し

云ふまでもなくヴエルレエヌの「落葉」と題する詩の第一節、人口に膾炙せる名文である。(岩谷)

途上

村次郎

それはどこから　どこへの
道であるべきだつたのか　そして旅で
岩嚙む波と　僕と
僕の精神の繰返し　季節の

萱《ゆう》草《すげ》の花も　夏も　早い秋だけが
おまへの會話が記憶に　吹きくるものだけが
吹かるる斷崖で
呼べば海となるおまへ
ひろがりわくもの　僕の彷徨
ああ　生活の煙
鹽たく少女達は終日火を燃やし
すでに身を切る北國の鹹い水を汲んで

それはどこから　どこへの
道であるべきなのか　そして生涯で

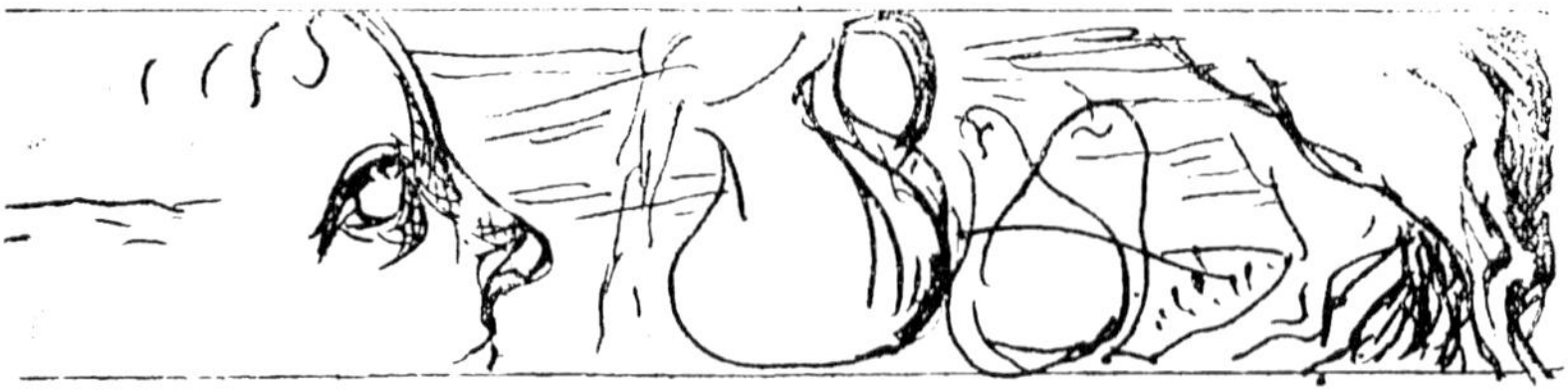

詩學　第四號（通巻第十號）

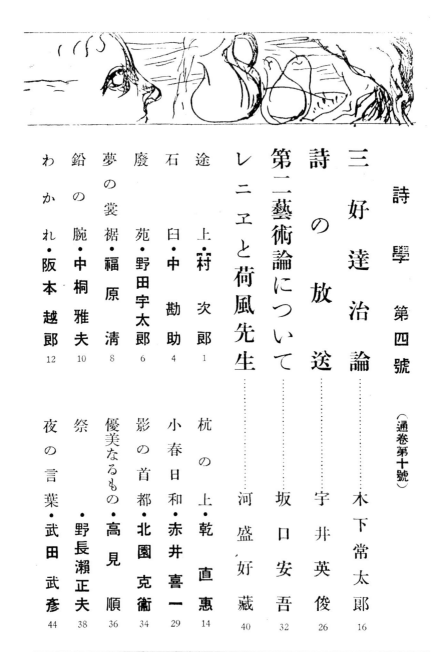

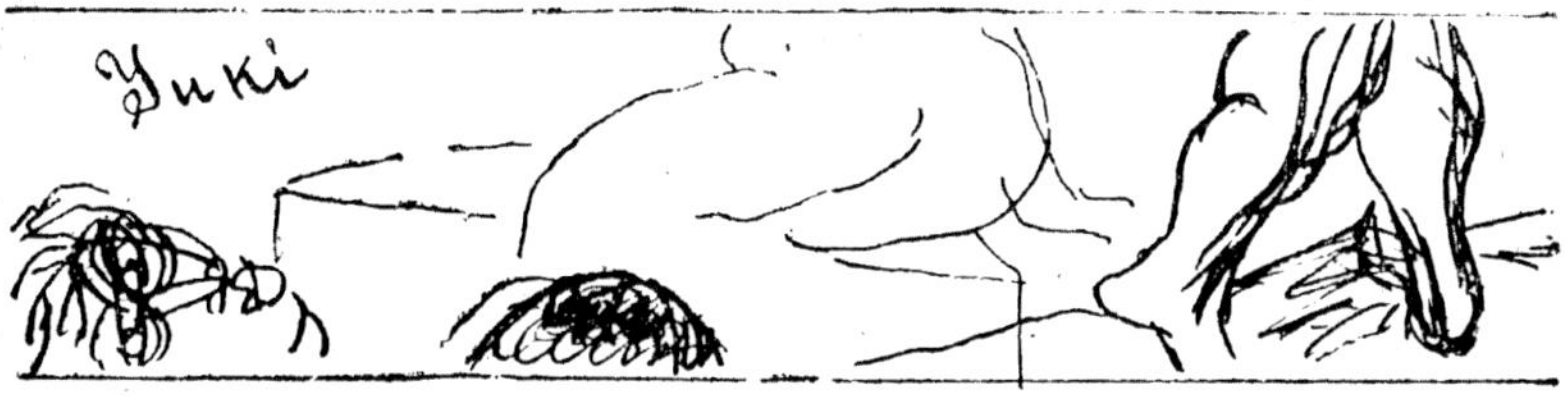

表紙繪・東郷青兒

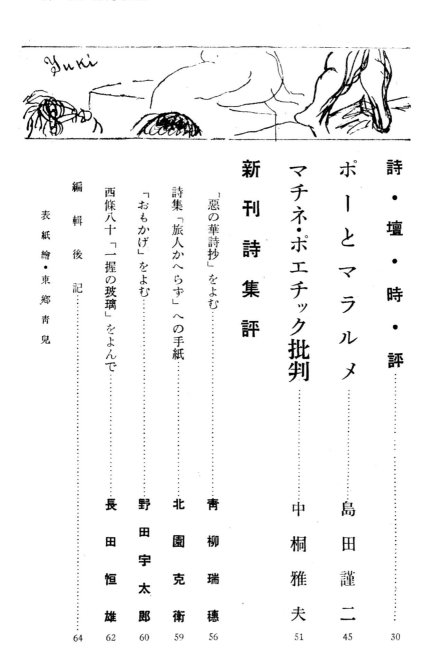

中勘助

石臼

昔の随筆から

窓したに　こつこつと
ひねもす　ものの音す
障子あくれば
老いさらばひし　ひとりの翁
目がねをかけて
筵のうへに　石臼のめをきりゐたり
お爺さん　日にいくつきれるね
いくつてこたねえ
きる日もあり　きらねえ日もありやす
お爺さん　いくつになるね

七十になりやす
子供さんあるんかね
孫も三人ありやす
ならそんなことせずともよからうにね
婿ひとりが六人くはせるだで
たしにはなんねえが
あくびしてくらすよか鼻紙でもかせがうと
こんなこともするでやす
冬日さす　窓したに
鏨をもち　石にかがみて
わが年を　刻むごとく
こつこつと　臼のめをきる

昭和二〇・三・六

野田宇太郎

廢苑

少女よ
落葉をふみしめながら林を拔けたり
雜草の生ひ茂つた原を橫切つたり
大きな樹の下で
靜かな午後のひとときはたのしかつた
少女よ
花の名や木の名や草の名や
そこで私が呼んだすべてのものは
すでに私たちのものではない——
それははるかな苑の思ひ出だつたが

少女よ
あなたはこの廢苑を愛するといふ
やすらひのベンチもすでに朽ち果てて
雜草のなかにコスモスの花だけが僅かに亂れ咲いてゐる
この荒涼が美しいといふ
少女よ
シモオンのやうに匂ふ髮と
白い袷足のあなたのまはりで
ふたたびはかへらない私の年齢が
茨のやうに私を突きさすのだつたが。

福原清

夢の裳裾

夢をみてふと醒めしとき枕頭を通りかゝりし裳裾あり。「あはれ」と聲にいでんとせしがたまゆらにして消えにけり。顔もかたちもしらざれどたゞ早春の花のごとくまた一すぢの烟のごとくにほひ殘りぬ。
軒端雨しめやかに夜沈々………

一九四六・三・三

半晴半陰

拳《こぶし》ほどのパンをたべ、
砂糖なしの紅茶を一杯、
これが朝めし。

パイプのけむりゆるゆると喫《ふ》かしもすれど、
憂き思ひ胸をふたぎて、この頃は
面窶れして。

去年の今ごろ、頻繁に、
B29の過ぎたこの空。
夢ではないか！　生きてゐるのは。

ゆうべの雪解けて小溝にうたひ、
日かげの屋根にあをき陰あり。
庭の畑に玉葱の葉のみどり四五寸ばかり。

半晴半陰の午前の疲勞。
中空《なかぞら》に、春風大きく
はためけど——

一九四六・三・一〇

中桐雅夫

鉛の腕

陽《ひ》は狙つてゐる、淫《みだら》つぽく燃えながら、
庭のオリイヴを狙つてゐる。
虐げられた子供たちは眠りのなかに沈み、
石のうへで、ひとり眼ざめてゐる少女の、
鉛の腕《うで》はいつまでも動かない。
崩れかかつた壁はひかり、
百合の葉は、流れぬ水のやうに緑だ。

しづかな時の點——

陽《ひ》の記憶は、ふと、一羽の蝶にかへつてくる。
翅《はね》をさめて、
葡萄の薫りに酔つてるた蝶の、激しい呼吸《いき》にかへつてくる。
陽《ひ》は翔び立つ、貝殻のヘルメットを棄て、たかくひくく、
金を撒き散らし、踊り狂ふ。
恐ろしいなにかの予感が庭をおほふ、
栗鼠が身をふるはす、孔雀が頸をあげる、
子供たちも一散に逃げてゆく、けれど、
石に坐つてるる少女の、
鉛の腕はいつまでも動かない。

（一九四七・九・二七）

わかれ

阪本越郎

私たちがたたずんでゐたあの草岡に
秋風が立つてゐる
うすべにいろの草が吹かれて
さよさよとゆれあがる草の葉に
うすい羽根の蜻蛉《あきつ》がいくつも
とまらうとしては飛び立ち——
あなたよ　わかれとはこのやうなはかなさであらうか

私があなたを愛してゐた
さうしてあなたの立つてゐた
あの日の薄い雲　あの日の日の光
矢絣のあなたの袂にさはつてゐた
あの日の芳ばしい微風《そよ》の色
私たちが思ひを投げ上げると
空は淡紅色《ときいろ》に燃えたつたのに

私たちの月夜の物語も
まだみんな語りつくしてはゐなかつた
うすらあかりの時間のやうに
あなたは私を知りはしなかつた
とある日の風にまかせた微笑のやうに
私たちはゆくゑもしれずわかれた

あの日のやうにやさしい日がてり
まだあたたかな草岡に
秋風が立つてゐる
うすべにいろの草が吹かれて
草の葉がさよさよとゆれあがり
ああわかれよ　私は二たびあなたをみないが
あなたは，私のなかにゐる
いまはつきりと私はそれを感じてゐる

乾直恵

杭の上

またしても杭の上に
老人《としより》の鴉が一羽うなだれてゐる

洪水あとの河はなほきたなく増水し
藁や栞屑や鼠の死骸などを運びながら
流れは杭の足もとに縺れついてゆく
膝にもたれて甘えかかるときのやうな
そつと小聲でおねだりするときのやうな嬌態《しな》をつくつて

だが　鴉はけふも孤りで何か考へ込んでゐる

橋の上から手をたたいて呼びかけても
疾走するトラックが頓狂に警笛を鳴らしても
うなだれたままで少しも身《み》動《じろ》がない

河口の方から肥満しただるま船が上ぼつて來る
ひたひたと満《あげ》潮《しほ》にのつて
杭のそばにさしかかる
杭のまへを通りすぎようとする
と　鴉はうさんくさそうに頸をあげ
嗄れたこゑで一と聲鳴く
――寒いよう　蔭にするなつてばア！

三好達治論

木下常太郎

三好達治の詩について批評するにあたつて私はまづ彼の詩觀から始めようと思ふ。三好達治自身が自らどう云ふ詩が良い詩と考へてゐるかを少し調べてから彼の實體について書くことにしたいと思ふ。

戰時中の昭和十七年九月に刊行されて、相當に讀まれた本に三好達治の「諷詠十二月」と云ふ本がある。この本は日本の詩、和歌、俳句、漢詩等について、古今を問はず三好の詩觀によつて解說鑑賞したものである。

その中の十一月の部の最初で三好は次の如く書いて彼の詩觀の正直な說明をしてゐる。

「田兒の浦ゆうち出でて見ればま白にぞ富士の高
嶺に雪はふりつゝ、

萬葉集卷三　山部赤人

古今の絕唱、――いつ思ひうかべてふと唇にのぼせて見ても、そのすつきりとした、さつぱりとした、雄渾な、新鮮な、白玉の微瑕をもとゞめない完全無缺な風味舌觸り心象は、まことに類ひもなく快く、素直に、そのまままつ直ぐに我々日本人の心に入りこみ、さうして落つきよく落つくのを覺える。かういふのが日本人の最も代表的な詩的情操審美的感覺といふのであらう。」

また昭和十八年四月刊行の「屋上の鷄」と題する詩についての感想文集の中の「高翔」と云ふ一文では次の如く述べてゐる。この文章は雜誌編輯者から三好達治の愛誦詩をあげよと求められてそれに答へたものである。最初に三好は「詩にはさまざまの體があり、さまざまの境地と情趣と志望とをそれぞれの口風時代相應の意匠色彩を以て歌ひあげたるもの、みなとりどりの面白さあるべく、讀む者の年齡境遇敎養等によつてもまた昨日の愛誦詩は必ずしも今日のそれに非ず」であるから汝の愛誦詩を二つ三つあげよと求められても困るがと斷り

「けれどもまづ前置は簡略にして、大雜把に率直に、さうして必ずしも偏頗ではない位のところを目やすにしてお答へをすると、私は概して生活的の――日常生活の雰圍氣の濃厚な詩歌を好む者である。生活的日常生活的といふのも甚だ曖昧な言葉だが、つまりは意匠を外面的に凝らさない、平常心の周圍に於ける詩歌、アンチームで而も反省的な沈潛的な詩歌を指して、こゝではさう呼んでゐる積

りなのである。」と書いてゐる。さうしてその詩の例としてボードレールの「悪の華」開卷第三の「高翔」と題する詩をあげてゐる。その詩は次の如きものである。

高翔

池越え、谷越え、
山、森、雲、海越えて、
太陽の彼方、蒼空の彼方、
星めぐる空の果の彼方に、

わが精神よ、汝はすばやく飛び翔けぬ。
波間に愉しむ巧みなる泳ぎ手のごとく、
えもいへぬ男らしき喜びを感じつつ
汝は茫たる空間を欣然として拓きぬ。

この病的なる瘴氣より遠く飛び去り
上空に行きて汝を淨めよ。
澄みわたる空にみなぎる明き火を
清純なる聖酒のごとく飲むべし。

霧に包まれし生活にのしかかれる
倦怠と大いなる悲哀を後に、
光り輝く淸らかなる世界へ力强き翼にて
飛び立つ身の幸ひなるかな！

想ひは雲雀のごとく、
朝に大空さして自由に飛び上り
——人生の上を飛びまはり、花や聲なき萬象の
言葉をたやすく解し得る者は幸ひなるかな！

三好はこの詩を自ら譯してその文中に例示してゐるがその譯は餘りに古典趣味、古語趣味の譯なのでこゝには佐藤朔譯の「高翔」をあげて讀者の便をはかつた。三好はこの詩について「作意はごらんの如く至極單純簡明なもので、歌ひぶりもまた一本調子で他奇はないが、多年反復口誦してゐていささかも厭味を感じない、さつぱりとした男性的の好作品である。私はかういふ作品、——つまり云へば、平常心の核心のやうなところから歌ひあげられた、從つて簡明單純な作品を、最も愛好するものである。」とのべてゐる。更につづけて

「右に云つたと同じ意味から、私はまた陶淵明の次のやうな作品を最も愛好する者である。

歸園田居六首　其五

悵恨して獨り策《つゑ》つきて還り、
崎嶇《きく》として榛曲《しんきよく》を歷る。
澗水淸うして且つ淺く、
以て吾が足を濯ふべし。
漉せる我が新たに熟せる酒と、

隻鶏もて近き屬《ともがね》を招く。
日入りて室中闇く、
荊薪明燭に代ふ。
歡び來りて夕べの短きを苦み、
已にして復た天旭に至る。
（漆山又四郎譯）

これは先の「高翔」などに較ぶれば、言々句々頗る具體的の叙述に終始してゐるが、而も一章の趣旨は專ら志を述べるに在つて、つぶさに歸園田居のさまを諷詠しておのづから志操のあるところを示してゐる。「澗水淸うして且つ淺く、以て吾が足を濯ふべし」などの一聯は感覺的に甚だ鮮明にある一つの觀念を示唆してゐるかに覺えられる。」と結んでゐる。

同じく「屋上の鷄」の中の「春曉」と云ふ文章は孟浩然の詩「春眠不覺曉處處聞啼鳥夜來風雨聲花落知多少」を引用して三好の詩趣論、詩美論を示してゐる。三好は上述した孟浩然の「春曉」を次の如く和譯して原詩の鑑賞をこころみてゐる。

春の曉

このもかのもにとりはなき
はるのあしたはねぶたやな
よつぴてひどいふりだつた、
いよいよはなもおしまひか

即ち三好は「私はこのやうな、豐潤な、屈托のない、明るい世界の詩を、とりわけ喜ぶ者である。本來色彩感の富贍な作は、従つてまた沈痛でも悲壯でも深刻でも幽玄でもありえないが、その豐麗絢爛たる限りの世界にも、それ獨得の詩情があつて、それは他物をもつて置き代へがたい、ゆるやかな生命的な魅力を備へてゐる。

蕪村には芭蕉の幽玄も沈痛もこれを求めがたいが、彼には彼に特殊の感覺的詩美の著しいものがあつて、春眠不覺曉底の趣には頗る富んでゐるのである。

公達に狐ばけたり春の宵

終日私の對坐してゐる窓外の風景は春色やうやく濃やかならんとして、新綠の色とりどりに野山を殘りなく塗沫しつくして、これを眺め暮してゐるといささか胸にもたれさうな位であるが、その自然美も、孟浩然蕪村に較べると、なほいささか淡泊としてもの足りない感がある。」

同じく「屋上の鷄」中の「わが愛誦詩」では次の如く書いてゐる。

「「萩原朔太郎」の名を私がはじめて知つたのは今では既に二十年も以前になる。その日以來私は詩作の上で一つのはつきりとした目標を見出し得た。萩原先生の詩魂も天分も到底私の如き凡下の者の企及すべき限りでないのは當時無智な一書生の自分にもだいたい見當はついたから、私は必ずしも先生の作風を模倣しようとは企てなかつたつもりである。けれども私は詩歌を「一つの激しき實感を以て」書くといふ態度を、他の顔料は用ひずただそれのみを以て書き上げるといふ態度を、その時以來先生に學び、（殆ど排他的に）先生一人から學び、今日もなほたゞ先生一人のみをひたすら學びつゞけてゐるものである。

　だから私にとつては、萩原先生の全作品が卽ちかけがへのない私の愛誦歌で、流石に年齢のせゐか趣味の變遷するにつれては私と雖も二十年ふた昔以前の氣持のまゝではそれらの作品に對しがたい節はあつても、それらの作品一般に貫通した流線――美辭麗句の扮飾をひつぺがして全くそれを裏がへしにした「實感」そのものの審美學、それには常に今日と雖も昔に變らず同感と共鳴の熱意を覺える者である。」

　その例詩として三好は朔太郎の「山に登る旅よりある女に贈る」と「蝶を夢む」をあげて引用し

「だいたい右の如き、それらは常に實感の核心から核心へと、最も直接な言葉で書きつながれてゆく作風である。」と終つてゐる。

　更に「屋上の鷄」中の「師恩」は次の如く書いてゐる。

「室生さんの「高麗の花」や萩原さんの「純情小曲集」は私にとつては終生忘れがたい詩集である。それらの出たのは大正末年頃、私がまだ高等學校の生徒だつた時分である。

　當時の私にとつては、この兩詩集は、全く意想外の詩歌の世界を、自由奔放で、新鮮で、誠實で、しかも優美な世界を、眼前に廣々とくり展げて示してくれた。まことに靑天の霹靂ともいふべき魔法の書物だつたのを、今も忘れることができない。それらの詩歌の魅力の前では、從前の、また爾餘の、一切の詩歌がつまらなく褪色して見え、白々しい假面をかむつた、作りものの、噓つぱちのものにさへも、感じられてならなかつた。

「詩歌を美辭麗句の世界から解放し、左右均整的の外形美から解放し、思想的乃至は衒學的のこちたき粉飾癖から解放し、洋行歸りのキザなハイカラ趣味から解放し、あやふやな官能主義の白日夢から解放し、それを日常普段の最も切實な實感の衷心から發聲せしめたのは、一切の第二次的審美趣味をさしおいて、實感の美學をその信條の第一に揭げ示したのは、さうしてその作品を豐富な創作力によつて現實にわれわれの眼の前に積み上げて見せたのは、實に室生犀星と萩原朔太郎との二人の詩人であつた。

　現代の詩歌、輓近の、今日の、新しい美學の基礎的心理的立脚點は、この二人の詩人によつてまづ最初に探り當てられたものといつていゝ、と私は信じてゐる。この二人の詩人によつて、現代詩歌の修辭學は、根本的に、本質的に變革を蒙つたのである。言葉の息づかひが變つたのである。詩語の呼吸器官がすでにここでは改つてゐるのである。美はひたすら心理的に追求され、形象の歪曲が從つてまた勢ひの自然として、やゝ擅まに遂行されてゐるのである。その意味では先の象徵派の、それは影響下のもののやうにも考へられるが、象徵派の理智主義はこゝでは純感情的プラス感覺的の情緒主義に置き代へられて、とりわけ理智の發言はほとんどこゝでは禁止されてゐるかの觀がある。

　室生、萩原兩先覺の詩風の穿さくはまづこの位にとゞめておくが、この兩詩人の發聲法、そのものの受とり方と反撥のし方、といふと生活そのものといふことになる譯だが――それがこの兩詩人の詩語の發聲法そのものと不可分に一致してをり、卽ちこゝではその詩歌から一切の修辭學の粉飾が追ひのけられたところに、新らしいその修辭學が始まつてをり、それはもう一度くどくいへば生活そのものと不可分に表裏し一致してゐて、しかもある抽象化を經たものといふべき筋合の修辭學であり、さういふ筋合の上のこの兩詩人の發聲法は、當時の我々青年たちにとつては、ある實踐的、倫理的の軌範としての意味を多分に包藏したものとして、感受されてゐたのが事實であつた。」

三好達治の詩觀をつかむために以上に少しくながく例證したが、戰後にも以上と大體同じ考へ方が雜誌「人間」第一巻第三號の「燈下雜記」に於ても現れてゐる。この文章は片山敏彥譯の「獨逸詩集」中にあるゲーテの敍情詩「月にさゝぐ」「悲しみの歡喜」「旅人の夜のうた」等に最高の讚辭を呈した文章である。

「この書は最初から面白かつたが（片山譯の「獨逸詩集」を指す）就中ゲーテの條りにきて、私の心にはかにひろびろとした明るく聰明な、生命的な世界につれ出された。私は書物を伏せて、永らく忘れてゐた自分の青年時代を思ひ浮べたりなどした。ゲーテの敍情詩は、人もいふとほり、まことに詩の名のつくもののうち最高のものであらう。これこそ詩の最高の最深遠の、二つない窮極のものであらう。それは人間のすべてを、殘らずそつくり、一時に根底からゆり動かす。讀む人は與に應じて感情の流れゆくのと共に、知慧の眼ざめ來るのを覺える。その微妙な呼吸は、どこに秘密があるのか説明のしやうもない。「月にさゝぐ」といふ題の詩だ　とりわけここに一寸引用しないではゐられない。」

かうして三好はその詩を引用してゐるが私はこの詩が少し長いのでその最初の聯と最後の聯とを引用して讀者の參考に供することに止める。

月にさゝぐ

おんみふたたび　しづかに霧の輝きもて
茂みと谷間とを充たし
つひに今ひとたび
わが心をまたくほどきつ
……（五聯略）……
幸なるかな、憎しみの思ひを持たず
世をしりぞきて　胸に抱ける一人の友と
夜の更くる靜けさに
人に知られず、氣づかるることもなく
胸の迷路を辿りさまよふ深き思ひを
分かち　享け　ともどもに樂しむ者は幸なるかな

同じくゲーテの詩「悲しみの歡喜」については三好は諷誦して興の無限につきないのを覺えると言つてゐる。それは次の詩のことである。

悲しみの歡喜

な乾きはてそ　かぎりなき
愛の思ひゆ　湧くなみだ
なかば乾きし　眸にこそ
世は暮れはてて　見ゆるなれ
な乾きはてそ　さちうすき

愛の思ひゆ　湧くなみだ

三好はこの詩について「この甘美な甘さほど詩の心を豊かにふかく湛へたものはあるまい。このやうなうたを讀んでゐると、心は無限に多くのことを考へる。それが詩の詩たる所以の功德だ。だからまことの詩は、つねに暗示だ。その余のことは文學のみ――と恐らくヴェルレーヌも私に賛成にちがひない。私はとりわけこの詩に心ひかれて、この「悲しみの歡喜」を幾度ともなく唇にのぼしてゐるうちに、いつとはなく、この譯詩を少々自分流儀に手を加へてみたく考へた。改譯といふのではない。私には獨逸語は解らないのだから、そのやうな僭越を企てた譯ではない。片山さんに失禮なつもりではなく、私はたゞ言葉の末節を、自分流儀に改めてみたく思ひついただけである。さうして自分流儀に仕立てゝみると、またひとしほ、私の心には氣に入るやうに思はれた、それもたゞひと時の間だけのことかもしれないけれども――。」と感想をのべてこの詩を次の如く譯しなほして居る。

悲しみの歡喜

乾きなはてそ　底ひなき
愛のえにしゆ　湧くなみだ
なかば乾きし　眸《まみ》にはや
世は荒れはてて　見ゆるかな
乾きなはてそ　さちうすき
愛のえにしゆ　湧くなみだ

戰後に示された三好のもう一つの詩觀は雜誌「新潮」第四十四巻第一號の「詩歌一夕話」に現れてゐる。しかし別に戰前の詩觀と變つてはゐない。例へば次の如きである。この文章は河盛好藏との對談の形で現れてゐる。

河盛。三好君がこれから志す詩境……どういふところを志しますか。

三好。私には遠方のことは分らないのでね。日常毎日の自分の興味のあるところを大切にしてゐるつもりです。どういふところへ出て行くか、それはちつとも分らない。

河盛。萩原朔太郎の影響といふものは日本の現代詩にとつて非常に深く、廣いと思ふんですが……。

三好。これは何よりも一ばん決定的なものだつたのぢあないですかね。あそこで現代詩はまづ本質的に變りましたね。絶對にそれ以前に戻ることはありません。善かれ悪しかれ……。あれから大した作品は出てゐませんけれども、あれでもつて詩を書くといふことが所謂風流韻事ぢあなくなつたね。詩歌といふものがみやびや風流の遊びから全く縁を切つた。この功績は決定的だと思ひます。それからあと一般的にいつて、詩壇の作品が悪くなつたといふことはまた別の事情で考へ直さなければならないことです。僕は萩原さんの影響があつてから、日本の詩は今日のやうに衰へたと思ひますが、それにもかゝはらずそれは萩原さんの功績なんで、いゝ作品がそのあと出て來ないのはあとの者の責任だと思ひます。

河盛。つまりむづかしくなつたのでせう、書くことが……。

三好。技術――といふやうなものがやさしくなりすぎて……、それも、皮層な外見だけれども……、本質の点ではむづかしくなつて、詩を書くさしあたりの技術は……、一見あの眞似をすることはやさしいので、誰もが易きについたのではないでせうか。ところがあれはやさしいことではない。どんなことでもどんな言葉でも詩は書けるといふ風になつたけれども……。たとへば萩原さんを代表者とする、あゝいふやり方のものを目安にして、さう考へたのでせう。だけどそこに間違ひがあつたと思ふのです。形の上から詩を書くことはやさしく受取つて、精神の方のむづかしさといふものを置き忘れた形で……。これは非常な間違ひのもととなつたので、それから後詩を書く人が萩原さんあたり以前の人よりは、萬事やさしく書いてゐると思ふ。その点では萩原さんあたり以前の人はいろんな点で苦心もし、構成なんかもしつかり念が入つてゐるし、修練も教養もずつとうは手だつたと思ひます。萩原さんは本來、さういふ點では修練型の人ではないんですが、詩といふものの自覺が變つた。新しい自覺が始つたといつていゝのです……。萩原さん自身としてはまあ非常に苦心されて、あそこまで出て來られた。それは全集のうちの未發表の原稿などを見ればよく分ります。それをあとから才分なんかとても比較にならないやうな人までやさしく極めて手輕に追從……と云ふのですか、見様見まねをやり過ぎたと思ひます。これは甚だ大雜把な言ひ方ですが、大體さういふ流れはあると思ふ。

河盛。それでは藤村なんかどうですか。

三好。島崎さんの詩は僕は好きですね。これはやはり日本の現代詩に就ていへば第一流の詩人ですね。たゞ歷史的に功績があると云ふだけぢあない。第一詩的精神が旺盛だ。

「詩歌一夕話」は以上に引用した以外に多くのことが語られてゐるが、こゝでは一先づこれだけにして置く。

いままで述べてきた材料ではまだ少いかもしれないが、これらを通して私は三好達治と云ふ詩人の實體を觀察してみようと思ふ。

明敏な讀者ならば以上にあげた材料だけで既に三好と云ふ詩人の特質をうかがへるであらうと思ふがそのうちで特に氣づかれる第一の點は三好には文人趣味が非常に濃いと云ふことである。文人趣味の詩觀は傳統的な詩趣詩美といふものを重んずる。それは支那にも日本にも共通する文學觀であり、東洋的心境主義の詩美論である。この詩觀では獨創的な個人と云ふものは重んじられないで、類型的な詩美が重要視され愛好される。かう云ふ行き方は現代詩の歷史に於ては既に明治四十年代の口語自由詩以來後退したものであるが、三好に於てはこの文人趣味がむしろ本質的要素をなしてゐる。俳句や和歌の詩趣を現代詩の形式に於て表現せんとする傾向の著しいのが三好の特質をなしてゐる。この傾向は勢ひ彼をして定型詩の世界をあこがれしめる。古典的に詩趣ありと考へられて雅語、古語が用ひられ、時には擬古文の趣味となつてあらはれる。三好の詩集「朝菜集」は彼が最も尊敬する詩人萩原朔太郎にさゝげられてゐるがこの詩集の自序は次の如きノリトのやうな文章を以て綴られてゐる。

「ちかごろ書肆のすすめにより、おのれまたをりからおもふところいささかありて、この書ひとまきをあみぬ。なづけて朝菜《あさな》集《しふ》といふ。いにしへのあまの子らが、あさごとに磯菜つみけんなりはひのごとく、おのれまたとしつき飢ゑ渇きたるおのれがこころひとつをやしなはんとて、これらのうたをうたひつづけたるここちぞする。いまはたかへりみてみづからあはれよとおぼゆるもをこなりかし。げにこれらのうた、そのふるきはほとほとはたとせばかりもとほき日のもの、そのあたらしきはきその吟詠、いづれみなたゞひとふしのおのがしらべにしたがへりしとのみ、みづからはなほおもへれど、みじかからぬとしつき世のさまのうつりかはりしあと、かの萬波あひうちしなごりもや、そこここにしるしとやいはん。………

こはこれつくりあしき笛一竿、されどこの日おのれそをとりてつつしみひざまづきて、いまはなき

萩原朔太郎先生の尊靈のみまへにさゝげまつらんとす。

そはこの鄙吝の身をもつて、おのれとしごろ詩歌のみちにしたがへるもの、ほかならずただ師のきみの高風を敬慕しまつれるの餘のみ。………」

かうした擬古趣味は、「實感の核心から核心へと、最も直接な言葉で書きつながれてゆく作風」を持つてゐる朔太郎が最も嫌ふ傾向であると思ふが、三好の文人趣味はさうした矛盾を少しも感じてゐないやうである。このことは雑誌「新潮」の「詩歌一夕話」に於て朔太郎は日本の詩から風流韻事を追放し、みやびや風流から縁を切らしめたと判斷する三好の言葉とはなはだ矛盾してゐる。朔太郎は日本の詩から風流韻事を追放したが、自分は再び日本の詩に風流韻事を復活せしめるのだと、三好は考へてゐるのではないかとさへ思はしめる。

文人趣味について、三好の本質的な性行であると思はしめる第二の點は彼の抒情趣味である。この抒情趣味は室生犀星の「高麗の花」や「小景異情」や朔太郎の「純情小曲集」などを源泉とする主情的な傾向である。この主情的な傾向は第一の傾向である文人趣味の詩趣觀と結びついて三好の基調をなしてゐるものである。

三好の抒情趣味、情緒主義については三好自身が次のやうにのべてこれを證據だててゐる。それは「諷詠十二月」の三月の部に於てのべてゐる次の文章のことである。

「私は年少の時分から室生犀星氏の初期の抒情詩を酷愛して、今日に於ても殆ど變るところがない者であるが、特に「小景異情」などはその——世間もさう見てゐるやうに、代表的の作品と推すに憚らない。」

そしてそこにあげられた詩は「小景異情」中の二つの詩である。

小景異情
　その二

ふるさとは
遠きもありて思ふもの
そしてかなしくうたふもの
よしやうらぶれて
異土の乞食《かたゐ》となるとても
かへるところにあるまじや

ひとり都の夕ぐれに
ふるさと思ひ涙ぐむ
その心もて
遠き都にかへらばや
遠き都にかへらばや

その五

何にこがれてかく詩《うた》ぞ
一時にひらく梅すもも
すもの青さ身にあびて
田舎ぐらしの安らかさ
今日も母ぢあに叱られて
すもの下に身をよせぬ

こゝに表現された主情的浪漫的な詩の美しさは獨特のものである。しかしこれは近代的な知性ある人間から生れた抒情詩ではない。それはむしろ野性的、天才的な美しさである。これらの抒情詩はまた朔太郎の「月に吠える」の世界とは異る世界である。三好は「月に吠える」の如き詩の世界はとても及びもつかぬ世界と考へたからかうした作風を模倣しようとはしなかつたが、「純情小曲集」や「小景異情」の抒情詩には非常な親しみを覚えて、詩とはかういふものだと云ふ信念を得た。しかし三好は悲しいかな犀星の獨得の野性的な天才も、朔太郎の獨創的な天分もなかつたから、彼の抒情詩は秀才の抒情詩に止まらざるを得なかつた。常識的な抒情詩以上のものは作れなかつた。天才的な獨創的な官能も個性もない常識的なもの以上には出られなかつた。

かうした文人趣味的な抒情詩が、近代的知性を持つた近代人に何ら訴へるところがないのが當然である。その欠點については三好自身が既に氣がついてゐて雑誌「新潮」の「詩歌一夕話」に於て次の如くのべてゐる。それは感情と思考との關係について語つてゐる部分である。

河盛。それからもう一つ、僕がかねがね疑問に思つてゐるのは、西洋の詩には高いメタフィジックをもつた詩がある。しかし日本の詩にはメタフィジックをもつた詩は少いと思ふ。萩原さんにはありますがね。その點でも萩原さんはえらいと思ひますが、その面でもあの人に續く人はないやうですね。

三好。その方面にこそ最も開拓の餘地はあると思ふな。萩原さんとそれから野口米次郎さんにはその思想性はあると思ふな。この二人にははつきりあると思ふ。僕の最も尊敬する理由なんだが……これがなければほんとうの詩ぢあないね。これからの文學の大人の一人前の詩ぢあないですよ。世界的にならうと思つたら、これを欠くことは出來ないと思ふ。

河盛。さう〳〵。さうでないと、ほんとうの詩の高さとか、高貴さといふものはないね。

三好。僕なんかは自分にそれのないことを告白してゐるわけですが……。

右の文章で三好は自分の凡俗さを認めて、これからの詩が單なる主情的な抒情詩では無意味であることをのべてゐるわけである。これはまつたく正直にのべられた自己批判である。主情的、浪漫的な詩美を追ひ求める詩人が現代に於て次第にその存在理由を失つてゆくのも、要するにこれは近代的知性が足りないからである。近代的知性なしでは現代に忠實な詩は產れて來ない。

　性格的に文人趣味と抒情趣味を愛する三好は芭蕉よりも蕪村を好み、ボードレールよりもヴェルレーヌに肉身的な親愛を感じ、朔太郎よりも犀星により氣樂さを覺える。これは要するに知性とかメタフィジックとかの要素の濃い詩人よりも日常生活的な平易で氣樂な詩人を愛することを意味する。日常生活的な淡白な平易な實感のある抒情の世界が三好には詩趣のある文學と信じられ、これが日本民族の眞實の詩感である如く思はれる。朔太郎の「月に吠える」の詩の天地は三好には理解が出來るが近づき難い、次元の異る世界である。三好にはその世界が資質的に眞似の出來ない世界であるだけに、彼にとつては悲しいユートピアの天地である。この世界が理想世界ではあるが、到達し得ない至難の詩魂であると考へたが故に彼は抒情の世界に道を拓いて行かざるを得ない。そしてそれが彼には最も適した世界であつた。しかし三好に適した詩的世界は朔太郎の避けた風流韻事、花鳥風月趣味の道に通じてゐた。それは東洋的文人趣味家の生きる傳統詩趣の世界であり、メタフィジックも近代的知性も詩的自由も個性的獨創性にも緣のない趣味世界である。それは人間が自然なるものと闘ふ近代社會の世界ではなく、いまだ自然と人間とが分離しない封建社會の習慣的、傳承的、非個性的の心理活動のもとに發展した舊式な狹苦しい文學趣味の世界である。

　要するに萩原朔太郎に於ては近代人がやや形成されてゐたので「月に吠える」の作品が生れたのであるが、三好はいまだ近代人にはなつてゐないので古い傳統的詩觀と詩美の世界に復歸せざるを得なかつたのである。

　三好がいまだ近代人の心理と知性を持つにいたつてゐないことは彼の戰時中の詩集「捷報いたる」詩集「干戈永言」や「屋上の鷄」中の「日本人の鄕愁」や戰後發表された「なつかしき日本」等に現れた餘りの無責任、無智、矛盾を觀れば明瞭である。私はこの詩人はたゞの戲作者（それも江戶時代）にすぎぬのではないかと思ふことがある。紋切型の詩趣を何の信念も思考もなく、臨機應變に出版商人の需要に應じて、戲作者の如くに巧みにこなして行く言葉の職人にすぎぬのではないかと。

　しかし逆に、かう云ふ三好は日本人的傾向を代表してゐるのだとも言へるのである。日本人とはそれほど樂天的で無信念で無責任で單純で、それを三好が代表してゐる如く思へるのである。それは要するに單純な抒情的民族であるのが日本人であり、三好はそれを代表するやうな單純な傳承的な抒情詩人ではないかと言ふ意味である。

　しかしさうした單純な抒情詩人は既に過去の日本の詩の名殘であるにすぎず、これからの詩はもつと高いメタフィジックを血肉化した詩でなければ無價値であることは、前述の如く三好自身が認めざるを得なくなつてゐる。そしてその道は三好達治の通つて來た道を行つては行けず、萩原朔太郎の暗示した道にその可能性があるのみで、これは既に萩原朔太郎から西脇順三郎へとはるかに進展して居り三好達治は最早舊時代の遺物化しつゝある。これは日本の現代詩の重大な岐路をなしてゐる。

詩の放送

宇井英俊

最近詩の放送といふことが特に盛んになつて來て、詩の朗讀だけの有料公演が行はれ、しかもそれが黑字を出してゐることや、映畫や演劇の幕間に詩の朗讀が上演されてゐることは、詩を愛好する我々にとつてまことに心強いことである。詩は文学になつたものをただ眼でみて味ふものであるといふ時代はもう過去のことで、詩は自分で讀んで樂しみ、人の讀むのをきいて味はふものでもなければならない。このやうに詩の朗讀といふことが、世人の關心のまとになつてゐるのに應じて、放送でも、最近は特に詩の朗讀を多くしてゐる。しかも二、三年前に盛んに行はれた詩吟ないし朗詠といはれた詩のよみ方は原則として採らず、いはゆる節をつけず、極端な抑揚をつけない讀み方で詩の朗讀を放送してゐる。こゝに現在實施してゐる詩の放送番組の種類と形式、放送に於ける詩の選擇の基準、演出の仕方について、順を追つて述べてみよう。

詩の放送番組の種類と形式――現在の放送番組にはいはゆる枠といふものがある。すなはち何曜日の何時から何時までにはどういふ番組を入れるかきまつてゐるわけである。ニュースが毎晩七時から十五分間はいるといふやうにあらゆる番組が一定の曜日と時間に放送されてゐるのである。例へば綜合番組である「農家の時間」は毎週月曜の午後八時から八時五十五分までの間に放送されるとか火曜の午後七時三十分から八時までの間には連續放送劇がはいるとかきまつてゐる。詩の放送が行はれるのは現在では土曜日の午後五時から十五分間と毎晩午後十時十五分から三十分までの間とである。前の方は「季節の詩」といふタイトルがついてゐて、季節の感じの含まれてゐる詩を放送してゐる。そのうちの何囘かは、一人の人の作品、大抵の場合、一つのテーマをもつ數篇の詩を入れ、また何囘かは一つの主題による數篇の、作者を異にする詩を入れてゐる。題目だけを竝べたのではよくお分りにならないと思ふが、實例で示すと十月二十五日に放送した放送、城左門作「秋風への囘想」が前の例である。これは現代詩叢書中に收められてゐる同氏の詩集「秋風への囘想」の中から次の五篇の詩をとつたものである。

(1) あきかぜ
(2) 秋の寺
(3) 秋
(4) 秋風の

(5)　晩秋日記

この五つの詩にそれ〴〵伴奏曲をつけ、石黒達也氏が朗讀した。

あとの方の例としては十月四日に放送した次のアンソロジーがある。

(1)　大浦天主堂　　森三千代作
(2)　石山寺　　勝　承夫作
(3)　大和路　　勝　承夫作
(4)　夕暮富士　　生田春月作
(5)　田澤湖　　井上康文作
(6)　表情　　河井醉茗作
(7)　榛名　　竹下彦一作

何れも秋の風物を詠んだもので、その排列順序は、大体、詠んだ場所が日本の西から東へ移るやうになつてゐる。何れにしても、この時間には、右の例のやうな季節感を有つた詩を數篇づゝ選んで放送してゐる。あとの例の十月四日の放送の時には伴奏はつけなかつたが、この時間は土曜日の夜の放送が始まる時間であり、しかも四時半から三十分は放送休止時間であるので、幾分はでな放送にする必要があり、可能な限り、いひかへれば、詩の味をこはす恐れのない限り、伴奏音樂をつけることにしてゐる。少くとも放送開始のアナウンスの前後、終了アナウンスの前には音樂を入れることにしてゐる。

これが土曜の午後五時の「季節の詩」の企畫方針であるが、もう一つ詩の時間がある。それは毎晩一〇時一五分から一〇時三〇分までの「お休み番組」である。一日最後の放送で、聽取者に「今日一日をふりかへり、明日への希望を新たに」するため靜かな音樂と詩の朗讀をきいて貰はうといふ放送である。この放送では十五分間ずつと特にこの時間のため作曲した音樂を流し、大體放送開始後、五分位から詩を二篇ないし三篇、時には短い散文を朗讀してゐる。詩、散文は夜眠る前、心靜かに氣持よくきけるものを選び、考へこませたり、悲痛な感じを起させるものは一切入れないことにしてゐる。朗讀の仕方はできるだけ靜かにゆつくりと讀ませてゐる。

このほか、現在、詩の放送を入れ得る時間は土曜を除くウィークデイの午後一時から二時までの間の「婦人の時間」などで、月二回ないし三回詩の朗讀を入れてゐる。この時間では聽取對象を考へ美しい詩を選び、無伴奏で、または伴奏をつけ、幾つかの詩を放送する時にはそのうちの二つか三つに伴奏をつけたり、或は一、二の詩を作曲させ独唱または合唱させてゐる。例へば十一月七日にこの時間で「秋の花束」といふ題目の下に構成した次の放送があつた。

(1)　コスモス　　江間章子作　（作曲獨唱）
(2)　桔梗　　南江治郎作　（男聲朗讀、無伴奏）。
(3)　ひがん花　　深尾須磨子作　（女聲朗讀、伴奏付）
(4)　野菊　　野田宇太郎作　（男聲朗讀、伴奏付）
(5)　葛花　　勝　承夫作　（作曲獨唱）

これはかつこ内に註をしてあるやうに二篇は作曲して獨唱させ、あと三篇は男聲と女聲で朗讀させたものである。この時間に限らず、五時の「季節の詩」の放送でもかういふ形式で詩の放送をすることもある。このほか、學校放送の中で、教育的の詩の朗讀を放送してゐる。

放送に於ける詩の選擇基準――放送に於ける詩の朗讀はあくまでも一般の聽取者に詩のよさを味はせたいといふのが目的であるから、できるだけ廣範圍の作品を選び、決して一定の傾向あるものとか、ある流れをくむものとかに限らないやうにしてゐる。また選擇者が決して自己の趣味を出さないやう嚴重にいましめてゐる。さう思つてゐても、つい選擇者の趣味ないし嗜好が出るのが普通であるから、逆に趣味ないし嗜好にあはないものを意識的に選ぶ必要さへある程である。むしろ朗讀詩の選擇基準は用語上または內容的にみて朗讀に適してゐるかゐないかにおいてゐる。すなはち、耳できいて分らない言葉がないもの、きいてゐて內容がすぐつかめるものを選ぶやうにしてゐる。

詩は目で見て味はふ場合には一箇所や二箇所耳できいて分らない言葉――主として漢語であるが――があつてもその詩を味はふ上に何等さしつかへないが、たゞ耳だけにたよる放送では一つでもさういふ言葉があつてはならない。それから內容的にみても、たとへ部分的にせよ、きいただけで意味がとれないやうな箇所がある詩は放送に適さない。きゝ返しができないからである。詩としてはすぐれた詩であつても何回か讀まなければ內容のとれないやうな詩――よくすぐれた詩といふものが屢ゝさうであるやうに――は殘念ながら放送にはのせられないのである。

それからこれは詩の朗讀に限つたことではないが、放送ではいはゆる善良な風俗に反するやうな內容を有する作品は採り上げられない。放送はあらゆる階層の家庭にはいるものであり、きく人も大人に限らずまだまだ年若い成人前の少年少女もゐる譯である。しかもきく場所は家庭である。それだから、きはどい男女の間柄を描寫したやうな詩、またはさういふ內容をあらはす文句がある詩は、たとへそれが部分的にまたは比喩的に用ひられてゐる詩も、放送には使用できない。

大體、以上のやうな詩以外ならいかなるものも採つてゐるつもりである。たゞ放送は詩誌と違ひ、一應は世に認められてゐる人の詩を採つてをり、新人の詩は積極的にはとつてはゐない。勿論、すぐれたものがあれば別であるが、どちらかといへば、一應世に認められてゐる人の詩をとつてゐる。

演出の仕方――最近ではあまりないが、詩の朗讀といふとすぐ節をつけ調子をつけてよむ人が多く、また悲しい時には悲痛な聲を出し、うれしい時にはうれしさうな聲を出してよむものだと思ひ込んでゐる人が多い。特に七五調の詩などは歌ふが如くに讀む人がゐるが、かういふ讀み方はこの頃ではよくないとされてゐる。韻をふんだ詩は、讀んでゐるうちに自然に出てくるリズムにあはせ、幾分調子をつけて讀んでも差支へなく、むしろ幾分はさういふ風に讀んだ方がよいやうであるが、自由詩は朗讀調で淡々と讀んだ方がよいと思ふ。韻をふまない詩でも、その詩から自然に出てくる調子はこれを出して讀んでも勿論よいが、始めから詩だからといつてある調子をつけてはならないのである。特に放送は、何度もいつてゐるやうに、家庭で一人または二、三人で靜かにきいてゐるのであり、そこに、肌に泡を生じさせるやうな詩がきこえて來てはいさゝか心寒く感じるからである、それで、放送では、どちらかといへば物足りな

(五〇頁へつゞく)

赤井喜一

小春日和

ふたたび冬がきて
大地はすつかりひえきつてしまつた
あとは
あの圓い壁穴からふゆぞらに向つて白いけむりを吹き流すだけだ
たのしみを奪はれてからいくねん
あらくれだつた手をみつめてゐると
その穴から
ふしぎなひかりがはいつてきて
束の間私のなみだをかわかしていつた

詩壇時評

現代詩十四號で並べた詩人論のうち、鮎川信夫の三好達治論は、いまさらいはでものことではあるが、その適確な解剖ぶりは注目すべきものであつた。ただ殘念ながら彼の亞流たちには、たうてい理解されないであらう。

それより更に興味のある箇所は、〈どんな詩人でも言語のもつ月並の効果を熟知し、それを極度に技法として活用せしめてゐる〉といふ意味についてである。そして月並性を攻撃するためにも、擁護するためにもいろいろなことがいへるといつてゐるが、ここで月並性の限界をつけ足してみよう。

新しい詩の苦惱は、元來この月並性の殼をぬぎすてることにあつたはずではあるが、月並性をぬぎすて、完成品に近づくと、同時に月並性を築いてしまふといふ循環論的な宿命をになつてしまふのである。

ところで月並なヤマは〈讀者の詩に對する固定觀念を、ある程度あてにして詩を形成する〉ことからばかり生れるのではなく、圓熟した技術の飽和點から、より多く生れるものだ。それは誰かが、一度は行きつくことのできる金脈のどれかに似てくるものでもあつて、所謂マンネリズムとは性質を異にするものなのである。

〈十行のうち九行は月並な部分がある〉といふことは、十行のうち九行までは誰かの捜しあてた鑛脈を、ちがつた方法でみせてゐるにすぎないといふことになる。ほんとの金脈は、さうめつたに行きつくものではない。といつてこの月並の部分を除いてしまつたら、行と行の間で息ぎれがしてしまふだらう。多くの場合、月並と承知の上で、月並性を驅使することにもなるし、十行のうち一行の金脈のために詩を書いてゐるともいへる。月並と氣づかず一生月並だけをもち續ける詩人の多いのは哀れである。

實際、月並性を攻撃するためにもいろいろのことがいへ、月並性を擁護するためにもさまざまなことがいへると、鮎川の眞似をしておかう。

*

時事新報で作家の新かなづかひに對する贊否を調査したところ、七割以上が反對してゐた。ところが建設詩人で集めた詩人のアンケートでは、逆に大半が贊成で、すでに實行してゐるといつてゐる。

時事で否としてゐるものの理由は(1)不完全で不自然(2)かな使ひの方に精力を奪はれる(3)劃一的で國語審議會の獨善等々があげられ、要するに文章は美しく分りやすく改良されなければならないが、言葉の美と眞實を追及してゐるものが、さういふ制限で自由を犯されるのは反對だといふのだ。

建設詩人のアンケートは、時事ほどはつきりした數字は示してゐないが、時間的に二月も早いことと、對象が詩人だけだといふ點で興味深いものがある。贊成の理由は幾人かを除いては大部分、一應新しいものに順應するといふ程度である。

何故作家の大部分は反對して、詩人の多くは贊成なのだらうか。

詩は既成の熟語に頼らず、寧ろ熟語や漢語をすてることから、詩の新鮮な意味の發見があるやうに、文字そのものよりは、文字の示す意味の方が大切だから、用語のワクをそれほど痛切には感じないのである。新かな使ひが自然の一枝ではなく、刈りこまれた樹木のやうに不自然だといふなら、舊かな使ひが生れたころは、果して人工的な〈規則〉を感じなかつたであらうか。新かなづかひも一種の進化論の法則かもしれない。

詩人の無條件な贊成は、單純に、散文よりかなづかひの量が少く、用語の封鎖に不便を感じないからだともいへるのだが、大部分の贊成が、非常識な詩人の無定見からでなければ幸ひだ。詩に新かなづかひを使ふかどうかなぞは、トリビアルな問題も甚だしいが、詩人が文化人として合格するかどうかのテストにはなるわけである。

＊

本年度になつて、編輯者が企畫した特輯ものでめぼしいものを手もとから書きぬいてみると、つぎのやうなものがあつた。資料が少かつたとしても、この倍はなかつたらうし、企畫性の貧しさが詩壇の貧しさにも符合して、索然たるものがある。

ゆうとぴあ〈現代詩及び詩人論座談會〉ルネッサンス〈詩形式の研究・近代詩と知性について〉現代詩〈詩の朗讀について・現代詩をめぐる諸問題〉FOU〈詩の藝術性と社會性〉詩風〈今後を期待される詩人・現在注目すべき詩人・萩原朔太郎追悼號〉新詩人〈海外詩壇紹介・朗讀詩特輯〉等である。

編輯者の如何は、その雜誌をよくも惡くもするが、ことにアンケートや企畫したテーマに敏感に反映する。右のほか愚問賢答、賢問愚答の圖は澤山あつたはずで、まとめて本年度の回顧をものす人はないものだらうか。

詩學一號の〈編輯者の立場〉は、それぞれの特徴を示したばかりでなく、編輯者のアタマのよさと惡さを語つてゐて、次號が期待される。

＊

詩學の日本詩の音律（林髞）は、好感のもてるエッセイで、日本の作家が全部この程度の教養と謙讓さをもつてゐたら、日本の詩も相當理解される度合がちがつてゐるのではないかと思はれる。

音律の新しい分野として、呼吸と日本語との研究、詩の內容の分節に對する研究、フランス語の詩の音律研究の三つをあげてゐるのは、興味深く、ことに詩の內容の分節についての研究は、新しい詩の技術を暗示してゐる。

＊

今年も相變らず時評や詩人論のやうに水平的なもの、資料やクオーテーションを手がかりに書く種類のエッセイが多く、垂直的に詩の價値を追究した〈月並性〉の少いものがとぼしかつたのはさびしい。

(10., 1947.)

第二藝術論について

坂口安吾

近ごろ青年諸君からよく質問をうけることは俳句や短歌は藝術ですかといふことだ。私は桑原武夫氏の「第二藝術論」を讀んでゐないから、俳句や短歌が第二藝術だといふ意味、第二藝術とは何のことやら、一向に見當がつかない。第一藝術、第二藝術、あたりまへの考へ方から、見當のつきかねる分類で、一流の作品とか二流の藝術品とかいふ出來榮えの上のことなら分るが、藝術に第一とか第二とかいふ、便利な、いかにも有りさうな言葉のやうだが、實際そんな分類のなりたつわけが分らない言葉のやうに思はれる。

むろん、俳句も短歌も藝術だ。きまつてるぢやないか。芭蕉の作品は藝術だ。蕪村の作品も藝術だ。啄木も人麿呂も藝術だ。第一も第二もありやせぬ。

俳句も短歌も詩なのである。詩の一つの形式なのである。外國にも、バラッドもあればソネットもある。二行詩も三行詩も十二行詩もある。

然し日本の俳句や短歌のあり方が、詩としてあるのぢやなく俳句として短歌として獨立に存し、俳句だけをつくる俳人、短歌だけしか作らぬ歌人、そして俳人や歌人といふものが、俳人や歌人であつて詩人でないから奇妙なのである。

外國にも二行詩三行詩はあるが、二行詩專門の詩人などゝいふ變り者は先づない。變り者はどこにもゐるから、二行詩しか作らないといふ變り者が現れても不思議ぢやないが、自分の詩情は二行詩の形式が發想し易いからといふだけのことで、二行詩は二行の詩であるといふことで他の形式の詩と變つてゐるだけ、そのほかに特別のものゝ在る筈はない。

俳句は十七文字の詩、短歌は三十一文字の詩、それ以外に何があるのか。

日本は古來、すぐ形式、型といふものを固定化して、型の中で空虛な遊びを弄ぶ。

然し流祖は決してそんな窮屈なことを考へてをらず、芭蕉は十七文字の詩、啄木は三十一文字三行の詩、たゞ本來の詩人で、自分には十七字や三十一字の詩形が發想し易く構成し易いからといふだけの謙遜な、自由なものであつたにすぎない。

けれども一般の俳人とか歌人となるとさうぢやなくて、十七字や三十一字の型を知るだけで詩を知らない、本來の詩魂をもたない。

俳句も短歌も藝術の一形式にきまつてゐるけれども、先づ殆ど全部にちかい俳人や歌人の先生方が、俳人や歌人であるが、詩人ではない。つまり、藝術家ではないだけのことなのである。

然し又、自由詩をつくる人々は自由詩だけが本當の詩で、韻のある詩や、十七字、三十一字の詩の形式はニセモノの詩であるやうに考へがちだけれども、人間世界に本當の自由などの在る筈はないので、あらゆる自由を許されてみると、人間本來の不自由さに氣づくべきもの、だから自由詩、散文詩が自由のつもりでも、實は自分の發想法とか構成法とか、自由の名に於て、自分流の限定、限界、なれあひ、があることを忘れてはならない。

だからパラツドやソネツトをつくつてみようとか、俳句や短歌もつくつてみたいとか、時には與へられた限定の中で情意をつくす、そのことに不埒のあるべき筈はない。

十七文字の限定でも、時間空間の限定された舞臺を相手の芝居でも、極端に云へば文字にしかよらない散文、小説でも、限定といふことに變りはないかも知れないではないか。

芥川龍之介も俳句をつくつてよろしい。三好達治も短歌も俳句もつくつてゐる。散文詩もつくつてゐる。ボードレエルも韻のある詩も散文詩もつくつてゐる。問題はたゞ詩魂、詩の本質を解すればよろしい。

主知派だの抒情派だのと窮屈なことは言ふに及ばぬ。私小説もフイクシヨンも、何でもいゝではないか。私は私小説しか書かない私小説作家だの、私は抒情を排す主知的詩人だのと、人間はそんな狭いものではなく、知性感性、私情に就ても語りたければ物語も嘘もつきたい、人間同様、藝術は元々量見の狭いものではない。何々主義などゝいふものによつて限定さるべき性質のものではないのである。

俳句も短歌も私小説も藝術の一形式なのである。たゞ、俳句の極意書や短歌の奥儀秘傳書に通じてゐるが、詩の本質を解さず、本當の詩魂をもたない俳人歌人の名人達人諸先生が、俳人であり歌人であつても、詩人でない、藝術家でないといふだけの話なのである。

北園克衛

影の首都

冷い風のなかで街はしだいに乾いていく
ぼくはその固い壁にかすかに觸れる ぼくの
影がかすれて古いしみのやうにひろがる 十
月も終りにちかいとある日の黄昏 篠懸の枝
と空とのあひだに土埃が濁つてゐる
東京は憂愁の首都 絶望の首都である
風とともに散つていく水よ 木の葉よ
ぼくはそいつのやうに無目標となつた世界
においてふたたび生きることを企てるよりほ

かは無いのか　だがぼくはそいつよりも激烈
にそれを生ることができる筈だ　異教徒とし
て生れ異教徒として死ぬこのぼくには　無限
の *égotisme* の星の下に　それは *revolver* の撃
鐵に指をかけて生きることである
　半透明のプラスチックのやうに鈍い反映を
ただよはせて　希望も頽廢もない次元をなが
れていく市民よ
　遠いビルデイングの屋上に　ぼくはとつぜ
ん灯がともるのを見た　荒涼とした空にいた
ましくまばたきながら

一九四七・十月

高見順

優美なるもの

I

この優美なるもの
この優美なる小型なる時計　正確に遅れるところの腕時計
優美であるから遅れるのであるか
遅れるから優美なのであるか
この優美に欺くもの
欺かずには振舞へぬもの

この几帳面に怠けるもの
怠けることに於いて役立たうとするもの
正確に遅れることに於いて自信たつぷりなもの
不正確に遅れないことに於いて賢いと信じられてゐるもの
この狡猾で優美な節度を踏み破らぬもの
ヒューマニスチツクなやうでもつともエゴイスチツクなもの
あゝこの極めて優美なるもの

II

正確に遅れる優美な腕時計のやうな――
優美な賣笑婦の正確な愛情のやうな――

野長瀬正夫

祭

三人は還つて來た。
其日は鎭守の祭であつた
人々は家をからつぽにして
社の境内に集つてゐた
そこへ三人は還つて來た
黒い眼鏡をかけた彼と
足の不自由な彼と
やせて土色の皮膚をした彼と、
腰に重たい錙をつけた三人の男は……

社の見上げるやうな高い石段には
銀杏の葉が散りたまつてゐる
昔は二つづつまたいで登つた段々を
一人は一人の手をひき
もう一人は肩につかまつて
用心ぶかく登つていつた
彼等の頭上には
八幡神社と染めぬいた厚ぼつたい幟が

はたはたと風に鳴りつゝけてゐた
人々は三人を取り巻いた
人々は口々に何か言つた
けれど三人は何も言はなかつた
黒い眼鏡をかけた片方の目から
涙がひとすぢ頰をつたつた
土色の皮膚をした男は、
顔を押へて地面にしやがんでしまひ
もう一人は、
棒のやうに突立つて唇をひくひくさせてゐた

祭の日であつた
娘らは着飾つてゐた、
太鼓がどんどこ鳴つてゐた
やがて人々は
この陰氣な三人の男のそばを離れて
みんなにぎやかな方へ行つてしまつた

レニエと荷風先生

河盛好藏

私がいつも坐右に置いて、仕事に疲れたときとか、原稿を書き惱んだりしたときに繙讀する本に、佐藤春夫氏の『退屈讀本』がある。いままでに幾度繰りかへしてこの本を讀んだかしれないが、讀む度ごとになにかしら新しいことを教へられる。今夜も『詩學』の急ぎの原稿に困りぬいて、この本に救ひを求めたら、「譯詩集・月下の一群」といふ標題の文章のなかにこんな言葉を見つけることができた。「――サマンやレニエや、昨日の歌をなつかしまぬではないが、それはあまりに僕に卽きすぎる。彼等は「針金細工」ではない。レエスの織手だ。さうして我々のいはゆる近代は、グウルモンから始つてゐるやうに、僕には見えるが、間違ひかしら。グウルモンはそれの夜明けで、アポリネエルは多分起床で……、さうして昨日は多分サマンの夕燒とレニエの三日月で暮れたのだらう。」

考へてみると私がフランスの詩人のなかで一ばん最初に傾倒したのはアルベール・サマンだつた。當時アルスから出版された、堀口さんの譯された『サマン詩集』をどんなにか私は愛讀したことであらう。私は今でも失くさずにこの小さい本を大切にしまつてあるが、例へば

われ等飼犬を從ひて緩やかなる足どりに
已に知りつくしたる道をまたしてもさまよふ。
青ざめし秋は並木の奧に血を流し・
喪服つけたる女等は野末を過ぐ。

といふ「秋」と題された詩を讀むと、胸のどこかが、さまざまな追憶で、疼くやうな氣がする。

サマンの次に私が夢中になつたのはフランシス・ジャムだつた。これはサマンの死を悼んだジャムの「哀歌」を讀んだためだつた。「親しき友よ、僕はまたしても君にこの手紙を書く」で始まるこの長い詩は、恐らくジャムの詩のなかでも屈指の名作であると思はれるが、そのなかの「陰を君は愛した。君はそこに生き、そこに苦しみ、そこに歌つた」といふ文句は、サマンの墓碑銘のやうに、永く私の心に刻まれてゐた。

しかし私がレニエの詩に親しむやうになつたのは、どういふわけか、ずつと後になつてからであつた。京都の大學時代に私の最も親しい詩の友であつた吉川幸次郎君は大のレニエ好きで、サマンなどよりも遙かに高く評價してゐたが、これは唐詩に詳しかつた同君と

しては當然のことで、レニエの高雅で艶麗で、その上格調の正しい詩が同君の好みに適つたのであつたらう。さう云へばレニエの詩にはどつか晩唐の詩人たちに通じるものがあるやうな氣がする。堀口さんの譯された『燃え上る青春』が出版されたのは恰度その頃であつたが、あの小說は私も愛讀した。「燃え上る青春やがて燠となり、灰となりつつ行方知らずも」といふ最後の詩句を今でもはつきりと覺えてゐるほど、あの小說は私を魅惑した。私がレニエに親しみ出したのは多分あの頃からであらうか。

レニエといへば、永井荷風先生が多年レニエの作品を愛讀していられることは、先生のしば〳〵筆に上せられるところである。例へば、この『燃え上る青春』の序文にも、「アンリイ・ド・レニエーは當代佛蘭西象徴派詩人中の翹楚にして其著す所の詩集小說將に三十巻に近し。皆余の多年反復熟讀して倦むことを知らざるものなり。現時海外著名の文學者の中、若し余の最も心醉するものを擧げしめんか、余は先指をレニエに屈し之に亞ぐにアナトール・フランスとアンドレェ・ジットの二家を以てすべし。……レニエーの著作の余に於けるや其感化應に良師に見ゆるが如きものあり。」と誌されてゐる。事の次手に、荷風全集のなかからレニエについて書かれた文章を拾つてみると、『父の恩』のなかに「……あきらめと云ふ事もレニエエの詩篇なぞを見ると、矢張近代人の感情の中には必然起らなければならない、免れ難い傾向の一つでせう……私はレニエエの「關守《ラガル》の女《ヂエーン》」といふ戯曲體の詩篇のことを話出した。大久保も無論幽雅なるこの詩人の著作は一時は非常に愛讀して措かなかつたといふ事である。彼はヴェルハァレンやバレスによつて代表せらるべき近代的精神の向上奮闘と、レニエやゲランによつて歌はれた隱栖辭致の兩傾向について、漸く其の談論の興の湧出づるに從ひ、彼は自身の生涯に於ても、いかにして諦めの平和と寂寞とが、奮闘努力の悲壯と動揺に等しい精神的慰安を與へるに至つたかを說明し出した。」もう少し先に、「試みに誰でもが能く知つてゐる三體詩か唐詩選中の一二篇を取つて朗吟して御覽なさい。……王摩詰が、綠樹重陰蓋㆓四隣㆒、靑苔日厚自無㆑塵、科頭箕踞長松下、白眼看他世上人と云つた此等の詩は何であるか。レニエーが詩よりも猶深い感情と磨かれた技巧とがある。」

『矢立のちび筆』のなかには「思へば千九百七八年の頃のことなり。われ多年の宿望を遂げ得て初めて巴里を見し時は明くる日を待たで死すとも更に怨む處なしと思ひき。……われはヴェルレエヌの如くにカッフェーの盃をあげレニエーの如くに古城を歩み、ドーデの如くにセーヌの水を眺め、コッペエの如くに舞踏場に入り、ゴーチエーの如くに畫廊を徘徊しミュッセの如くに屢々泣きけり。」

また『紅茶の後』のなかの「靈廟」は、「佛蘭西現代の詩壇に最も幽暗典雅の風格を示す彼の「夢と影との詩人」アンリイ・ド・レニエエは、近世的都市の喧騒から逃れて路易《ルイ》大王が覇業の跡なるヴェルサイユの舊苑にさまよひ、「噴水の都」と題する一巻の詩集を著した。」といふ文章をもつて始まり、その序詩の末段を紹介した後に、「自分が頻に芝山内の靈廟を崇拜して止まないのも全くこの心に等しい。然しレニエは既に世界の大詩人である。彼と我と、その思想その詩才に於ては云ふまでもなく、天地雲泥の相違があらう。然し同じく生れて詩人となるや其の滅びたる藝術を回顧する美的感奮の眞情に至つては、さして多くの差別があらうとも思はれぬ。」と書いてゐられる。

そのほか、「小説作法」「向嶋」などのなかにもレニエの名が見えるが、荷風先生とレニエの文學とが最も見事な融合を示してゐるのは、『珊瑚集』のなかに輯められてある十篇のレニエの譯詩であらう。この譯詩集には十六人の象徴詩派の詩人たちの抒情詩が輯められてあるが、レニエの譯詩の數が一ばん多く、またその出來榮も一ばん見事であることから考へても、先生がいかにレニエとコンヂェニアルなものを有つてゐられるかが理解されよう。なほ舊版の『珊瑚集』には、レニエの「水かがみ」と題する小品が輯められてゐる。

私は最近多年の宿願を達して、荷風先生にお眼にかかることができたのであるが、そのとき、先生に御覽に入れようと思ひ、レニエの著作のなかでも比較的珍らしい『どんく』と題するアフォリスム集と『レカミエ夫人傳』とを持參した。しかし先生は既に讀んで居られて、『どんく』の方は嘗て「プチット・イルュストラシオン」紙上で發表されたものであることを教へられた。そのとき座にあつたK君が「先生はレニエのものは全部讀んでゐられるでせう」と云ふと、「まあねえ」と答へられた。レニエの作品は全部で五十册以上にのぼるであらう。先生はまたレニエの『自分のためのコント』のなかのものを二、三篇飜譯して篋底に藏して居られたが戰火のために燒いて了はれたさうである。話はそれから譯詩のことに移つたが、レニエの詩ではオドゥレット（小曲）のなかのものは、言葉が簡素なために却つて譯しにくいといふことを云はれた。さう云へば、あの有名な「オドゥレット第一」の一節を先生は次のやうに譯してゐられる。

蘆の細莖《ほそぐき》。その一條《すじ》をとりてわれ曾て笛吹きし時
たけたかく伸びし野の草はおろかや
牧場は端より端にいたるまで
或はしなやかなる柳の木
さゝやかなる音して流るゝ小川さへ
皆一時《とき》に應《こた》へてふるへをのゝきぬ。
蘆の細莖の一すじは過ぎし日曾てわれをして
深き林にも歌うたはしめき。

同じ詩を堀口さんは次のやうに譯してゐられる。

歌ひながら流れる小川と
やさしいしだれ柳と
草野の全體と
高く茂つた草とを戰《わなな》かせる爲に
私には小さな蘆の葉の草笛一つで
十分であつた。
私には小さな蘆の葉の草笛一つが
森を歌はせるに十分だつた。

嘗て與謝野寛氏がパリにゐた頃、氏はレニエに會ひたいと思ひ面會を求める手紙を出したところが、氏のそのときの下宿がゴブラン

街かどつかの勞働者の住んでゐるカルチエにあつたために、レニエから、そんな町に住んでゐる人には會ひたくないと云つて來たので、こんど山手の屋敷町の方に下宿をかへ、始めて面會を許されたさうだ、といふことを荷風先生は話して、笑つてられたが、恰度手もとに、そのときの與謝野氏の面會記があるので、左に紹介することにしたい。

「……俄に思立つて昨日（明治四十五年六月十七日）晶子と松岡曙村を誘つてボアッシェエル街二十四番地にレニエ氏を訪うた。トロカデロとアルマとの間にある品の好い山の手ではあるが、隨分車馬の往來の劇しい、一寸東京で言へば内幸町と言つた風の感じのする街で、詩人の住み相に思はれない處である。（中略）室内の飾附は此家の外見のけばけばしいのに似ず、高雅な中に淡い沈鬱な所のある調和を示して居た。美術品の數多い中に、日本の古い金蒔繪の雛道具や、歌がるたの昔の箱入や、壽の字を中に書いた堆朱の杯などがあつた。大通から光を受ける三つの大きな窓には、淡紅色《ときいろ》を上下に附けた薄絲の窻掛《リドウ》を皆まで引絞らずに好い形に垂らし、硝子は凡て大形な花模樣のレエスで掩はれて居るので、薄い陰影で刷られた露はで無い明りが繁つたアカシヤの樹蔭にでも居る樣な幽靜の感を與へた。詩人は此室で創作の筆を執ると見えて古風な黒塗のきやしやな机が一つ窓近く据ゑられてあつた。

暫く待つて居ると、髮も髭も灰色をした、細面な、血色の好いレニエ氏が入つて來た。「支那流の髭」と評判される程あつて垂れた髭である。其髭がよく氏の溫厚を示して居る。氏は五十歲を幾つも越えないであらう。肉附の締つた、細やかな、脊丈の高い體に瀟洒とした紺の背廣を着て、調子の低い而して脆相な程美しい言葉で愛想よく語つた。かねて寫眞で見たやうな片眼鏡は掛けて居ない。コイツミヤクモやロティの書いた物を讀まない前から自分も東洋に憧憬れて居た。十年前米國に遊んでサンフランシスコまで行つた時、もすこしで太平洋の汽船に乘る所であつたが果さなかつた。併しシベリヤ鐵道に由つて何時か一度遊びたいと思つて居ると語つた。氏は又日本の詩壇が數年前から佛蘭西の象徵派と接觸した事を聞いて、其れは必ず經過すべき自然の推移だと云つた。僕は日本詩壇の近狀を簡單に告げて、氏の作物を讀む者の尠からぬ事を述べ、最近に森鷗外氏が氏の小說を紹介せられた事などを話した。」

レニエは一八六四年に生れてゐるからこのときは四十九歲で、その前年にアカデミー・フランセーズに選ばれて居る。また鷗外の譯した小說といふのは、この年の五月號の『スバル』に發表された「不可說」を指すのであらう。鷗外は後に大正二年の一月號から四月號に至る『三田文學』にもレニエの「復讐」の譯を連載してゐる。これは名譯である。もちろんこの時分は荷風先生はまだ『三田文學』を主宰していられた。レニエは一九三六年に七十二歲で死ぬまで、このボアシェール街の邸宅に住んでゐて、ここはトロカデロ公園に近いために、しば〳〵あのあたりを杖をついて散步してゐるのを私もパリにゐた時に見かけたことがある。レニエも荷風先生も共に十二月生れであるが、先生が老來いよ〳〵御健康なのは嬉しい限りである。願くば、レニエの珠玉の如き小品や短篇が先生の手によつて、われ〳〵の模範になるやうな飜譯となつて殘して頂けますやうに。

（一九四七・一一・四）

夜の言葉

武田武彦

（一）

こころよい冷たさは
さらさらと散る夜の雪だ
青いぬれ色の死人の魂よ
音もなく地上を這つて
どこへ行くのか

（二）

神話のやうな明るさのなかで
たくさんの雪鳥が
天へ舞ひ戻らうとしてゐる
白い羽根の音は
ばさばさと重く暗い

（三）

雪女郎とは昔の話
白い羽根扇をひらひらさせて
あやしい舞踊にふける女達も
抱かれて踊る男達にも
明日の角笛は聞えまい

（四）

ぎらぎらとわめきながら
骸骨が歩いてくるなかを
白い行者が白い馬に乗つて
雪けむりをあげてゐる
遠い光を夢見ながら

ポーとマラルメ（中）

島田謹二

それでは、エドガー・ポーに對する敬愛から發しつつ、マラルメはどんなイギリス作家を愛讀したらうか。

マラルメの著書、及び彼に親しい人々の著書と言葉とから考へて、マラルメの讀んだ英文學の系統を推測してみると、大體次のやうになると思ふ。(一)エドガー・ポー系統の「純粹詩」の作家――コールリッヂ、キーツ、シェリ、テニソン等。(二)文藝復興期の抒情詩人――シドニー、スペンサー、シェイクスピア等。(三)文藝復興期の劇詩人――シェイクスピア、フォード等。(四)十八世紀中葉以後に榮えた東方エグゾチスムの作家ウォルポール、ベックフォード等。(五)十九世紀の散文詩家、審美家、伊達者、哲學者、社會改良家等の系統――コールリッヂ、ド・キンシー、カーライル、ラスキン等。

このうち(一)エドガー・ポーの系統たる「純粹詩」の詩人中、コールリッヂとキーツとは別にマラルメの著書の中に名があげられてゐないが、確かに接してゐたことは明らかである。シェリに至つては、殆んどその愛讀書の中に數へてよいのではなからうか。あの清純高雅な愛と美の詩人、幽婉縹緲たる象徴の作家、世界の文學に比類なき樂聲と情熱との歌手――ポー自身あらゆる詩人のうち最も麗質だと熱讃したこの「詩王」をマラルメが愛讀せずにおく筈がない。現にアンリ・ルージョン等の傍證からシェリに對する愛情を明らかにすることは出來る。マラルメの特に愛したのは、「はじかみ草」(The Sensitive Plant)でこれはイギリスの原語で諳記してゐた。ヨットに乘つてセーヌの河上を馳せながら、ルージョンに向つてこの詩を朗誦してきかせたといふ。アルベール・チボーデは、マラルメの詩「花」の初聯がシェリを思ひおこさせるといふ言葉を洩してゐるが、たしかに「花」の中にはシェリのあの花園の美を描いた象徴詩の匂を容易に感得しえよう。これ以外にマラルメの愛讀したと信ぜられるものは、「エピプシキヂオン」「プロミーシウス」「アドーネス」等の長詩である。「エロヂヤッド」や「テオフィル・ゴーチエを嘆く」詩などの或想念には、これらのシェリ詩の中心想と一味通ずるものを發見せずにはゐられない。

ポーの所謂「かつて世にありし最も高貴な詩魂」テニソンに至つては、千八百七十四年、雜誌「ラ・デルニエール・モード」の中《Figures d'Album》と題してその「マリヤーナ」(一八三〇)を譯載した外、千八百九十二年その逝去の報をえた時、詩人ウィリヤム・アーネスト・ヘンリのため「ナショナル・オブザーバー」誌に「當地よりみたるテニソン」を掲げたことがあり、多少精細にマラルメの所見を推察してみることが出來る。テニソン集の中では、「イノーニ」、「ロックスレー・ホール」、「イン・メモーリアム」、「ロートス・イーターズ」等を讃美したが、その最も好んだものは「モード」であつた。要するに長篇の敍事詩體よりは、短篇の絶美な抒情詩に最も心惹かれたものと思はれる。彼はテニソンを評して、フランス詩人に類を求めれば、アルフレッド・ド・ヴィニーとフランソア・コッペーとで鍛へ上げたルコント・ド・リールだと言つてゐる。蓋し味はふべき言であらう。

これら「純粹詩」の作家以外に、バイロンは讀んでゐたに違ひない。現に『ヴァテック』の序文には「チャイルド・ハロルド」の一節を引いてゐるくらゐだが、ポーの讃美したブラウニング夫人とともに果してどの位精讀してゐたか、今それを確かめる材料が全く缺けてゐる。

こゝで問題にしておきたいのは、(一)從來マラルメの詩觀の上にポーの、ワグネルの、また印象派畫人の、影響を認めるのは定說であるが、それ以外にイギリス詩人、特にシェリの詩論の感化が及んではゐないかといふことである。(二)マラルメの作詩に案外シェリやテニソンの詩想と表現とが深い影をさしてはゐないだらうかといふことである。

*

(一)にいふ文藝復興期のイギリス抒情詩人とは、《チヴァガシオン》三四頁の句から推定したものである。あそこに所謂「イギリス文藝復興期に用ゐられた十四行詩の一原始的形態」とあるのは、主としてシェイクスピアの小曲などを指してゐるらしい。が、その外にシドニーやスペンサーの抒情詩も案外ここらに枝ぶりをのばしてゐるやうである。それはまた無理もない。これらの詩人は、ちやうどポーの詩論の想髓を實行したやうな歌を殘した人々であるから、マラルメに親しまれる機緣は濃かつたと信じられる。惡く言へば、筆先だけのペトラルカぶりであるが、善く言へば熱誠な理想美の愛慕者である。新プラトン說の信奉者である。マラルメの詩の中には、かなりこれら文藝復興期の抒情詩から靈感を頒けられたものがあるやうに思ふ。これも後考を待つべき一つの問題である。この際、特に眼をつけるべきはシドニーの「アストロフェルとステラ」、スペンサーの「天上美の頌歌」、シェイクスピアの「小曲集」などであらうか。

(三)文藝復興期のイギリス劇詩家がその愛讀書であつたことは明證がある。はつきり讀んだことのわかつてゐるのはシェイクスピアとフォードである。

中にもシェイクスピアは評論《crayonné au théâtre》その他各處にその名が散見する。「ハムレット」、「マクベース」「リア」等が主なるものである。フォードはマーテルリンクが『アナベラ』といふ題で佛譯した《T'is pity she is a whore》を愛讀してゐる旨をアンドレ・フォンテーナスに洩してゐる(千八百九十六年四月三十日)。

要するに文藝復興期のイギリス劇詩人の作品は、マラルメが考へてゐた「劇」の問題といろいろ關係をもつてゐたことと思ふ。ワグネルの諸作及びその劇詩原理とともに再考すべき問題である。

＊

(四)ウィリアム・ベックフォードの『ヴァテック』は、十九世紀中葉に東邦傳奇が榮え、ゴーチエ、フローベールの名作が續出した時、その前世紀末に作者がイギリス人でありながらフランス語で書いたこの奇書の湮滅して世に傳はらぬのをうらみにし、且つはまたこの古調にして眞摯な近世傳奇の俤を愛してゐたのである。『ヴァテック』は、原著者ベックフォードが二十三歳の時書き下し、二十八歳(千七百八十七年)ローザンヌ、つづいてパリで印行された。マラルメは千八百七十六年このパリ版を飜刻してゐる。これにはこの奇書の出版許可を與へた王室圖書檢閲官がマラルメの遠祖にあたるゆかりを偲ぶ心地が潜んでゐたらうと思ふ。マラルメがこの傳奇に於て賞美するものは、半ば牧歌的な無心と廣大無邊の幻術の壯嚴とが不思議にも融合せる中にみられる獨自な詩趣である。つづいて星斗の黒いひらめきのやうに清純な自然の風光が明滅すると嘆じ、高峻な感情を盛つた諸景を描く直截端正な句法に古典的散文の筆致を偲び、その典據とせるものを求めてヴォルテールの或物にそれを認めた。

このベックフォード系統の東邦エグゾチスムの作品以外に、コールリッヂ、ド・キンシー等の散文はたしかに愛讀してゐたらしい。現に千八百九十七年十二月二十二日の談話にも、ド・キンシーが小男で奇行の持主であつたことを、コールリッヂの著書から引用して物語つてゐる位である。恐らく『パリの憂鬱』のボードレールから絲を引いてゐるものらしい。

(五)カーライル、ラスキンの名は別にその著書の中に擧げられてゐない。然し當時の獅子王であり象徴の哲學者として大名を馳せてゐたカーライルをマラルメが識らずにゐた筈はない。中には《イヂトゥール》の萠芽をさへこの哲人へ持つてゆかうとする者がゐる位なのである。それからラスキンといつても、直接その影響が一見ありさうにもない。然し千八百七十四年九月六日以來八葉の小册子として公刊してゐた「ラ・デルニエール・モード」のごときは、實はその頃一部の識者の間で論議されてゐたラスキンの審美學説に多少の感化を受けてゐるのではないかと思はれる。卽ち美的文化をまづ手近の家庭から行はうとした企圖のあらはれではないかと見られるからである。

その著書を透して窺つてみると、マラルメの愛讀して影響をうけたと思はれる英文學の作家は大抵こんなものである。が、この外に言ふべきは、ダンテ、ゲブリエル、ロゼッティの詩に接してゐたかと想像されることである。それはスウィンバンと親しく交はり、文通も多かつたことから當然推測しておいてよい。ウォルター・ペイターについては「現代の特に彫心鏤骨する散文家」といふ言葉を殘してゐるくらゐで、マラルメ後期の散文のあるものは、このイギリス批評家の極めて手のこんだ、精緻無類のマリヴォダージュとよみ較べてみると、藝術的氣禀の類似性を悟つて、相映發して敎へるところが多いと思ふ。

もつと若いところではジョン・ヘイン、オーショネッシー、ウィリアム・アーネスト、ヘンリ・ジョージ・ムーア、アーサー・シモンズなど、深淺の差こそあれ、皆交渉があつた。これらは詩文人であるが、この外學徒としてはオックスフォード教授、北歐古文學の大家ヨーク・ポーウェルとかなり親しい交はりがあつた。

＊

これだけの豫備知識をもつて、いよいよマラルメとポーとの關係へ這入るわけであるが、あれほどポーを敬愛してゐたのに、彼はつひにポーを生んだ合衆國へは一度も渡らなかつた。が、かつて在りし日にポーの愛人であつたサラー・ヘレン・ホィットマン夫人とは度々文通を行つてゐた。それから畫人ジェイムズ・マクネイル・ホィスラーとは親交があつた。後（千八百八十八年）には『十時』を譯してさへゐる。この『十時』といふのは、千八百八十五年二月二十日、ロンドン **Prince's Hall** で、ホィスラーが行つた皮肉と毒舌と警句とにみちみちた講演である。その內容は、藝術の獨立性と尊嚴とを辯護し、現代美術の頹廢を嘆く俗見を笑つて、近代的な「美」の創造を高唱するところにある。ホィスラーの主宰する雜誌「旋風」に寄せた書簡（一八九〇）や、その夫人に贈れる四行詩などによつて、マラルメと同家との交情は察することが出來よう。その外若い友人には、ヴィエレ・グリフィン、ステュアート・メリル、リチャード・ハヴェー、フランシス・グリヤソンなどがゐた。

これらの人々に對してもマラルメはたえずポーのことを語つたと想像されるが、彼がポーにはじめて接觸したのは言ふまでもなくボードレールの佛譯を通じてであつた。「たゞ單にポーをしつかり讀まうと思つて英語を修めた私は、二十歳の時イギリスに赴いた」といふ自傳の言葉から推定すると、渡英は一八六二年であるから、佛譯ポー集を耽讀したのは六〇年の頃かと思はれる。

「鴉」が、英佛兩文を對照し、エドゥアール・マネーの插繪五葉を加へた美裝本として世に問はれたのは千八百七十五年五月のことである。これがマラルメの處女單行書である。「鴉」以外の譯詩は主として千八百七十二年から七十七年にかけ斷續して諸誌に掲げられた。パリの雜誌《**Renaissance artistique et littéraire**》には、千八百七十二年六月二十九日「ヘレンの君に」と「アナベル・リー」、七月二十日に「アニーのために」と「ユーラリー」、八月十七日に「鐘」と「沈默」、十月五日に「ウラルーミ」、十月十九日に「華燭賦」が出た。それから **La République des Lettres** には七十六年八月六日「不安の谿」「海中都市」「眠る女人」、九月三日「幽靈宮」、十一月十二日「征服蟲」、七十七年三月二十七日「夢の國」が出た。千八百七十六七年の頃コンドルセー中學で彼の敎へをうけたアンドレ・フォンテーナスの追憶によると、マラルメは、「エル・ドラードー」の詩を美しい筆蹟で黑板に書き、それを譯してきかせたことがあるといふ。ほゞ同年に在學せるジー・カイヨーの追憶によるも、マラルメは教室でポーを屢々使つた。或時などその級でも優等生であつたカイヨーに命じて「鴉」を讀み、譯し、註解させ、その詩の象徴を說かせた後に、マラルメが自分で彼自身の譯文をよんできかせたが、生徒の方では何のことかその味はひが全くわからなかつたさうである。かういふ長年の勞作が結集されて『エドガー・ポー詩集』といふ題下にブリュッセルのドマン書店から公けにされたのは千八百八十八年になつてである。

この譯集に含まれたポーの「詩」は次の二十章であつた——

Le Corbeau, Stances à Hélène, Le Palais Hanté, Eulalie,

Le Ver Vainqueur, Ulalume, Un Rêve dans un Rêve, A Quelqu'n au Paradis, Ballade de Noces, Lénore, Annabel Lee, La Dormeuse, Les Cloches, Israfel, Terre de Songe, A Hélène, Pour Annie, Silence, La Vallée d'Inquietude, La Cité en la Mer

これは附錄のやうな形で《Romances et Vers d'Album》の題下に次の十五章が添へられてゐた――

La Romance, Eldorado, Un Rêve, Stances, Féerie, Le Lac, A la Rivière, Chanson, à M. L. S., A ma Mère, à F. S. O., à F., Sonnet à la Science, Le Colisée, A Zante.

この「エドガー・ポー詩集」は名譯としてすでに定評がある。チユール・ルメートルはこれを見た時、詩人としてはボードレールやシユリ・プリユドンムの方がポーよりもよいと感じたが、譯詩そのものには感心したらしい。譯しぶりは一種のリズムをもつ散文である。原詩の味はひとともフランス文の感覺をもつエドマンド・ゴッスの評は最も信賴しうるものではなからうか。その文に言ふ――マラルメの譯し方は「殆んど類例なきまで微妙だ。譯文は單純な散文である。が、その文はいたく充溢し、いたく愼重に、蜜のごとくいたく甘美であるから、その律格と韻律とはイギリス人の耳にいつまでも鳴りひびいてゐる。マラルメ氏以上に「ウラルーミ」・「眠る女人」、乃至「鴉」の妖異な魅力にもつとやわやわとやさしく身を遣入らせるものは一人もありえまい」と。

その移植はいづれも比類なき詞美に輝くものであるが、たゞ一つ誤解がある。それは「アニーのために」といふポーの晩年作の中の話者《わしや》を、病癒えた人としたことである。あの話者は實は死人である。死んだ戀人が墓の中から、物言うてゐるのである。

＊

それではポーの人物と藝術とについて、マラルメはどんな意見をもつてゐたか。それにはこの『エドガー・ポー詩集』の卷末に附した《Scolies》が最も端的にフランス詩人の見るところを傳へてゐると思ふ。即ちマラルメの見るところは、畏敬する先進ボードレールのポー觀をうけついだ點と反撥した點とを含んでゐる。特にボードレール譯本「エドガー・ポー奇談集」の序に現はれたポー觀を「半は現實的半は寓意的なあのドラクロア風」と稱し、その解毒劑として英語で書いた二册の傳記――(ウイリアム・ギル〔一八七八年〕、ジョン・イングラム〔一八八〇年〕)をすすめたごときは、最も明らかに彼の立場を語つてゐる。

即ち、ポーの飲酒癖に關するボードレールの説明は、一つには「境遇のため否定された異常な運命の空虚」と戰ふためであり、二つには「或精神的高度に達するため」われから進んで酒盃を手にしたといふのであつた。これに對してマラルメは、ポーの飲酒癖を青年期と晩年期だけに限られてゐたと見、且つはまたこの遺傳に抵抗するポーの努力を說いて、所謂「アルコホルの英雄」と見るボードレールの解釋を打破しようとした。

それからポーとアメリカとの關係についても、ボードレールはそこに「運命」があらゆる詩人を苦しめる執念を見ようとしたけれど、マラルメはむしろ誤解の故の敵意と解し、天才が終《つひ》の勝利を占めることを說いて、生前のアメリカにもてなかつた讀者を今やフランスに獲て、この不正を十分に償はれてゐる旨を暗示した。

要するにマラルメのポー觀は、ボードレールなどの悦んだやうな異常な運命に弄ばされた人と見るのではなく、「一個の文人の單調質素な生活」を送つたに過ぎないと解するのである。丁度ボードレールがポーの性行の中に自己の面影を讀み込んで、この北米の鬼才を犧牲者、反抗者と解したやうに、マラルメは清淨平穏な彼自身の外生活をポーの中に見出したのであつた。これに對してはルモンニエが眞理はたしかに中間にあらうと説いたのは同感である。

なほフランス象徴派の人々が一般にポーをボードレール風なデカダンと解して、或ひは悲痛な、或は憐憫に近い自畫像を見るやうに感じてゐることは附記しておくだけの價値があらう。その同情と敬愛の念とはフランスに於けるポー評傳の多くに切々の氣を賦與したが、同時にまたそれをしてあまりにも「人間」ポーを理想化する弊に陷らしめもした。一例を擧げれば、エミール・ローヴリエールの病理學的考察に立つた『エドガー・ポー、その生涯とその作品』(一九〇四年)といふ書物がある。たしかにこの書はランサムなども酷評してゐるとほり鈍重な達見なき史實の堆積ではある。が、それに對して一から十まで熱情を傾けて反駁してゐるカミーユ・モークレールの研究『エドガー・ポーの天才』(一九二五年)をよむがよい。すれば前述の「理想化の弊」と呼んだものがいかなるものであるか讀者によく納得がゆく筈である。さういふフランス人らしいゆき過ぎた見方の解毒劑としては、J・W・クルーチの『エドガー・アラン・ポー――一人の天才の研究』(一九二六年)のやうな多少辛辣すぎる解釋が有効だらうと思ふ。

(以下次號)

(二八頁よりつゞく)

いと感じる位、淡々と讀ませてゐる譯である。悲しさも、うれしさも、幾分ひかへ目に出させてゐるのである。たゞこれは放送の場合であつて、同じ詩でも公開の席で大勢の聽衆を前にして讀む場合は別で、うれしさは十分うれしさうに、悲しさは十分悲しさうに讀んでよいのである。放送に於ける詩の朗讀法と舞台での詩の朗讀法とはおのづから別であつて然るべきである。

次に出演者のことであるが、現在放送で詩の朗讀をするのは放送劇團員および舊放送劇員、アナウンサー、新劇關係の俳優女優諸氏である。このうちでも放送劇團員の朗讀の仕方とアナウンサーのそれと、放送局外の出演者のそれとは幾分違ふが、何れも、前に述べたやうな朗讀法で詩の放送をしてゐる。たゞ、詩の朗讀ができる出演者は非常に少く、その人の性格、聲柄にあふ詩ならどんな詩でもよめるといふ人はJOAKに出演し得る範圍で十名くらゐであり、その人にこなせる詩を與へれば讀めるといふ人があと十名くらゐゐるだけで、甚だ心細い狀態にある。これは一面詩の朗讀が如何にむつかしいかを示すものでもあるが、詩の朗讀放送の多い今日、新人がどしどし出るやう期待してゐる。

以上、放送に於ける詩の扱ひ方について、詩の放送擔當者として思ひつくまゝ述べてみたのであるが、私としても、現在の放送に於ける詩の選び方、演出法についてこれでよいとは決して思つてゐないのであつて、もつともつと努力勉強しなければならないと思つてゐる。大方の御叱正と御教示をお願ひしつゝ筆をおく。

マチネ・ポエチック批判

中桐雅夫

限られた枚數で、押韻一般の問題あるひは定型詩一般の問題について論じることは不可能である。ここでは、最近各雜誌に掲載されてゐるいはゆるマチネ・ポエチック同人諸君の詩作品に卽して、この人々の主張が、現代においていかなる意味をもち得るかにつき、私見を述べるに止めざるを得ない。

　これらの人々に對する私の第一の疑問は、詩を自分のために書いてゐるのか、あるひは日本詩史のために書いてゐるのかといふことにある。この言ひ方は、奇矯にすぎるかもしれないが、「自由詩の優秀作が日本語に依つて生れるためには、言葉の感覺に對する訓練を押し進める必要があり、そのためにも、まづ韻文詩を試みる必要がある。マチネ・ポエチック同人は、詩は日本語に於ても定型押韻に限ると言ふのではなく、ただ、自由詩（その多くは散文を行別に並べたに過ぎない）の作者達の無研究、無批判な獨善的態度に對して、日本詩の未來の一方向を指示したいと思ふばかりである」といふ主張などを讀むと、その詩人としての氣負ひは理解できるけれども、この人々の詩人としての窮極の目的がどこにあるかが疑はれるのである。すなはち、定型脚韻を採用せねばならなかつた必然的な理由、單なる實驗としてではなく、一の詩人として、どうしてもそれを採用しなければ詩が書けなかつたといふ必然性について、私は理解することができない。現在の多くの自由詩人が、言葉の感覺に對しての訓練がすくなく、いはれるごとく、無研究、無批判であることは、私も認めるに吝かではない。しかしそれならば、マチネ・ポエチック同人諸君は、なぜ、言葉の感覺ゆたかな、研究されたる、十分批判されたる自由詩を書かないのか。この人々の、ソネット採用の理由は、ただ自他の言葉の感覺に對する訓練のためにすぎないのであるか。もちろん、そんなことだけのためにこれらの人々が詩作してゐると考へるのは、重大な侮辱であるかもしれない。私が敢てさう書くのは、ソネット型式ではどうしても書けない詩があり、それを、彼らに書いてもらひたいからである。

＊

　私は押韻や定型の詩的効果を否定するものではない。多くの自由詩においても、作者は意識し、あるひは意識せずして押韻を用ひてゐる。九鬼周造の「日本詩の押韻」には、いやといふほど、その例をあげてゐる。明治十五年の「新體詩抄」には矢田部尙今の「春夏秋冬」があり、白秋が「明治大正詩史概觀」で引用してゐる坪井正五郎の「西詩和譯」や明治廿三年の宮崎湖處子の「歸省」中の數篇の詩、鷗外の「火」や泡鳴の「圓《まろ》き石」など、何れもソネットではないが、意識して脚韻をふんでをり、現代では佐藤一英氏に多くの作がみられる。「春夏秋冬」は四節から成り、各節六句であるが、その第一節は

春は物事よろこばし
吹く風とても唆かし
庭の櫻や桃のはな
よに美しく見ゆるかな
野邊の雲雀はいと高く
雲井はるかに舞ひて鳴く

といふのであるが、今日、誰がこれを詩とよぶだらうか。また「新體詩抄」著者の一人である井上巽軒が、押韻自在、喜ぶべしと推稱した坪井正五郎の「西詩和譯」は

息《いき》の出入《でいり》とからだの血
しかのみならず宜心地《よいここち》
淸きたましひくれ命《いのち》
時計のめぐり早くたち
遽《にはか》に變る針の位置
歳《とし》はすぐとも業《わざ》とさち
なきは則ち無能無智

といふ次第で、あきれるよりしやうがない。「押韻法はあまりに意識して行ふ時には多くは却つて死調をなす」(白秋)のである。右に見たごとく、音樂的効果がいくら助けようとしても、たうとう助けられなかつた詩を見本にして、それで以て直ちに押韻を否定することは正しくないであらう。しかし、詩人が押韻のみを求めるべきではないと言ふことはできる。問題は押韻にあるのではなく、一篇の詩そのものにある。

マチネ同人諸君の作品を讀むと、韻をふみ、あるひは一行の語數をそろへるために、不自然な改行をしてゐるところがあることに氣づく。それが効果をあげてゐるときもあるが、さうでないときの方が多い。詩篇を讀んで行つて、そこのところでつかへてしまふ。韻の効果に刺激されるよりも、意味の連續の中斷によつて不快な感をうけるのである。これは外國のソネットには、僕の知る限りではないことで、日本語に特有のてにをはの所爲もあるのではないかと思ふ。

季節《とき》は去り、祭も歌も死に絶えた
今はもう、過ぎた日の旗、たたまれた
想出よ、ほろびずにあれ、いつまでも！
（別れの歌）

この一節では、たたまれたといふ動詞が旗と想出の兩方にかかつてをり、二行目と三行目のイメエヂを重ならせる點で效果をあげてゐるが、これは韻をふまうとしてゐる心構へから偶然に與へられた效果であらう。しかし、ある行とその次の行のイメエヂをダブらせて、イメエヂの重層的效果をねらふことは、自由詩においても試みられてゐないわけではない。

時は　渦巻く光の波に
擴がり　星の息づく胸を
新しく　いのちに濡らし　日に
仄めく帆に　憧れの船を

追ふ――乳房の谷間に遠くの
角笛は薔薇に吸はれ　凍る
世界は　今　明るい一つの
炎の中に抱かれて眠る……

（炎）

この詩は、韻をふむために無理な行別けをしてゐる例であると僕は思ふ。言葉がちひさく分裂しすぎて、各々の間がつながらない。これをつながうとする努力は、讀者が拂ひ得るものではなく、作者が拂はねばならぬものであつた。前の詩では「絶えた」と「たたまれた」とは、自然な韻の響きを感じるが、この詩では、韻を感じるどころか、イメエヂを統一するのに骨を折つてしまふ。もしこの詩を、次のやうに書きなほしたらどうであらう。

時は
渦巻く光の波に擴がり
星の息づく胸を
新しくいのちに濡らし
日に仄めく帆に
憧れの船を追ふ

僕にはほとんど差違が感じられない。この一節がよい詩であるかどうかは別問題として、原作と改作との差違が感じられないと思ふのである。

*

「炎」の各行の音數は十四音である。「別れの歌」は各行十七音である。十二音のものも、十五音、十六音のものも試作されてゐる。同人の一人である福永武彦君は「一行の音數が一定で、その中に如何なる配合をすれば一行が（延いてはすべての行が）最も美しく響くか、そこに關心事があつた」と書いてゐるが、もちろんこの關心は正當である。かつて福士幸次郎氏は日本語の音數律の問題について、その後半生を費やした。しかし僕自身の詩作上の經驗からいへば、一行の音數には自然的な制限があるけれども、最初の行の音數、あるひは最も氣に入つた行の音數をもつて他の行の音數を縛らうとすること、すなはち、各行を同一音數にすることには、非常な無理が生じてくるのであり、その困難のなかに自分を置いてくるしむことの樂しさはもちろん否定出來ないが、その樂しさよりも、自分を十分に發揮した詩を書いたときの樂しさの方が强いのである。

その詩人をつかみ、その詩の讀者に働きかけるひとつの藝術的力感を詩の內容といふならば、各々の行の音數を決定するものは、それである。詩の型式を決定するものはそれでなければならない。詩は「形」をもたねばならない。しかしそれはソネットが一つの形であるといふ意味でではない。いまもつとも完全なる、最優秀の詩人の存在を假定するとすれば、彼はあるときにはソネットを書き、あるときには、自由詩すなはち形をもつた自由詩を書くだらう。今日ある人は自由詩人であり、他の人はソニティアンであるのは、僕らの誰もが完全なる詩人ではないからである。

人々は形式による束縛の重要性を主張するとき、しばしばヴァレリイの言葉を引用する。たとへば「最大の自由は最大の嚴格から生れる」(ユウパリノス)とか、眞の詩人の眞の條件は「甘美な桎梏を心が受け納れて絕えず犧牲に打勝つことである」(ヴァリエテ)とか、あるひは「感激は作家の心の狀態ではない。火力は如何に偉大であるとも、機械によつて技術上の拘束を受けて、初めて有用となり、原動力となるのである。適切な束縛が火力の全く消散せぬやうに、障害物とならねばならぬ」(同上書)とかいふ類である。

これらの言葉は、それ自體としては極めて正確である。しかしヴアレリイが、自由詩においては束縛がない、といふことを言つてゐるのを僕はまだ聞かない。ヴァレリイは、詩作といふ行爲が、一般に考へられてゐるやうな、感情の思ひままなる發露、などではなく、嚴格なる知性の統制を必要とするものであるといふことを指摘してゐるに止まる。

ソネットといふ型式を最初に誰が發見したか、僕は知らない。しかし、數人のすぐれた詩人の數々の試作がひとつの權威となり、やがて、それに從ふことが「適法」であるといふ考へが生じ、ソネットといふ明確な公式があらはれたのだと思ふ。この法律の治下にあるソニティアンは、ソネット的な力感のもちぬしであつたから、十分その型式で滿足してゐたのであらう。僕はこんな初心者的な質問をしたくないが、マチネ同人諸君にききたい。諸君らのソネットの十四行は、なぜ十五行になつてはいけないのか、なぜ十二行になつてはいけないのかと。さうすればフォルムが壞れることは僕もみとめよう。それならば、各節四行、四節の計十六行にしたらどうか。あるひは「イロイロ、ハニハニ、ホヘホヘ、トト」と韻をふむシェクスピア風のソネットは試みるにあたひしないものか。

僕がこんな風に書くのは、マチネ同人諸君がどうしてもソネット型式によらなければ詩が書けなかつたといふ必然性を、理解することができないからである。福永君は「自己のコスモスの結實をかうした詩型に覓めたもので、理論の單なる應用ではない」と書いてゐる。しかし文藝評論集「一九四六年」において、中村眞一郎、福永、加藤周一の三君が示した現代への關心は、いつたいどこへ行つてしまつたのか。彼らのすぐれた批判精神が、ソネット型式に安住し得るとは思はれない。彼らは、すでに詩以外のジャンルにそれぞれの興味を見出してゐるやうだが、彼らが詩人たることをやめて、批評家なり小說家なりにならうとしてゐるのならば、僕は別に何もいふことはない。しかし、詩人たることを續けようといふならば、現代の危機を十二分に意識してゐる彼らである以上、その意識が詩にあらはれてこぬわけはないといふことを注意したい。その場合に、ソネット型式をなほ彼らが採用し得るかどうか。僕が最初に「ソネット型式ではどうしても書けない詩があり、それを彼らに書いてもらひたい」と述べたのはこの意味からであり、彼らの確かな知性とゆたかな感性をもつてすれば、今日多くの、リリカル・クライに終始してゐる抒情詩にまつたく缺けてゐるところの現代の意識を持つたすぐれた詩が、彼らには書けるのである。詩人はその時の自己の力感に相應しい詩型を擇ぶ。

中村君は「近代文學」九月號で「詩の革命」を書いてゐる。趣旨のほとんどは僕も賛成するところだ。ただひとつ「無定型詩にとつて不可避的だつた詩句の不安定、任意さ」といふことは納得できない。いま適例となる自由詩をここへ出せぬのは殘念だが、自由詩においても、すぐれた詩の詩句は安定してをり、各詩句の間には任意に動かせない强い張力の存在することが感じられるであらう。

自由詩には、いはゆる型式がないだけに、それに對するすぐれたる自由詩人の考慮の質量は、凡庸なるソニティアンの考慮するところとは比較を絶するものがある。僕に言はせれば、中村君の「炎」の詩句は非常に不安定であり、その不安定さが、僕に書き換へてみる欲望を起させたのである。（もちろん、書き換へたものの詩句が安定してゐると言つてゐるのではない。）また、與へられた型式に自己を服從させることは、藝術家にとつてはひとつの喜びであり、「完全な自由からは決して導かれなかつたであらうやうな創意を時として産ましめる」（ヴァレリイ）ものであるが、しかし同じヴァレリイが指摘してゐるやうに「極めて窮屈な、苛酷でさへあるさまざまの條件が、却つて藝術家をして多數の最も微妙な決意をなすことを免れしめ、また形式に關する多くの責任から彼を解除する」ものであることをも知らねばならない。

我々もまたマラルメから始めなければならない、と中村君が書くとき、僕は全く同感である。マラルメは日本では、不完全に、不正確にしか理解されてゐない。しかし、そのことが直ちに、僕らにとつて、ソネット型式の採用となり、それが日本の「詩の革命」になることを意味するとは思へない。ソネット型式の採用は、詩の反動であつても革命ではない。革命ならば、僕らは喜んでついてゆくだらうからである。

――完――

（六三頁よりつゞく）

もひびく。ぼくはそこに複雑な、けれどもきはめて純一なひびきをきく。それは燭のごとく華やかでありながら、その炎はまことに孤獨な悲しみにゆれてゐるのをみるのである。

詩人西條八十は、そのやうにして、更に今後も哀しい詩の音樂をつゞるであらう。その炎の燃え盡きて「こまかに美しき灰」となる日まで――。

吾は一代の詩人、
灰となりても、なほ、風の中に舞ひつつ
卿等《おんみら》のため美しき唄をうたふべし。

〈美しき灰〉より

新刊詩集評

「惡の華詩抄」をよむ

青柳瑞穂

洋の東西、時の古今を問はず、いい歌、いい詩にせつすると、これだ、これだと、これ以外に詩も歌もないやうな氣がする。その歌からほかの歌を聯想ずるわけではなく、時代の匂ひをかぐわけでなく、横に行かず、うしろにさがらず、ぴたりとその一首の歌に定着し、いふならそこに絶對の境地をみるのである。その點、散文藝術はだいぶ趣をかへてゐる。小說にしろ、演劇にしろ、風俗や習慣や時代色がかなり重要な部分をしめてゐる。小說や演劇の面白味もそこにある代り、反對に、分らなさも亦そこにある。詩の飜譯は不可能のやうにいはれてゐる。第一、日本語には韻律がない……などなど云ふとみな尤もである。しかし、それでは飜譯小說はどうであらうか、小說はいちおう誰にも分つたやうな氣がしながら、あんがい分りにくい部分が多いのではないかと思はれる。少くとも、よく飜譯された詩の方が、よく飜譯された小說よりも、われわれ詩の愛好者には遙かに分りやすいのではあるまいか、その國民の理解のちかくまでいき得るのではあるまいか。唐詩選の方が萬葉集よりとりわけ理解しがたいとも思はれない。このやうな二詩集でわれわれに分らないところといへば、言葉にかんするほんの一小部分で、それもその道の學者にたづねればすぐ分ることだらうし、詩の鑑賞理解にはちよつとした邪魔ものになつてゐるにすぎない。さういへば、この頃の日本語の詩の方がわたしどもにはずつとむづかしい。もつたいぶつたやうな主智的な詩に、何か深い思想があるのではないかと、幾何でも解くやうに考へこんでみることが往々あるが、とんと分らない。一方には、きはめて素朴な、さうかと思ふと讀んで字のとほりの、吹けばふつ飛ぶやうな抒情詩といふのがある。かういふ詩も、分りやすいやうでゐながら、あまり分りやすすぎてかへつて分りにくいものである。どこに實體があるのか、摑みやうがないので。

「海くれて鴨の聲ほのかに白し」といふのは芭蕉の句である。これは「四季」四號に佐藤朔君がランボオの母音の詩に關する面白いエッセエを書いてゐるが、その中で引用してゐたのを私はたまたま知り、これだ、これだと思つたことである。わたしの淺學がいい効果を奏して、ランボオの研究のなかで計らずも初めてこの句に接し、ために新鮮度がとりわけ高かつたのだらう。それから一月あまり、わたしの胸中には、それこそ「ほのかに白く」この詩(といひたい)はたえずたゆたふてゐる。いい詩は生きがひを感じさせてくれる。わたしは時々この句を思ひ浮べては、ひとり微笑んできた。

堀口大學譯「惡の華詩抄」一卷に接するに及んで、わたしはいよいよ生きてゐることの美しさ、悅こばしさを感じ、ひいては詩の有難さを今にして始めて悟つたやうな氣がする。抄とはいへ、四十四篇、名篇玉章と呼ぶべき詩篇を譯者の好尙に基いて拾つたと、譯者はあとがきで云つてゐるが、ここでも私の淺學が幸ひして、私の知らなかつた一篇があつた。或は私とて何時の折かによんだことはあつたかも知れないが、理解力の不足から看過してゐたまでだらう。原語をぬきにして日本語のボオドレール詩篇にふれる悦びは、二十歳の頃海潮音や珊瑚集で初めてボオドレールを知つた時の驚異に匹敵するものがある。

讃歌

いとしさの極みの女《ひと》に、麗はしの限りの女《ひと》
に、
わが心、爲めに明るき、その女《ひと》に、
天使かと覺ゆる女《ひと》に、わが戀の不滅の像に、
不滅なる祝福のあれ！

潮風のごとさわやかに、
わが生の、うちにひろがり、
足る知らぬ、われの心に
久遠への、あこがれそそぐ。

人知れず、草廬にかをる
時じくもすがしき花袋《くわたい》、
忘られて、夜すがらかけて
ひそやかに燻ずる香爐、
ゆるぎなきわが戀よ、如何にかして、
汝が眞實をゑがくべき？
わが永遠の奧所《おくが》にかをる、
姿なき、このひと片の蘭奢待！

やさしさの極みの女《ひと》に、麗はしの限りの女《ひと》
に、
わがよろこびの、健康の、泉の女《ひと》に、天使
かと覺ゆる女《ひと》に、わが戀の不滅の像に、不
滅なる祝福のあれ！

自分の愛してゐる女を最上級の言葉で呼んでゐる、ただそれだけであるが、音樂のやうに美しい、美しいといふ言葉もすでに許されない、むしろ、音樂のやうに永遠的な、それでゐて蒸氣のやうに消えてしまひさうな、とらへがたい、目に見えない、非物質的な存在である。玄妙至妙、まさに詩歌の奧の院とでもいはうか。もうこれはボオドレールの詩でもなければ、その飜譯詩でもない。ただ、われわれの目の前にこの一篇の詩が在るといふだけのことである。これが私の「惡の華詩抄」中で知らなかつた詩篇である。否、いつの折か原詩でよんだかも知れなかつたが、この日本語の詩のやうに私を打たなかつたまでだらう。眞の飜譯はかういふものでなければ、ここまで達しなければならぬ、と考へられる。(例へば鷗外の「蛙」のやうに)。

「惡の華」に對する嗜好もだんだんかはり、私なども、この頃では「巴里風景」の章などに落ちついて來たやうである。つまり、夢想家のボオドレールよりも、寫實家、現實家のボオドレールを見るやうになつた證左であらうか。この章からは「盲人たち」「霧と雨」「かはたれ時」の三篇が、いかにもこれらの詩篇にふさはしく、口語で、少し辛目に、明確に譯出されてゐる。

營庭に、起床喇叭が鳴つてゐた、
朝風が、街燈を吹いて通つた。

時は今、惡夢の一群、襲ひ寄り
栗いろ髮《かみ》の、若者を、枕の上に、捩ぢ伏せ
る時刻。

ここのところが、村上版は「かかる折よ蝟《むらが》る惡夢に魘されて、褐色《かちいろ》髮の青年は褥の上に仰反《のけぞ》りかへり」となり、佐藤版は「この時刻群がる惡夢のために、栗色の髮の青年達は枕

の上で體を振る。」となり、これら二人の私の尊敬する友人は、共に、そばまでいつてゐながら、まだ振り方が足りない憾みがあるやうである。かういふ私は、經驗によつて知つてゐる。一兵卒として兵營にあつた頃、平和時だつたものだから、われわれの唯一の敵は睡氣だつたのである。それも午前五時、起床ラッパが鳴りわたると途端に、睡魔はこれを最後のあがきとばかり、猛然と襲ひかかつて來て、寢床の上で、暫し格鬪がはじまるのである。このまま いつそ負けてしまはうか、おとなしく負けることの快よさに身をまかせようかと、なんと弱氣を出したことだつたらう。執念深い、ひどい奴になると、便所の中まで追ひかけて來て、うつかりしてゐると後ろから引き倒さうとするのだ。私はこの詩を讀む毎に、あの兵營生活に於ける、營舍内の、しののめの憂鬱を思ひ出す。とまれ、この寫實の手腕には驚ろくべきものがある。

見るがよい、魂よ、彼等は實際醜惡だ！
マネキン人形に似て、妙に變てこで、
夢遊病者のやうに、不氣味で、奇天《て》列《れつ》で、
つぶれた目玉を、當《あ》てもない方角へ、ぢつと向けてゐる。

これは「盲人たち」の第一スタンザであるが、singuliers を「奇天《て》列《れつ》」と譯すことによつて、ボオドレールがこれら盲人を向けようとした方角へ、ぴたりと當てはめてゐる。この文字ひとつで、この詩の位置方位が明確に決定されてゐる。皮肉、滑稽、嘲弄がこのキテレツに含有されてゐる。ところがこれを、奇拔とか、風變りとか、奇怪とか譯したら、最も重要な大半が失はれることだらう。しかし、なかなかこれだけの言葉は掘りあてられないものである。これより一歩手前で、つまり誰でもが譯す言葉で甘んじてしまひ勝ちのものである。飜譯について、原文以上といふやうな褒め方があるが、若しさういふことが可能だとすれば、この場合の singuliers を「奇天列」と譯したなどもその類であらう。

私は「惡の華」の飜譯については、日頃から一種の異な考へを抱いてゐた。「海潮音」や「珊瑚集」の艷麗體のボオドレールは要するにロマンチスト・ボオドレールである。今日の時代には、ダダイスト・ボオドレール、シユールレアリスト・ボオドレールがあつていい筈である。ところが、その後、若い人たちが企てた「惡の華」の飜譯にしても、敏、荷風ほどの文藻がないのは致し方がないとしても、清新の點についても一歩ふみ出してゐるとは思はれない。もつと新しい、もつとダイナミックな「惡の華」があつてもいいではないか、とかう考へてゐた。私の考へは當つてゐるかも知れないが、しかし、當つてゐるのは「惡の華」そのものに關する解釋についてのみであつて、飜譯といふ技術的なことになれば、それは自ら別のことになるかも知れない。なぜなら、「惡の華」に對する解釋は、今後、どんなに變つていつても、「惡の華」の詩形が變るわけではないのだから。

堀口版の「惡の華」に接したのを機會に、私は久しぶりで原書の「惡の華」を取り出して、下手な發音ながら聲をたてて誦してみた。朗々たるその格調に、われはわが聲に恍惚とする想ひがした。それにつけても、私は、なるほど、なるほどと、悟つた。「惡の華」の飜譯の生やさしいものでないことを悟つた。「惡の華」を譯すには、この格調を傳へなければならない。それにはやつぱり、敏、荷風などの日本語の巧妙な驅驅者でなければならない。といつても、無闇に古語死語をひねくりまはす美文家であつてはいけない。(敏にややそれがあり、その點、荷風に劣つてゐる。

荷風は詩人だから、言葉を素直に生かして使つてゐる。)そして、何よりも詩人でなければならない。もとより、フランス語に長けていなければならない……。かう考へ來ると、新版「惡の華詩抄」の價値と位置がおほよそ明らかにされるだらうと思ふ。

詩集『旅人かへらず』への手紙

北園克衛

N氏よ。『詩學』の城氏から貴方の新詩集『旅人かへらず』の批評をたのまれたので、改めてまたこの詩集をひらひらさせてゐるわけです。『あんばるわりや』以來、隨分ながい沈默のあとで、いきなりこのやうな詩集に遭遇することは良い意味にも惡い意味にも全く意外でした。戰爭が貴方の偉大な書齋をめちやめちやにしてしまつたやうに、貴方のあの見事な峻烈さをも破つてしまつたのかも知れない。しかし、この詩集を丁寧に讀んでいくうちに、やはりさういふ激烈なエスプリが立派に働いてゐることを發見して少し愉快になつてきた。貴方がこれらの詩の中ではその烈しいエスプリの振幅を極度に小さく震はせることによつて、未だかつて存在しなかつたやうな新しいデリケイトな世界をつくつていく。さういふエスプリの技術の確實さは僕をニヤニヤさせずには置かないところがある。たぶんこの詩集には、サチリカルな意圖はないでせう。小さな聲で、第二の貴方が呟くのを、貴方が短い鉛筆か何かでコッピイしてゐるといふことは確かでせう。さうです、ここではすべてがパッシイヴな位置から把へられてゐる。短いライン、短いスタンザ、極度に絞ぼられたエスプリ、そしてパッシイヴな場。これが貴方のいはゆる「原子力で水車を廻す」仕掛けの部品のリストです。さうしてかういふ仕掛けをもつた精神の傾斜は、やつぱり貴方の燒けていく書齋や敗戰といふうらぶれたミリユウにつながつてゐるのでせう。

さびれ行く穀物の上
哀れなるはりつけ男
ゴッホの自畫像の麥わら帽子に
青いシヤツを着て
吊られさがるエッケホモー
生命の暮色が
つきさされてゐる
ここに人間は何ものかを
言はんとしてゐる

詩を説明しようとすることはやつぱり止めよう。それはクリティックの俗惡におちることです。百頁にこんなのがあつた。

茶碗のまろき
さびしきふくらみ
因緣のめぐり
秋の日の映る

しかしながら、かうした精神の斜面にしやがんでゐると、いつかバンドもゆるみ、水洟もこぼれてくる。俳人たちがこのんで落ちていく乞食的寂寥。乞食的エクスタシイ。さういふものと、原始人の感情といふものとは非常に違つたものと思はれるのですが、時間的な距離といふ因子が加はると、今度は非常に似た狀態にかはつてくる。さういふ場合にはある詩は原始へのノスタルヂイであるといふこともできるかもしれない。貴方がこの詩集の序文で「幻影の人」といふ比喩でもつて説明してゐるやうなことを僕は全くちがつた言葉で言つたに過ぎないとしても、この詩集の著者である貴方の場と、僕の場との關係はさういふものかも知れないのですよ。僕が戰爭中に詩集『風土』を書いた絕望的な心の狀態と、貴方のこの詩集のなかの心の狀態との間には大へんによく似てゐながら、どうも全く逆な狀態ではないかと思はせる節があります。これらの詩が若し敗戰後に書かれたものであるならば、もう疑問の餘地もなく、全く逆の場で書かれてゐるのかもしれません。そしてそれはもう年齡の相違とか偶然とかいふやうな不可避的なものではなくなつてくるのかもしれないのです。それとも貴方は日本の詩といふものに愛想をつかしたのでせう。であるならば僕はむしろその果敢さを美ましく思ふ者です。しかしこんなことはピストルの擊鐵に指をかけて「山か河か」と問ひかける場合のやうなスリルが多少僕には無いこともありません。

「もはや詩が書けない
詩のないところに詩がある
うつつの斷片のみ詩となる
うつつは淋しい
淋しく感ずるが故に我あり
淋しみは存在の根本
淋しみは美の本願なり
美は永劫の象徵」

といふ一節がある。

女郎花の咲く晚
秋の夜の宿
あんどんの明りに坐わる
蟲の聲はたかまり
手紙を讀む
野邊の淋しき

といふ一節がある。しかしこんな風に書いていくと、しまひには全部書いてしまふことになるでせう。けれども僕が引用した詩を最初の方から讀んでくると、僕の簡單な一つの意見が出てくるだらうと思つたのです。現在の僕は、かういふ世界に近づくことを嫌つてゐるところがあるのです。僕はもつと毒々しく苦々しい世界を步いていくことに生甲斐を感じるのです。これはさつきも言つたやうに年齡や環境の問題ではなくて美に對するオピニオンの問題です。

何者かの投げた
寶石が
絃琴にあたり
古の歌となる

かういふ素ばらしい、例へばエモオ・ジエ・カメのなかにでもありさうな詩でさへも僕にはもう響かない。けれども僕はいつかまた、これらの詩を愉しむ時がくることを信じませう。ただかういふ詩集がこんな貧弱な裝幀で賣られるのは面白くありません。僕はかういふ出版商人を輕侮したくなるくせがあるらしい。これはどちらでもいいことではないんだ。omitted.

「おもかげ」をよむ

野田宇太郎

佐佐木信綱博士の「おもかげ」について書評せよと云ふ。この書が著者にしては珍らしい歌謠集であるが僞であらう。今私には信綱博士のこのやうな、世間からは一應忘れられてゐるやうなお仕事に就て、じつくりと味ひ考へるだけの餘悠もないし、自分が適任でもないと思ふ。然し、引受けた以上責を果さねばならない。博士に對しては申し譯ない勝手な感想となるかも知れない。

歌謠集と銘打つた「おもかげ」はそのまゝ明治大正の面影でもある。「今は昔といふべき明治二十年代に、巖谷小波子が主筆の少年雜誌に童謠『すゞめすゞめ』等を月月寄稿した。」とその序文にあるやうに、先づ今日の人は佐佐木信綱博士と童謠と云ふ對照をさへ奇妙に感ずるであらう。

すゞめ、すゞめ、今日もまた、林のおくの竹やぶの、くらいお家《うち》へ歸るのか。
いゝえ、皆さん、あそこには、父樣母樣待つてゐて、樂しいお家がありまする。そんなら皆さん、チウ〱〱。

私はこの童謠を更めてよみながら、ついしらず少年時代の思ひ出の中に迷ひこむ。田舍の小學校の、忘れてゐた素朴な恩師の顏が、古ぼけたオルガンと共に浮んでくる。いつしか私はリズムを口にして、ぼんやりする。

その他、この書には良寛さまを謠つた「春の日」の童謠のほか、新體詩や自由詩に類するもの、長唄、琴歌、淸元、舞踊歌詞、短い古典をあつかつた歌劇が、形式的には色とりどりに二十八篇收められてゐる。

これらの作品は、所謂歌人としての博士の才能を如實に物語るものであり、同時にそれ以上には價値づけられないものである。すべては過ぎ去つた日本の、日本人にとつては忘れ難い思ひ出の數々である。然しまた、これらの作品は單なる「歌人」の筆のすさびではなくて、博士にしてはじめて作品化し得、人をして知らしめ思はしめ娯しましめ得た佳什の數々でもある。

何れをみても明治の教科書をよむやうな重厚なスタンダードな調子が感じられるのは、單に氣易く詩集を讀むやうな氣持で接する人人には期待外れになるのかも知れないが、それこそ、この書の持つ重要な價値でもある。

卽ち、わが國の和歌と歌謠類の夫々の傳統がこの書について伺へるし、長唄、琴唄、舞踊歌詞と、夫々の異つたジャンルの典型をみることが出來る。それら、今日では古謠に屬する詩歌の形式から、新體の詩への推移についてもこの書は樣々な暗示をもつ。

このやうな書は、やゝもすると單に過去の產物として看過し勝ちなのが現代の通弊であるが、このことは同時に現代の輕薄な思潮を物語る悲しむべき傾向でもある。私はこの書をよみながら、傳統を考へ、今日のわれわれの時代の文學の歷史的必然性について深く考へさせられた。この書につけられた帶紙の廣告には「正に日本歌謠史上の一記念塔」と記されてゐるが、記念塔であるか何うかは別として、歌謠史のミニアチュアであることに間違ひはない。

佐佐木信綱博士の名は鷗外の觀潮樓歌會以來、とみに近代文學史上にもしばしば現れる。古典學の碩學としての博士は、同時に近代詩人としての仕事もこつこつと進められて來た人であることは、この書でもあきらかな通りである。例へば「洞庭湖」「船　長沙に入りし朝」「雨花臺に登る」「鈴虫松虫」などは自由詩である。比較的新しい最後の「鈴虫松虫」は卽興的な作であるが、その格調は流石に傳統の中に培はれた博士の修辭のたしかさを如實に示すものである。

かの日野山をまねびしか
廣さ方丈の屋上庭園《やねへのその》。

と云ふ行では、「屋上庭園」と云ふ言葉がふと私の眼を捕へた。「屋上庭園」と云ふ言葉は明治四十二年の秋に白秋や杢太郎や秀雄等のパンの會の詩誌として發行された雜誌の名と同じであるが、そんな名詞は日本の辭典には全く見當らぬものである。白秋が雜誌名にそれをとつたのは全くの獨創であつたのであるがその言葉を博士の詞の中に發見し得ることは興味深い。「やのへのその」とあくまでも日本語としてなだらかに讀ませたのは博士の言葉に對する眞摯な態度を物語るものではあるが、そのイメージはやはり、何處かに明治大正の詩人としての博士の面目を秘めた例證である。

その他この書には抒情小曲、「思ひあまりて」と題して

思ひあまりて野をゆけば、野川の流きよけれど、こひしき人は影もなし。
思ひあまりて山路ゆき、こひしき人の名を呼べば、山彦のみぞ答へける。

や、「落椿」と題して

はらだたし　うとまし　にくし　あぢきなし
かへりみもせで　ゆく人よ
つれなしびとよ　思ひしれと　なげうてば
はらはらと　ちりこぼれたる　落椿の花

などがあり、何れも近代詩の流れを汲んだ佳品であるが、今私はこの作が何年頃如何なる時に作られたかを調べる時間がないのが殘念である。アカデミックであり、それ故に詩人としての魅力を殆ど失つたかのやうな博士の作であるだけに、この瑞々しいリリックもやゝもすれば見逃され勝ちである。心すべきことではないかと思ふ。

すでに與へられた紙數に達した。私はどうやら博士の文學にふれたかもしれないが、それは巨象の足を撫する盲人のそしりに當ることかも知れない。國破れんとする時に當つて碩學を思ひ古典をしのぶ微衷だけはこの一文からせめて讀者にお察しねがひ度いと思ふ。

（一〇・一四）

西條八十「一握の玻璃」をよんで

長田恒雄

西條八十氏の「一握の玻璃」が、氏の三十餘年にわたる詩人としての生涯においてやうやく第四詩集としてまとめられたといふことは詩人の仕事のいかに容易でなく、作者自ら滿足のできる佳作を得ることのいかに少いかといふことを痛ましくも考へさせられることである。氏のごとくその盛名のながく衰へないひとにあつてさへ詩集として自選するとなると、三十年にしてわづかに四冊にすぎないのである。一篇の短唱といへども、いのちをかける詩人のきびしさを、人はおろそかに思ふべきではない。安手のジャアナリストが、しばしば詩を扉のカットぐらゐにこころえ、または一篇の短篇小説の半分ほどにも重んじないこの國の風習は、詩人のこのきびしい態度に對しても恥ぢなければなるまい。それはひとり西條氏のみに限らないのである。

西條氏の詩の讀者はまことに多いであらう。かつて第一詩集「砂金」は、當時の若い人々にとつてあこがれの的であつた。文學を志すものばかりでなく、一般の巷のひとたちも、傳説のごとく「砂金」について云々したものである。その綠青の皮表紙をなでることは當時の青春たちのひとつの流行でさへあつた。しかも、その後西條氏の詩業を、じつと見つめてあとづけて來てゐる讀者がどれだけ

あるであらうか。あるものは氏を單なる流行歌の作詞家と見、あるものは女學生の詩人と言ひ、またあるものはすでにロスト・ジエネレイションとみなしてゐる。けれども若し「砂金」以來の氏の詩業をつぶさにあとづけてみるならば、そこに、きはめて嚴格な象徵詩人の一貫した像をみるであらう。むしろ頑固とまで言ひたいほどに、動ずることなきサンボリスムのひびきの綿々とつづいてゐることをみるであらう。現在、わが國における詩の流れは、不完全ながらも二十世紀の前衞藝術をとりいれ、シユウルレアリスムの詩人さへも生れてゐる。さらにこんにちでは、シユウルレアリスムの時代はすぎたと言ふべきかもしれない。けれども、それは、一人の詩人が時流によつて姿を變へることをよしとする理由とはならない。一人の詩人が、內部の必然的な要求によつて、齡と共に變化するのは當然であるが、時代が變つたからといふだけの理由で、その詩の根柢をなしてゐるものまでが、變轉きはまりないとすれば、それは決して詩人の誇といふことにはなるまい。

　その意味で、西條氏の三十年かはらざるその詩風は、また興味あることであり、それだけの重量を持つものであらう。

「一握の玻璃」は、氏も言つてゐるやうに氏の「思索」から、言葉をとほして感じとることのできる花々を示してゐる。ちかごろ、哲學ノオトの切れつぱしのごとき詩作品が物々しく駈けまはつてゐるとき、これはまことにめづらしい葩といふべきではないか。人はここから斬新なイメイジを求めて或ひは輕い失望をかんじるかも知れない。また、ここにある花々の、あまりに匂ひのみ高く、抽象にすぎることに不足をかんじるかもしれない。それはそれでいいであらう。けれどもぼくたちは、いまなほボオドレエルやラムボオを古いといふだけのことで忘れてゐはしない。マラルメやヴエルレエヌの詩集を新鮮でないといふ理由だけではふり出すことはしない。ブルトンやエリユアル乃至はヴアレリイ、エリオツトとともに書架におく。そしてしばしばそのペイジを繰るのである。そして、それらは、どれが自分にもつとも身近なものであり、どれがさうでないかといふことはできても、その絕對的な價値判斷を下すことは早急にはできない。また、そのことと現在ぼくたちの立つてゐる歷史的位置といふものとは、おのづから別問題なのである。西條氏の三十年來うごかざる詩作品をよんで、ぼくは改めてさういふことを考へさせられるのであつた。

　西條氏は、氏獨特の語感をもつてゐる。氏がしばしば定型に據るのもそのためであらう。ぼくは最近定型否定をあへて主張してゐるものであるが、その理由についてはすでに二三のところで述べたから重複をさけるが、氏はつねづね言葉の音樂を大切にしてゐる。それは氏の高村光太郎評についてみても明らかである。けれども、この詩集一卷だけから調べてみても、氏は世に言はれてゐるやうに單に肌理のこまかな言葉や、なめらかな情緒的な言葉のみを愛してゐるのでは決してない。氏は氏獨特の語感をもつてゐる。それは時に峨々としたものであり、また時にふしぎな不協和音をすら持つてゐる。それらを組み立てて出來上つたものに音樂的效果が出てゐることはたしかだ。その音樂は、單なる浪漫音樂ではない。また印象派音樂とも言ひきれない。ドビユツスイよりもきびしく、ラヴエルよりも孤獨で、ときにプウランクのやうにおしやれであるかと思へば、ときにはフオオレのやうに氣輕である。また時に三絃的音階

（五五頁へつゞく）

編輯後記

城左門

○本誌『詩學』もやつと軌道に乘つた感じである。もう一息努力を重ねて、毎月一回發行の雜誌本道を行きたいと思ふ。讀者諸氏の御後援を切に願ふ者だ。

○詩人評論は、今月、木下常太郎氏の『三好達治論』である。戰後いろ／＼な意味で、三好氏は評論の對象に選ばれることが多いやうだ。三好氏の存在が、日本の詩壇に於て、高村光太郎氏と同じ程度の大きな影響力を持つてゐることゝは否めない。このことは、各人の好むと好まざるに拘らずだ。本誌の木下氏の論文は、數多くの三好論中の所謂決定版であらう。

○放送局は、可なり以前から詩に深い關心を寄せ、これまでも、しばしば詩の放送を試みてゐる。この擧を、案外、詩を讀む人、及び詩人は冷淡に扱つてゐるやうだ。これは奇妙なわけで、詩の周圍はもつと放送局を注目し進んで助力を惜しまぬ襟度が必要なのではないかと思ふ。本號に執筆された宇井氏は放送局の詩放送を扱つていられる專門家だ。氏の意見は充分尊重されるべきであらう。

○詩は近世に於て、餘りにも目で見る――視覺へ片寄り過ぎた。耳からの詩――聞くといふ詩の立場も、亦顧慮されてよいだらう。この意味でも、宇井氏の說は示唆するところが多いだらう。

○小說壇の雄、坂口安吾氏の『第二藝術論について』亦、我等に他山の石以上のものたり得る。

○河盛好藏氏の隨筆は、悠々と詩を樂しむ道を說かれた好文章。中桐氏の一文は、最近の顯著なる運動としての『マチネエ・ポエティク』に鋭い批判のメスを加へたもの。共に御精讀ありたい。

○時代は今急激な變轉を日を追うて新しく見せつつある。日々の相と共に憂ひ悲しみ、共に步むも可、革新を叫んで古典的なものを踏みくだくも可、又、退いて冷靜に眺めるのも一態度。詩も亦、その立場に於る人々の觀點に於て創作され鑑賞されるであらう。本誌はその凡てを包攝することは不可能だが、尠くとも、一つの推進力としての存在ではありたいと思ふものだ。

★ ★ ★

詩學 第二卷 第七號 十一・十二月號
定價二十圓（送料一圓五十錢）

昭和廿二年十二月廿五日印刷
昭和廿二年十二月卅日發行

編輯兼發行人 岩谷滿
東京都板橋區志村町五
印刷人 楠末治
印刷所 凸版印刷株式會社
東京都港區芝西久保巴町十二
發行所 岩谷書店
電話芝(43)一九〇四—九
振替東京 一〇〇、二三四
會員番號 A二〇九〇一四

購讀料
半年分 一三〇圓
一年分 二六〇圓 （送共概算）

現代詩叢書

第一期十冊

一齊發賣

定價各二十五圓
送料各三圓
（十冊揃ひ申込に限り帙入り）

昭和二十二年十月二十四日第三種郵便物認可
昭和二十二年十二月二十日發行

詩學　第二卷　第四號

定價二十圓

初期『詩学』総目次

『詩学』創刊号　1947年8月30日発行

『詩学』第四号　1947年12月30日発行

著者紹介

宮崎真素美（みやざき・ますみ）
1964年愛知県生まれ。1992年筑波大学大学院博士課程文芸言語研究科単位取得満期退学。
現在、愛知県立大学日本文化学部国語国文学科教授。博士（文学）。
主な著書に『鮎川信夫研究―精神の架橋』（日本図書センター、2002年）、『戦争のなかの詩人たち―「荒地」のまなざし』（学術出版会、2012年）、『鮎川信夫と戦後詩―「非論理」の美学』（琥珀書房、2024年）などがある。

詩誌『詩学』の世界／初期『詩学』復刻版

2025年1月31日　発行
定価　14,000円＋税

著　者　宮崎真素美
発行者　山本捷馬
発行所　株式会社 琥珀書房
606-8243
京都市左京区田中東高原町34 カルチャーハウス203
Tel 070（3844）0435
本文組版　小さ子社

ISBN：978-4-910993-63-8